C. M. Spoerri
Jasmin Romana Welsch

W0342525

CONVERSION

Zwischen Tag und Nacht
Band 1

Dystopie

STERNENSAND
VERLAG

Weitere Informationen zu den Autorinnen:

www.cmspoerri.ch
info@cmspoerri.ch

www.jasminromanawelsch.com
jrw@jasminromanawelsch.com

Zu den lieferbaren Titeln von C. M. Spoerri & Jasmin Romana Welsch siehe Seite 415.

2. Auflage, August 2016

Umschlaggestaltung: Alexander Kopainski | alexanderkopainski.de
Lektorat / Korrektorat: Wolma Krefting | bueropia.de
Satz: Sternensand Verlag GmbH
Druck und Bindung: Smilkov Print Ltd.

ISBN-13: 978-3-906829-23-4
ISBN-10: 3-906829-23-4

Freundschaft
ist eine Seele
in zwei Köpfen.

Viel Freude mit unserer Geschichte

Corinne & Jasmin ♥

Bei einem unserer Treffen entstanden diese Skizzen von Nox und Diés, die wir Euch nicht vorenthalten wollten. ;-)

Keine von uns behauptet übrigens von sich, der nächste Picasso zu werden …

Die Dunkelheit machte ihm zu schaffen – seine Augen waren es nicht gewohnt, bei Nacht zu sehen. Er war ein Diés, seine Kräfte verschwanden mit Anbruch der Abenddämmerung und normalerweise war er um diese Tageszeit auch nicht mehr unterwegs – es war streng verboten und er hielt sich eigentlich immer an Regeln und Gesetze.

Der einzige Grund, der ihn hierher an die Grenze trieb, war die Tatsache, dass das Mädchen, das ihm so viel bedeutete, in Schwierigkeiten steckte – in massiven Schwierigkeiten. Wenn er ihr nicht helfen konnte, würde sie vom Ältestenrat zum Tode verurteilt … ebenso wie ihre Freundin, für deren Vergehen sie gerade ihr Leben aufs Spiel setzte.

Er tastete sich durch das Dickicht, das sich vor ihm wie ein Wall aufbaute.

Seine Kleidung war nass, da er durch das Wasser gewatet war, das die beiden Inseln Diés und Nox voneinander trennte. Die Hose klebte an seiner Haut und verursachte bei jedem Schritt leise quietschende Geräusche.

Es war eine sternenklare Nacht und der Mond schien hell über ihm am Himmel, sodass seinen Augen zumindest ein wenig Licht geschenkt wurde, das ihm erlaubte, Hindernissen auszuweichen und seine Schritte zu beschleunigen.

Vorhin musste er zwei Soldatenpatrouillen ausweichen, die das Gebiet durchkämmten, und wäre beinahe entdeckt worden. Sein Herz hämmerte immer noch wie verrückt, sein ganzer Körper war angespannt und er bewegte sich so lautlos wie nur irgend möglich.

Seine Mission war gefährlich. Ein falscher Laut, eine Unachtsamkeit – und er wäre so gut wie tot.

Wie war es nur so weit gekommen? Wie war er nur da hineingeraten?

Er war nur *ihretwegen* hier. Weil sie ihn gebeten hatte zu helfen und er ihr nichts abschlagen konnte. Sie war besonders: besonders schön, besonders klug und besonders stur. Stur genug, um sich allen Regeln und sogar ihren Ängsten zu widersetzen, um ihrer besten Freundin zu helfen.

Jetzt musste er *ihr* helfen.

Er hatte sich dazu bereit erklärt, sich mit diesem Nox zu treffen. Dem Feind. Hier an der Grenze – und er hoffte inständig, dass es keine Falle war, in die er gerade lief.

Nox waren weder vertrauenswürdig noch hilfsbereit, auch wenn sie keine andere Wahl hatten, als dem Feind zu vertrauen. Es war ein Spiel mit dem Feuer.

Doch wenn dieser Nox ihr etwas antäte, würde er ihn umbringen. Normalerweise hätte er keiner Fliege etwas zuleide getan, aber sie zu beschützen, war ein Drang, der ihn sogar dumm und verzweifelt genug machte, um sich mit dem Feind anzulegen. Diesem arroganten Bastard mit den Eisaugen, der ein Geheimnis hütete, von dem sie unbedingt erfahren musste …

KAPITEL 1 – SKYA

Drei Tage zuvor …

Ich wurde von einem Hämmern, das nicht aufhören wollte, aus dem Schlaf gerissen. Während ich auf dem Sofa gelesen hatte, war ich eingenickt und schreckte jetzt hoch.

Wer mochte das zu solch später Stunde noch sein? Meine Ziehmutter Praeda war noch bei der Ratsversammlung und würde bestimmt erst in ein paar Stunden zurückkommen. Ich war alleine zu Hause und hatte keinen Besuch erwartet.

Rasch ging ich zur Tür, blieb davor jedoch unschlüssig stehen. Es war Abend, die Dämmerung bereits lange hereingebrochen … was, wenn es ein Nox war?

Schwachsinn! Diese Bastarde würden nicht anklopfen, sondern durch das Fenster einsteigen – oder die Tür in Fetzen reißen.

»Wer ist da?«, fragte ich dennoch vorsichtshalber.

Zur Antwort erhielt ich erst ein leises Wimmern. Dann eine Stimme, die mir vertrauter war als alle anderen. »Ich! Bitte mach auf! Bitte …«

»Mona!«, rief ich verblüfft und riss die Tür auf.

Meine Freundin ließ sich gegen mich sinken und ein Schluchzen entfloh ihrer Kehle, baute sich zu einem regelrechten Heulkrampf auf, der sich an meiner Schulter entlud, während sie die Arme um mich schlang.

»Was tust du hier?«, fragte ich und zog sie mit mir ins Haus. »Es ist bereits nach Einbruch der Dunkelheit … du solltest jetzt nicht mehr alleine unterwegs sein.«

Ich schloss vollkommen überrumpelt die Tür mit der freien Hand, während ich ihr mit der anderen beruhigend über das dunkle Haar fuhr.

Sie war ebenso dunkelhaarig wie ich – schwarzhaarig, um genau zu sein. Wie wir alle. Wie alle, die zu den Kindern des Tages gehörten. Wir waren Kinder der Sonne … der Insel Diés, über die unsere Göttin Solaris wachte.

Mona wollte gar nicht mehr aufhören mit ihrem Schluchzen und ihre braungebrannten Arme schlossen sich so fest um meinen Nacken, dass ich vor Schmerzen leise aufstöhnte.

»Mona!«, wiederholte ich ihren Namen und versuchte, sie ein wenig von mir wegzustemmen. »Was ist denn los? Was ist passiert? Warum bist du um diese Zeit noch draußen?!«

Meine Freundin dachte gar nicht daran, sich zu beruhigen, sondern ließ ihren Tränen freien Lauf. Ihr ganzer Körper zitterte unkontrolliert.

Ich hatte keine Ahnung, warum sie so aufgelöst war. Mona war zwar schon immer eine junge Frau gewesen, die näher am Wasser gebaut war als andere, mehr ihren Gefühlen folgte als ihrem Verstand, aber derart neben der Spur hatte ich sie noch nie erlebt.

Behutsam versuchte ich, ihre Arme, die fester als ein Schraubstock zupackten, von meinem Hals zu lösen. Die Verzweiflung verlieh ihr Kraft, die normalerweise in der Nacht allen Diés genommen wurde. Beim dritten Anlauf gelang es mir zumindest, sie so weit von mir zu stemmen, dass ich wieder einigermaßen Luft holen konnte – und sie auch.

»Mona!« Zum dritten Mal rief ich ihren Namen und endlich – endlich! – schien sie mich zu hören.

Zumindest konnte ich in ihren dunklen Augen, die wir Diés-Kinder alle gemeinsam hatten, etwas anderes als nackte Verzweiflung erkennen. Ich schob sie noch weiter von mir weg und legte ihr beide Hände an die Wangen, um ihren Blick festzuhalten.

»Mona. Bitte. Erzähl mir, was passiert ist. Du bist ja vollkommen außer dir. Wurdest du angegriffen?«

Mein Blick glitt suchend über ihren Körper. Abwegig war die letzte Frage nicht. Wir lebten hier auf der Insel Diés nicht ohne Gefahren – und die Nox-Bastarde standen ganz oben auf der Feindesliste.

Immer wieder gab es Banden, die unsere Insel nachts überfielen. Wir besaßen zwar einen gewissen Reichtum, den sie ihrerseits vermissten, aber selten hatten sie uns diesen entwendet. Meist ging es nur darum, uns zu verängstigen und dafür zu sorgen, dass wir ihrer eigenen Insel, der sie den Namen Nox gegeben hatten, fernblieben.

Natürlich fanden die Überfälle nur in der Nacht statt, wenn ihre Kräfte stärker waren als unsere. Diese verdammten, feigen Schweine! Von denen Zero das größte war. Ich hatte den Anführer der Nox-Banden zwar noch nie gesehen, aber ich verachtete ihn aus vollstem Herzen. Mir war bekannt, wozu er fähig war und wofür er sich hielt, vor allem, seit er eben zum Anführer seiner Generation ernannt worden war. Er war arrogant und kaltblütig – und ich hasste ihn, seit ich seinen Namen zum ersten Mal gehört hatte.

Mein Hass war vor allem auch darin begründet, dass uns von klein auf eingetrichtert wurde, dass die Nox schlecht waren und wir uns von ihnen fernhalten sollten. Seit ich im Alter von drei Jahren auf die Insel gekommen war, hatte man mich das gelehrt. Wieder und wieder.

Ich konnte mich nicht genau daran erinnern, was ich vor meinem dritten Geburtstag erlebt hatte. Die bruchstückhaften Erinnerungen handelten vor allem davon, dass ich etwas verloren hatte. Etwas Wichtiges. Ich wusste noch, dass ich geweint hatte. Und ich glaubte mich an Häuser zu erinnern. Hohe Häuser. Weiße Fassaden, helle Lichter … Bilder, die ich nur selten, und wenn, dann nur kurz, aufflackern ließ. Zu viel Schmerz war damit verbunden und zu viele Fragen wurden aufgeworfen. Fragen nach dem Warum …

Nach meiner Ankunft auf der Insel war mir wie bei allen anderen Diés eine Familie zugeteilt worden, in der ich seither lebte. Es gab keine Blutsverwandtschaft unter uns Diés, da wir miteinander keine Kinder zeugen konnten. Die Kinder kamen vom Meer. So war es immer schon gewesen. Meine Familie bestand aus der Ratsältesten Praeda, meiner Ziehmutter, sowie Mona, die gleichzeitig meine beste Freundin war.

Sie war zwar zwei Jahre älter als ich, aber doch um so vieles naiver. Gut, ich hatte schon immer eine stärkere Gabe besessen als die anderen Diés. Wir alle hatten die Fähigkeit, strategisch zu denken und waren allgemein künstlerisch begabt. Aber ich hatte immer schon Menschen rascher durchschauen und Dinge noch schneller auffassen und analysieren können als die anderen. Eine Gabe, die oft zum Fluch werden konnte. Vor allem, wenn man wusste, wer einen täuschen wollte – und wer dafür sorgte, dass man seine Erinnerungen ruhen ließ.

Dabei erinnerte ich mich an so manches, was vor meinem Leben auf dieser Insel gewesen war. Verschwommene Bilder, die ich nicht verstand oder einordnen konnte. Doch ich wusste, dass mein Gedächtnis auch Dinge beinhaltete, die weder Praeda noch sonst jemand vom Rat der Diés hören wollten. Niemand wollte darüber sprechen und so hatte ich es mit den Jahren aufgegeben, Antworten auf meine Fragen zu erhalten.

Es hätte so vieles gegeben, was ich hätte fragen wollen. Aber solange die Räte schwiegen, würde ich wohl vergebens darauf warten, mehr über mich und mein früheres Leben zu erfahren. So blieb mir nur, mich in der Bibliothek unserer Siedlung zu verkriechen und in den alten Büchern, die es dort zuhauf gab, nach Antworten zu suchen. Bisher leider ohne Erfolg.

Mona schien sich wieder ein bisschen gefangen zu haben. Sie schluchzte zwar immer noch und ihr Blick war verschleiert vor Tränen, aber immerhin sprach sie mit mir.

»Nein …« Sie schniefte und sah mich mit geröteten Augen an. »Ich wurde nicht angegriffen … ich … hach, Skya, es ist so schrecklich!«

Ich sah sie verstört an und begriff nicht, was sie mir sagen wollte. »*Was* ist schrecklich?«, fragte ich verwirrt.

»Alles«, war die aussagekräftige Antwort.

»Mona!« Jetzt rief ich ihren Namen regelrecht. »Hör bitte auf, so rumzuheulen und erzähl mir, was los ist!«

Mona schniefte und wischte sich mit der Hand über die Oberlippe. Ich reichte ihr seufzend ein Taschentuch, das ich aus einer Kommode neben der Eingangstür holte.

Praeda bewahrte dort immer Taschentücher auf – womöglich wegen Momenten wie diesem. Jedenfalls kamen sie mir jetzt gelegen.

Meine Freundin nickte dankbar und putzte sich geräuschvoll die Nase, während sie ihre Augen zusammenkniff, als könne sie sie vor der Wahrheit verschließen.

»Komm, setz dich aufs Sofa und erzähl, warum du so aufgelöst bist«, sagte ich ein wenig ruhiger und zog sie am Ellbogen ins Wohnzimmer.

Unser Haus war hübsch eingerichtet, Praeda legte viel Wert darauf, dass unser Wohlstand unübersehbar blieb. So zierten selbst gemalte Gemälde die Wände über dem Kamin, den wir so gut wie nie benutzten, da die Temperaturen hier auf Diés über das ganze Jahr sehr warm – und sehr stabil – waren. Dennoch hatte Praeda darauf bestanden, einen Kamin in ihrem Haus zu haben. Warum, war mir immer ein Rätsel geblieben.

Mona ließ sich neben mir in die Polster sinken und schnäuzte sich nochmals ausgiebig, ehe sie dankend das Wasserglas nahm, das ich ihr reichte.

Es handelte sich dabei eigentlich um meine abendliche Ration. Wir hatten auf der Insel derzeit wenig Trinkwasser und jeder durfte nur so viel zu sich nehmen, wie die Räte uns erlaubten. Momentan waren das vier Gläser pro Tag.

Grund für die Wasserknappheit war die Tatsache, dass die Nox bei ihrem letzten Überfall – der Teufel soll sie holen! – in unserer Wasseraufbereitungsanlage die Rohre zerschnitten hatten. Die Leitungen führten von der Quelle, die sich im Inneren des Berges auf ihrer Insel befand, bis zu uns hinüber. Anscheinend war ihnen dies ein Dorn im Auge gewesen und sie hatten bei ihrem letzten Anschlag dafür gesorgt, dass nur noch drei Rohre heil geblieben waren. Drei Leitungen für fast zweihundert Menschen. Das war zu wenig. Viel zu wenig.

Die Arbeiter versuchten mit Hochdruck, die Rohre wiederherzustellen, aber es würde wohl noch mindestens einen Monat dauern, bis wir alle wieder genügend Wasser zur Verfügung hatten.

Ich hatte eigentlich mein Wasserglas heute Abend vor dem Zubettgehen trinken wollen, aber jetzt sah ich stirnrunzelnd dabei zu, wie Mona daran nippte. Auch sie litt unter der Wasserknappheit – wie wir alle.

Meine Kehle fühlte sich trocken an und ich schluckte schwer, während ich mir ausmalte, wie sich das kühle Nass in meinem eigenen Hals anfühlen würde.

Monas Blick traf auf meinen und sie reichte mir rasch das Glas. »Trink du auch etwas«, murmelte sie.

Ich schüttelte den Kopf, aber als sie das Glas nicht sinken ließ, nahm ich es dennoch wieder und stellte es auf den Glastisch zurück, der vor dem Sofa stand.

»Geht es dir besser?«, fragte ich mit einem forschenden Blick auf ihr verheultes, aufgequollenes Gesicht.

Sie nickte tapfer. »Ja, danke.« Dann atmete sie tief durch und schlug die Augen nieder. Sie nestelte am Saum ihres Kleides, das sie immer trug.

Wir Diés besaßen eine Art Uniform, die uns als Einheit auszeichnen sollte. Gegen wen war klar: gegen die Nox. Wir trugen alle braune Kleidung, deren Farbe sich mit dem Schwarz unserer Haare biss. Aber das schien dem Rat, der dies beauftragt hatte, nicht aufgefallen oder egal zu sein. Ziemlich sicher hatte einer der männlichen Räte die Hände dabei im Spiel gehabt, eine Frau hätte solch eine Farbenkombination niemals abgesegnet.

Die männlichen Diés hatten immerhin die Möglichkeit, Hosen anzuziehen, während wir Frauen meist in Kleidern unterwegs sein mussten. Es sei denn, wir hatten solch gute Freunde wie ich. Wie Teias zum Beispiel, einer meiner engsten Freunde neben Mona. Er hatte mir ein paar Hosen besorgt, als ich zehn Jahre alt war. Damals waren sie mir viel zu groß gewesen, aber seit ich sechzehn geworden war, passten sie wie angegossen.

Ich genoss es, sie zu Hause zu tragen. Natürlich durfte ich das nur, wenn Praeda nicht hier war … sie hätte die Hosen auf der Stelle verbrannt. So was geziemte sich nicht für ein Mädchen – sie war sehr streng. Aber bisher hatte sie meine Beinkleider zum Glück noch nie gesehen. Im Verstecken war ich ziemlich gut.

Jetzt schlug ich die Beine unter und musterte meine Freundin mit schmalen Augen. »Also, wenn es dir besser geht, dann kannst du mir ja jetzt erzählen, was dich derart aufgewühlt hat.«

Mona schien es schwerzufallen, die richtigen Worte zu finden. Schließlich blickte sie mich voller Verzweiflung an und ich konnte in ihren schwarzen Augen Angst erkennen. Aber wovor?

»Skya, ich … was ich dir jetzt erzähle, muss unbedingt unter uns bleiben.« Ihre Stimme war kaum ein Flüstern, vielmehr ein Krächzen.

Ich nickte mit Nachdruck und wartete mit zunehmender Ruhelosigkeit. Geduld war noch nie meine Stärke gewesen – erst recht nicht, wenn ich meine Freundin so aufgelöst vor mir sah.

Sie blickte mich nicht an, während sie fortfuhr. »Du weißt doch, dass ich vor etwa drei Monaten an der Grenze war …«

Abermals nickte ich. Ich wusste nicht, worauf sie hinaus wollte.

Dass sie in der Nähe der Grenze verhaftet worden war, war ein offenes Geheimnis. Jeder wusste es auf der Insel. Nur Praeda war es damals zu verdanken gewesen, dass Mona nicht ertränkt worden war. Im Grunde stand nämlich die Todesstrafe darauf, wenn man sich an der Grenze ohne Erlaubnis herumtrieb. Es war strengstens verboten, sich mit den Nox anzulegen. Das war schon immer so gewesen und keiner war dumm genug, es dennoch zu tun.

Nun ja, hatte ich schon erwähnt, dass Mona nicht gerade mit Weisheit gesegnet war?

»Damals«, sprach sie weiter, »habe ich einen Jungen gesehen. Einen sehr … gut aussehenden Jungen.«

Ich zog die Augenbrauen zusammen und mein Blick verfinsterte sich. »Du hast jemanden gesehen? Einen Nox?«

Sie bestätigte meine Befürchtung mit einem Nicken. »Ja. Er heißt Calem. Und er ist wirklich nett.«

Ich wollte ihr etwas entgegnen. Sie maßregeln. Ihr an den Kopf werfen, wie strohdumm sie war. Dass man sich nicht von der Dunkelheit blenden lassen durfte …

Doch sie hob beide Hände und erstickte meine Predigt damit im Keim. »Es ist nicht so, wie du denkst oder wie uns die Räte glauben machen wollen. Die Nox sind Menschen wie wir, keine hirnlosen Muskelpakete, die nur kämpfen wollen. Sie haben Gefühle, sind nett. Und Calem, er … ich habe ihn seither mehrmals getroffen.«

»Du hast …« Mir blieb die Luft weg und ich sog sie scharf wieder ein. »Mona!«, fuhr ich eindringlich fort. »Bist du von allen guten Geistern verlassen?! Du kannst nicht einfach einen Nox treffen und das Gefühl haben, es sei in Ordnung! Das geht nicht! Du bist eine Diés! Es ist verboten! Verdammt, lass dich nicht von der Dunkelheit blenden!« Die letzten Worte schrie ich ihr förmlich ins Gesicht, sodass sie zusammenzuckte und den Blick senkte.

»Ich weiß«, flüsterte sie. »Ja, ich weiß, dass es … verboten ist … aber … ich mag ihn. Ich glaube sogar, ich liebe ihn.«

Ich holte abermals tief Luft und versuchte, das gerade Gehörte zu verdauen.

Hatte mir Mona tatsächlich soeben eröffnet, dass sie in einen Nox verliebt war? Einen unserer Erzfeinde?! Allen Diés war von Kindesbeinen an eingetrichtert geworden, uns von ihrer Insel – und vor allem von ihnen selbst! – fernzuhalten.

Wir hatten auf den Rat gehört … das hatte ich zumindest angenommen. Bis eben.

Verständnislos starrte ich meine Freundin an und wusste nicht, was ich auf ihre Offenbarung erwidern sollte. Gab es überhaupt Worte, die in dieser Situation angemessen waren? Wenn ja, dann wollten sie mir gerade partout nicht einfallen …

Mein Gesicht musste Bände sprechen, denn Mona zog den Kopf zwischen den Schultern ein und brachte es kaum zustande, mir in die Augen zu schauen.

»Was?!«, rief ich aufgebracht. »Gibt es da etwa noch mehr, was du mir sagen willst?!«

Ich kannte diesen Ausdruck in ihren Augen. Ich kannte sie so gut. Und ich wusste, dass das, was sie mir gleich sagen wollte, ganz und gar nicht gut war … überhaupt nicht gut!

Sie nickte zögerlich und nestelte dann mit noch mehr Eifer an ihrem Saum. »Ich … ich glaube, ich erwarte ein Kind von ihm …« Ihre Stimme war kaum ein Hauch, doch mich traf es wie ein Blitzschlag.

»Wie bitte?!«, schrie ich und sprang auf. Ich hielt es keine Sekunde länger auf dem Sofa aus.

Meine beste Freundin – meine Schwester! – saß vor mir und erzählte mir, dass sie ein Kind erwartete. Von einem Nox! EINEM NOX!

Das war ihr Todesurteil! Jeder wusste das! JEDER!

Das war einer der Gründe, warum wir uns von den Nox fernhalten sollten – und sie sich von uns: Wenn eine Diés von einem Nox ein Kind erwartete, starb sie unter Qualen bei der Geburt. Ebenso, wenn eine Nox schwanger von einem Diés wurde.

Deswegen gab es keine Schwangeren hier und Schwangerschaften wurden uns in der Schule als gleichbedeutend mit einem Todesurteil gepredigt!

Deswegen brachten uns die Inducer die Kinder über das Meer!

Deswegen durften wir uns nicht mit den Nox einlassen!

Genau DESWEGEN!

Ich griff mir mit beiden Händen ins Haar und fuhr hindurch, bis es nach allen Seiten abstand, um dann über mein Gesicht zu wischen. Doch so fest ich es auch wünschte, die Schuld und Scham wollten nicht aus Monas Blick weichen.

Sie meinte es tatsächlich ernst. Es war kein übler Scherz!

Verflucht noch mal!

Ich begann, im Zimmer auf und ab zu laufen und war mir nur zu bewusst, dass ihre Augen mir folgten, während ich meine Schläfen massierte, um die Kopfschmerzen fortzuscheuchen, die mit der aufkommenden Nacht mein Denken verlangsamten. So war es immer. In der Nacht verloren wir Diés unsere Fähigkeiten, klar zu denken und wenn wir es versuchten, waren hämmernde Kopfschmerzen die Folge. Etwas, das ich gerade in diesem Moment nicht gebrauchen konnte!

Ich *musste* klar denken!

Mona hatte gegen die Regeln verstoßen … und würde bestraft werden, wenn das ans Licht kam! Entweder tötete der Rat der Diés sie oder die Geburt des Kindes, in dessen Erwartung sie war.

Es war eine ausweglose Situation!

Schließlich blieb ich stehen und starrte sie fassungslos an. »Sag mir, dass das nicht wahr ist …« Meine Stimme war so leise, dass Mona sich etwas nach vorne beugen musste, um mich zu verstehen. »Sag mir, dass du kein Kind von einem dieser Bastarde erwartest! Sag es mir!« Da ich die letzten Worte schrie, konnte sie mit dem Kopf wieder zurückweichen, was sie auch tat.

Ihre Augen waren geweitet, während sie eine verneinende Bewegung machte. Zu mehr war sie offenbar nicht imstande.

Verflucht! Verflucht!

Ich hatte eine Menge Verwünschungen auf den Lippen, die mir auch entwichen wären, wenn sie mich nicht mit einem erneuten Schluchzen unterbrochen hätte.

Entnervt sah ich zu ihr und mein Herz rutschte in die Hose, als ich Panik in ihrem Blick las.

Verdammt, sie war noch nicht fertig mit ihrer Beichte!

Ich trat zu meiner Freundin und schüttelte sie an den Schultern. »Mona! Sag mir die ganze Wahrheit! Ich sehe, dass du mir noch etwas vorenthältst!«

Sie brachte es nicht zustande, mich anzusehen, als sie weitersprach. »Praeda … sie weiß es«, presste sie schließlich hervor.

Kaltes Grauen ergriff mein Herz, ließ es auf der Stelle langsamer schlagen. Ich löste meine Hände von Monas Schultern und sank wieder neben ihr aufs Sofa.

Was mir meine beste Freundin gerade eröffnet hatte, bedeutete … nein, nein, nein … das konnte – durfte! – nicht sein.

»Bist du sicher?«, flüsterte ich, ohne sie anzusehen.

Aus dem Augenwinkel konnte ich ihr Nicken dennoch erkennen.

»Verdammt«, entfuhr es mir.

Zur Antwort erhielt ich nur ein weiteres Schluchzen.

KAPITEL 2 – SKYA

Ich hatte keine Ahnung, was ich jetzt tun sollte. Und Mona offenbar auch nicht. Eine Weile lang starrten wir schweigend auf den kleinen Salontisch, als würde dort nächstens die Lösung für unser Problem auftauchen.

Natürlich passierte das nicht …

Alles, was auftauchte, war mein Kater, der auf den Namen Dämon hörte und uns mit großen, gelben Augen ansah. Sein graues Fell leuchtete stets, da ich es täglich bürstete. Er schien zu merken, dass wir angespannt waren und maunzte leise, während sein Schwanz unruhig hin und her zuckte. Nach ein paar Sekunden tapste er beleidigt weg, weil ich ihn nicht beachtete. Aber ich war nicht in der Lage, ihm jetzt die nötige Aufmerksamkeit zu schenken. Ich hatte ein Problem zu lösen.

Ja, es war *unser* Problem. Ich liebte Mona. Wir kannten uns schon so lange, waren zusammen aufgewachsen. Und der Gedanke, dass sie bald sterben könnte – hingerichtet würde! –, bildete in meinem

Magen schmerzhafte Knoten, während mein Herz am liebsten stillstehen wollte.

Wenn Praeda es wusste, war es nur eine Frage der Zeit, bis Mona festgenommen wurde. Die Räte würden sie zum Tode verurteilen, weil sie gegen unsere heiligste Regel verstoßen hatte.

Das durfte einfach nicht passieren, wir mussten irgendetwas dagegen unternehmen. Mussten sie verstecken, bis wir eine bessere Lösung gefunden hätten. Bis wir das Kind los waren. Bis wir …

»Meinst du …«, unterbrach Mona meine herumwirbelnden Gedanken, die mir mit jeder Sekunde stärkere Kopfschmerzen bereiteten. »Meinst du, es stimmt, was uns der Rat immer erzählt hat? Dass ich sterben werde bei der Geburt?«

Ich wandte ihr langsam den Kopf zu, meine Stirn in tiefe Falten gelegt, und fuhr mir mit der Hand durch das Haar. Einige Sekunden lang musterte ich sie nachdenklich.

Ich hatte noch nie hinterfragt, ob es stimmte, was die Ältesten uns über Schwangerschaften erzählten. Aber ich war auch nicht gewillt, es drauf ankommen zu lassen.

»Ich … weiß es nicht …«, gestand ich leise.

Sie nickte und starrte wieder niedergeschlagen auf den Salontisch.

Ich hatte noch nie eine Schwangere gesehen, hatte mich mit diesem Thema nicht einmal im Ansatz befasst, da es so absurd und weit weg von meinem Alltag war.

Ich konnte mich nicht daran erinnern, dass jemals eine Diés schwanger gewesen war, weil die Inducer uns stets die Kinder gebracht hatten. Diese geheimnisvollen Gestalten, die Diener unserer Göttin Solaris und des Nox-Gottes Lunos. Sie brachten in ihren

Booten regelmäßig Babys und Kleinkinder über das Meer, welche in feierlichen Zeremonien an die Räte der Nox und Diés überreicht wurden, je nachdem, zu welchem Volk sie gehörten. Auch Mona und ich waren in solch einem Boot hierhergekommen.

Die Inducer kamen durch die unsichtbare Barriere, die unsere Inseln umgab und die sonst keiner überwinden konnte. Dahinter befand sich das Land der Götter. So war es immer schon gewesen und würde es immer sein. Keiner stellte das infrage und keiner wusste, woher die Kinder kamen. Keiner … außer mir. Oder zumindest vermutete ich, dass die Bilder, an die ich mich erinnerte, etwas damit zu tun haben mussten. Doch meine Fragen wollte ja ohnehin niemand beantworten.

»Vielleicht …«, murmelte Mona und unterbrach damit ein weiteres Mal meine Gedankenflut. »Womöglich stimmt es ja nicht und ich überlebe die Geburt.«

Ich schnaubte unwirsch durch die Nase. »Willst du wirklich wegen eines ungeborenen Kindes dein Leben riskieren? Ganz zu schweigen davon, dass Praeda dieses Mal deinen Kopf nicht aus der Schlinge ziehen kann. Sie wird das Gesetz befolgen müssen und das Gesetz besagt, dass jeder, der im Verdacht steht, mit einem Angehörigen der Nox intim geworden zu sein, hingerichtet wird … und dass du eindeutig mit einem Nox intim geworden bist, das werden alle sehen, sobald deine Schwangerschaft weiter fortgeschritten ist …« Ich brach ab und schauderte bei dem Gedanken.

Verdammt, wir brauchten *dringend* eine Lösung!

»Wie konnte sie es überhaupt erfahren?«, fragte ich, um auszuloten, wie groß unsere Chancen standen, dass es noch nicht die halbe

Insel wusste und wir damit rechnen mussten, dass jeden Moment unser Haus von Soldaten gestürmt würde.

Mona zitterte unwillkürlich, als sei ihr kalt. Dann sah sie mich verzweifelt an. »Ich habe in der Krankenstation nach einem Schwangerschaftstest gesucht, da ich seit zwei Monaten meine Periode nicht mehr bekommen habe.«

Ich runzelte die Stirn. »Einen … was?«

»Einen Schwangerschaftstest«, wiederholte Mona. »Die Ältesten haben uns ihre Existenz zwar verschwiegen, aber während meiner Ausbildung habe ich mal einen gesehen. Irgendwo bei den alten Unterlagen, die Praeda in ihrem Arbeitszimmer der Krankenstation verbirgt. Ich bin dort hineingeschlichen … und ich habe einen gefunden. Die Anwendung war nicht schwer zu verstehen. Als ich gerade das Ergebnis in den Händen hielt, hat Praeda mich erwischt und mich ausgefragt. Ich … ich konnte sie nicht anlügen. Das konnte ich noch nie …«

Oje, die anständige, naive Mona. Sie war wirklich viel zu gut und rechtschaffen für diese Insel …

Abermals verfluchte ich insgeheim die Nox aufs Übelste – jetzt war Zero als mein Feindbild Nummer eins von diesem Calem abgelöst worden –, doch das würde Mona leider nichts helfen.

Sie schluchzte erneut herzzerreißend. »Praeda ist danach direkt zur Versammlung gegangen, und ich bin mir sicher, dass sie dort meinen Fall besprechen wird. Das muss sie, das hat sie mir gesagt.« Ihr Schluchzen wurde zu einem Schluckauf. »Skya … hicks … was … mache … hicks … bloß? Bald … bald ist … hicks … Praeda … wieder … hicks … hier und dann … dann …« Ihre sonstigen Befürchtungen gingen in einem weiteren Heulkrampf unter.

Ich legte den Arm um sie und streichelte ihr mit der Hand beruhigend über den Kopf.

»Schhh, wir finden eine Lösung. Wir *müssen* es einfach«, flüsterte ich ihr zu. »Als Erstes bringen wir dich hier weg. Ich werde Praeda sagen, dass ich dich nicht gesehen habe, wenn sie zurückkommt. Das verschafft uns Zeit, denn dann muss der Rat erst Suchtrupps ausschicken.«

Mona schniefte und sah mich aus ihren verquollenen Augen geknickt an. Es dauerte eine Weile, bis sie ihren Schluckauf einigermaßen unter Kontrolle hatte und wieder normaler sprechen konnte. »Und wohin soll ich … gehen?«, schluchzte sie. »Praeda kennt die … Insel wie niemand … sonst. Sie wird mich … finden.«

»Sie hat dich nicht gefunden, als du die letzten Male bei der Grenze warst, oder?«, erwiderte ich energisch. »Dort wirst du auf mich warten. Ich werde morgen vor Anbruch der Dämmerung dorthin kommen und bringe dir etwas zu essen mit. Außerdem will ich mit diesem Calem sprechen und ihm an den Kopf werfen, was ich von ihm halte!«

»Nein!« Mona legte mir beide Hände auf die Schultern und sah mich mit panisch geweiteten Augen an. »Bitte, tu das nicht!«

»Warum nicht?« Mein Blick war misstrauisch. Ich wusste, wie durchdringend meine dunklen Augen blicken konnten.

»Weil … weil …«, stotterte Mona. Dann schluchzte sie abermals und senkte den Blick. »Ich habe ihm nichts von meinem Verdacht erzählt …«

Ich runzelte die Stirn. »Was für ein Verdacht?«

Sie wagte nicht, mir in die Augen zu sehen. »Na, dass ich … ein Kind von ihm erwarte.«

»Mona!« Ich sog scharf die Luft ein und versuchte, meine Moralpredigt, die mir auf den Lippen brannte, zu unterdrücken. Ein paar Mal atmete ich tief ein und aus, bis ich mich beruhigt hatte. Dann fuhr ich gefasster fort: »Du musst es ihm sagen. Er ist der VATER.«

»Ja, ich weiß …«, nickte sie hilflos. »Aber ich habe Angst davor, wie er reagieren wird. Was, wenn er … wenn er mich tötet?«

Ich schnaubte leise. »Was hätte er davon? Zudem hast du gesagt, dass er nett sei. Ein netter Kerl tötet nicht einfach so eine Frau, mit der er geschlafen hat.«

Monas Gesicht glich einem einzigen Trauerspiel, als sie mir in die Augen sah. »Vielleicht hast du recht … aber kannst … kannst du es ihm sagen?«

»Ich?!« Ich sah sie fassungslos an.

Ich wollte diesem Calem vieles an den Kopf werfen, aber bestimmt nicht die frohe Botschaft, dass er zeugungsfähig war. Das sollte Mona mal schön selbst ausbaden.

Schließlich war *sie* es gewesen, die jegliche Vernunft in den Wind geschossen und diesen Armleuchter zwischen ihre Beine gelassen hatte.

»Bitte …« Monas flehender Blick hätte wohl einen Fisch dazu überreden können, einen Tag als Lemur zu verbringen.

»Wir werden sehen«, antwortete ich ausweichend. »Wann trefft ihr euch denn normalerweise?«

»Meist alle drei Tage in der Dämmerung bei der Grenze.«

»Mhm.« Ich runzelte die Stirn, während ich mir in Gedanken versuchte, einen Plan zurechtzulegen. »Und wann ist das nächste Mal?«

»Morgen Abend.«

Mist. Das bedeutete, ich würde Mona einen Tag lang vor Praeda verstecken müssen. Denn in mir reifte gerade der Plan heran, dass dieser Calem sie nach Nox mitnehmen könnte. Dort wäre sie zumindest vor Praeda und den anderen Ratsmitgliedern der Diés sicher. Immerhin so lange, bis uns etwas Besseres einfiel.

Meine Gedanken überschlugen sich und mir wurde fast schwindlig, als ich versuchte, meinen provisorischen Plan auf Schwachstellen zu analysieren.

Diese verdammte Nacht verlangsamte immer stärker meine Denkfähigkeit und meine Kopfschmerzen wurden schier unerträglich. Aber ich musste weiter am Plan feilen! Von Kopfschmerzen konnte man nicht sterben, von einer Schwangerschaft aber schon!

Vielleicht konnte ich unbemerkt ein Mittel für einen Schwangerschaftsabbruch besorgen. Wenn es in der Krankenstation Schwangerschaftstests gab, dann sicher auch Abtreibungsmittel. Etwas anderes würde Mona nämlich nicht übrig bleiben. Sie musste das Kind loswerden. Womöglich, wenn sie nicht mehr schwanger war, würde die Strafe nicht allzu hart ausfallen. Vielleicht könnte Praeda dann ein Wort für Mona einlegen und ihr das Todesurteil ersparen.

Ja, das wäre ein guter Plan.

Nur würde es äußerst schwierig werden, ein solches Abtreibungsmittel zu besorgen. Da niemand auf unserer Insel jemals schwanger gewesen war, wären diese wohl genauso schwer zugänglich wie die Schwangerschaftstests. Ich selbst kannte die Existenz solcher Mittel überhaupt nur, weil ich mal zufällig etwas davon in einem der hundert Bücher gelesen hatte, die ich in der Bibliothek täglich wälzte. Ich musste das Buch wiederfinden. Vielleicht fände sich darin eine Anleitung, wie man so ein Mittel selbst herstellen konnte? Einen Versuch wäre es wert, auch wenn mir die Zeit davonlief.

Aber erst musste ich dafür sorgen, dass Mona in Sicherheit war. Eins nach dem anderen.

»Ich werde dich zur Grenze begleiten«, sagte ich entschieden und stand auf. »Die Versammlung dauert noch mindestens zwei Stunden, da Praeda mit den Räten unter anderem auch besprechen will, wie sie den Fischfang noch ertragreicher machen können. Zudem ist da ja noch das Wasserproblem. Und wenn sie auch noch über dich beratschlagen, wird es noch länger dauern. Nur könnte es sein, dass sie dann bereits Wachen schicken, um dich festzunehmen. Denen müssen wir entkommen, was bedeutet, dass wir auf der Stelle aufbrechen.«

Mona nickte stumm.

Die Tatsache, dass Praeda sie nicht augenblicklich verhaftet hatte, verriet mir, dass es meiner Ziehmutter widerstrebte, eine ihrer Töchter zum Tode zu verurteilen. Praeda war eine der leidenschaftlichsten Verfechterinnen unserer Gesetze und Regeln, doch sie hatte Mona einfach so gehen lassen. Das passte nicht zu ihr.

Vielleicht hatte Praeda Mona eine Flucht ermöglichen wollen? Wahrscheinlich hatte sie sogar geahnt, dass Mona zu mir kommen würde. Konnte das sein? Selbst wenn, wir durften nicht noch mehr Zeit verlieren!

»Komm.« Ich zog Mona auf die Beine. »Pack ein paar Kleider von mir ein. Das meiste sollte dir ja passen. Zudem die Wolldecke, die ich unter dem Bett aufbewahre. Ich suche in der Zwischenzeit in der Küche nach etwas Essbarem. In fünf Minuten gehen wir los. Beeil dich!«

Ich schubste meine Freundin in Richtung Schlafzimmer, während ich selbst den Weg zur Küche einschlug. Sie stolperte zur Tür und riss sie auf, um in meinem Zimmer zu verschwinden.

Ich ergriff meinen Rucksack, den ich ansonsten immer für den Sportunterricht benutzte, und stopfte ihn mit einem Laib Brot und einigen Äpfeln voll.

Mein Kater war mir in die Küche gefolgt und sah mir neugierig dabei zu, während er wieder leise maunzte, um meine Aufmerksamkeit zu bekommen. Aber für ihn hatte ich jetzt gerade keine Zeit. Mona war wichtiger als alles andere.

Einen Moment lang zögerte ich, dann packte ich eine Flasche meines Wasservorrates mit ein. Mona würde ihn dringender benötigen als ich, wenn sie bei der Grenze war.

Die ›Grenze‹ wurde eine langgezogene, breite Insel genannt, die dicht mit Sträuchern und hohen Bäumen bewachsen war und wie ein Wall gegen die Nox anmutete. Man musste durch kniehohes Meerwasser waten, um sie von unserer Insel aus zu erreichen.

Auf der Grenze selbst gab es kaum Leben, geschweige denn Trinkwasser. Zudem patrouillierten Soldaten am Strand, aber es war der einzige Platz, der mir auf die Schnelle eingefallen war. Mona würde nur einen Tag dort bleiben müssen und in dieser Zeit würde sie sich vor den Soldaten verbergen können. Das hoffte ich zumindest.

»Kommst du?«, rief ich, als ich alles fertig gepackt hatte.

Mona trat aus meinem Zimmer, über der Schulter ebenfalls einen Rucksack, der zum Bersten gefüllt schien.

»Danke«, flüsterte sie.

Sie hatte sich wieder etwas gefangen und ihr Blick wirkte ein wenig klarer. Immerhin. Eine hysterische Mona könnte ich auf unserer Flucht nicht gebrauchen.

»Danken kannst du mir, wenn du in Sicherheit bist«, antwortete ich ausweichend. »Komm jetzt. Bis zur Grenze ist es ein ganzes Stück Fußmarsch und ich muss wieder hier sein, wenn Praeda zurückkommt.«

Mona nickte und folgte mir in die Dunkelheit hinaus.

Wie ich sie hasste, diese Tageszeit. Das lag nicht nur daran, dass ich mich schwächer fühlte und schlechter denken konnte, sondern auch daran, dass ich kaum etwas erkennen konnte, weil die Augen von uns Diés nicht für die Nacht geschaffen waren. Nicht umsonst war unser Kredo: Lass dich nicht von der Dunkelheit blenden. Wir waren im Dunkeln fast so blind wie ein Maulwurf.

Auf eine Lampe hatte ich verzichtet. Wir durften keinesfalls auffallen. So blieb uns nur das spärliche Sternenlicht, denn der Mond zeigte sich heute nicht am Himmel. Was mir ebenfalls recht war. Neben der Tatsache, dass ich den Mond nicht ausstehen konnte, war es somit dunkel genug, um uns vor den Augen der Patrouillen zu verbergen.

Während der Nacht gab es überall Soldaten, die dafür sorgten, dass kein Diés ohne Erlaubnis das Haus verließ. Zwischen acht Uhr abends und sechs Uhr morgens war Sperrstunde. Dann durften nur diejenigen, die in dringenden Angelegenheiten unterwegs waren und dementsprechende Papiere bei sich hatten, auf den Straßen sein.

Mona war ein großes Risiko eingegangen, als sie so spät in der Nacht zu mir gekommen war. Sie lebte ebenso wie mein Jugendfreund Teias seit einem Jahr ein paar Häuser weiter in der Krankenstation, wo sie als Pflegerin arbeitete. Die meisten Pfleger und Ärzte wohnten dort, um direkt vor Ort sein zu können, sollte ein Notfall eintreten. Dann mussten sie nicht mitten in der Nacht ihre Häuser verlassen.

Nun ja, außer man hieß Mona.

Auch Praeda arbeitete in der Krankenstation, allerdings genoss sie als Ratsmitglied das Privileg, auch nachts unterwegs sein zu dürfen, sodass sie auch nicht in dem Krankenhaus schlafen musste.

So leise und unauffällig wie möglich verließen wir die Siedlung und schlugen den Weg in Richtung Grenze ein. Hinter unserem Haus breitete sich ein weitläufiges Maisfeld aus, dessen Pflanzen uns zusätzlichen Sichtschutz boten.

Es war gespenstisch ruhig und ich fühlte mich alles andere als wohl in meiner Haut. Doch es widerstrebte mir, Mona alleine zur Grenze zu schicken. Ich musste wissen, dass sie dort gut ankam, sonst würde ich die ganze Nacht kein Auge zutun können.

Unser Weg führte uns durch einen dunklen Wald, vorbei an Wiesen und über zwei Hügel. Ein paar Mal mussten wir uns vor Patrouillen verstecken, doch glücklicherweise entdeckte uns niemand.

Endlich, fast eine Stunde später, erreichten wir den Strand bei der Grenze. Das Rauschen der Wellen wirkte irgendwie beruhigend, auch wenn mein Herz bis zum Hals schlug.

Dunkel glänzte das Wasser vor uns, aus dem die Grenz-Insel wie ein schwarzer Hügel emporragte. Dahinter konnte ich den Berg der

Nox-Insel erkennen, der sich von dem Sternenhimmel abhob. Er hieß Lunamontem und wirkte so bedrohlich und kalt wie seine Bewohner. Ich schauderte bei seinem Anblick. Selten war ich so nervös gewesen wie in diesem Moment.

»Das letzte Stück musst du alleine gehen«, flüsterte ich. »Wenn ich triefendnass nach Hause komme und Praeda bereits da ist, wird sie wissen, wo du dich verbirgst.«

»In Ordnung«, nickte Mona. »Kommst du auch wirklich morgen vor Einbruch der Dämmerung vorbei?«

»Versprochen.« Ich zwang mich zu einem aufmunternden Lächeln, auch wenn ich wusste, dass sie mein Gesicht im Halbdunkeln kaum erkennen konnte. »Ich werde dreimal wie eine Elfenbeinmöwe rufen. Dann weißt du, dass ich es bin.«

»Gut.« Sie fiel mir mit einem leisen Schluchzen um den Hals und drückte mich an sich. »Danke. Danke für alles.«

Ich erwiderte ihre Umarmung und hielt sie ein paar Sekunden lang fest. Mein Herz wurde schwer, als ich sie losließ. Rasch hauchte ich ihr einen Kuss auf die Wange und drängte sie dann, auf die kleine Insel hinüberzuwaten, ehe eine weitere Patrouille vorbeikommen konnte.

Wieder nickte sie und wandte sich leise seufzend ab. Ich sah ihr hinterher, wie sie im Sternenlicht zum Wasser ging und wartete, bis sie auf der Insel angekommen und ihre Silhouette nicht mehr von der Dunkelheit der Bäume zu unterscheiden war.

Dann drehte ich mich um und rannte so rasch ich konnte den Weg zurück. Wenn ich Glück hatte, hätte Praeda noch nichts von meinem Verschwinden bemerkt.

Der Schein des lodernden Feuers tauchte das Innere der Kuppel in orangefarbenes Licht. Das gut tausend Quadratmeter große Glaskonstrukt war unser ganzer Stolz.

Die Bauarbeiten hatten viele Jahre in Anspruch genommen, aber die Mühe hatte sich definitiv gelohnt. Die schwarzen, glänzenden Steinplatten schienen das nächtliche Himmelszelt zu spiegeln – in Wirklichkeit hatten wir in mühevollster Kleinarbeit Bergkristalle in den Boden gearbeitet. Hier konnten wir der Schönheit der Nacht frönen, ohne Wind und Wetter ausgesetzt zu sein – und wir frönten ihr äußerst gerne, so wie heute.

Ich liebte diese Atmosphäre, die Hitze des Feuers, das wir mitten im Raum entzündet hatten und dessen Rauch durch eine Öffnung an der Decke abzog. Die Musik, die durch unsere Körper dröhnte, sie zum Tanzen brachte … aber das ging allen hier so.

Wir vergaßen beim Feiern für ein paar Stunden den Alltag, die Pflichten, die vielen Verbote, die unsere Gemeinschaft am Leben hielten, und, dass wir seit Tagen kaum etwas gegessen hatten. Seit diese verfluchten Diés – die Haie sollen sie fressen! – ihre Netze gespannt hatten, verirrten sich fast keine Fische mehr auf unsere Seite des Meeres. Es würde noch lange dauern, bis die Arbeiter die Folgen der Sabotage durch diese Sonnenanbeter beseitigt hatten, aber das verschwieg ich der jüngeren Generation natürlich. Sie kämpften zur Genüge mit den starren, strengen Regeln und dem eintönigen Alltag, das wusste ich, weil ich einer von ihnen war.

Seit drei Jahren versuchte ich, den Balanceakt zwischen Ratsmitglied und Generation B – wie uns die alten Säcke gerne nannten – zu meistern. Ich war der Erste aus unseren Reihen, der in den Rat aufgestiegen war, was mich ganz automatisch zum Anführer der Gen B gemacht hatte. Die Gen A bestand nur aus den Ratsmitgliedern. Die Gen B aus allen anderen, die im Verlaufe der vergangenen Zeit hier auf die Insel gekommen waren.

Mit meinen neunzehn Jahren war ich zwar noch jung, aber alle hier in der Kuppel mussten wohl oder übel auf mich hören. Das taten sie jedoch bestimmt gerne, weil sie zu mir aufschauten und mich bewunderten. Ich war der Einzige, der seine körperlichen Kräfte während des Tages nicht einbüßte so wie die übrigen Nox. Außerdem richtete ich ekstatische Feste für sie aus – kurz: Ich war durch und durch fantastisch!

»Zero! Du brennst!«, erklang eine Stimme hinter mir.

Ich wirbelte auf dem Absatz herum und schaute nach unten auf mein Hosenbein. Dort loderte tatsächlich eine Flamme, weil ich zu nahe am großen Feuer gestanden hatte, um die Übersicht über mein rauschendes Fest zu haben.

Mein Knöchel fing in der nächsten Sekunde an, höllisch zu schmerzen, aber ich würde jetzt nicht wie ein kleines Mädchen hektisch nach der Flamme schlagen – das ziemte sich für einen Anführer nicht.

Zähne zusammenbeißen! Cool aussehen!

Ich schenkte Fero, dem jungen Nox, der mich auf meine unangenehme Situation aufmerksam gemacht hatte, einen gelangweilten Blick und streifte dann mit meinem rechten Fuß – der zum Glück noch nicht in Flammen stand – über die brennende Stelle. Das kleine Feuer ging aus und ich konnte Fero mit einem dankenden Nicken abspeisen und erhobenen Hauptes in Richtung Thron davonstolzieren. Dass mir auf dem Weg kurz die Gesichtsmuskulatur entglitt, weil ich dem intensiven Schmerz von vorhin Luft machen musste, fiel niemandem auf.

Der steinerne Thron zwischen den zwei hohen Palmen gehörte normalerweise Neurus, unserem Ratsoberhaupt. Eigentlich diente die Kuppel den Versammlungen der Ältesten und nicht unserem Vergnügen. Da ich die Musik, den Tanz und den Spaß heute hierher gebracht hatte, gehörte der unbequeme Thron aber für den Moment mir.

Ich nahm Platz und wunderte mich, wie Neurus sein knochiges Hinterteil immer so lange hier positionieren konnte. Wahrscheinlich war der Alte immun gegen Schmerzen – er war auch immun gegen Humor und Stilgefühl. Würde es noch immer nur nach ihm gehen, würden wir alle nach wie vor in diesen hässlichen, dunkelgrauen Kutten herumlaufen, die er so liebte, weil sie versteckten, dass er so unansehnlich wie ein Anglerfisch war.

Eine meiner ersten Errungenschaften als Ratsmitglied war das Abschaffen der Kleiderordnung für meine Generation gewesen. Jetzt durften wir tragen, was wir wollten, und das war gut so, denn ich sah in diesen schwarzen Hosen, die eine der Schneiderinnen extra für mich angefertigt hatte, wirklich umwerfend aus!

»Suchst du Gesellschaft, mein Anführer?«

Ihre Stimme drang problemlos durch die lauten Bässe, weil sie schrecklich schrill war. Sie stützte sich mit der linken Hand am oberen Rand des Throns ab und beugte sich leicht nach vorne. So präsentierte sie mir ihren Ausschnitt, als würde sie mir zwei Zuckermelonen anbieten.

Teana wusste ihre Vorzüge in Szene zu setzen, aber diese offensichtliche Laszivität hatte irgendwann angefangen, mich zu langweilen – zumindest ein ganz klein wenig.

»Gefällt dir das Fest?«, wollte ich wissen, um ein paar Lobgesänge auf meine Anführerqualitäten zu hören – *die* langweilten mich nie!

Sie nickte hastig und verriet mir mit ihrem Grinsen, dass sie ein wenig zu oft am Zitruswein genippt hatte. Eigentlich durften wir nur an den höchsten Feiertagen Alkohol trinken, aber ich hatte die Kiste mit den seltenen Flaschen in Neurus' Zelt gefunden und kurzerhand mitgenommen. Wenn mich der Alte schon ständig mit Einzelunterricht quälte, dann wollte ich auch ein wenig davon profitieren. Seine Predigten und Lektionen brachten mir wenig, weil ich sie mittlerweile auswendig im Schlaf mitsingen konnte. Er trichterte mir seit meinen Kindertagen dasselbe ein.

Erstens: Das Wohl von Nox steht über allem! Zweitens: Diés sind Idioten! Und drittens: Halte dich immer penibelst an die Vorschriften der älteren Ratsmitglieder, sonst muss ich dich leider wieder auspeitschen, was ich großartig finde, weil ich ein sadistischer Sack bin!

Das waren natürlich nicht ganz Neurus' Worte, aber meine persönliche Zusammenfassung.

»Du bist das Beste, das uns Nox passieren konnte! Irgendwann übernimmst du den Ratsvorsitz und dann muss selbst die Gen A auf *dich* hören!«, flötete Teana mir Lobgesänge vor. Ihre Augen glänzten beeindruckt und sie stolperte einen Schritt näher, um sich auf meinen Schoß zu setzen.

Das durfte sie natürlich. Auf mir war immer Platz für junge, hübsche Mädchen, die in den kurzen Röcken und den engen Oberteilen, die sie dank mir tragen durften, zum Anbeißen aussahen. Die Schneiderinnen übertrafen sich manchmal selbst mit ihren Kreationen.

»Das dauert aber wohl noch etwas, bis Neurus seinen Thron räumt«, brummte ich.

Sie kicherte und legte ihre Arme um meinen Nacken. »Neurus zerfällt doch sowieso bald zu Staub. Wie alt ist er? Achtzig? Neunzig?«

»Er ist fünfundfünfzig …« *Er sieht nur aus wie neunzig*, ergänzte ich in Gedanken. »… und du solltest etwas mehr Respekt vor unserem Rat zeigen!«

Meine hellblauen Augen konnten sehr, sehr kalt blicken und meine versteinerte Miene hatte schon viele das Fürchten gelehrt. Selbst mein älterer Bruder Calem konnte Angst vor mir bekommen, wenn ich ihn so ansah.

»Entschuldige!«, rief Teana, geläutert von der Erkenntnis, dass ich nicht nur großzügige, amüsante Seiten hatte. Sie wusste das zwar bereits, aber ich hatte manchmal den Verdacht, dass ihr Gedächtnis ein Sieb war, das nur die schönen, spaßigen Dinge auffing und den Rest wie Sand hindurchrieseln ließ.

Eigentlich hatte es sich mittlerweile herumgesprochen, dass ich mich zwar für gewisse Bedürfnisse der Gen B stark machte, aber mich auch konsequent und unabdingbar für das Einhalten der wichtigsten und ältesten Statuten einsetzte. Mein Vater hatte mir unmissverständlich klargemacht, dass unser aller Leben auf dem Spiel stehen würde, wenn wir die Regeln und Gesetze unserer Insel missachteten. Nach seinem Tod und vor allem seit meinem Eintritt in den Rat hielt ich umso stoischer an dieser Anweisung fest.

»Ich sollte dich auspeitschen lassen«, drohte ich ihr mit kalter Stimme, was Teana dazu veranlasste, von meinem Schoß zu rutschen und vor mir auf die Knie zu fallen. Im ›Einschüchternde-Drohungen-Aussprechen‹ war ich unschlagbar.

»Verzeih mir, Zero! Ich wollte nicht respektlos klingen. Ich …«

»Steh auf! Du sollst nicht vor mir auf dem Boden herumrutschen, du sollst dir bewusst machen, dass es der Rat ist, dem wir es zu verdanken haben, dass wir Essen, ein Dach über dem Kopf und ein strukturiertes Leben haben.«

Mein Satz wurde von einer hoheitsvollen Geste begleitet.

Sie nickte wieder hastig, diesmal mit Angst in den Augen. Wenn ich sie an Neurus verraten hätte, hätte ich sie wirklich auspeitschen müssen – öffentlich. Diese Strafe stand auf Rufmord, aber ich hatte keine Lust auf dieses Spektakel. Ich war vielleicht ein klein wenig narzisstisch, aber kein Sadist.

Es gab eine große Vielzahl an Strafen und Sanktionen auf Nox, die zwar notwendig waren, um unsere Regeln und Gebote durchzusetzen, aber wirklich angefreundet hatte ich mich mit der ganzen Quälerei noch nie.

Ausgesprochen hätte ich diese Abneigung natürlich nicht. Es gab einen Unterschied zwischen dem, was ich dachte und dem, was ich sagte. In meinen Gedanken konnte ich Neurus einen alten, knochigen Sack ohne Stilgefühl nennen, aber das wirklich kundzutun, hätte der Gemeinschaft geschadet und nichts stand für mich über dem Wohl der Nox. Regel Nummer eins!

Wenn es zum Wohl aller war, würde ich mich sogar selbst am Versammlungsplatz auspeitschen lassen – das nannte man wohl bedingungslosen Patriotismus.

Meine Aufopferung kannte kaum Grenzen. Richtig, ich war ein hervorragender Anführer!

Teana stand wieder auf und schenkte mir einen Blick, der mir versichern sollte, dass sie nur ein vollbusiges Unschuldslamm war. »Ich werde nie wieder ein schlechtes Wort über unsere Regeln und unsere Anführer verlieren.« Sie neigte demütig den Kopf, nur um mir im nächsten Moment einen lasziven Blick zuzuwerfen. »Darf ich mich vielleicht bei dir … entschuldigen?«

»Ja. Schreib ihm einen Brief! Falls du überhaupt schreiben kannst.«

Die Stimme, die plötzlich durch die Bässe an mein Ohr gedrungen war, ließ mich die Augen verdrehen, noch bevor ich sein dämliches Gesicht erblickt hatte.

»Kannst du mich kurz mit unserem großen Anführer alleine lassen?«, fragte er Teana und trieb das vollbusige Unschuldslamm damit wieder zu den anderen.

»Was willst du, Calem?« Meine Stimme klang so genervt, wie ich mich fühlte, weil sein Auftauchen hier nichts Gutes zu bedeuten hatte.

Er hielt wenig von meinen Festen, nannte sie heuchlerisch und idiotisch, aber das entsprach in etwa meiner Charakterisierung meines Bruders Calem, also war es irgendwie in Ordnung.

Als ich ihm einen überdrüssigen Blick schenken wollte, fiel mir auf, dass er weder dämlich grinste noch diese ›Ich bin ein Freigeist und kann mich nicht an Regeln halten‹-Attitüde, die ich auf den Tod nicht ausstehen konnte, an den Tag legte. Ich hätte schwören können, dass er sogar traurig aussah.

»Kannst du dein dummes Fest für ein paar Minuten verlassen? Ich muss mit dir reden«, brummte er, senkte dabei aber den Kopf, was irgendwie niedergeschlagen anmutete.

Ich betrachtete betont gelangweilt meine Fingernägel, ehe ich ihm einen knappen Blick zuwarf. »Hat das nicht bis morgen Zeit? Oder heulst du gleich? Das sieht nämlich so aus … Brauchst du ein Taschentuch?«

Sein Blick wurde finster und er ballte die Hände zu Fäusten. Er hätte aber damit rechnen müssen, blöde Sprüche von mir zu kassieren, wenn er hier mit glänzenden Augen vor mir auftauchte – wer war ich? Seine beste Freundin?

»Für dich ist alles immer ein Witz!«, fauchte er mit unbeherrschter Stimme.

Er fuhr selten so aus der Haut, aber ich war gerade zu sehr in Fahrt, um nachzuhaken, warum er so emotional war.

»Ein Witz?«, wiederholte ich seine Worte mit hochgezogener Augenbraue und setzte mich aufrechter in den steinernen Thron. »Ich bin für vieles bekannt, aber sicher nicht für meinen Humor!«

Obwohl ich es mochte, wenn die Leute über meine Witze lachten. Ja, ich konnte definitiv unterhaltsam sein, zumindest mir selbst bereitete ich meistens große Freude mit meinen Kommentaren und das war schließlich das Wichtigste. Narzissten Modus an.

Calem knurrte abermals. Dieses Geräusch aus seiner Kehle hätte für jeden anderen wahrscheinlich bedrohlich geklungen, weil mein Bruder groß und breitschultrig war, aber ich wusste, dass in diesem Löwenkörper ein Kätzchen wohnte. Da konnten einem seine markanten Züge und der unterkühlte Blick noch so sehr etwas anderes weismachen wollen.

Seine Stimme klang vorwurfsvoll und seine blauen Augen blitzten. »Für was du bekannt bist, interessiert mich nicht, Zero! Niemand hier kennt dich richtig. Niemand außer mir! Und du versteckst dich immer hinter Sarkasmus und Witzchen, wenn es um ernste Gefühle geht!«

Ich schnaubte verächtlich. »Ernste Gefühle? Ach, zieh dir ein Kleid an und schreib ein Gedicht!«

Jetzt war es um seine Beherrschung vollends geschehen. »Du kannst es nicht sein lassen, oder? Du Idiot!«

Niemand sonst hätte mich ungestraft anschreien oder gar Idiot nennen dürfen. Calem hatte dieses Privileg leider schon immer gehabt und ich konnte es ihm nicht absprechen, schließlich war er mein Bruder.

Er fuhr sich verzweifelt seufzend durch die kinnlangen Haare, ehe er sich auf dem Absatz umdrehte und an all den tanzenden, lachenden Nox vorbei nach draußen rannte.

Ich seufzte ebenfalls, während ich ihm nachsah.

Wieso konnte er nicht so wie die anderen Nox sein? Wieso konnte er verdammt noch mal nicht tanzen, Zitruswein in sich reinschütten und auf mich hören?! Nein, er musste dieser verfluchte Freigeist sein, dessen dummen Kopf ICH ständig aus der Schlinge ziehen musste. Damit ihn, für all den Mist den er baute, niemand an den Galgen brachte oder im Meer ertränkte!

Ich sprang entnervt von dem unbequemen Thron auf und wollte der emotionalen Prinzessin hinterherlaufen, aber die Musik ging plötzlich aus und ein Raunen durch die Menge.

»Schluss jetzt, ihr habt genug mit dem Exzess geliebäugelt! Der Morgen bricht bald an!«

Diese Stimme löste augenblicklich den Ratsmitglied-Modus in mir aus. Ich erstarrte mitten in der Bewegung, stellte mich gerader hin und ließ meine Miene sofort gefrieren.

Neurus hatte meine Feier gesprengt. Der Orangeton des Feuers, das in der Mitte der Kuppel brannte, ließ sein faltiges, raues Gesicht noch vergrämter aussehen als sonst. Er war alt und hässlich – und er trug wie immer seine dunkle Robe, die er wohl noch mehr liebte als sein dunkelblaues Amulett, das ihn als Ratsältesten auszeichnete und um seinen knochigen Hals baumelte. Sein einst blondes Haar war beinahe weiß und strähnig.

»Räumt auf und geht in eure Zelte! Zur Dämmerung gehen wir wieder dem Alltag nach! Wenn einer von euch den Unterricht oder die Arbeit verschläft, hat er mit harten Strafen zu rechnen!«

Diese ruppigen, drohenden Worte waren nicht aus dem Mund unseres Ratsoberhaupts gekommen, sondern aus meinem.

Ich musste Neurus immer wieder beweisen, dass ich auf der Seite des Rates stand und meiner Generation nur Zuckerwürfel vor die Füße warf. Dass ich unsere Gesetze und Regeln verinnerlicht hatte und sie niemals infrage stellen würde, waren Dinge, an denen ich keine Zweifel aufkommen lassen durfte.

Während meine Partygäste begannen, aufzuräumen und die Kuppel wieder zum Versammlungsraum machten, ging ich auf Neurus zu.

Wir hatten alle hellblaue Iriden, aber hinter seinen tobte ein Schneesturm – ich war irgendwie neidisch auf diesen eiskalten Blick.

»Es gab keine Zwischenfälle, sie haben sich nur amüsiert«, sagte ich in sachlichem Tonfall, als würde ich einen erfolgreichen Beutezug rapportieren. »Es hat ihnen gutgetan.«

Man hatte bei Neurus immer das Gefühl, dass er absolut kein Interesse an dem hatte, was man ihm sagte. Er nickte trotzdem, weil er mich anhören musste – schließlich gehörte ich auch zum Rat.

»Na gut«, brummte er. »Mach dir aber bewusst, dass wir deine Kinkerlitzchen nur dulden, weil du sie vom Hunger ablenkst. Glaub nicht, dass so etwas auf Nox zur Routine wird. Struktur und Pflichtbewusstsein – wenn wir davon ablassen, bricht unsere Welt zusammen.«

Am liebsten hätte ich ihm gesagt, dass er alt, hässlich und kopfschmerzerregend war, aber ich war kein trotziges Kind mehr, sondern ein Anführer.

»Ich weiß. Ich werde es sie nie vergessen lassen, das habe ich meinem Vater versprochen, wie du weißt«, betete ich herunter.

Er verzog seine runzligen Lippen zu einem Schmunzeln – das tat er ab und an, aber danach folgte meistens nichts Gutes.

»Relas Sohn …«, murmelte er, als hätte er das gerade erst erfahren. Vielleicht hatte der Alte auch heimlich am Zitruswein genippt? »Du trittst ein großes Erbe an, und wenn du nicht schnell genug erwachsen wirst, versagst du.«

Ich war mir sicher, dass Neurus ein ganzes Buch mit bedrohlich klingenden Warnungen für mich geschrieben hatte und mir jeden Tag aufs Neue ein Stückchen daraus vorlas. Heute war ich die Lesung leid. »Ich bereite meinem Vater keine Schande und ich bin schon lange kein Kind mehr.« Auch *meine* Stimme konnte äußerst kühl klingen. »Verlasst euch auf mich. Ich würde eher mein Leben geben, als zuzulassen, dass unsere Gebote missachtet werden.«

Er nickte wieder und ersparte mir diesmal das unheilvolle Lächeln. »Guter Junge.«

Ich hasste diesen Satz! Immer, wenn er ihn aussprach, fühlte ich mich wie ein domestiziertes Tier, das seinem Vergnügen diente. Ich war kein sprechender Papagei, sondern Relas Sohn – der Nachkomme der Gründer der Nox. Vielleicht sollte ich mir ein Schild basteln und es immer hochhalten, wenn Neurus ätzend wurde.

»Wir sehen uns auf der Versammlung«, kündigte ich an, um dieses Gespräch zu beenden. Ich hatte keine Lust mehr, etwas zu beweisen, das eigentlich selbstverständlich sein sollte.

»Lass dich nicht von der Sonne küssen, Zero.«

Im Grunde war das ein weitverbreiteter Spruch unter uns Nox, aber aus Neurus' Mund klang er für mich ekelhaft. So als würde er gleich über mich herfallen wollen.

Ich nickte, drehte mich auf dem Absatz um, verließ mit gemäßigten Schritten die Kuppel und schauderte erst dann angewidert.

Die Sonne war tatsächlich dabei, aufzugehen. Die Nacht, die wir so liebten und in der wir lebten, würde bald dem Tag weichen – ich war müde, auch wenn ich mich körperlich noch fit fühlte.

Gähnend schlenderte ich den Strand entlang, zurück zu unserer Zeltstadt, die größer und prächtiger war, als es sich anhörte. Wir konnten komfortable, aufwendige Zelte bauen, die mindestens so schön waren wie die Steinhäuser der Diés. Ich hatte unsere Zeltstadt schon als kleines Kind geliebt.

Ich wäre in Gedanken in die Vergangenheit abgedriftet, hätte mich die Gestalt, die neben dem Bootssteg am Strand saß, nicht an etwas Wichtiges erinnert.

Calem!

Ich hatte ihn vollkommen vergessen. Dass er mir Egoismus unterstellte, war nicht unbedingt an den Haaren herbeigezogen.

Er schaute zu mir und richtete den Blick dann demonstrativ zurück aufs Meer, das gerade von der aufgehenden Sonne in orangefarbenes Licht getaucht wurde.

Eingeschnappt sah Calem noch dämlicher aus als dann, wenn er traurig war – vielleicht sollte ich ihm das sagen. Ich und mein Feingefühl!

»Heulst du noch immer?«, fragte ich gespielt desinteressiert.

»Verschwinde, Zero!«

Ich ließ mich neben ihn in den kühlen Sand fallen und lauschte seinem Schnauben, weil ich wieder mal nicht auf ihn hörte. Warum sollte ich auch? *Ich* war hier der Anführer, *ich* erteilte die Befehle.

»Was ist los?« Ich ließ ein wenig Sand durch meine Finger gleiten.

Er funkelte mich an. »Auf einmal interessiert es dich?!«

Ich sah den Sandkörnern nach, wie sie eines nach dem anderen wieder zu Boden prasselten. Irgendwie hatte das etwas Beruhigendes. Vielleicht sollte Calem das auch mal probieren. »Ja, hab gerade nichts Besseres zu tun. Lies mir dein Gedicht vor.«

Er sprang auf und wirbelte wütend den Sand mit dem Fuß auf. »Noch ein einziges dummes Wort, Zero, und ich schlage dir mit einem der Steine den Schädel ein!« Er untermalte seine Drohung mit einer unwirschen Geste zur kleinen Felsformation neben uns. »Ist mir egal, ob sie mich dafür verbrennen!«

Ich grinste. Wenn Calem anfing, Todesdrohungen auszusprechen, hatte ich es geschafft, seine Schmerzgrenze zu erreichen – ich war so stolz auf mich!

»Was ich dir sagen will, ist ernst, Zero! Sehr ernst!« Er fuhr sich durch das blonde, halblange Haar und verschränkte dann die Arme vor der breiten Brust, während er weiterhin verärgert auf mich herunterstierte. »Es geht mir schlecht und vielleicht ist dir das egal, aber …«

»Es ist mir nicht egal!«, fiel ich ihm ins Wort und fixierte ihn mit meinem Blick. Er kannte mich, er wusste, dass ich gerade die Wahrheit sagte. »Du könntest mir nie egal sein, du bist mein Bruder, du Idiot!«

Dass ich ihn tatsächlich daran erinnern musste, war lächerlich.

Seine Augen wurden glasig. Da war er wieder: der viel zu sensible Calem mit der viel zu weichen Miene. Ich musste mir auf die Zunge beißen, um nichts Dummes zu sagen.

»Ja, aber in unseren Adern fließt nicht dasselbe Blut. Vielleicht sind wir deshalb so verschieden …«, mutmaßte er und senkte den Blick.

Dass er jetzt tatsächlich dieses leidige Thema anschnitt, hätte mich beinahe zu einem genervten Seufzen gebracht. Ich wollte aber endlich hören, was ihn in diese seltsame Stimmung versetzt hatte. Er war zwar immer sehr gefühlsbetont gewesen, aber heute schien er noch dünnhäutiger als sonst.

»Du weißt, dass das für mich nie eine Rolle gespielt hat. Für Vater ebenso wenig. Du warst der Einzige, der immer ein Drama daraus gemacht hat. Würde ich dich nicht wie einen Bruder lieben, würde ich mir dein Blabla schon lange nicht mehr anhören!« Meine Stimme wurde mit jedem Wort lauter. »Ich habe den ganzen Rat für dich angelogen! Unterstell noch einmal, dass wir keine richtigen Brüder sind und ICH erschlage DICH mit dem Stein!«

Sein dummes Schmunzeln, das auf meine Ansprache hin folgte, brachte mich fast ebenfalls zum Lächeln.

Ich seufzte leise. Egal, wie anstrengend, sensibel und anders er war und egal, wie oft wir uns gegenseitig auf die Nerven gingen und uns Gemeinheiten an den Kopf warfen … ich liebte Calem.

Er ging neben mir in die Hocke und seine Stimme wurde eindringlich. »Hör zu … ich war in letzter Zeit wieder oft an der Grenze und habe mich mit Mona getroffen.«

ICH HASSTE CALEM!

Wenn Calem mir wirklich gerade gestanden hatte, dass er sich wieder mit dieser Diés traf, würde ich ihn erwürgen! Er hatte sich bereits vor einigen Monaten mit ihr getroffen und es kostete mich alle Überredungskunst, Neurus davon zu überzeugen, dass Calem nicht dort gewesen sein konnte, weil er bei mir gewesen war.

Ich gab ihm noch eine Chance, seine Gurgel vor mir mit Worten zu schützen, danach würde er einen Leibwächter brauchen, der meinen Kräften und meinem Zorn gewachsen war – Calem war das nicht, das hatten wir schon des Öfteren festgestellt. Vor allem nicht, wenn es Tag wurde. Dann verlor er nämlich seine Kräfte wie alle anderen Nox. Ich blieb so stark wie immer … und wütend.

»*Was* hast du gesagt?!«, fauchte ich und ließ meine Stimme betont drohend klingen.

Die blonde Prinzessin erhob sich aus der Hocke. Calem tat gut daran, sich wieder aufzurichten und diese ›Wir sind Brüder und du erdrosselst mich deshalb bestimmt nicht‹-Nähe zu einer ›Ich weiß, dass du ein wahnsinniger Choleriker bist‹-Distanz werden zu lassen.

»Ich liebe sie«, presste er zwischen den angespannten Lippen hervor und begann verzweifelt den Kopf zu schütteln.

Ich konnte nicht mehr sitzen bleiben, ich musste aufspringen und diesem starken Bewegungsdrang nachgeben, bevor ich vor Wut hyperventilierte.

»DU liebst sie nicht! Deine LIBIDO tut das anscheinend, weil sie unter kolossaler Geschmacksverirrung leidet! Kannst du es nicht mit irgendwelchen Nox-Mädchen treiben?! So wie JEDER normale Typ hier?!«

Das Schreien tat bereits in den Stimmbändern weh, aber ich hätte sie mir auch aus der Kehle geschnitten und Calem damit beschossen, wenn das die Dummheit aus seinem Kopf vertrieben hätte.

»Was weißt du schon über Liebe?!«, begann er mir vorzuwerfen und hatte tatsächlich die Frechheit, weiterzusprechen, obwohl ich wieder schreien wollte. »Du tust es mit irgendwelchen Flittchen, deren Namen du dir auf die Hand schreiben musst, um sie nicht gleich wieder zu vergessen!«

»Und weiter?!«, fauchte ich und zuckte mit den Schultern. Das sollte nicht mal eine Provokation sein, ich verstand wirklich nicht, was es an meinem fantastischen System zu kritisieren gab.

Calem fasste sich an die Stirn und schnaubte dann resignierend. »Du bist wahrscheinlich der Allerletzte, der das versteht! Aber du bist mein Bruder, also *versuch* es zumindest!«

Nun war ich natürlich ohne Zweifel sein Bruder.

Ich holte Luft, um weiterhin gebührend laut bleiben zu können, aber meine Sinne gaben mir ein Alarmsignal.

Blitzschnell drehte ich den Kopf in Richtung Waldrand. Mein Blick suchte die weit entfernten Wege zwischen den Palmen ab, welche die Nacht viel schöner kleidete als die aufgehende Sonne.

»Hörst du mir überhaupt noch zu, Zer…?!«

»Shh!«, zischte ich und machte eine zum Abwarten auffordernde Geste.

Meine Sinne hatten mich nicht getäuscht, das taten sie nie. Am Waldrand tauchten dunkelblau gekleidete Gestalten auf.

»Wachen!«, verkündete ich und bedachte Calem mit einem strengen Blick, während seine Augen groß und ängstlich wurden. Ich wusste, was gerade in ihm wuchs – was er bis eben ignoriert hatte.

»Lieferst du mich aus? Verrätst du mich?« Seine Stimme war jetzt ein eindringliches Flüstern.

Ich hob das Kinn an und musterte ihn von oben herab. Mein Blick hätte das Meer gefrieren lassen können. Wahrscheinlich bekam er gerade Gänsehaut.

»Du weißt, was ich bin«, begann ich meine heroische Ansprache. Ich war mir sicher, dass meine Stimme gerade fremd in seinen Ohren klang. »Du weißt, welchen Schwur ich geleistet habe.«

Calem war es wahrscheinlich nicht bewusst, weil er es aus einem Instinkt heraus tat, aber er wich einen Schritt vor mir zurück.

»Ich bin kein einfacher Nox mehr!«, fuhr ich fort. »Ich bin nicht nur Relas Sohn und ich bin nicht nur dein Bruder! Was ich dieser Insel schuldig bin, ist mehr als Treue und Rechtschaffenheit!«

Sein nervöser Blick schweifte ständig zu den Wachen hinter mir, die so lange näher kommen würden, bis ich ihnen ein Signal gab.

Ich durfte mich auch nach Tagesanbruch frei auf Nox bewegen, Calem nicht. Alleine dieser Verstoß hätte ihm ein paar Peitschenhiebe bescheren können. Was ihn erwartete, wenn ich auch nur ein Wort über seine Liebschaft mit dieser verfluchten Diés verlor, ging aber weit über ein paar Striemen am Rücken und Demütigungen hinaus.

Das Einzige, das seinen Kopf nun noch aus der Schlinge ziehen konnte, war mein Wohlwollen. Wenn ich den Wachen signalisierte, dass ich Calem die Erlaubnis gegeben hatte, gegen das Tages-Ausgangsverbot zu verstoßen und wenn ich seine lächerliche Affäre für mich behielt, würde ihm nichts geschehen.

»Zero …«, sprach er meinen Namen aus. So unsicher und ängstlich, dass er plötzlich klang, als wäre er wieder zehn Jahre alt und sein achtjähriger Bruder würde sein liebstes Medaillon über den Brunnenschacht halten.

Damals hatte ich es fallen lassen und Calem hatte mir gesagt, dass er mich hasste. Dieser Tag hatte sich als einer der schlimmsten meines Lebens in mein Gedächtnis gebrannt, aber er war Sinnbild dafür, wie kalt und grausam ich sein konnte. Er fürchtete mich zu Recht – mein lieber, dummer Bruder.

»Was du tust, schadet der Gemeinschaft«, fuhr ich fort. »Du hast noch nie Respekt vor unseren Regeln gezeigt, du trittst sie mit Füßen – du respektierst *mich* nicht!«

Seine Augen wurden wieder glasig, seine Hände hätten gezittert, hätte er sie nicht aus Verzweiflung zu Fäusten geballt. »Sie töten mich, Zero! Wenn du ihnen sagst, dass ich eine Diés liebe, sterbe ich!«

Ich nickte langsam, um Calem zu bedeuten, dass er mir nichts bewusst machen musste, was ich selbst ständig predigte – sofern Neurus das nicht für mich tat: unsere Regeln.

Calem wimmerte fast, als er fortfuhr: »Ich will nicht sterben, Zero! Ich will mit ihr zusammen sein! Ich werde von Nox fliehen, wenn du mich verrätst!«

Mein selbstgefälliges Schmunzeln traf ihn mitten ins Herz, ich konnte es durch seine hellblauen Iriden hindurch förmlich krampfen sehen. »Wohin willst du denn fliehen, du dummer Narr?« Mein Tonfall hätte nicht viel eisiger sein können. »Nach Diés? Dort wird man dich schneller ertränken, als du dein schwarzhaariges Flittchen finden kannst!«

»Aber …!«

Ich fiel ihm energisch ins Wort: »Auf Nox verbrennen sie dich! Auf Diés ertrinkst du!«, rief ich wütend.

Calem war mir noch nie kleiner vorgekommen, noch nie schwächer oder hilfloser, als ich den Höhepunkt meiner Ansprache auskostete: »Aber das einzige Monster, das dich töten darf, bin ich!«

Während er vergaß zu atmen, hob ich die Hand und streckte drei Finger in die Luft. Das Zeichen dafür, dass alles in Ordnung war, veranlasste die Wachen dazu, nicht mehr auf uns zuzumarschieren. Sie würden ihre Patrouille fortsetzen, ohne uns zu behelligen oder unangenehme Fragen zu stellen.

Wir schwiegen uns ein paar Sekunden lang an. Sekunden, in denen mein Blick kein Stück weicher wurde, aber Calems Augen den angsterfüllten Schimmer verloren.

»Ich dachte gerade wirklich, du würdest zulassen, dass sie mich töten«, verriet er etwas, das mir natürlich klar gewesen war – auf nichts anderes hatte ich es angelegt. »Du hast mir gerade Angst gemacht, Zero!«

»Halt diese Emotion fest! Unser Gespräch ist noch nicht vorbei!«, tönte ich hoheitsvoll und wandte mich zum Gehen. Hier war nicht der richtige Ort und schon gar nicht die richtige Zeit – wie ich diese grelle Sonne hasste! –, um über Calems potenziell todbringende Libido zu diskutieren. Wir würden unsere Unterhaltung fortsetzen, aber in unserem Zelt, nicht hier im Freien.

»Komm! Wir gehen nach Hause!«, befahl ich und unterdrückte die aufkommende Müdigkeit mit Gedanken über Calems Hinrichtung.

Ich konnte nicht zulassen, dass ihm jemand etwas antat, diesem dummen, sturen Idioten! Ich war das gemeine Kind, das sein Spielzeug kaputttrat und ihm im Schlaf die Haare abschnitt, aber ich würde nicht das Ratsmitglied sein, das ihn auf die Exekutionsliste setzte.

Wir liefen schweigend den Strand entlang, über uns eine dicke Wolke, die auf den Namen ›Unbehagen‹ hörte. Die Wärme der aufgehenden Sonne legte sich auf meine blasse Haut.

Wenn ich wegen Calem einen hässlich braunen Teint bekam, würde er demnächst mit neuem Haarschnitt aufwachen. Er freute sich wahrscheinlich darüber – über die bräunliche Haut, nicht über den ungewollten Haarschnitt. Anscheinend stand er auf dunklen Teint.

Ich verstand partout nicht, was er an einer Diés finden konnte. Eingebildete schwarzhaarige Weiber, die Angst vor ihrem eigenen

Schatten hatten. Sie waren schwach, langweilig und zimperlich – ich wusste das, schließlich war ich schon oft auf Diés gewesen.

Ein wenig Unruhe stiften, Stärke demonstrieren, Angst einflößen – all das war notwendig, um diese elenden Sonnenanbeter von uns fernzuhalten. Ganz nebenbei machte es aber auch Spaß. Ich sah sie mich gerne mit offenen Mündern anstarren, wenn ich – natürlich mitten in der Nacht – bei ihnen auftauchte und durch ihre Blumenbeete trampelte.

Diese ›Streifzüge‹ passierten ganz offiziell, im Auftrag unseres Rats. Nichts war wichtiger, als die Antipathie zwischen den Inseln zu nähren, *warum*, hatte ich nie infrage gestellt, weil es etwas war, das mir von Kindesbeinen an gepredigt wurde.

Die Diés waren unser Tod, Calem wusste das genauso gut wie ich, trotzdem schien er sich gerne mit dem Sensenmann nackt im Sand zu räkeln.

Ein leises, aber erleichtertes Seufzen entwich meiner Kehle, als wir das Zentrum von Nox erreichten. Mein Blick schweifte kurz hoch zum schützenden Dach, das unsere Stadt in ewigen Schatten tauchte. Die Sonne drang kaum durch den dicken, schwarzen Spezialstoff, der wie das Sternenzelt über unserem Zuhause schwebte. Vom Fuß des Lunamontem bis zum Versammlungsplatz schützte uns die Konstruktion vor dem direkten Sonnenlicht und verhinderte, dass es in unseren Zelten zu heiß wurde. Wir wussten uns vor dem Tag zu schützen, genau wie wir wussten, uns vor den Diés zu schützen – zumindest die meisten von uns.

Calem hatte sich die ganze Zeit über nicht getraut, mich zu überholen. Normalerweise stapfte er gerne vor mir her, um mir zu signalisieren, dass er der Ältere von uns war und einen Dreck darauf gab, ob ich Ratsmitglied war oder nicht.

Heute schlich der elende Freigeist hinter mir her, als hätte ich ihn an die Leine genommen. Als ich den dicken, schweren Stoff unseres Zelts zur Seite hob, stahl er sich doch an mir vorbei. Er steuerte auf die Treppe zu, die hinunter in unsere Zimmer führte.

Unter der Erde schlief es sich am erholsamsten, weil es dort kühl und dunkel war. Vater hatte sich mit unseren Zimmern besonders viel Mühe gegeben. Die weißen, hohen Steinwände funkelten, weil der Felsen, aus dem sie bestanden, direkt aus dem Inneren unseres Berges abgetragen worden waren.

Der Lunamontem war ein besonderer Ort, genau wie seine Rohstoffe, aber selbst als Ratsmitglied durfte man dort nicht unerlaubt herumstreifen. Für Vater hatte dieses Verbot natürlich nicht gegolten, schließlich war das hier seine Insel gewesen, zumindest bis …

»Zero! Zero! Klasse!«

Ich wurde aus meinen Gedanken gerissen, bevor sie dunkel werden konnten. Die krächzende, verzerrte Stimme konnte mich immer zum Schmunzeln bringen, weil ich ihr beigebracht hatte, nur wahre und wichtige Dinge zu sagen.

»Zero! Schöner, starker Zero!«

Ich wandte mich zu dem blattlosen Baum, dessen Geäst bis hoch an die Spitze unseres Zelts reichte. Er hatte schon immer hier im Wohnzimmer gestanden und er war immer die Heimat eines Papageis gewesen. Unser gegenwärtiger gefiederter Mitbewohner hieß Helius. Er war mein Vogel, die Papageien vor ihm hatten immer meinem Vater gehört. Er hatte einen Draht zu Tieren gehabt, den ich mir erst hatte antrainieren müssen. Mittlerweile hatte ich Helius aber so weit, dass er Lobgesänge auf mich anstimmte und nur noch Calem biss – meistens.

Ich streifte mit der Hand über das blitzblaue Gefieder und bekam sofort wieder die krächzende Stimme zu hören. »Du bist klasse! Zero! Starker Zero!«

Ein Schmunzeln huschte über meine Lippen.

»Keks! Keks!«, tönte Helius.

Das Rufen konnte eindringlich und laut werden. Helius wusste, dass er eine Belohnung bekam, sobald er mir genug geschmeichelt hatte. Wäre dieser Vogel eine Frau gewesen, hätte ich ihm schon längst einen Heiratsantrag gemacht.

Ich öffnete die hölzerne Kommode und kramte in der Tüte mit den Keksen. Dieses Geräusch ließ meinen gefiederten Freund sofort mit den schönen, blauen Schwingen schlagen. Er landete auf meiner Schulter und brüllte mir – für alle Fälle – noch mal ins Ohr. »KEKS!«

»Ja! Ich weiß! Ich bin nicht taub.«

Während ich dem Papagei den Schnabel mit Süßkram stopfte, gelangte eine Stimme an mein Ohr, die genauso durchdringend und nervend war, wie Helius' »Kekse, Kekse, Kekse«-Tiraden. Wenn Calem den Gefühlsmodus anhatte, klang er wie eine weinerliche Schwester mit PMS.

»Du hast recht! Der Vogel ist viel wichtiger als ich!«, warf er mit beleidigtem Sarkasmus um sich und drückte dann wieder auf die Tränendrüse. »Ich dachte, wir wollten reden … und du wolltest mir helfen …«

Ich zog eine Augenbraue nach oben und fuhr auf dem Absatz herum, damit er meine überrascht abweisende Miene auch sehen konnte. »Helfen? Ich lasse dich nicht ertränken, von mehr war nie die Rede!«, stellte ich klar und zerbrach den Keks in meiner Hand in papageienschnabelgerechte Stücke, weil mich der Vogel beim Essen sonst mit Krümeln übersät hätte.

Calems Blick wich meinem aus, er starrte auf den Baumstamm, schien abzuwägen, ob ich ihn auslachen oder verprügeln würde, wenn er jetzt in Tränen ausbrach.

Definitiv verprügeln!

Seine Stimme überschlug sich »Ich werde sie wiedersehen, Zero! Heute in der Abenddämmerung …«

Helius flog von meiner Schulter, weil er meine Anspannung fühlen konnte. Calem hielt mir die kleine, bronzene Schatulle vor die Nase, die ich schon seit einer ganzen Weile nicht mehr gesehen hatte. Er hatte sie irgendwo in seinem Zimmer versteckt, aus Angst, ich könnte sie ihm stehlen. Er hatte ein viel zu schlechtes Bild von mir.

Ich riss ihm das glänzende Behältnis aus der Hand und öffnete es, um sicherzugehen, dass er keine Scherze mit mir trieb und er tatsächlich so durchgeknallt war, wie ich gerade zu vermuten begann.

Der goldene Ring lag auf schwarzem Samt. Während ich die Reflexion des Lichtkegels in dem hellen Edelmetall musterte, begann mein Blick meine Wut zu spiegeln. »Sag mir, dass du nicht vorhast«, brummte ich, »dieser elenden Diés einen Antrag zu machen!« Das Ende meines Satzes war so laut geworden, dass ich kurz befürchtete, man könnte mich bis raus auf die Straße gehört haben. Zum Glück war niemand mehr unterwegs.

Calem wollte mir die Schatulle wieder wegnehmen, aber ich hielt sie fest und packte ihn unsanft am Arm. Dass er tatsächlich die Dummheit besaß, sich wehren zu wollen, ließ meiner Kehle ein Knurren entweichen.

»Wag es nicht!«, zischte ich drohend und stieß ihn gegen den großen Kleiderschrank, der neben Helius' Baum stand.

Da die Sonne meinem Bruder die Kräfte raubte, mir jedoch nicht, war ich um einiges stärker als er. Dieser Idiot hörte trotzdem nicht auf, sich von mir losreißen zu wollen.

»Das ist *mein* Leben, Zero! *Meine* Entscheidung! Vater hat mir diesen Ring gegeben, damit ich ihn der Frau schenke, die ich liebe und ich *liebe* Mona!«

Ich verfestigte den Griff an seinen Oberarmen und drückte mich gegen ihn, weil er sonst vielleicht auf die wahnwitzige Idee gekommen wäre, mich dort zu treten, wo selbst das große Ratsmitglied sehr empfindlich war. Dieser gefühlsgesteuerte Schwachmat hatte mir schon als Kind in die Eier getreten, während ich dabei gewesen war, ihn zu verprügeln. Calem konnte hinterlistig sein – das hatte er sich von mir abgeschaut.

Er konnte sich kaum rühren, aber er atmete genauso schwer wie ich, weil unsere Körper vor Wut und Adrenalin angespannt waren.

»Vater hat dir diesen verdammten Ring nicht vermacht, damit du ihn einer Diés an den Finger steckst!«, stellte ich klar und knirschte mit den Zähnen.

»Ach nein?! Er steckte schon mal am Finger einer Diés, falls du das vergessen hast, du ignoranter, selbstgefälliger …!«

Damit hatte er einen wunden Punkt getroffen, der mir wehtat. Verdammt weh. Und jetzt wollte ich *ihm* wehtun!

Ich tat etwas durchaus Infantiles: Ich drehte Calem herum und verrenkte dabei seinen Arm, so wie ich es auch schon als Kind immer gemacht hatte. Sein Schmerzensschrei war laut und wutentbrannt, aber ich hatte bekommen, was ich wollte: Er hatte aufgehört, über etwas zu reden, das ich partout nicht hören wollte, weil es eine Schuld in mir schürte, die ich nicht zu fühlen bereit war.

»Bist du irre?! Wie alt bist du? Sieben?« In seinem Tonfall schwang noch immer der Schmerz mit, obwohl ich ihn schon wieder losgelassen hatte.

»Du bist gelenkig geworden. Ich kann deinen Arm jetzt viel weiter verbiegen als früher«, stellte ich fest und ließ ein vorsichtiges, entschuldigendes Grinsen meine Lippen zieren, bevor ich ihn wieder mit den Schultern gegen die Wand drückte.

Wenn ich wütend war, reagierte ich meistens irrational und kindisch. Auf der letzten Ratsversammlung hätte ich dem alten Neurus beinahe ein Bein gestellt, als er an mir vorbeigeschlichen war und einen seiner »Du musst erwachsen werden«-Vorträge gehalten hatte. Ratsmitglieder stellten natürlich niemandem ein Bein und sie verdrehten ihren Brüdern auch nicht den Arm, außer die Brüder waren solche Vollidioten wie Calem!

»Lass mich endlich los! Oder willst du mich auch noch beißen?!«

Ich wog ab, ob es schlau war, jetzt nachzugeben, aber in meinem Kopf braute sich ein Plan zusammen, der Calem davor bewahren würde, bald leblos im Meer zu treiben. Mein brillanter Verstand konnte Leben retten!

Als ich meinen Griff lockerte, drängte er sich sofort an mir vorbei und ging auf Abstand.

Er bückte sich nach der Schatulle, die ich im Eifer des Gefechts hatte fallen lassen und ließ sie in seiner Hosentasche verschwinden.

»Ich brauche weder deinen Segen noch deine Erlaubnis, Zero! Ich bin zwei Jahre älter als du und ich weiß, was ich tue«, versicherte er mir.

Ich hasste diese Älterer-Bruder-Leier. Calem war noch nie gut darin gewesen.

»Wenn du so klug bist, wo willst du deine Diés denn heiraten?!«, fragte ich herausfordernd. »Wo wollt ihr leben? Auf Nox? Wollt ihr euch ewig in den Wäldern verstecken?«

Sein Blick blieb streng, aber ich sah Unsicherheit hinter den hellblauen Iriden aufflammen. Calem war naiv, aber nicht dumm, ich wusste, dass er sich diese Fragen auch schon gestellt hatte und ich war gespannt auf seine Antwort.

»Wir werden …«, begann er zaghaft und ließ seine Stimme dann härter klingen. »Wir werden die Inseln verlassen!«

Es vergingen zwei Sekunden, in denen ich ihn entgeistert anstarrte, dann brach ich in schallendes Gelächter aus. Meine Bauchmuskeln begannen schmerzhaft zu ziehen, weil sie sich immer wieder anspannten. Ich konnte nicht aufhören zu lachen, weil mein Bruder so ein kolossaler Idiot war.

»Die Inseln verlassen?«, prustete ich und stützte mich an Helius' Baum ab.

Der Vogel hatte sich auf die Spitze zurückgezogen, weil ihm das Geschrei zu viel geworden war und er einen vollen Bauch hatte.

»Wieso bringt ihr euch nicht selbst um und lebt gleich oben im Himmel? Dort habt ihr viel Platz, ihr Traumtänzer!«

Meine abfällige Bemerkung ließ Calems Miene wieder gefrieren, aber er musste langsam selbst bemerken, wie idiotisch er sich anhörte.

Die Inseln verlassen …! Niemand verließ die Inseln!

»Selbst wenn es euch gelingen würde, die Barriere zu durchbrechen …«, fuhr ich fort, um ihn dort abzuholen, wo er mit seinem stumpfsinnigen Verstand gerade herumschwirrte. »Was dann? Hinter dem Horizont liegt das Land der Götter, dort habt ihr nichts verloren! Diés und Nox, *das* ist unsere Welt! Die *einzige* Welt!«, stellte ich klar und begradigte meine Haltung.

»Nicht mal *du* kannst so blind sein, Zero!«, giftete Calem, machte einen vorsichtigen Schritt auf mich zu und fuhr fort. »Die Inducer, woher kommen die deiner Meinung nach? Aus einem Reich, das noch keiner jemals gesehen hat? Die Babys und Kinder, niemand von der Generation B wurde hier auf der Insel geboren, niemand außer … dir.«

Das letzte Wort aus seinem Mund hatte plötzlich sanft geklungen, er konnte sich sein Mitgefühl aber in den Arsch stecken. Ich hatte schon genug Schuldgefühle verspürt wegen meiner Herkunft, hatte genug Schmerz durch meine Selbstgeißelung und Neurus' Peitsche erduldet. Und wenn Calem das abermals in mir schüren wollte, würde ich ihm auch wieder Schmerzen bereiten müssen.

»Deine elenden Verschwörungstheorien hängen mir zum Hals raus!«, fauchte ich und verfestigte den Griff um den Baumstamm zu meiner Rechten. Noch etwas fester, und er würde unter dem Druck meiner Finger zersplittern, aber das Holz gab meinem Zorn nicht nach. »Du hast schon immer Tiere in den Wolken gesehen,

Fabelwesen in den Wäldern und verblödete Regenbögen, die dir Zaubersprüche zuflüstern! Du bist ein verdammter Träumer, aber wir Nox sind *Kämpfer*, das waren wir immer! Diese Inseln, mehr gibt es nicht und mehr brauchen wir nicht! Der Rat hält uns doch nicht hier fest, was hätten sie davon?!« Ich holte tief Luft und ließ meine Worte einen Augenblick wirken, ehe ich fortfuhr: »Außerdem, wenn es da draußen eine Welt gäbe, und der Rat davon wüsste, würde das bedeuten, dass ich es auch weiß und dich die ganze Zeit über angelogen hätte. Du gehst mir zwar gewaltig auf den Keks, aber ich würde so etwas doch nie vor dir verheimlichen!«

Über uns stieß Helius ein halbherziges »Keks, Keks« hervor.

Calems Augen, die eben noch so etwas wie Entschlossenheit und Überlegenheit gespiegelt hatten, verloren den Glanz. Er kannte mich so gut wie niemand sonst und er wusste, dass ich ihm so etwas Wichtiges nie und nimmer verschwiegen hätte. Nox und Diés, diese Inseln waren unsere Welt, die einzige Welt. Mehr gab es nicht … und diese Tatsache schmerzte mich sogar gerade für den dummen Calem.

»Wir legen uns jetzt schlafen, du verliebter Idiot …«, murmelte ich, weil ich mir nicht mehr ansehen wollte, wie er sein Leben infrage stellte und all seine Wünsche und Träume zerbrachen. Er musste definitiv aufwachen, klar im Kopf werden und verstehen, dass seine Liebschaft keine Zukunft hatte.

Aber das sollte er alleine in seinem Zimmer tun. Wenn er mich mit so großen traurigen Augen ansah, war mir beinahe danach, ihn in den Arm zu nehmen, und das meiste in mir sträubte sich dagegen.

»Manchmal hasse ich dich, Zero …«, murmelte er tonlos, den Blick durch mich hindurch gerichtet.

Ich kratzte mich am Kopf und schluckte die bitteren Gefühle, die diese Worte in mir aufwühlten, hinunter.

»Dann hass mich eben«, entgegnete ich kalt und ging die Treppe zu unseren Zimmern hinunter.

Er durfte mich hassen, solange er am Leben blieb und dafür würde ich sorgen.

KAPITEL 5 – SKYA

Als ich erwachte, war mein ganzer Körper nass vor Schweiß und ich fühlte mich, als sei ich in der Nacht gevierteilt und halbherzig wieder zusammengeflickt worden.

Es dauerte eine Weile, bis ich wusste, warum ich mich so schlecht fühlte. Als mir meine Freundin Mona in den Sinn kam, war ich mit einem Mal hellwach und setzte mich so rasch im Bett auf, dass meine Muskeln alle im Chor aufschrien.

Wie zur Bestätigung, dass ich das nicht hätte tun sollen, war gleichzeitig ein leises Fauchen zu hören und hätte ich nicht gewusst, woher es stammte, hätte ich meinen Muskeln wohl übersinnliche Kräfte zugeschrieben.

Aber das Fauchen kam nicht von meinem Körper, sondern unter meiner Bettdecke hervor. Als ich sie anhob, sahen mir zwei gelbe Katzenaugen vorwurfsvoll entgegen. Dann kratzten spitze Krallen provokant laut über den Bettbezug und eine pelzige Schnauze gähnte mich an.

»Guten Morgen, Dämon«, murmelte ich.

Mein Kater brummte zur Begrüßung und sprang dann elegant unter der Decke hervor, um auf dem Boden zu landen. Dabei stieß er sich zur Strafe, dass ich ihn so unsanft geweckt hatte, mit aller Kraft von meinem Bauch ab, sodass ich leise aufkeuchte.

Er hatte seinen Namen nicht umsonst erhalten.

Mit hoch erhobenem Kopf und zuckendem Schwanz stolzierte er aus der halboffenen Tür in Richtung Küche davon.

Aber auch ohne Dämons schmerzhafte Retourkutsche fühlte sich jede meiner Muskelfasern an, als hätte ich die Nacht auf der Streckbank verbracht.

Ich war es nicht gewohnt, nach Einbruch der Dämmerung stundenlang herumzuwandern. Mein Körper lief um die Zeit auf Sparflamme. Der Preis war jetzt, dass mich meine Arme und Beine schmerzhaft daran erinnerten, dass ich mit Mona bis zur Grenze und wieder zurückgelaufen war.

Dieser verdammte, verfluchte Nox-Bastard! Gäbe es ihn nicht, säßen Mona und ich jetzt nicht in diesem Schlamassel! Und ja, es war auch *mein* Schlamassel, denn Mona war meine beste Freundin – meine Schwester!

Ich wischte mit der Hand über meine Augen und sah zum Fenster hinaus, durch welches Sonnenlicht auf mein Bett fiel. Es musste bereits später Morgen sein. Praeda war gestern zum Glück nicht zu Hause gewesen, als ich mich wieder hineingeschlichen hatte. Ich hatte keine Ahnung, wann sie von der Versammlung zurückgekommen war, aber die Besprechung der Räte musste lange gedauert haben. Ob sie wohl über Monas Schicksal diskutiert hatten? Hatten sie sie zum Tode verurteilt? Oder begnadigt?

Ich musste es herausfinden und dann in die Bibliothek, um Bücher zu wälzen und ein Abtreibungsmittel herzustellen.

Okay, ich hörte mich im Moment wohl gerade an, als hätte nicht nur mein Körper, sondern auch mein Gehirn eine Behandlung mit einem Hackbeil hinter sich. Aber es war das Einzige, was ich für Mona tun konnte: ihr zu helfen, dieses Kind loszuwerden. Und diesen Nox-Typen zur Schnecke zu machen, damit er nie wieder in die Nähe meiner Freundin kommen würde.

Doch zuerst musste ich mich aus dem Bett quälen. Einen Schritt nach dem anderen.

Mit einem leisen Ächzen schwang ich meine Beine über den Bettrand und schleppte mich ins Bad, wo ich die Dusche aufdrehte. Das kalte Meerwasser, das seit der Nox-Attacke durch unsere Rohre floss, belebte meinen Körper immerhin wieder so weit, dass er sich nicht mehr ganz so anfühlte, als hätte Dämon in der Nacht Turnübungen darauf gemacht.

Ich band mein noch nasses Haar zu einem Zopf zusammen und ging in die Küche, um einen Schluck Wasser zu trinken. Meine Kehle war staubtrocken und als das kühle Nass meinen Hals hinunterrann, hätte ich vor Wonne fast geseufzt. Es war höchste Zeit, dass wir diese Wasserknappheit in den Griff bekamen …

»Hast du Mona gesehen?«

Praedas Stimme ließ mich zusammenfahren und ich verschüttete einen Teil meiner kostbaren Wasserration, was einen herzhaften Fluch von mir zur Folge hatte.

»Musst du dich so anschleichen?«, blaffte ich meine Ziehmutter an, als ich zu ihr herumfuhr.

Praeda stand hinter mir und hatte die Arme vor der Brust verschränkt, während ihre dunklen Augen mich eindringlich ansahen.

Sie war eine beeindruckende Frau. Ihr schwarzes Haar war an manchen Stellen bereits grau geworden und ihr einst überirdisch schönes Gesicht hatte durch das Alter schon so einige Falten aufzuweisen. Dennoch war sie immer noch eine Augenweide und ich verstand nicht, warum sie keinen Mann hatte. Ihr Mund war meist zu einer schmalen Linie geformt, die mit ihrer geraden Nase zusammen einem auf dem Kopf stehenden ›T‹ glich. Sie war dunkel gekleidet wie die meisten Räte und trug zum Zeichen ihrer Stellung als Ratsälteste ein Amulett um den Hals. Es glänzte in der Sonne in einem mystischen Rot und ich hatte es schon als Kind oft bewundert. Es war ein wunderschönes Schmuckstück. Irgendwann würde es wahrscheinlich mir gehören …

Praeda überragte die meisten Diés – so auch mich. Wäre sie ein Mann, hätte man sie wohl als stattlich bezeichnet. Als Frau war sie … furchteinflößend? Nun ja, so wirkte sie zumindest auf den Großteil der Bewohner unserer Insel – nicht auf mich.

Ich kannte sie seit Ewigkeiten, war bei ihr aufgewachsen, hatte ihre weichen, verletzlichen Seiten erlebt. Natürlich auch die harten, aber sie war nie ungerecht zu mir gewesen. Und sie hatte stets gut für mich gesorgt. Ich hatte zwar Respekt vor ihr, aber ich benahm mich keinesfalls so unterwürfig wie die anderen Diés. Ein Grund, warum sie manchmal ob meiner Sturheit fast verzweifelte.

Aber insgeheim wusste ich auch, dass sie genau diese störrische Seite von mir mochte. Sie mochte es, dass ich einen eigenen Kopf hatte, dass ich selbst Entscheidungen traf, selbst über Dinge nachdachte, statt sie einfach als gegeben hinzunehmen. Auch wenn dies nicht immer zu meinem Besten war … so wie gestern Nacht zum Beispiel.

Ich versuchte, eine möglichst neutrale Miene aufzusetzen und erwiderte ihren Blick. »Nein, ich habe Mona nicht gesehen«, beantwortete ich ihre ursprüngliche Frage.

Ich war selbst erstaunt, wie leicht mir diese Lüge fiel. Normalerweise konnte ich Unehrlichkeit nicht ausstehen. Aber wenn es um Mona ging, hatte ich immer schon mit anderen Maßstäben gemessen. Und im Moment ging es in erster Linie darum, meiner Freundin Zeit zu verschaffen, bis ich einen besseren Plan hatte.

Praeda legte den Kopf schief und ihre Stirn in Falten. »Lügst du mich an?«, fragte sie misstrauisch.

Ich schüttelte automatisch den Kopf. »Warum sollte ich? Ist etwas mit Mona passiert? Warum fragst du nach ihr? Kann ich etwas tun?«

Wenn ich nervös wurde, stellte ich immer eine Menge Fragen … verdammt.

Praedas Gesicht spannte sich ein wenig mehr an. »Deine Schwester wird seit gestern Abend vermisst«, sagte sie. »Skya. Wenn du irgendetwas weißt, sag es mir. Es ist äußerst wichtig, dass wir sie finden.«

Ich sah sie an und versuchte, meine Miene so besorgt wie möglich wirken zu lassen. »Was ist denn mit ihr? Ist sie nicht in der Krankenstation am arbeiten? Soll ich sie suchen gehen?«

Verdammt, verdammt! Warum musste ich immer zu einer lebenden Quizmaschine werden, wenn ich in die Enge getrieben wurde?!

Ich atmete tief durch und versuchte, meine Gedanken zu ordnen. »Ich habe sie zuletzt gestern Nachmittag gesehen, als ich von der Gärtnerei nach Hause ging«, berichtete ich ruhig.

Ich arbeitete in der Gärtnerei seit einem Jahr als Hilfskraft. Die Arbeit machte mir Spaß, aber ich wusste auch, dass ich das nicht bis an mein Lebensende tun wollte. Blumen pflanzen, Blumen pflücken, Blumen zu Sträußen zusammenbinden … es war einfach zu … wenig.

»Danach nicht mehr?«, wollte Praeda wissen. Ihr Blick bohrte sich derart prüfend in meinen, dass ich das Gefühl hatte, ich sei in ein Verhör geraten.

»Nein«, sagte ich und bemühte mich, weiterhin ruhig zu klingen. »Soll ich sie jetzt suchen gehen oder nicht?«

Praeda sah mich einige Augenblicke schweigend an, dann schüttelte sie kaum merklich den Kopf. »Schon gut«, winkte sie ab. »Ich habe bereits einige Suchtrupps nach ihr ausgeschickt. Wir werden sie finden.« Dann wurde ihr Blick ein wenig weicher. »Ich habe allerdings eine Bitte an dich.«

Ich nickte, froh darüber, dass sie mich nicht weiter mit Fragen löcherte.

Praeda stützte eine Hand auf der Küchenablage ab, während sie die andere um ihre Hüfte geschlungen hielt. »Ich muss mich als Ratsmitglied mit den anderen besprechen. Allerdings ist für heute ein Boot angekündigt. Ich möchte gern, dass du dich darum kümmerst.«

Meine Augen wurden groß. »Ich soll …«, begann ich und klappte meinen Mund auf und zu, ohne dass ich die passenden Worte fand.

Praeda nickte. »Ja, du sollst das neue Diésmitglied bitte in Empfang nehmen. Du warst jetzt schon einige Male bei der Zeremonie dabei und weißt, wie sie abläuft. Hier ist ein Zettel mit den Namen der zukünftigen Eltern.« Sie reichte mir ein Blatt Papier, auf dem zwei Namen eingekreist waren. »Sie werden sich darüber freuen, endlich ein Kind zu bekommen«, fuhr sie fort, dann wurde ihr Blick eindringlicher. »Skya, ich vertraue darauf, dass du alles richtig machst. Ich kann dieses Mal leider nicht dabei sein, denn Monas Verschwinden ist dringender. Aber du wirst das auf jeden Fall gut machen, das weiß ich.«

Ich nickte ehrfürchtig. »Ich werde mich bemühen«, hauchte ich und spürte diesen Knoten in meinem Bauch, der sich immer bemerkbar machte, wenn ich mich unsicher fühlte.

»Danke.« Sie schenkte mir ein rasches Lächeln. »Wir sehen uns am Abend. Wenn etwas ist: Ich bin im Ratssaal. Und sollte sich Mona bei dir melden, lass sofort nach mir rufen.«

»Versprochen«, nickte ich.

Dieses Mal war es keine Lüge, denn ich wusste ja, dass Mona sich nicht melden würde. Wenn schon, würde ich zu ihr gehen, nicht umgekehrt.

Während ich den Weg zum Strand einschlug, wuchs die Unruhe in mir wie eine Blume, die zu viel Dünger und Sonne erhalten hatte. Ich hatte nur wenig gegessen vorhin, als ich noch zu Hause gewesen war, denn ich war viel zu nervös dazu.

Ich hasste es, im Mittelpunkt zu stehen. Ich hasste es, Ansprachen zu halten. Und ich hasste es, Verantwortung zu tragen. Warum gerade von Letzterem so viel seit gestern auf meinen Schultern lastete, musste ein Scherz unserer Göttin Solaris sein.

Ich schickte einen verärgerten Blick zum Himmel, von wo die Sonne ruhig auf mich herunter schien. Im Tausch gegen ihre wärmenden Strahlen sandte ich der Göttin einen herzhaften Fluch zurück.

Als ich beim Strand ankam, hatte sich – wie befürchtet – bereits eine Ansammlung von Diés dort eingefunden. Es war ein Sonntag, also mussten die wenigsten Menschen arbeiten. Sonntag war heilig bei uns. Es war der Tag der Göttin und der Anfang der neuen Woche, die mit dem Montag – dem Tag von Lunos, dem Gott der Nox – jedes Mal einen Dämpfer zu verkraften hatte. Wir Diés hassten Montage.

Die Inducer kamen meist sonntags zu uns. Diese verhüllten Gestalten, die die Kinder brachten. Manchmal geschah es, dass mehrere Monate keine Neugeborenen kamen. Die längste Pause hatte ein halbes Jahr gedauert. Damals hatten wir schon befürchtet, dass uns Solaris bestrafen und aussterben lassen wollte.

Ich trat auf das kleine Podium, das am Strand errichtet worden war, und spürte augenblicklich die Augen der Schaulustigen auf mir. Ich war die Tochter der Ratsvorsitzenden und sie betrachteten mich mit einem gewissen Maß an Respekt. Irgendwann würde ich Praedas Platz einnehmen und dies hier würde zu meinem Alltag gehören. Einem Alltag, den ich nicht freiwillig gewählt hatte. Niemand tat das hier auf Diés. Der Alltag wurde einem von den Räten vorgegeben …

Ich versuchte, mir meine Nervosität nicht anmerken zu lassen.

Ich war sechzehn, ich war alt genug, ich *konnte* das! Dennoch wurden meine Hände nass vor Schweiß und begannen leicht zu zittern.

Als ich in der Menge meinen Schulfreund Teias entdeckte, beruhigte sich mein Herzschlag ein wenig. Teias war ein junger Mann mit hübschem Gesicht und großen, dunklen Augen. Sein schwarzes Haar trug er kurz und er war auch sonst sehr gepflegt. Ich mochte ihn wie einen Bruder. Wir waren früher, ehe wir unsere Arbeiten auferlegt bekamen, unzertrennlich gewesen. Mona, Teias und ich gegen den Rest der Insel.

Aber seit wir in den Kreis der Erwachsenen aufgenommen worden waren, hatten wir leider nur noch wenig Zeit füreinander. Vor drei Jahren war er einer Erwachsenenarbeit zugeteilt worden, wie alle Fünfzehnjährigen damals. Seither arbeitete er wie Mona im Krankenhaus, da er es unglaublich gut verstand, sich um andere zu kümmern. Er war zwei Jahre älter als ich und mit seinen achtzehn Jahren bereits schon weit gekommen, was seine Karriere als Arzt anging.

Jetzt schenkte mir Teias ein aufmunterndes Lächeln und ich erwiderte es mit einer Grimasse, die eigentlich auch ein Lächeln hätte sein sollen. Doch vor Nervosität entglitten mir die Gesichtszüge und ich brachte gerade mal ein Zucken meiner Mundwinkel zustande.

Dann richtete ich den Blick wieder auf das Meer, das sich vor uns erstreckte und wo bald das Boot zu sehen sein würde. Es war fast zwölf Uhr, die Inducer kamen immer um zwölf.

Keiner wusste, woher diese mystischen Wesen kamen, doch uns wurde gelehrt, dass Solaris und Lunos sie direkt zu uns schickten.

Sie waren ihre Diener, sorgten dafür, dass unser Volk nicht ausstarb. Das war zumindest das, was wir von Kindesbeinen an glaubten … oder wenigstens glauben sollten.

Ich jedoch wusste, dass es noch mehr geben musste. Es musste einfach so sein, auch wenn mir die Räte etwas anderes hatten einreden wollen.

Ich war die Einzige, die nicht als Säugling auf die Insel gekommen war, sondern als kleines Mädchen. Ich war bereits drei Jahre alt gewesen … und ich hatte Erinnerungen.

Die Räte hatten alles dafür getan, mir diese Erinnerungen zu nehmen, sie zum Schweigen zu bringen. Doch es war ihnen nicht geglückt. Sie glaubten es zwar, weil ich sie es irgendwann hatte glauben lassen. Ich war die Hypnose-Sitzungen leid geworden. Die Fragen, das Aufwühlen meiner Gefühle. Irgendwann hatte ich ihnen gesagt, dass ich mich an nichts mehr erinnerte – und sie hatten mir geglaubt.

Manchmal waren Menschen ziemlich einfach zu manipulieren: Sag ihnen, was sie hören wollen und sie lassen dich in Ruhe.

Es war in Ordnung, dass ich manchmal die Rolle spielen musste, die man von mir sehen wollte, aber nur, wenn es zu meinem eigenen Schutz war.

So wie auch jetzt.

Ich atmete tief durch und legte die beherrschte Maske auf, wie ich es immer tat, wenn ich in die Rolle der braven Ratstochter schlüpfte. Ich strahlte jetzt pure Überlegenheit, Zuversichtlichkeit und Stärke aus. Auch wenn ich mich in meinem Inneren nicht viel unsicherer hätte fühlen können.

Diese Fassade hatte ich gerade rechtzeitig fertig, denn in der Ferne konnte ich ein Boot erkennen.

Es war kein Boot, wie es die Fischer verwendeten, sondern ein viel, viel schöneres. Es besaß eine längliche Form und der gesamte Rumpf war vergoldet. Auf eine Art glich es einem Floß, jedoch war es von einer niedrigen Reling umgeben. Ein Baldachin war darüber gespannt, der die Inducer und die Neugeborenen vor den Sonnenstrahlen schützte.

Als das Boot über das blau schimmernde Wasser näher gekommen war, konnte ich den Inducer, der es steuerte, besser erkennen. Er trug einen langen, weißen Umhang, der seinen Körper fast gänzlich verdeckte. Das Gesicht war hinter einer ebenso weißen Maske verborgen.

Ich hatte keine Ahnung, ob Inducer männlich oder weiblich waren, denn ihre Gestalt hätte beides sein können.

Das mystische Wesen steuerte das Boot mit einem Paddel und einmal mehr fragte ich mich, wie lange es wohl schon ruderte, bis es hier angekommen war. Waren es Monate? Wochen? Tage? Oder vielleicht nur Minuten?

Mein Blick glitt wieder zum Horizont, wo das Meer den Himmel berührte.

Was war nur dort? War es tatsächlich so, wie die Räte uns weismachen wollten? Dass dort, wo der Himmel das Wasser berührte, nichts war. Nur das Land der Götter? Aber woher stammten dann meine Erinnerungen? Woher kamen die Kinder?

Manchmal hatte ich das Gefühl, dass ich mir meine Verschwörungstheorien nur einbildete. Dass die rothaarigen und braunhaarigen Menschen nicht existierten. Dass es keine großen Gebäude gab, die bis in den Himmel reichten, wie ich sie manchmal in meinen Albträumen sah.

Und dann wieder war ich mir sicher, dass ich es gesehen hatte. Ich hatte etwas gesehen, das ich wahrscheinlich nie hätte sehen sollen.

Ich hätte wie dieses kleine Bündel hierhergelangen sollen, das im Boot lag, und das der Inducer nun auf die Arme nahm, um es an Land zu tragen.

Abermals atmete ich tief durch und scheuchte die Zweifel in den hintersten Winkel meines Verstandes, um mich auf die Zeremonie zu konzentrieren, die Praeda mir aufgetragen hatte.

Ja, ich *konnte* das!

KAPITEL 6 – SKYA

Ich heiße euch alle willkommen zur Zeremonie der Göttin«, sprach ich die Worte, die ich so oft schon aus dem Mund von Praeda gehört hatte. So oft, dass ich sie bereits seit Jahren auswendig kannte. »Wir haben uns hier versammelt, um ein neues Mitglied in unserer Gemeinschaft aufzunehmen.«

Der Inducer hatte inzwischen den Strand betreten. Sein weißes Gewand reichte ihm bis zu den Füßen, doch er hob es nicht an, um es davor zu bewahren, nass zu werden. Stattdessen kam er mit dem Kind im Arm auf das Podium zu. Ich konnte das Gesicht des Neugeborenen kaum sehen, da es in weiße Tücher gewickelt war, die nur das Nötigste von ihm preisgaben.

Mein Herzschlag beschleunigte sich, als der Inducer bei mir angekommen war. So nahe war ich noch nie einem seiner Spezies gewesen. Einem Diener der Göttin. Er überragte mich um mindestens einen Kopf und seine Gestalt war breitschultrig … er flößte mir Angst ein.

Ich senkte den Blick, als er sich mit dem Kind neben mich stellte, das Gesicht der Menschenmenge zugewandt, die ehrfürchtig auf die Knie gegangen war.

Noch einmal atmete ich tief durch und sammelte mich. Die Nähe des Inducers rief abermals Bilder in mir hervor. In meinem Gedächtnis hallten Schreie nach und ich wusste, dass ich mir die ganz sicher nicht eingebildet hatte. Ich hörte eine Frau weinen, sah ihr Gesicht, ihre weit aufgerissenen Augen, ihren flehenden Mund.

Ich presste so stark die Augen zusammen, dass mir die Lider weh taten und holte abermals tief Luft.

Das war jetzt der falsche Zeitpunkt, mich in meinen Erinnerungen zu verlieren. Ganz und gar der falsche Zeitpunkt!

Nach einem weiteren, tiefen Atemzug öffnete ich die Lider und sah direkt in jene von Teias, der mich besorgt aus der Menschenmenge heraus musterte. Ich konnte in seinen dunklen Augen eine unausgesprochene Frage lesen und nickte kaum merklich.

›Alles gut‹, hieß das.

Sein Gesicht entspannte sich wieder ein wenig und er lächelte schwach.

Er war der Einzige, der meine Fassade durchschaute – mochte ich mir noch so viel Mühe geben, sie aufrechtzuerhalten. Das war schon immer so gewesen.

Ich spürte, dass der Inducer sein Gewicht von einem Fuß auf den anderen verlagerte. Womöglich fragte er sich gerade, was für eine blutige Anfängerin da neben ihm auf dem Podium stand.

Eilig fuhr ich mit der Ansprache fort: »Die Göttin ist gütig, ihre Weisheit unendlich, ihre Liebe ohne Grenzen und ihr Vertrauen in uns unermesslich. So lasset uns auch diesem Kind vertrauen, es lieben, weise erziehen und gütig zu ihm sein, solange es auf Diés lebt.«

Der Inducer hob das Kind mit beiden Händen über seinen Kopf und streckte es der Menschenmenge zu, die bisher still am Boden gekniet und zugehört hatte. Jetzt aber erhoben sie sich und applaudierten lautstark, stießen Jubelrufe aus.

Jedes Mal glitt eine Gänsehaut über meine Unterarme, wenn ein neues Mitglied nach Diés kam. So auch jetzt. Das Lächeln, das sich auf meinem Mund ausbreitete, war nicht aufgesetzt. Keine Fassade. Es war echt. Ich freute mich mit meinem Volk.

Irgendwann wäre auch *ich* an der Reihe, ein Kind zu bekommen, für das ich sorgen würde. Aber das hatte noch Zeit, ich hatte ja noch nicht mal einen festen Freund … auch wenn ich insgeheim wusste, dass Teias sich schon als der Vater unseres gemeinsamen Kindes sah.

Er wäre ein guter, liebevoller Gatte. Bei uns auf Diés war es meist so, dass ein Zusammenschluss von Mann und Frau von den Räten bestimmt wurde. Wenn zwei Menschen sich gut verstanden, war die Basis für eine Eheschließung und das Erhalten eines Kindes gelegt. So war es immer schon gewesen. Und irgendwann würde wohl Teias der Mann an meiner Seite sein, der mit mir zusammen hier stände und ein Kind empfing.

Praeda mochte ihn, sehr sogar. Wahrscheinlich, weil er sich um alles und jeden kümmerte und ein Herz aus Gold besaß.

Als mein Blick sich abermals in dem von Teias verfing, sah ich, dass seine Gedanken in eine ähnliche Richtung gewandert waren und er senkte ertappt die Augen, was mein Lächeln breiter werden ließ.

Ja, er war ein guter Mann. Ein lieber Mann … aber reichte mir das? Reichte es aus für das, was ich mir unter einer Zukunft vorstellte?

Womöglich musste es das. Ja, es würde ausreichen. Ganz bestimmt.

Ich hörte selbst, dass ich mich gerade belog – wie so oft. Aber darin hatte ich inzwischen fast schon mehr Übung als alle Räte miteinander.

Als der Applaus abgeklungen war, fuhr ich mit der Ansprache fort: »Tretet vor«, ich warf rasch einen Blick auf den Zettel, den Praeda mir gegeben hatte, »Maluna und Arost.«

Zwei Menschen lösten sich aus der Menge, eine Frau und ein Mann. Sie waren beide Mitte zwanzig und ich kannte sie sehr gut, denn ihr Haus lag in der Nähe von unserem. Es waren liebevolle Menschen und ich gönnte es ihnen von Herzen, dass ihr Kinderwunsch heute erfüllt wurde.

Maluna hatte Tränen in den dunklen Augen und presste ein Taschentuch vor den Mund, um nicht loszuheulen. Ihr Mann Arost hatte den Arm um ihre Schultern gelegt und auch ihm sah ich an, wie groß seine Freude war. Voller Ehrfurcht kamen sie zum Podium und blieben davor stehen.

Der Inducer trat vor sie und übergab das Kind Maluna, die es sofort fest an ihre Brust presste. Bis jetzt war das Neugeborene still gewesen, aber sobald es in Malunas Armen lag, begann es leise zu glucksen. Es hörte sich fast wie ein Kichern an.

Maluna stieß etwas hervor, das eine Mischung aus Schluchzen und Lachen war und strahlte über das ganze Gesicht. Dann sah sie mich erwartungsvoll an und ich merkte, dass ich die beiden die ganze Zeit angestarrt hatte, obwohl ich etwas hätte sagen sollen.

Rasch fuhr ich fort: »Gelobt ihr, dass ihr auf dieses Kind aufpassen werdet, es lieben werdet, es unsere Werte lehren werdet, sodass es ab sofort einen rechtmäßigen Platz hier auf Diés bekommt?«

Maluna und Arost nickten gleichzeitig. Ich lächelte sie an, denn sie strahlten das pure Glück aus.

Würde ich wohl auch irgendwann neben Teias stehen und so zufrieden aussehen? War ich jemals mit irgendetwas zufrieden?

Abermals schob ich meine Gedanken beiseite und konzentrierte mich auf die beiden Diés vor mir. »Dann seid ihr ab diesem Moment die Eltern dieses Kindes. Gebt ihm bei der nächsten Sonnenzeremonie den Namen, den die Göttin für diesen Menschen bestimmt hat. Ich gratuliere euch von Herzen.«

Die letzten Worte gehörten nicht zur Zeremonie, aber ich musste sie einfach aussprechen, denn ich freute mich aufrichtig für die beiden.

Maluna lächelte selig und nickte dann dem Inducer dankbar zu.

Dieser sprach kein Wort, sondern wandte sich zum Gehen. Er schritt hoheitsvoll zurück zu seinem Boot und erst als dieses mehrere hundert Meter weit weg auf dem Meer war, merkte ich, dass ich ihm die ganze Zeit nachgestarrt hatte.

Als mein Blick wieder zu der Menschenmenge glitt, hatte diese sich bereits aufgelöst. Einige waren wahrscheinlich mittagessen gegangen, während andere sich Maluna und Arost angeschlossen hatten, um mit ihnen die Ankunft ihres Kindes zu feiern.

Nur Teias stand an derselben Stelle, wo er auch während der Zeremonie gestanden hatte. Als unsere Blicke sich trafen, lächelte er mich an. Er wirkte fast schon schüchtern – das passte gar nicht zu ihm. Womöglich lag es daran, dass ich immer noch auf dem Podium stand.

Rasch verließ ich es und ging auf ihn zu.

»Das hast du gut gemacht«, lobte er mich, als ich bei ihm angekommen war.

Er überragte mich um fast einen Kopf, sodass ich das Kinn leicht anheben musste, um ihm in die Augen zu sehen.

»Danke«, antwortete ich.

Sein Blick glitt über mein Gesicht, als suche er nach etwas. »Du wirst irgendwann eine wunderbare Ratsvorsitzende«, murmelte er. »Und eine großartige Mutter.«

Ich starrte ihn an. Hatte er das jetzt gerade wirklich gesagt? Ich? Eine Mutter?

Es war das erste Mal, dass er so offen über die Zukunft sprach und es fühlte sich … beängstigend an. Nein, das war nicht das richtige Wort: eher einengend, als ob mir eine Kette um den Hals gelegt würde, die sich zuzog.

Ich brauchte Luft, brauchte Abstand.

Rasch senkte ich den Blick, um seiner Musterung nicht länger ausgesetzt zu sein. Ich wusste, was er hören wollte. Aber dieses Mal war ich nicht gewillt, es ihm zu geben und meine Rolle in dieser konstruierten Gesellschaft zu spielen. Denn es wäre weder zu meinem Schutz noch zu seinem Besten.

»Teias, ich …«

Er unterbrach mich, in dem er einen Schritt näher trat und eine Hand an meine Wange legte.

Ich zuckte vor Schreck zusammen. Das hatte er noch nie getan!

»Skya.«

Es war kaum ein Hauch, aber ich hatte das Gefühl, ein ganzer Wirbelsturm käme auf mich zu, als er auch noch sein Gesicht näher zu meinem beugte.

Ich hatte keine Ahnung, was ihn gerade ritt, vielleicht war es die Tatsache, dass ich heute ausnahmsweise in Praedas Fußstapfen getreten war. Vielleicht auch, dass er gerade ein Neugeborenes gesehen hatte. Oder einfach, weil ich heute meine Haare zusammengebunden hatte – keine Ahnung!

Auf jeden Fall benahm er sich äußerst merkwürdig und überhaupt nicht wie mein Freund Teias, den ich kannte.

Ich war eindeutig noch nicht bereit für das, was er von mir erwartete. Irgendwann vielleicht, aber nicht hier und heute!

Ich spürte Panik in mir hochsteigen und riss mich von ihm los, ehe er das tun konnte, was er hatte tun wollen. Seine Lippen waren meinen schon beängstigend nahe gekommen.

»Teias!«, rief ich und starrte ihn mit weit aufgerissenen Augen an. »Was soll das werden?«

Er ballte die Hand, die eben noch an meiner Wange gelegen hatte, zur Faust und presste sie an seinen seitlichen Oberschenkel. »Du hast es doch auch gespürt«, stieß er hervor. »Vorhin, während der Zeremonie, als du mich angelächelt hast. Ich habe es in deinen Augen gesehen … wir wären gute Eltern. Wir könnten ebenso für ein Kind sorgen wie Maluna und Arost.«

»Wir waren erst *selbst* noch Kinder!«, rief ich aufgebracht. »Ich will kein Kind! Und erst recht nicht jetzt!«

Unweigerlich musste ich an Mona denken, die diese Wahl nicht mehr hatte. Die Zeit rannte mir davon! Ich musste in die Bibliothek!

»Und jetzt entschuldige mich! Ich hab noch etwas zu erledigen.« Ich wirbelte herum und rannte die Straße entlang, zu dem Gebäude, in welchem wir die Bücher aufbewahrten.

Verdammt, verdammt! Seit gestern Abend lief mein Leben ganz und gar nicht mehr so, wie es sollte …

Diesen letzten Satz wiederholte ich noch ein paar Mal in meinem Kopf, während ich die alten Bücher wälzte. Die Bücher, die die wenigsten von uns je zu sehen bekämen, denn sie befanden sich unter Verschluss, in einem Fach, den man nur mit einem besonderen Schlüssel öffnen konnte. Dem Schlüssel, den ich von Praeda geklaut hatte, ehe ich das Haus verließ.

Es war ein Glück, dass die Bibliothek am Sonntag kaum besucht war. Die meisten vertrieben sich die Zeit damit, zu faulenzen und der Göttin zu huldigen.

So konnte ich in Ruhe die Bücher durchstöbern. Leider stand in keinem Einzigen etwas davon, wie man ein Kind abtrieb … was mich auch nicht sehr erstaunte.

Schließlich war noch nie jemand schwanger gewesen hier auf Diés. Wie sollte man also wissen, wie man ein Ungeborenes los wurde? Dennoch wäre ich um einen kleinen Hinweis froh gewesen.

Ich las einiges über Schwangerschaft, aber es hörte sich so absurd an, dass ich mir das meiste nicht einmal annähernd vorstellen konnte.

Als ich die Bibliothek verließ, hätte ich mich nicht niedergeschlagener fühlen können. Die Sonne begann schon, lange Schatten zu werfen. Die Boten der Nacht.

Mist. Jetzt musste ich Plan B angehen.

Während ich so rasch ich konnte zurück zu unserem Haus lief, überlegte ich fieberhaft, wie ich es Mona schonend beibringen würde, dass sie die Insel verlassen musste. Doch hier auf Diés war sie nicht mehr sicher. Und auf der Grenzinsel würde man sie wohl oder übel finden. Womöglich hatten die Suchtrupps das längst getan und sie stand bereits vor Gericht.

Mein Herzschlag beschleunigte sich bei dem Gedanken und ich brauchte all meine Selbstbeherrschung, um nicht ins Ratsgebäude zu stürmen und mich zu vergewissern, dass Mona noch nicht gefangen worden war.

Aber wenn sie sich über Monate mit diesem Nox in aller Heimlichkeit hatte treffen, sogar mit ihm hatte schlafen können, würde sie sich schon einen Tag lang vor den Suchtrupps zu verbergen wissen.

Das redete ich mir zumindest so lange ein, bis ich es wieder selbst glaubte.

Zu Hause angekommen, trank ich meine Tagesration, schlang das Erstbeste herunter, das ich fand – was zwei Äpfel und ein Stück Brot waren – und packte dann rasch ein paar Sachen für Mona und mich ein. Sie hatte bestimmt auch Hunger und Durst.

Praeda war immer noch nicht daheim, was mir aber mehr als recht war. So würde sie mein Verschwinden nicht so rasch bemerken.

Als ich aus dem Fenster blickte, sah ich, dass ich mich beeilen musste. Die Dämmerung würde bald hereinbrechen und ich musste unbedingt vorher bei Mona sein. Ich zog rasch das hässliche Kleid aus und Hosen sowie ein Hemd an, da ich mich damit wohler fühlte.

Während ich das Haus verließ, kam ich mir wie eine Verbrecherin vor. Irgendwie war ich das ja auch, ich hatte die Ratsvorsitzende belogen und versteckte eine schwangere Diés. Ganz zu schweigen von dem, was ich Plan B nannte.

Ich schlich um das Haus herum und hätte fast einen Herzinfarkt bekommen, als hinter mir eine männliche Stimme ertönte.

»Wohin gehst du?«

Mist. Teias.

So gleichgültig, wie es mir möglich war, drehte ich mich zu ihm um. »Ich hab noch was zu erledigen«, wiederholte ich den bewährten Satz von heute Mittag.

Er warf einen zweifelnden Blick auf den Rucksack, den ich geschultert hatte und sah mich dann forschend an.

»Haust du ab?«

Womöglich schüttelte ich zu rasch und zu heftig den Kopf, aber zu meiner Verteidigung: Ich fühlte mich ertappt. »Nein, warum sollte ich?«

Er legte den Kopf schief und sein Blick wurde noch durchdringender. »Weil es ganz danach aussieht.«

Ich verdrehte die Augen. »Ich hau schon nicht ab, keine Sorge«, blaffte ich ihn an. »Und jetzt hör auf, das Kindermädchen spielen zu wollen und geh.« Als ich seinen gekränkten Blick sah, fügte ich hinzu: »Bitte.«

Er entspannte sich ein wenig, jedoch nicht allzu sehr. »Du weißt, dass die Dämmerung bald hereinbricht«, fuhr er mit seiner Beschützernummer fort. »Lass dich nicht von der Dunkelheit blenden.«

Diesen Satz konnte ich bald schon nicht mehr hören – es war eine Redewendung, doch mir kam es viel mehr wie ein Befehl vor. Ich hasste Befehle.

»Jaja«, sagte ich daher in genervtem Tonfall. »Ich werd schon nicht von den Schatten gefressen, keine Sorge.«

Er trat wieder einen Schritt auf mich zu, was mich dazu veranlasste, zwei rückwärts zu gehen. »Skya, ich *mache* mir Sorgen um dich, da kann ich nichts dagegen tun.«

»Ist ja gut jetzt«, fuhr ich ihn an. »Ich muss los!«

Damit drehte ich mich um und stapfte auf das Kornfeld hinter dem Haus zu, um darin zu verschwinden.

Ich wechselte ein paarmal die Richtung, um sicher zu sein, dass er mir nicht folgte.

Ich mochte Teias. Ich mochte ihn wirklich sehr. Aber es war einfach nicht mehr als das Gefühl, das ich für einen Bruder gehabt hätte. Einen Bruder, den ich sehr gern hatte und der mich auch manchmal in den Wahnsinn trieb. Aber eben nur ein Bruder.

Die Sonne war schon dabei, hinter dem Horizont zu verschwinden, als ich bei der Grenze ankam. Ich hatte mehreren Suchtrupps ausweichen müssen. Praeda hatte wirklich ganze Arbeit geleistet und dafür gesorgt, dass die halbe Insel auf den Beinen war. Das hieß andererseits aber auch, dass sie Mona noch nicht gefunden hatten, was mich ein wenig beruhigte.

Ich watete durch das Wasser zur Grenzinsel und achtete sorgsam darauf, dass mich niemand dabei entdeckte. Das wäre wohl oder übel mein Tod gewesen.

Als ich auf dem lang gezogenen Festland ankam, sah ich mich ratlos um. Die Insel war ziemlich groß und wenn Mona mir keine Hinweise hinterlassen hatte, wusste ich nicht, ob ich sie finden würde.

Rasch verbarg ich mich im Dickicht, um keiner Patrouille aufzufallen und stieß dreimal den Schrei einer Elfenbeinmöwe aus. Dann wartete ich mehrere Minuten und wiederholte den Schrei.

Erst nach einer gefühlten Ewigkeit raschelte etwas in meiner Nähe und ich kniff die Augen zusammen, um durch das Gestrüpp besser sehen zu können.

Ich konnte mir ein lautes Aufjapsen nicht verkneifen, als ich zwei leuchtend gelbe Augen sah. »Dämon!«, zischte ich. »Was um Solaris willen tust du denn hier?!«

Der triefendnasse Kater tapste unter dem Busch hervor und sah mich so vorwurfsvoll an, als wäre *ich* es gewesen, der ihn ins Wasser zwischen der Insel Diés und der Grenze geschmissen hatte.

Er musste mir gefolgt sein … er war mir noch nie gefolgt. Dass er es jetzt tat, zeigte mir, dass er gespürt hatte, dass ich wirklich abgehauen war.

Ich hatte nicht vorgehabt, zu Praeda zurückzukehren und hatte Teias angelogen, der mit seiner Sorge ganz und gar richtig gelegen hatte. Ich wollte mit Mona zusammen die Insel verlassen.

Ich hatte mir diesen Plan B lange und gründlich überlegt, als ich in der Bibliothek gesessen hatte. Es gab die Möglichkeit, mit ihr zusammen zu fliehen oder auf Diés zu bleiben und zu versuchen, die Soldaten auf falsche Fährten zu lenken. Das würde mir wahrscheinlich genau einen Tag lang gelingen. Die Hypnotiseure waren gut. Sie würden früher oder später die Wahrheit aus mir herauskitzeln. Dann wäre nicht nur Mona in Gefahr, sondern auch ich.

Also hatte ich beschlossen, mit ihr zusammen zur Insel Nox zu gehen. Womöglich kannten diese Bastarde ein Mittel gegen die Schwangerschaft. Es musste doch etwas geben ... und wenn Mona nicht mehr schwanger war, könnten wir zusammen zurückkehren und das Ganze als Dumme-Jugend-Streich verpacken – vielleicht. Nun ja, hier hinkte mein Plan, aber mir war wirklich nichts Besseres eingefallen. Die Alternative war der Tod und ich fühlte mich noch nicht bereit dazu, zu sterben.

Dämon stieß ein vorwurfsvolles »Miau« aus und strich mir dann um die Beine, sodass meine nassen Hosen an meiner Haut klebten.

»Du musst zurückgehen«, flüsterte ich. »Du kannst nicht mit mir mitkommen.«

Aber Dämon war nun mal sturer als der sturste Esel. Er begann, sich das nasse, graue Fell zu lecken und warf mir immer wieder gekränkte Blicke zu.

Schließlich verdrehte ich die Augen und nickte. »Nun gut. Dann bleibst du eben bei mir. Aber du verhältst dich ruhig, kapiert? Wir dürfen auf keinen Fall auffallen.«

»Dann solltest du nicht so herumschreien«, erklang eine männliche Stimme hinter mir, die mich zusammenfahren ließ.

Noch während ich mich umdrehte, fühlte ich eine Eiseskälte, die sich in meiner Brust ausbreitete, denn die Stimme hatte nicht Teias gehört. Sie stammte von einem fremden Mann.

Als Erstes sah ich blondes, zerzaustes Haar, dann bleiche Haut und blaue Augen, die mich emotionslos musterten. Womöglich stammte die Kälte, die ich mit einem Mal verspürte, aus ihnen. Zuzutrauen wäre es diesen Eisaugen gewesen.

Der Mann, der mich angesprochen hatte, konnte nicht viel älter sein als ich. Vielleicht war er ungefähr in Teias' Alter. Er hatte – zugegeben – nicht unansehnliche Gesichtszüge, war gut gebaut, soweit ich dies in der aufkommenden Dämmerung erkennen konnte. Er überragte mich und seine dunkle Kleidung war zweckmäßig.

Er war eindeutig ein Nox. *Der* Nox?

Noch nie hatte ich einem Nox gegenübergestanden und jetzt merkte ich, wie meine Zuversicht zu schwinden drohte.

Mona hatte Calem als freundlich bezeichnet – ich konnte mir beim besten Willen nicht vorstellen, dass dieser Mensch, der mich mit solch kalter Intensität musterte, *freundlich* sein konnte.

Arrogant – auf jeden Fall.

Grausam – womöglich.

Kaltherzig – oja, bestimmt.

Aber freundlich?

Gut, es hätte zu Monas schlechter Menschenkenntnis gepasst, wenn sie sich in einen Kerl wie den da verliebt hätte. Nicht umsonst hieß es, dass wir uns nicht von der Dunkelheit blenden lassen sollten …

Ehe die Unsicherheit meine Gesichtszüge zu sehr bestimmen konnte, riss ich mich zusammen und funkelte den Nox an. Es war besser, wenn sich meine Angst in Wut verwandelte, denn damit konnte ich – gerade jetzt – hervorragend umgehen.

»Du verdammter Bastard!«, fauchte ich. »Wo ist meine Freundin?!«

Er schien tatsächlich einen Moment lang verwirrt zu sein ob meiner Reaktion, dann legte er den Kopf schief und verschränkte die Arme vor der Brust. Ein eisiges Lächeln erschien auf seinen Lippen, das meine Wut auf ihn nur noch schürte.

»Du Arsch hast sie geschwängert und du wagst es tatsächlich, stupid zu lächeln, statt mir zu antworten?!«, fuhr ich ihn an. »Du perverses Schwein! Na warte, dir werde ich zeigen, was ich von euch Nox halte!«

Meine Ansprache wurde mit einem herzhaften Fauchen von Dämon unterstrichen, während ich einen Schritt auf den bleichen Kerl zutrat.

KAPITEL 7 – ZERO

Geschwängert«, hallte es wie ein Echo in meinem Bewusstsein wider.

Mir gefror das selbstgefällige Lächeln, von dem ich wusste, dass es mir unheimlich gut stand, da in mir gerade Gefühle tobten, die ich normalerweise unterdrücken konnte.

Hätte ich mir diesen ›Haltung bewahren‹-Modus nicht jahrelang antrainiert, wäre mir der Mund offen gestanden, aber ich konnte meine Gesichtsmuskulatur unter Kontrolle halten und verhindern, zu einem Buchstaben stammelnden, vor Unverständnis staunenden Idioten zu mutieren. Dass sich meine Gedanken überschlugen, konnte ich allerdings nicht verhindern.

Calem töten: schmerzhaft – langsam – qualvoll!

Calem als Vater: überfordert – zieht hypersensible Kinder groß, die mich in den Wahnsinn treiben werden.

Diese Diés: gebräunt – klein – laut – irgendwie heiß?! – sieht aus, als ob sie mir gleich eine knallen würde.

Das wütende Mädchen ließ mir wenig Zeit, meine Gedanken zu ordnen, denn sie fuhr mit ihrer gereizten Ansprache und ihren Beleidigungen, die eigentlich Calem galten, fort: »Weißt du, was du ihr angetan hast, du verdammter Bastard?! Was mit Mona passieren wird, nur weil du die Hosen nicht anbehalten konntest?! Sie wird deinetwegen …!«

Sie konnte den Satz nicht beenden, weil ihre Stimme sonst versagt hätte und das wollte sie definitiv nicht, weil sie das Bedürfnis hatte, mich gebührend laut anzuschreien. In ihren dunklen, großen Augen funkelte Wut hinter loderndem, schwarzem Feuer.

Ich hatte noch nie ein so wütendes Mädchen gesehen und ich hatte schon viele Mädchen sehr, sehr wütend gemacht.

Ich ließ meinen Blick über ihren nicht unansehnlichen Körper schweifen. Sie war vielleicht zwei, drei Jahre jünger als ich und trug einfache, braune Hosen und ein braunes Oberteil. Wer auch immer für ihre Kleiderordnung verantwortlich war – er hatte einen beschissenen Geschmack. Das schwarze Haar hatte sie nach hinten zusammengebunden, sodass ich nicht genau erkennen konnte, wie lang es war. Sie hatte einen Rucksack dabei, jedoch keine Waffen – einfältiges Ding!

Als sich ihr rechtes Knie hob, wich ich – zum Glück – schnell genug zurück. Die Sonne war noch nicht gänzlich untergegangen und der Tiefschlag, zu dem sie angesetzt hatte, hätte selbst *mich* vor Schmerzen im Sand herumrollen lassen. Bei Nacht hätte ich zumindest die finstere Miene bewahren und in mich hineinheulen können, da ihre Kräfte zu gering gewesen wären, um eine ernsthafte Bedrohung darzustellen.

»Wenn du noch ein einziges Mal versuchst, mir in die Eier zu treten, dann …!« Diesmal war *ich* es, der seinen Satz nicht beenden konnte, aber nur, weil meine Reflexe wieder den Angriff der aufbrausenden Diés parieren mussten, die sich offenbar in den Kopf gesetzt hatte, mit mir auf Tuchfühlung zu gehen.

Das konnte sie gerne haben! Ich war gerade in der Stimmung, einer Diés zu zeigen, dass man den Anführer der Gen B nicht einfach so aus heiterem Himmel heraus attackierte und schon gar nicht beleidigte.

Sie hatte mit der rechten Hand zu einer Ohrfeige ausgeholt, auf die ich genauso wenig Lust hatte wie auf den Tiefschlag.

Ich packte ihr Handgelenk, das ich mühelos mit den Fingern umschließen konnte, und zog sie so abrupt nach oben, dass sie im weichen Sand den Halt verloren hätte, hätte ich sie losgelassen. Sie musste sich mit der freien Hand an meiner Brust abstützen, um nicht nach vorne gegen mich zu fallen. Etwas, das sie anscheinend mit aller Macht vermeiden wollte.

Ich war mir nicht sicher, ob das Fauchen aus ihrer Kehle oder aus der ihrer grauen Katze kam, die dabei war sich aufzuplustern – wer zur Hölle hatte eine Katze dabei?!

»Jetzt hör mir mal zu, Solaris-Prinzessin!«, knurrte ich so herablassend, wie ich konnte.

Ich hielt noch immer ihren Arm hoch, drückte immer fester zu. Weil sie einen ganzen Kopf kleiner als ich war, berührten nur mehr ihre Zehenspitzen den sandigen Boden. Sie hatte gar keine Wahl, sie musste mir in die Augen schauen und der Anblick warf sie sichtlich aus der Bahn. Das schwarze Feuer in ihrem Inneren vereiste gerade.

Sie war nicht an hellblaue Iriden gewöhnt, wahrscheinlich hätte sie selbst Calems Blick als kalt empfunden – meiner musste sie schaudern lassen und das war gut so.

»Ich bin niemand, den du ernsthaft wütend auf dich machen solltest«, begann ich meine Drohungen auszusprechen. »Wenn du gerne Männer schlägst, dann einen deiner sonnenverseuchten Schwächlinge. Ich werde schnell ungemütlich, wenn man mich reizt und man sollte dir beigebracht haben, dass wir Nox um ein Vielfaches stärker sind als ihr verweichlichten Diés.«

Ich war unheimlich stolz auf mich, weil meine Stimme tief, rau und bedrohlich blieb und mein Tonfall trotzdem beängstigend ruhig klang. *So* hörten sich Anführer an! Auch wenn diesem Anführer eher danach gewesen wäre, diese zickige Diés bis zum Hals im Sand zu verbuddeln. Das wäre natürlich ebenso kindisch gewesen, wie sie zu schlagen.

Während ich eigentlich einen viel längeren, inneren Lobgesang auf mich erklingen lassen wollte, wurde mir bewusst, dass ihr eingeschüchterter Blick gerade mal zwei Sekunden angehalten hatte. Das schwarze Feuer loderte wieder und sie tat etwas, das ich ihr nicht zugetraut hätte: Sie riss ihre Hand aus meinem festen Griff frei und stieß sich von mir ab. Ihr Gleichgewicht hatte sie so rasch wiedererlangt, dass es schon fast beeindruckend gewirkt hätte, wäre sie nicht eine Diés gewesen.

»Arroganter, überheblicher Mistkerl!«, zischte sie mit heller, wütender Stimme.

Das Mädchen hob hoheitsvoll den Kopf, obwohl sie vorhin definitiv Angst vor mir gehabt hatte. Entweder war sie sagenhaft dumm oder sagenhaft mutig. Auf alle Fälle hatte sie eine sagenhaft perfekte Statur, die ich bei jeder Nox wohl einige Sekunden lang bewundernd angestarrt hätte.

»Elende Grobiane! Ihr Nox seid nichts weiter als brutale, selbstgefällige, hirnlose Hornochsen, die sich nur auf ihre dämlichen Muskeln verlassen!«

Mit so vielen Adjektiven hatte mich noch nie jemand beschimpft. Ich wollte laut werden, brüllen und vergessen, dass ich eigentlich cool und unberechenbar wirken wollte, aber meine Wut wurde von etwas überschattet, das auf den Namen ›Gewissen‹ hörte – Calem hatte dieses unnütze Gefühl in mein Leben gelassen!

Diese beißende Emotion stieg in mir hoch, weil ich bemerkt hatte, dass sie sich das Handgelenk rieb. Es war knallrot, das konnte ich erkennen, obwohl ihre Haut so gebräunt war.

Ich hatte ihr wehgetan.

Was in ihren Augen funkelte, war nicht nur Zorn, sondern auch Schmerz, den sie mir eigentlich gar nicht zeigen wollte.

Verdammt, das war nicht meine Absicht gewesen. Ich hatte sie einschüchtern, aber ihr keine Verletzungen zufügen wollen.

Ja, ich war ein Arschloch, ich war arrogant und selbstgefällig, aber ich hätte keinem unschuldigen Mädchen absichtlich Schmerzen bereiten können, Diés hin oder her.

Sie hatte eine große Klappe, viel Selbstbewusstsein, aber sie war zweifelsohne schwächer als ich, nicht nur, weil sie so zierlich war. Die Sonne war beinahe hinter dem Horizont versunken und mit der anbrechenden Nacht schwanden ihre Kräfte stetig.

Vor einer Minute hatte ich ihr noch vorgehalten, dass Diés keine Chance gegen Nox hatten, wenn es um Kraft ging. Während dieser heroischen Ansprache, hatte ich aber vergessen, dass ihre Knochen in meinen Händen nachts wie Kalkstein zersplittern konnten.

Ich achtete nicht mehr auf meinen Tonfall, der Satz kam mir so vorsichtig und schuldbewusst über die Lippen, dass ich mich am liebsten selbst verprügelt hätte. »Hab ich dein Handgelenk gebrochen?«

Verdammt, ich klang schon wie Calem!

Sie funkelte mich noch immer mit anhaltender Wut an. Die Antipathie in ihrem Blick hatte ich plötzlich verdient und das missfiel mir zutiefst.

Sie hörte auf, die rote Stelle zu reiben und ließ den verletzten Arm sinken. Ihr Kinn hob sie noch ein Stück höher, damit sie den Schmerz vor mir verstecken und mir in die Augen blicken konnte. »Was kümmert dich das?! Du zerstörst doch gerne Leben, du arroganter Bleichling!«

Ich musste tief durchatmen, um ihr nicht ebenfalls eine Beleidigung an den Kopf zu werfen. Was sie mir vorhielt, war lächerlich.

»Ich habe dein Leben zerstört, weil ich dir aus Versehen das Handgelenk gebrochen habe?«, schnaubte ich. »Das wächst bestimmt wieder zusammen!«

Sie rümpfte die schmale, gerade Nase. »Schwachsinn, ich meinte nicht *mein* Leben! *Monas* Leben! Und du hast mir nichts gebrochen! Du hältst dich für viel stärker, als du bist, du größenwahnsinniger Mondanbeter!«

Womöglich hatte sie irgendwann mal ein Lexikon mit den gängigsten Beleidigungen für uns Nox in die Hand bekommen.

Sie machte einen drohenden Schritt auf mich zu und hob den Zeigefinger ihrer unverletzten Hand, um ihn mir auf die Brust zu drücken. »Und wenn du mich noch einmal anfasst, dann Gnade dir dein Mondgott, Lunos-Prinzchen!«

Dieses ›Hundert-Wege-einen-Nox-zu-beleidigen-Lexikon‹ musste ich bei einem meiner nächsten Streifzüge auf Diés definitiv vernichten!

Mein zerkratztes Ego schickte gerade tausendundein Signal an mein Sprachzentrum, um ihr zu zeigen, dass auch *ich* sie übelst beschimpfen konnte, aber alles, was meiner Kehle entwich, war ein Geräusch, das nach einem echauffierten Schnauben klang.

Ich wollte dieser zickigen, blöden, schwarzhaarigen Schnepfe eine Hand voll Sand ins Gesicht werfen!

Bevor der imaginäre Gong die nächste Runde einläuten konnte, wurde mir aber plötzlich etwas bewusst. Warum war ich eigentlich hier? Nicht, um mich von einer überraschend gut gebauten Diés mit ›Prinzchen‹ und anderen erlesenen Gemeinheiten beschimpfen zu lassen, sondern wegen Calem.

Der Calem, den ich in seinem Zimmer eingeschlossen hatte, um ihn daran zu hindern, selbst hierherzukommen. Der Calem, für den mich Funkel-Motz-Sexy schon die ganze Zeit hielt. Sie hatte keine Ahnung, wer ich war. Sie hielt mich tatsächlich für meinen schwachsinnigen Bruder und das kam mir gerade mehr als gelegen.

Mein brillanter Verstand tüftelte binnen Sekunden einen absolut perfekten Plan aus, der nicht nur dieses verbotene Treffen bald zu einem Ende bringen würde, sondern auch Calems Beziehung.

»Hör zu«, tönte ich und verschränkte die Arme vor der Brust. Ich fand gerade meine coole, tiefe Stimme wieder, die ich selbst am liebsten hörte. »Ich bin hier, um das mit Mona und mir zu beenden. Ich werde sie nicht wiedersehen. Wenn auf Nox jemand von uns erfährt, werde ich zum Tode verurteilt. Mein Bruder hat mir das bewusst gemacht. Er ist großartig.«

Ich musste mir auf die Zunge beißen, um nicht noch hinzuzufügen, dass Zero ›schön‹, ›weise‹ und ›anbetungswürdig‹ war, das hätte mein Schauspiel unglaubwürdig oder bizarr wirken lassen. Am Ende glaubte sie noch, dass wir inzestuöse Freaks waren.

Ich wartete ihre Reaktion ab und sah zu, wie ihre großen, schwarzen Augen – ich würde sie keineswegs *schön* nennen, sie war schließlich eine Diés! – plötzlich geheimnisvoll wurden. Eigentlich hatte ich bis gerade eben gut in ihr lesen können, aber ich konnte jetzt beim besten Willen nicht erkennen, ob sie gleich wütend, traurig oder verrückt werden würde. Sie schien mit sich selbst zu hadern, einen inneren Monolog zu führen. Wahrscheinlich schätze sie gerade ab, ob es gut war, dass Calem Mona verließ.

Sie mochte mich nicht, sie hatte mir vorgeworfen, dass ich das Leben ihrer Freundin zerstören würde. Es war nur gut, wenn sich die beiden Schwachköpfe nicht mehr trafen. Ich nahm stark an, dass sie meiner Meinung sein würde, weil sich zumindest das Feuer hinter unseren Iriden irgendwie ähnelte.

»Du trennst dich einfach so von ihr? Sie dachte, du liebst sie …«, flüsterte sie und schien gar nicht richtig mitzubekommen, dass sie das gerade laut ausgesprochen hatte.

Ich wollte Luft holen, um mit meinem ausgeprägten Taktgefühl Calems Beziehung endgültig den Todesstoß zu versetzen, aber ich kam nicht dazu.

KAPITEL 8 – ZERO

Warum sollte ich ihn lieben?«

Die Stimme, die ertönt war, klang erschöpft und passte damit zu einhundert Prozent zu ihrer Erscheinung.

Das Mädchen, das hinter dem Gestrüpp zu meiner Linken auftauchte war, sah aus, als hätte sie schon lange keinen Schlaf mehr bekommen.

»Mona!«, rief das bissige Solaris-Prinzesschen.

Ihre Stimme konnte auch sanft klingen, sehr melodisch – zum Kotzen!

Die müde Diés lächelte sie an, wandte sich aber sofort wieder mir zu. Ich schluckte schwer. Mein perfekter Plan hatte definitiv eine Schwachstelle: Mona, die gerade einen Zeigefinger auf mich richtete. »Wir können uns gar nicht lieben, weil wir uns noch nie begegnet sind. Das ist nicht Calem.«

Zwei Paar dunkle Augen waren auf mich gerichtet, in einem konnte ich die Worte »Stirb unter Qualen, Arschloch«, ablesen. Sie gehörten nicht der Diés, mit der ich in Calems Namen gerade Schluss machen wollte.

»Wer bist du?!«, fauchte die übereifrige, schwarze Furie und machte einen so schnellen Schritt nach vorne, dass ich dem schützenden Reflex, mein Becken wegzudrehen, nachgeben musste.

»Und wo ist Calem?«, ergänzte Mona, traute sich aber nicht so nahe an mich heran wie ihre kratzbürstige Freundin.

Ich knurrte in mich hinein und wandte den Blick hoheitsvoll in die Ferne. »Ich beschütze ihn davor, sich deinetwegen umzubringen«, erklärte ich tonlos und suchte dann Augenkontakt mit Calems potenziellem Sargnagel. Sie war kurz davor, in Tränen auszubrechen.

Mona war schwächer als ihre vorlaute Leibgarde. Viel schwächer, sensibler und wahrscheinlich auch leichtgläubiger. Eigentlich passte sie hervorragend zu Calem, aber wir lebten in keiner Welt, in der zwei naive Idioten die Gesetze unserer Gesellschaft sprengen konnten.

Ich setzte meine mahnende, zerschmetternde Ansprache fort, weil ich diesen traurigen Blick schon von Calem kannte. Er berührte mich ohne Zweifel, aber er konnte mich nicht weichmachen, weil Mona anscheinend genau so dumm wie mein Bruder war und dementsprechend vor sich selbst beschützt werden musste.

»Seht ihr euch wieder, dann stirbt er«, sagte ich in bestimmtem Tonfall. »Wenn du auch nur einen Funken Sympathie für Calem übrig hast, dann lässt du ihn gehen und auf Nox glücklich werden.«

Das laute Schluchzen rief wieder dieses Monster namens ›Gewissen‹ wach, das in mir toben wollte. Aber es lief winselnd vor Angst davon, als sich die störrische Solaris-Prinzessin plötzlich wieder zu Wort meldete.

Sie schrie nicht, sie fauchte und sie schubste mich so unerwartet, dass ich beinahe auf dem Hintern gelandet wäre.

»Du arroganter Vollidiot! Hörst du dich eigentlich selbst reden?!«

Ihre Stimme schallte über die Grenze. Wenn sie weiterhin so laut blieb, würden wir von den Patrouillen entdeckt werden und dann hatten wir alle ein gewaltiges Problem.

Alle außer Calem, der wahrscheinlich gerade versuchte, die Tür zu seinem Zimmer mit weinerlichem Blick dazu zu bringen, Mitleid mit ihm zu haben und sich zu öffnen.

Nachdem ich einen schnellen Schritt nach vorne gemacht hatte, packte ich die laute Diés an beiden Oberarmen. Ich drückte sie so fest an einen der Baumstämme, die es hier auf der Grenzinsel zuhauf gab, dass ihr die Luft wegblieb, die sie eigentlich für ihren nächsten gebrüllten Satz gebraucht hätte.

Mein Körper presste sich gegen ihren, sodass ihr keine Möglichkeit blieb, auszuweichen. Irgendwie hatte es etwas Erregendes, dabei in ihre schwarzen Augen zu blicken, die sich vor Erstaunen etwas zu stark geweitet hatten.

Diese Solaris-Kratzbürste hatte definitiv wenig Erfahrung darin, einem Mann näher als einen Meter zu kommen. Das konnte ich in ihrem Blick sehen, denn meine Nähe verwirrte sie merklich. Dennoch schien sie keine Angst vor mir zu haben, was mich zusätzlich anstachelte.

»Skya!«, unterbrach Mona meine abschweifenden Gedanken mit schwacher, aber aufgeregter Stimme. Sie hatte Angst um das Prinzesschen, das nun endlich einen Namen besaß und mir immer noch messerscharfe Blicke schenkte, obwohl ich sie so fest gegen den Baumstamm drückte, dass sie kaum Luft bekam.

Ich beugte mich über sie. Mein Mund berührte ihr Ohr. »Wenn du weiter so herumschreist, töten sie uns alle!«, zischte ich ihr drohend, aber leise zu.

Mein Gesicht war so nahe an ihrem Hals, dass mir der Kokosmilchgeruch ihrer Haut in die Nase stieg. Ich musste mich unheimlich zügeln, um nicht zu fest zuzupacken und sie wieder zu verletzen. Und ich musste mich seltsamerweise zügeln, um den Blick wieder von den dunklen Augen loszureißen.

»Wenn du nicht willst, dass wir alle auffliegen, dann beschimpf mich leise!«, erklärte ich und ließ sie los.

Es sah mir eigentlich nicht ähnlich zuzulassen, dass mir jemand widersprach, aber ich war neugierig, wie sich das Feuer in ihr verbalisieren würde.

Sie wirkte zwar ruhiger als vorhin, aber sie hasste mich noch immer. Ein Umstand, den irgendetwas in mir spannend fand. Normalerweise rutschten Mädchen vor mir auf den Knien, um mir zu gefallen. Ihr Knie hätte sie mir gerne in meine Mitte gerammt. Das hier war neu für mich. Neu und ebenso interessant wie zermürbend.

»Ich hab dir befohlen, mich nicht mehr anzufassen …«, murmelte sie leise.

Ich war mir beinahe sicher, dass sie diesen Satz drohender klingen lassen wollte, aber Hass und Antipathie schlossen Faszination nicht aus. Und wenn ich eines mit Sicherheit war, dann faszinierend. Das schien auch ihr aufgefallen zu sein, als ich ihr vorhin so nahe gekommen war. Denn der Blick, den sie mir schenkte, war nicht mehr nur zornig, sondern auch von einer Prise Neugier durchzogen.

Ja, sie fand mich faszinierend. Ganz eindeutig.

Ein schiefes, selbstgefälliges Grinsen hätte sich auf meine Lippen gelegt, hätte sie nicht plötzlich wieder gefasster geklungen.

»Was du Mona vorwirfst, ist absolut lächerlich«, setzte Skya an und ließ ihre Augen abermals funkeln. »Sie trägt nicht alleine die Schuld an diesem Verstoß. Sie hat Calem mit Sicherheit nicht dazu gezwungen, mit ihr zu schlafen!«

Mein Einwand ging mit einem arrogant klingenden Lachen einher. »Ach, aber Calem ist über sie hergefallen und hat sie vergewaltigt, oder wie? Der grinst doch noch immer wie ein Vierzehnjähriger, wenn er eine Frau nackt sieht!«

Bevor wir weiter darüber diskutieren konnten, wer wen verführt oder vergewaltigt hatte, wurden wir von einem Geräusch unterbrochen. Es war ein Stöhnen, ein Wimmern, getränkt von Verzweiflung, das uns daran hinderte, unser Streitgespräch über das Sexualleben unserer Naivchen fortzusetzen.

»Mona, was ist mir dir?«, entfuhr es Skyas Kehle und ich wunderte mich wieder darüber, wie sanft ihre Stimme klingen konnte.

Sie stieß sich vom Baumstamm ab, an dem sie immer noch gestanden hatte, und lief auf das blasse Diés-Mädchen zu, das neben uns in die Knie gesunken war. Vorsichtig ergriff sie ihre Schultern, um ihr ins Gesicht schauen zu können. Mona sah verweint aus, beinahe krank, so wie Calem, wenn er sich drei Tage lang übergeben hatte.

Mir wurde plötzlich wieder etwas bewusst, das ich verdrängt hatte, obwohl es mich gleich zu Beginn unseres Treffens aus der

Bahn geworfen hatte: Verdammt, diese Diés erwartete ein Kind von meinem Bruder!

Es ging hier nicht darum, eine Beziehung zwischen einem Nox und einer Diés im Keim zu ersticken, sondern darum, dass dieses Mädchen schwanger war!

Das hieß, dass … verdammter Mist! Sie würde sterben, wenn sie das Kind zur Welt brachte.

Mir wurde schwindlig, weil etwas, das ich normalerweise weit von mir wegschob, mit einem Mal wieder so nah war, dass mir das Atmen schwerfiel. Die alten Schuldgefühle brachen wie eine Welle über mich herein und jagten einen Schwall aus negativen Emotionen und beißenden Erinnerungen durch meine Psyche.

Ich musste mich an dem Baum, an den ich Skya vorhin gedrückt hatte, abstützen, weil mir danach war, Halt zu suchen.

»Mir geht es nicht gut. Ich fühle mich so krank. Ich kann mich nicht mehr hier verstecken«, japste das erschöpfte Diés-Mädchen. »Ich will mit Calem reden, ich brauche ihn!«

»Beruhig dich. Alles wird gut«, hauchte Skya nett gemeinte Floskeln, an die sie wohl selbst nicht glaubte.

Ich konnte ihr ansehen, dass sie ebenso gut wie ich wusste, dass für Mona gar nichts gut werden würde. Sie war schwanger und damit so gut wie tot.

Ich schloss für ein paar Sekunden die Augen, um nachzudenken und mich von dieser erdrückenden Stimmung nicht wahnsinnig machen zu lassen.

Skya versteckte Mona augenscheinlich an der Grenze. Hier im Niemandsland würde sie sterben, genau wie auf Diés. Ich war zwar der Anführer der Gen B, aber mir waren die Hände gebunden. Wenn ich meinen Status und mein Leben nicht verlieren wollte – und an beidem hing ich –, dann durfte niemand erfahren, dass ich hiermit etwas zu tun hatte. Und dennoch musste ich helfen … denn wenn ich zuließ, dass Mona starb, würde sich Calem freiwillig vom Rat in Stücke fetzen lassen.

Es war zu spät, um diese dumme Beziehung einfach zu beenden. Mona würde ohne Hilfe mit großer Wahrscheinlichkeit zugrunde gehen, egal wie viel Feuer in Skyas Augen brannte. Wenn Calem Mona verlor, verlor ich Calem und ich war hier, um genau das zu verhindern. Denn so sehr mir mein dummer Bruder auch auf die Eier ging – ich liebte ihn nun mal.

Außerdem würde ich nicht zulassen, dass sich die Vergangenheit wiederholte. Dieses Kind musste verschwinden. Sie musste es loswerden, bevor es sie umbringen konnte.

»Du bist dehydriert. Es geht dir sofort besser, wenn du etwas trinkst«, stellte Skya fest und hielt der wimmernden Mona eine kleine Wasserflasche hin.

»Nein! Das ist *dein* Wasser! Wir müssen es uns für später aufsparen, sonst …«

Ich zog eine Braue nach oben und schüttelte verständnislos den Kopf. Skya konnte nicht so dumm sein und mit nur einer Flasche Wasser hier auftauchen, sie hatte schließlich einen ganzen Rucksack dabei. Ich griff hinter mich, an den Haken meines Gürtels, an dem ich mein Wasser für Ausflüge in einer kleinen Lederflasche aufbewahrte.

Als ich neben den beiden Mädchen in die Knie ging, trafen mich wütende Blicke aus dem Gesicht, das ich *nicht* faszinierend finden wollte. Skya funkelte mich an, als wollte sie mich mit ihren Blicken töten, und richtete sich ein wenig auf, um ihre Freundin schützend vor mir abzuschirmen.

»Hier«, murrte ich und hielt Mona den hellbeigen Lederbeutel hin.

Skya musterte mich so skeptisch, als würde ich ihnen eine Waffe vor die Nasen halten.

»Trinkt einfach um das Gift herum«, blaffte ich und stand dann wieder auf, ehe ich die Pläne der beiden Diés infrage stellte. »Ihr versteckt euch hier und habt nicht mal Wasser dabei?«

Während Mona hastig trank, erhob sich auch Skya und ballte die Fäuste. Gleich würde ich wieder etwas zu hören bekommen, was sie aus ihrem Nox-Beleidigungs-Lexikon gelernt hatte, und wenn sie zu laut dabei war, würde ich sie wieder anfassen müssen.

Ein kleiner Teil in mir freute sich schon darauf, sie abermals gegen den Baumstamm zu pressen.

»Es ist eure Schuld, dass wir kaum Wasser haben!«, fauchte sie – leider betont leise. »Diés leidet Durst, seit ihr die Wasserrohre demoliert habt!«

Ich verschränkte schnaubend die Arme vor Brust und schüttelte verständnislos den Kopf. Was das Solaris-Prinzesschen da zusammenfantasierte, war lächerlich. Vielleicht hatte sie einen Sonnenstich. »Schwachsinn! Niemand darf in den Berg. Wenn sich dort jemand herumgetrieben hätte, wüsste ich es.«

»Dann bist du eben ein noch größerer Idiot, als ich vermutet hatte«, entgegnete Skya und ich hätte schwören können, dass sie mir die Zunge rausstrecken wollte, wäre ihr nicht schnell genug bewusst geworden, dass es hier eigentlich nicht um unsere Zankereien ging.

Sie streckte die Hand nach Mona aus und zog ihre Freundin auf die Beine und gab ihr einen Apfel, den sie aus ihrem Rucksack holte. Die schwangere Diés hatte wieder ein wenig mehr Farbe im Gesicht, sah nicht mehr aus, als wäre sie eine blasse Nox mit schwarzen Haaren.

»Ich will mit Calem reden«, hauchte Mona und obwohl diese Aussage an mich gerichtet war, sah sie dabei nur Skya an. »Ich kann nicht länger hier warten, ich halte das nicht aus.«

Ihre Stimme klang weinerlich, gleich würden wieder Tränen fließen, weil sie verzweifelt und müde war. Calem hätte ihr allerdings auch nicht helfen können. Sie hätten gemeinsam hier im Sand gesessen und geheult, bis die Sonne auf- und der Mond unterging – und das Ganze wieder von vorne. Die beiden waren Träumer, keine Problemlöser, so wie ich und …

»Wir müssen nach Nox!«, sagte Skya bestimmt, während sie mir den Lederbeutel zurückgab. »Wir können nicht hier an der Grenze bleiben und auch nicht zurück nach Diés gehen. Dort suchen sie schon nach Mona.«

Was aus Skyas Mund kam, war ein Lösungsvorschlag, der wahnwitziger nicht hätte sein können, aber ich war leider ihrer Meinung. Wenn Mona vorerst überleben sollte, würden wir sie nach Nox bringen müssen, bis uns etwas Besseres einfiel.

»Dort wird man euch auf der Stelle töten«, stellte ich klar, bevor ich meinen meisterhaften Plan zum Besten geben konnte. »Aber ich kenne einen Ort, der sicher für euch ist. Es ist den Nox verboten, ihn zu betreten.«

Die Idee war mir dank Skyas lächerlicher Anschuldigung mit den Wasserrohren gekommen. Ich würde die beiden in den Lunamontem führen. Dort waren sie sicher, bis … bis mir einfiel, wie die Liebesgeschichte der beiden bescheuerten Idioten unblutig enden konnte.

»Wieso sollten wir dir vertrauen?«, wollte Skya wissen und verschränkte ebenfalls die Arme vor der Brust. »Wir wissen nicht mal, wer du bist!«

Meine Antwort würde ihr vielleicht gefallen. »Deiner Meinung nach bin ich ein Idiot. Aber ich bin eure einzige Möglichkeit zu überleben, also werdet ihr mir wohl oder übel vertrauen müssen, wenn ihr nicht zu euresgleichen zurückkehren wollt – dort werdet ihr aber definitiv sterben!«

Mir war, als würde sie ein zustimmendes Nicken unterdrücken, was eindeutig auf das Wort ›Idiot‹ zurückzuführen war, aber ihr Blick blieb eisern und prüfend. Sie hatte wirklich keine andere Möglichkeit, als mir zu vertrauen, aber die beiden hätten es schlechter treffen können. Das Oberhaupt der Gen B von Nox half ihnen, aber diesen Knaller würde ich mir für später aufheben. Im Moment war ich schon cool und großherzig genug.

»Kann ich Calem dort treffen?«, fragte Mona, die den Apfel beinah fertig gegessen hatte.

Sie wäre mir wahrscheinlich anstandslos ins tiefe Meer gefolgt, wenn ich ihr gesagt hätte, dass Calem voller Sehnsucht dort auf sie wartete. Sie konnte von Glück reden, dass sie die zickige, misstrauische Kampf-Prinzessin bei sich hatte, das steigerte ihre Überlebenschancen um ein Vielfaches.

»Wir bringen dich erst mal in Sicherheit, nichts ist jetzt wichtiger«, stellte Skya klar und bückte sich nach der grauen Katze, die ich fast schon vergessen hätte. »Dämon und ich begleiten dich. Wir passen auf dich auf, versprochen.«

Dämon … wie konnte man eine Katze nur so nennen?! Gut … irgendwie passte es zu dieser glutäugigen Sonnenanbeterin.

Mona war wieder kurz davor, in Tränen auszubrechen.

Bevor sie die Contenance verlieren konnte, machte ich eine auffordernde Kopfbewegung in Richtung Wald. »Folgt mir. Ich kenne einen Weg, den die Wachen nicht nehmen«, versicherte ich und ging voraus.

Es dauerte eine Weile, bis die beiden Diés mir folgten. Ich hörte Skya etwas flüstern, aber es hätte meinem selbstbewussten, unnahbaren Auftreten geschadet, wenn ich mich neugierig umgedreht und gelauscht hätte.

Wir liefen die Grenze entlang. Es gab einen Engpass, der die schmale, lange Insel beinahe nahtlos mit dem Berg verband. Je weniger Schritte wir auf Nox unter dem Sternenzelt machen mussten, desto besser. Alle waren dort auf den Beinen und wenn uns jemand entdeckte, hätte ich in den Ratsmitgliedsmodus wechseln und die beiden gefangen nehmen müssen.

Der Lunamontem reckte sich bereits vor uns in den Nachthimmel. Wir waren kurz davor, das Niemandsland zu verlassen und Nox zu betreten, aber meine Sinne schlugen mit einem Mal Alarm. Jemand folgte uns, schon eine Weile. Ich hatte die Geräusche erst einem Tier zugeschrieben. Die Dämonen-Katze konnte es nicht sein, die hatte sich auf Skyas Armen zusammengerollt.

Ich legte die Finger um den Griff des Wurfmessers an meinem Gürtel und verlangsamte meine Schritte, bis ich auf gleicher Höhe mit den beiden Mädchen war. Monas traurige Augen waren stur auf den Boden gerichtet, aber Skya schien meine Anspannung zu fühlen, weil sie mich so intensiv musterte, dass sie ab nun bestimmt ein Bild meines Gesichts aus dem Gedächtnis zeichnen konnte. Die Diés waren bekannt für ihre künstlerische Begabung.

»Was ist …«, begann sie leise, aber ich ließ sie ihre Frage nicht formulieren, sondern brachte sie mit einem strengen Blick zum Schweigen.

Eine schwungvolle Armbewegung später schnellte das Messer, das vor einer Sekunde noch in meiner Hand gelegen hatte, durch die Sträucher. Das Geräusch der auftreffenden Klinge ließ die Mädchen zusammenzucken.

Eine männliche Stimme schrie kurz auf.

Skyas aufgerissene Augen verrieten mir, dass sie sich sicher war, dass ich gerade jemanden getötet hatte. Sie hatte ihre dämliche Katze fallen lassen und das Fellknäuel brachte sich im Gebüsch nebenan in Sicherheit.

Ich hatte die Person, die uns folgte, nicht getroffen. Schließlich wusste ich noch nicht, wer uns auf den Fersen war. Womöglich war es mein Bruderherz.

Zudem – hätte ich unseren Verfolger umgebracht, hätten wir ein dumpfes Stöhnen vernommen, keinen erschrockenen Schrei. Die Klinge des Messers war an ihm vorbeigeschnellt, sehr dicht wahrscheinlich. Weil ich es genau darauf angelegt hatte.

Ich lief ein paar Meter durch das Dickicht, gefolgt von Skya, die mich wohl für einen kaltblütigen Mörder hielt, und Mona, in deren Kopf sich wahrscheinlich noch immer nur Calems Name wie ein Mantra wiederholte.

Als ich die großen, grünen Blätter des Bananenbaums zur Seite schob, traf mich ein endlos schockierter, angsterfüllter Blick aus schwarzen Iriden. Der Diés blutete an der Wange, mein Messer steckte neben ihm im Stamm einer Palme.

»Teias!«, hörte ich Skya rufen.

Ich war noch immer im Angriffsmodus, also packte ich mir den gebräunten, vor Schreck starren Sonnenanbeter und warf ihn in die Sträucher. Wer auch immer uns verfolgte, verdiente keine sanftere Behandlung. Schon gar kein männlicher Diés.

Bei *ihm* meldete sich mein Gewissen nicht zu Wort und auch nicht der hormongesteuerte Teil in mir, der sich um grazile, schöne Körper und feurige Augen sorgte.

Ich war dabei, ihm die Sohle meiner Stiefel auf den Brustkorb zu drücken, um ihn am Aufstehen zu hindern, aber ich fühlte auf einmal eine warme, weiche Hand, die meine packte, um mich abzuhalten.

Skya wollte meine unsanfte Verhörmethode verhindern und die Begründung würde mir bestimmt nicht gefallen, das konnte ich ihrem messerscharfen Blick entnehmen.

KAPITEL 9 – SKYA

»Lass ihn los!«, befahl ich dem blonden Grobian, der meinen Freund gerade mit dem Fuß am Boden festnageln wollte.

Dieser Nox war eindeutig gewalttätig veranlagt und wenn ich nicht dazwischenging, würde er Teias, ohne mit der Wimper zu zucken, töten. Der blonde Eisprinz fuhr zu mir herum und seine Augen hatten wieder diesen stählernen Glanz, der mich mit Sicherheit eingeschüchtert hätte, wäre er nicht gerade dabei gewesen, meinen Freund zu bedrohen.

»Was?!«, herrschte mich der Nox an.

»Er ist mein *Freund*!«, antwortete ich energisch.

Für einen Moment entgleisten dem Nox tatsächlich die Gesichtszüge. Vielleicht interpretierte er ›Freund‹ nicht gleich wie ich. Aber das konnte mir egal sein, wichtig war jetzt nur Teias, der mich mit weit aufgerissenen Augen anstarrte und über dessen Wange Blut lief.

»Du Arschloch hast ihn verletzt!«, knurrte ich und ließ seine Hand los, die ich reflexartig gepackt hatte, um ihn davon abzuhalten, meinen Freund weiter zu bedrängen. Während ich neben Teias kniete, berührte ich vorsichtig sein Gesicht. »Tut es weh?« Meine Worte waren warm gesprochen und führten dazu, dass der überhebliche Kerl hinter mir ein abschätziges Schnauben erklingen ließ.

»Skya, was tust du da?« Teias ging nicht auf meine Frage ein, sondern richtete sich auf, sodass er saß, und ergriff meine Schulter. »Du hast dich mit einem Nox zusammengetan?!«

Ich wich seinem anklagenden Blick aus und starrte stattdessen auf den Waldboden, der in der Dunkelheit kaum zu erkennen war. »Es geht nicht anders …«, murmelte ich.

Teias ergriff mein Kinn, sodass ich ihm in die Augen blicken musste. Ich vermeinte, bei seiner Geste ein leises Knurren des Nox zu hören, der immer noch hinter uns stand. Vielleicht war es aber auch Dämon, der sich wieder aus den Büschen gewagt hatte.

»Skya, komm zurück mit mir.« Teias' Stimme war eindringlich. »Noch hat keiner bemerkt, dass du abgehauen bist. Noch können wir eine Lösung finden, was auch immer geschehen ist.«

Ich wollte etwas erwidern, doch er schnappte nach Luft, als in dem Moment Mona in sein Sichtfeld trat, die sich bisher zurückgehalten hatte.

»Mona?!«, rief er und sprang so rasch auf die Beine, dass ich einen Augenblick lang mit meinem Gleichgewicht kämpfen musste, da er sich an meiner Schulter abgestützt hatte.

Ich richtete mich ebenfalls auf und hielt Teias davon ab, auf meine Freundin zuzustürmen. Sie hätte das in ihrer gegenwärtigen Verfassung vielleicht sogar als Angriff gewertet, denn ihre dunklen Augen wirkten glasig und panisch.

»Teias, vertrau mir«, bat ich meinen Freund mit derselben Eindringlichkeit, wie er mich vorhin, während ich ihn am Arm festhielt. »Wir müssen mit …« In dem Moment fiel mir auf, dass sich der Nox gar nicht mit Namen vorgestellt hatte, aber jetzt war der falsche Zeitpunkt, die Vorstellungsrunde nachzuholen. »Mit diesem Kerl da mitgehen«, fuhr ich also fort.

Teias packte mein Handgelenk, um sich aus meinem Griff zu befreien, und mir entwich unwillkürlich ein leises Stöhnen. Er hatte die Stelle berührt, die der Nox vorhin fast zerquetscht hatte.

Ich hatte vor dem Bleichgesicht nicht zugeben wollen, wie weh er mir tat, hatte den Schmerz heruntergeschluckt, als er mich festhielt. Einen Moment lang hatte ich tatsächlich gedacht, er würde mir die Hand mit seinem Griff amputieren, meine Knochen zersplittern lassen wie morsches Holz, dann war es mir gelungen, mich von ihm loszureißen.

Doch der Bluterguss, der sich an meinem Arm bereits gebildet hatte, war immer noch äußerst schmerzhaft und als Teias die malträtierte Haut jetzt anfasste, sah ich Sternchen vor den Augen.

»Du bist verletzt!«, stieß er hervor und ließ mein Handgelenk sofort los.

In der Dunkelheit konnte er nicht genau sehen, welche Verletzung ich hatte – was gut war, denn sonst wäre er womöglich durchgedreht und dem Nox an die Kehle gesprungen.

»Es ist nichts«, versuchte ich, ihn zu beruhigen. »Nur eine Prellung.«

Doch Teias konnte ich leider nichts vormachen. Er kannte mich fast mein ganzes Leben und wusste, wann ich log. »Ich werde mir das ansehen«, sagte er und strich mir sanft über das Haar. »War *er* das etwa?« Er musste nicht erst zu dem Nox aufschauen, damit ich wusste, wen er meinte.

Der blonde Grobian neben uns schnaubte abfällig. Er hatte sein Messer in der Zwischenzeit aus dem Palmenstamm gerissen und wieder in die Scheide an seinem Gürtel gesteckt.

Jetzt stand er mit verschränkten Armen da und schenkte Teias einen seiner herablassenden Eisblicke. Ich hatte in den letzten Minuten gelernt, dass er darin besonders gut war. Seine Augen konnten so kalt schauen, dass mir jedes Mal eine Gänsehaut über den Rücken rann – und zwar keine von der angenehmen Art.

Er war eindeutig ein Schläger. Kalt und arrogant. Und bestimmt gehörte er nicht zu der Sorte Typ, der sich um jemanden kümmerte, ohne seinen eigenen Vorteil daraus zu ziehen. Er war das pure Gegenteil von Teias.

Dennoch hatte ich keine andere Wahl, als zu versuchen, ihm zu vertrauen. Ich steckte da jetzt schon zu tief drin, um umzukehren. Die Alternative war der Tod auf Diés und ich hatte noch nie einfach so aufgegeben, solange es noch eine kleine Chance gab, zu überleben.

Vielleicht führte er uns auch geradewegs zum Lager der Nox, doch dieses Risiko war es wert, um Monas Leben vor den Diés zu beschützen.

»Sie braucht kein Kindermädchen, sie ist alt genug, selbst auf sich aufzupassen und Entscheidungen zu treffen«, knurrte der Nox jetzt Teias mit seiner dunklen Stimme an. Dann wandte er sich mir zu. »Hör zu, Skya.« Es war komisch, meinen Namen aus seinem Mund zu hören. »Ich werde euch zwei verstecken, aber nicht diesen Schwächling. Ich eröffne doch keine Diés-Kuschelgruppe.«

»Sie werden nicht mit einem Bastard wie dir mitgehen!«, widersprach Teias energisch und baute sich vor der blonden Nox-Kühltruhe auf.

Mein Freund hatte Mut, das musste ich ihm lassen. Aber er war auch leichtsinnig und keinesfalls dazu gemacht, mich oder Mona zu beschützen. Sowohl er als auch ich wussten, dass wir in der Dunkelheit keine Chance gegen diesen arroganten Nox hatten. Er hätte uns beide mit einem einzigen Faustschlag ins Jenseits befördern können, wenn er gewollt hätte.

Glücklicherweise schien er sich so weit im Griff zu haben, dass er jetzt nur seine Hand zu einer Faust ballte, sie jedoch an seiner Seite hängen ließ.

Ehe er die Beherrschung doch noch verlieren konnte, trat ich zwischen Teias und ihn und sah meinem Freund in die dunklen Augen. »Teias, wir können nicht mit dir mitkommen«, sagte ich in einem Tonfall, von dem ich hoffte, dass er ihn beruhigen würde. »Mona ist … sie erwartet ein Kind.«

Teias' Gesichtszüge hätten ungläubiger nicht sein können. Seine Augenbrauen hüpften in die Höhe, während sein Kiefer gleichzeitig nach unten klappte. Er starrte mich einige Sekunden lang sprachlos an und wollte gerade etwas sagen, als der Nox hinter mir ihn unterbrach.

»Schließ den Mund, sonst siehst du noch dämlicher aus als ohnehin!«, gab er unpassenderweise zum Besten. Er sagte es jedoch in solch einem Befehlston, dass der Witz in der Luft verpuffte.

Womöglich war er es gewohnt, dass andere auf seine Anweisungen hörten und über seine Scherze lachten, aber da war er bei mir an die Falsche geraten.

Ich fuhr zu ihm herum und funkelte ihn wütend an. »Wenn du noch weitere solch hilfreiche Sprüche auf Lager hast, werde ich es vorziehen, mit Mona alleine nach einem Versteck zu suchen!«

Der Nox legte den Kopf schief und musterte mich mit diesem intensiven Blick. Wahrscheinlich wägte er gerade ab, ob er auf mein Angebot eingehen und mich endlich loswerden sollte. Er schien tatsächlich nicht der geduldigste Mensch zu sein und Mona strapazierte ja schon meine eigenen Nerven, obwohl ich meine Freundin liebte und mit allem, was ich hatte, beschützen wollte. Vielleicht war auch dieser Calem nicht gerade einfach … zwei von der Sorte auf einem Haufen würde eine MENGE Geduld erfordern.

Ich hielt seinem Blick stand, spürte währenddessen aber wieder diese Gänsehaut über meinen Rücken jagen. Doch ich würde ihm keinesfalls die Genugtuung schenken, mich von ihm einschüchtern zu lassen.

»So langsam geht mir die Geduld mit dir aus, kleine Prinzessin«, knurrte der Nox und bestätigte damit meinen Verdacht, dass seine Nerven nicht die stärksten waren. »Wir werden ohne deinen hauseigenen Schmeichelpapagei weitergehen. So einen habe ich schon.«

Da waren wir immerhin mal einer Meinung.

Ich nickte und wandte mich von dem verdutzten Nox ab, der wohl mit mehr Gegenwind gerechnet hatte. »Teias, du musst zurück nach Diés gehen«, sagte ich vorsichtig.

Ich wusste, dass es schwierig werden würde, meinen Freund zu überreden, aber er konnte nicht mitkommen. Ich konnte es nicht verantworten, dass er sein Leben aufs Spiel setzte. Er hatte mit dem hier nichts zu tun und würde uns womöglich bessere Dienste leisten, wenn er unsere Flucht deckte.

Mein Verstand ratterte im Turbomodus, während ich mir einen Plan zurechtlegte, der ihn hoffentlich davon überzeugte, dass er auf Diés mehr gebraucht wurde als hier. Leider war mein Denken wegen der Abenddämmerung stark verlangsamt, sodass ich den erstbesten Plan wählte, der mir in den Sinn kam.

»Bitte geh zu Praeda und erklär ihr, dass ich mit Mona durchgebrannt bin und wir uns irgendwo auf Diés verstecken«, sagte ich. »Erzähl ihr, du hättest mich nicht aufhalten können und seist schnurstracks zu ihr gekommen. Wenn du das tust, wird sie dich nicht verdächtigen, mir bei der Flucht geholfen zu haben. Und wir *brauchen* deine Hilfe. Wir müssen wissen, wie man Monas Kind loswird. Du bist angehender Arzt, du hast doch Zugang zu Unterlagen, die uns vielleicht helfen könnten. Mona hat erzählt, dass Praeda Schwangerschaftstests bei sich versteckt hält. Vielleicht gibt es dort noch andere Sachen … vielleicht ein Abtreibungsmittel. Irgendetwas, das uns helfen kann …«

Teias hatte mich stumm angeschaut, während ich auf ihn einredete. Jetzt holte er tief Luft und ich konnte ihm ansehen, dass er meinem Plan noch nicht zustimmen würde. »Du hast also tatsächlich vor, mit einem unserer Feinde mitzugehen. Kennst du den Kerl überhaupt?«

Ich schüttelte kaum merklich den Kopf. »Nein«, gestand ich. »Ich kenne ihn nicht. Aber die Alternative ist, dass wir von den Patrouillen geschnappt und vor den Rat gezerrt werden. Dann droht sowohl Mona als auch mir die Todesstrafe. Das weißt du. Deswegen müssen wir versuchen, auf Nox ein Versteck zu finden. So lange, bis Mona nicht mehr schwanger ist.«

Dass das gleichzeitig bedeuten konnte, dass sie dann tot war, weil sie das Kind bekommen hatte, behielt ich für mich.

Teias war immer noch nicht ganz überzeugt, aber zumindest machte er keine Anstalten mehr, mir weiter zu widersprechen. Er nickte. »Ich werde sehen, was ich herausfinden kann«, murmelte er. »Wenn ich etwas weiß, wo kann ich euch finden?«

Die Frage war an den Nox gerichtet, der immer noch hinter mir stand.

»Komm nach Anbruch der nächsten Abenddämmerung zur Grenze«, sagte der blonde Eisklotz. »Ich werde dort auf dich warten und alles Weitere mit dir besprechen.«

Mir war zwar unwohl bei dem Gedanken, dass Teias sich abermals mit diesem Nox treffen würde, aber ich sah ein, warum er ihm nicht verraten wollte, wo unser Versteck war. Sollte Praeda nur den leisesten Verdacht schöpfen, würde sie einen Hypnotiseur auf Teias ansetzen. Dann dauerte es nur Sekunden, bis die Diés wussten, wo wir uns verborgen hielten. Es war besser, wenn Teias nur das Nötigste von unseren Plänen erfuhr.

Mein Freund sah mich stirnrunzelnd an und ich trat einen Schritt auf ihn zu, um ihn zu umarmen. »Pass auf dich auf«, flüsterte ich.

Er senkte den Kopf zu mir herunter und drückte mir einen Kuss auf die Wange, während er meine Umarmung erwiderte. »Das gilt auch für dich«, murmelte er. Dann warf er dem Nox einen messerscharfen Blick zu. Ich hatte bis zu diesem Moment nicht gewusst, dass der sanftmütige Teias überhaupt zu solchen Blicken in der Lage war. »Wenn du ihr auch nur ein einziges Haar krümmst, dann …«

»Guter Scherz«, meinte der Bleichling und grunzte amüsiert. »Den werde ich mir merken: Droht ein Diés einem Nox … haha, wirklich gut.«

Er wandte sich leise lachend zum Gehen und ließ Teias, Mona und mich stehen. Als er einige Meter weit weg war, drehte er sich zu uns um. »Kommt ihr jetzt oder wollt ihr erst noch miteinander schlafen?«

Ich spürte wieder Wut in mir hochbrodeln, löste mich aber von Teias und schenkte ihm ein rasches Lächeln. »Danke, dass du uns hilfst.«

Dann ergriff ich Monas Hand und zerrte meine Freundin mit mir mit, um den Anschluss zu dem Nox nicht zu verlieren, der bereits weitergegangen war. Dämon zögerte kurz, schloss sich uns dann aber mit hocherhobenem Schwanz an.

Ich drehte mich nicht mehr zu Teias um, denn ich wusste, dass ich sonst in Versuchung geraten wäre, diesen hirnrissigen Plan abzubrechen und mit ihm zurück nach Diés zu gehen. Das hätte allerdings Monas Tod bedeutet.

Die Stimmung war merklich gekippt, obwohl das Unheil noch immer über uns schwebte und ich den bitteren Geschmack des Verrats an meinen Nox intensiver denn je auf der Zunge schmeckte. Ganz zu schweigen von den beschissenen Schuldgefühlen, die ich seit Jahren erfolgreich verdrängt hatte und die mit dieser schwangeren Diés mit einem Mal wieder über mich hereingebrochen waren.

Mit dem Auftauchen dieses gebräunten Idioten war Skyas Entscheidung sichtlich ins Wanken geraten. Für einen Moment hatte ich sogar geglaubt, dass sie Mona überreden würde, zurückzugehen. Die schwangere Diés hätte ohne Zweifel auf sie gehört, zumindest bis ich den ›Calem‹-Joker ausgespielt hätte.

Aber ich würde sie nach Nox bringen, komme was wolle. Alles andere hätte sie umgebracht und das hätte mir mein dummer Bruder nie und nimmer verziehen. Und ich mir auch nicht … dafür sorgte meine beschissene Vergangenheit!

Dass ich jemals so hartnäckig versuchen würde, zwei schwarzhaarigen Langweilerinnen das Leben zu retten, klang eigentlich wie ein sarkastischer Scherz von Lunos. Wahrscheinlich lachte sich der alte Mondgott gerade über mich schlapp. Vielleicht stellte er mich auch auf eine Glaubensprobe, bei der ich kläglich versagte. Wie damals, als ich … genug! Genug von dieser Selbstgeißelung!

»Wahrscheinlich hätte ich euch umbringen müssen …«, murmelte ich, den Blick stur auf den Weg gerichtet.

»Was hast du gesagt?«, wollte Skya wissen und schloss ein Stück weiter zu mir auf.

Bestimmt, um mich wieder skeptisch oder wütend anzufunkeln.

Ich hatte keine Lust auf diese Blicke, ich hatte nicht mal Lust auf ihr Gesicht, also beschleunigte ich meine Schritte und führte sie über die Grenze. Solange wir noch nicht zwischen dem schützenden, heiligen Gestein des Lunamontem verschwunden waren, war es sowieso besser, still zu sein, um keine Aufmerksamkeit zu erregen.

Ohne mich wären die beiden verloren gewesen, aber Skya würde sich das bestimmt nie und nimmer eingestehen können.

Sture, selbstverliebte Prinzessin!

Diese Arroganz war typisch für Diés. Sie hielten sich für ach so besonders, wahnsinnig gerissen und endlos begabt. Die farbenliebenden, an Blumen riechenden, ihren Namen tanzenden Möchtegern-Intellektuellen glaubten, dass Redegewandtheit und Kreativität sie aus jeder Misslage befreien konnten. Wenn es aber hart auf hart kam, musste ihnen ein Nox den Arsch retten, weil dieser Teias Monas Schwangerschaft und Skyas Mitwissen wohl kaum wegreden oder wegmalen konnte.

»Nutzloser Schwächling«, entwich es brummend meiner Kehle, während ich gegen einen kleinen, schwarzen Stein trat.

Das erschrocken wütende Fauchen, das daraufhin folgte, vertrieb meine trüben Gedanken, weil ich mit dem Stein die dämliche Katze an ihrem pelzigen Hintern getroffen hatte. Das Grinsen tat gut und erinnerte mich daran, dass ich es hasste, zu einem nachdenklichen Zombie zu mutieren. Es war zweifelsohne Calems Ding, alles infrage zu stellen und eifersüchtig durch die Gegend zu stapfen – hatte ich gerade ›eifersüchtig‹ gesagt? Ich meinte natürlich ›übereifrig‹, oder etwas Ähnliches …

»Hey! Wenn du Dämon noch einmal mit einem Stein beschießt, dann …!«

Ich drehte mich so schwungvoll nach Skya um, dass ihre dunklen Augen vor Überraschung groß und fragend wurden. Sie hatte nicht damit gerechnet, mich grinsen zu sehen. Dass ich die ernste Miene gerade jetzt ablegte, schien sie sichtlich zu verwirren und aus der Bahn zu werfen.

»Entschuldige. War keine Absicht«, versicherte ich schulterzuckend und zwinkerte ihr zu, weil ich Gefallen daran fand, sie zu verunsichern.

Sie konnte mich gerade überhaupt nicht mehr einschätzen, weil ich mich wie ein wankelmütiger Idiot verhielt. Calem hätte ihr bestätigen können, dass es genau das war, was mich ausmachte – zum Glück war mein Bruder aber sicher in seinem Zimmer eingesperrt.

»Und warum grinst du dann so dämlich, Eisprinz?«, wollte sie wissen, schaffte es aber nicht, ihren beleidigenden Namen für mich wie eine Beleidigung klingen zu lassen.

War der rücksichtslose Grobian gerade wieder spannend geworden?

Schluck meinen Charme, Prinzessin!

Ich schenkte ihr ein einnehmendes Lächeln – von dem ich wusste, dass es Herzen brechen konnte – und beugte mich ein wenig zu ihr herunter. Auch Skya schien für meinen Charme zumindest so weit empfänglich zu sein, dass sie meinem funkelnden Blick aus- und einen halben Meter von mir zurückwich.

Im Moment genügte es mir vollkommen, sie verlegen vor mir stehen zu sehen.

»Kann es sein, dass du unter einer Persönlichkeitsstörung leidest? Oder hat dir dein Mondlicht zu sehr zugesetzt?«, maulte sie und biss sich dabei auf der Unterlippe herum. »Zuerst Selbstgespräche und dann Gemütsschwankungen. Hast du gerade mit dir ausdiskutiert, was für ein Idiot du bist?«

Ja, es machte mir wirklich Spaß, sie zu verunsichern. Zum ersten Mal bröckelte ihre selbstsichere Fassade, was ich an den rhetorischen Fragen erkannte, die sie mir stellte.

Ich wollte etwas erwidern, aber die helle, atemlose Stimme unterbrach mich.

»Ich komme euch kaum hinterher! Ich kann nicht so schnell sprinten wie ihr!«

Wir drehten uns nach der keuchenden Mona um, die wir für ein paar Sekunden beide vergessen hatten.

Skya schien erleichtert, abgelenkt zu werden, denn sie ging ihrer Freundin sofort entgegen und bot ihr den Arm an.

Nicht nur ich litt unter ausgeprägten Gemütsschwankungen. Die schöne Diés konnte auch binnen Sekunden von angriffslustigbissig zu verlegen und dann fürsorglich-besorgt umschalten – hatte ich gerade ›schön‹ gesagt? Ich meinte natürlich ›störrisch‹, oder etwas Ähnliches …

Ich räusperte mich, um meinen Anführer-Tonfall wiederzuerlangen. »Es ist nicht mehr weit«, versicherte ich und zeigte auf das Felsmassiv, das in den Nachthimmel ragte. Der schmale Eingang, der ins Innere des Berges führte, lag gut versteckt hinter dichtem Gestrüpp.

Ich zückte mein Messer, um uns den Weg freizuschneiden, aber meine Klinge schnitt nur ein paar junge, dünne Äste durch. Irgendjemand hatte diesen Weg vor Kurzem benutzt und ich wusste natürlich, wer. Es gab nur einen, der den Lunamontem genauso gut kannte wie ich, weil er als Kind oft hiergewesen war.

Dass Calem für seine nächtlichen Treffen mit Mona auch diesen Weg benutzt hatte, hätte mir klar sein müssen. Er war nicht mehr erwischt worden, weil er durch den Berg gegangen war. Dieser liebestolle Narr hatte nicht nur gegen das Kontakt-Verbot verstoßen, sondern auch gegen das, den Berg zu betreten.

Mir war danach, ihn auszupeitschen. Nicht öffentlich – zu Hause, in unserem Wohnzimmer. Danach hätte ich aber ihm die Peitsche in die Hand drücken und auf die Knie gehen müssen, weil ich gerade in die illegalen Fußstapfen meines großen Bruders trat.

Ich verstieß gegen dieselben Regeln wie er, mir drohten dieselben Strafen. Vielleicht würden sie mich nicht öffentlich töten, sondern es still und heimlich am Ende einer Ratsversammlung machen, um kein Aufsehen zu erregen – schließlich war ich beliebt! Neurus würde mir sein schmieriges Grinsen präsentieren und mir sagen, dass er mit nichts anderem gerechnet hatte. Er würde mir freudestrahlend erklären, wie sehr er es sich gewünscht hatte, den dummen Jungen, der leider Relas Sohn war, den Kopf abzuschlagen. Wahrscheinlich würde er vorher noch über mich herfallen.

Es schüttelte mich vor Ekel, als ich den ersten Fuß in den Berg setzte. Ich musste diese verstörenden Gedanken loswerden, also drehte ich mich nach den beiden Diés um und ließ meinen Blick einmal kurz schweifen.

Ich tat das hier für Calem und weil ich kein Monster war, das ein schwangeres Mädchen in den sicheren Tod schickte – ganz gleichgültig, ob sie eine Nox oder eine Diés war. Vater hätte nichts anderes von mir erwartet, obwohl er auch ein Ratsmitglied gewesen war.

Ich schuldete Nox zwar meine Treue und meine Kraft, aber ich schuldete der Insel nicht, mein Gewissen in blindem Patriotismus zu ertränken. Ich ersoff lieber in meiner Bruderliebe, die aus Calems salzigen Tränen bestand.

»Pass auf!« Skya schrie warnend auf, ehe sie sich abmühte, Mona auf den Beinen zu halten.

Die schwangere Diés war gestolpert. Der Boden hier im Berg war uneben und die schwarzen Augen der beiden nicht an die Dunkelheit gewöhnt. Außerdem machte ihnen die Nacht zu schaffen.

Sobald die Sonne verschwand, mussten die Diés dem fehlenden Sonnenlicht Tribut zollen. Sie konnten schlechter sehen, schlechter hören und das Denken schmerzte sie. Ich wusste das selbst nur aus Erzählungen. Angeblich glich das Schwinden ihrer Sinne starken Kopfschmerzen.

Mona sah man diese Tortur mühelos an. Sie war blass, müde und sah aus, als würde sie jeden Moment in Tränen ausbrechen. Bei

Skya eine Veränderung festzustellen, war schwieriger. Sie versteckte ihre Schmerzen hinter einem Ego, das sich gerne mit meinem um die Wette aufgeplustert hätte. Dass sie ständig die Augen zusammenkniff, wies aber darauf hin, dass auch sie Probleme mit ihrer Sehkraft hatte, was schade war, denn sie bemerkte dadurch das triumphierende Grinsen nicht, das sich auf meine Lippen legte.

Ich begann den Beutel an meinem Gürtel zu öffnen. Ich war so brillant, ich hatte an alles gedacht! Schon als ich den Knoten um das Leder entwirrte, erhellte das gelbliche Licht die Höhle.

»Was hast du da?«, wollte Skya wissen und wäre gerne neugierig auf mich zugegangen, hätte Mona sich nicht an sie geklammert.

Die beiden Mädchen ohne Licht ins Innere des Berges zu führen, wäre unmöglich gewesen. Selbst ich wäre hier drin gegen steinerne Wände gelaufen, sobald das Mondlicht, das hier noch durch den nahegelegenen Eingang drang, der Finsternis gewichen wäre.

»Das sollte hell genug sein.«

Ich zog das leuchtende Circulum aus dem Beutel und hielt es hoch. Die Augen der beiden Diés wurden groß und fragend, Skyas Blick wechselte aber schnell zu vorwurfsvoll-wütend.

»Woher hast du DAS denn?!«, fauchte sie und stemmte die freie Hand an die Hüfte.

Natürlich wusste sie, dass das Leuchtmittel in meiner Tasche Diebesgut war. Circula wurden ausschließlich auf Diés hergestellt in einem ziemlich aufwendigen Verfahren. Warum sie ihre Zeit damit verschwendeten, Sonnenlicht in runden Steinen zu bündeln und zu sammeln, wusste ich aber beim besten Willen nicht. Für mich war das Circulum eine praktische Trophäe. Ich verwendete es schon lange als Leuchtmittel und manchmal als Kokosnussöffner.

»Ein Mitbringsel von eurer Insel«, verriet ich im unschuldigen Tonfall und zwinkerte Skya wieder zu.

Diesmal schien sie mein Charme nicht zu erreichen, denn sie versprühte wieder diese ›Ich trete dir in die Eier‹-Ausstrahlung.

»Hast du nur den Hauch einer Ahnung davon, wie lange es dauert, um Circula herzustellen?!«, begann sie ihre Moralpredigt, die mich jetzt schon die Augen verdrehen ließ. »Für dich sind das vielleicht nur leuchtende Steine, aber für uns Diés sind es Huldigungen an Solaris! Du hast das doch aus dem Tempel gestohlen! Wie kann man nur so wenig Respekt vor unserem Glauben haben?! Komme ich nach Nox und klaue euer … euer … ach, ihr seid doch zu blöd und ungeduldig, um etwas Wichtiges herzustellen! Kleingeister!«

Ich verzog den Mund und brummte, während ich mit den Schultern zuckte. »Wollen wir jetzt wirklich über einen leuchtenden Stein diskutieren? Wenn du damit ein so großes Problem hast, solltet ihr vielleicht alleine weitergehen.«

»Sollten wir vielleicht!«, fauchte Skya, weil sie sich herausgefordert fühlte.

»Viel Glück! In vierundzwanzig Stunden seid ihr tot! Dieser Berg ist ein riesiges Labyrinth, in dem ihr verdursten werdet!«, machte ich lautstark klar.

Sie war gerade dabei, mir wieder tausendundeine Beschimpfung an den Kopf zu werfen, wie ich ihrem echauffierten Schnauben entnehmen konnte, aber Mona ging dazwischen.

»Schluss jetzt!« Der blassen Diés schien der Geduldsfaden gerissen zu sein, zumindest hatte ich sie bisher noch nie so laut und energisch sprechen gehört. »Hört auf, euch wegen jeder Kleinigkeit zu zanken. Das ist doch nicht auszuhalten.«

Sie bückte sich nach der grauen Katze, die sich an ihre Beine gedrückt hatte. Sichtlich angestrengt hob sie das Tier hoch und hielt es Skya unter die Nase. Die Katze ließ ein leises ›Miau‹ hören, wehrte sich aber nicht gegen Monas Griff.

»Das ist dasselbe wie mit Dämon«, fuhr die schwangere Diés fort. »Erinnerst du dich nicht mehr?«

Skya verschränkte die Arme und zog eine Augenbraue nach oben. »Was hat denn dieser Idiot mit Dämon zu tun?«, wollte sie wissen und schenkte mir einen kurzen, abfälligen Blick.

Ich war auch gespannt zu hören, was ich und das Fellknäuel mit dem seltsamen Namen gemein haben sollten.

Mona schaffte unserer Neugier Abhilfe, denn sie fuhr mit ihrer Erklärung fort. »Als du Dämon damals zwischen den Pfeifenblumen gefunden und mit nach Hause gebracht hast, habt ihr euch zwei Wochen lang bekriegt, weißt du nicht mehr? Du hattest überall Kratzer und hast den ganzen Tag lang nur geflucht.«

Skya schüttelte den Kopf und begann zu relativieren. Sie hatte auch keine andere Wahl, schließlich hätte sie sonst zugeben müssen, dass ich wie ihr Stubentiger war.

Ich war definitiv keine Schmusekatze! Oh nein!

»Das ist doch etwas vollkommen anderes!«, rief sie empört. »Dämon ist ein Tier und damals war er noch ein junger, wilder Kater!«

›Junger, wilder Kater‹ gefiel mir eindeutig besser als Schmusekatze. Vielleicht hatten ich und der Flohbeutel doch mehr gemein, als Skya gerade zugeben wollte.

Mona verschränkte die Arme vor der Brust und schenkte ihrer Freundin einen Blick, mit dem man naive, kleine Kinder ansah, ehe man sie eines Besseren belehrte. »Ja und heute folgt er dir sogar nach Nox! Diese Katze liebt dich und du sie ebenso! Euer Start war vielleicht holprig aber …«

»Halt! Stopp! Sag mal …«, unterbrach Skya die überzogene Ansprache, die ich ansonsten unterbrochen hätte. »Gehen gerade die Hormone mit dir durch?! Willst du damit sagen, dass dieser Kerl da und ich … dass wir … SPINNST du?!«

Mona ließ die Katze wieder runter und seufzte ausgiebig. »Gut, vielleicht ist der Vergleich weit hergeholt … aber ihr müsst euch vertragen, sonst …«

Gleich würden Tränen fließen. Skya reagierte schnell genug und nahm Mona in den Arm.

Wären das Calem und ich gewesen, hätte ich ihm die Hand auf den Rücken gedreht und ihm so lange Gemeinheiten ins Ohr geflüstert, bis seine Wut oder der Schmerz die Traurigkeit in die Knie zwang. Wir hatten eben unterschiedliche Methoden, mit unseren Sensibelchen umzugehen.

»Lasst uns einfach weitergehen«, brummte ich. »Sobald wir angekommen sind, könnt ihr euch schlafen legen.«

Mein Angebot klang bestimmt verlockend in den Ohren der Mädchen, zumal ich das Gefühl hatte, dass die Nacht ihnen mehr und mehr zusetzte. Sie waren beide übermüdet, überreizt und ängstlich, auch wenn Skya all diese negativen Gefühle ziemlich gut hinter schwarzem Feuer verborgen hielt.

Wir setzten uns wieder in Bewegung. Das gelbliche Licht des Circulums erleuchtete den dunklen, steinigen Boden. Eigentlich hätten sogar die beiden Diés etwas sehen müssen, aber Mona fiel alle drei Meter beinahe auf die Nase. Skya mühte sich zwar ab, sie zu führen und auf den Beinen zu halten, aber bei diesem Tempo würde Mona ihr Kind bekommen, bevor wir ankamen.

Ich seufzte, drehte mich um und drückte Skya ihren heiligen, leuchtenden Stein in die Hand. »Hier, nimm. Du leuchtest uns«, befahl ich und machte meine nächste Bewegung, bevor sie zickig nachfragen konnte, wieso. Ich stellte mich mit dem Rücken vor Mona und ging ein Stück in die Knie. »Hopp!«, rief ich auffordernd.

Hätte ich das vor Skya gemacht, hätte ich sie erst eine Stunde lang davon überzeugen müssen, dass ich bei Berührungen keine Krankheiten übertrug und sie nicht fallen lassen würde. Ich war mir beinahe sicher, dass sie sich selbst dann nicht von mir hätte tragen lassen, wenn ihr ein Bein gefehlt hätte. Vielmehr hätte sie mir wahrscheinlich mit dem gesunden Fuß noch in den Allerwertesten getreten.

Zum Glück war Mona einfacher, genügsamer.

»Danke«, hauchte sie, legte die Arme auf meine Schultern und drückte ihren Körper an mich.

Ich hob sie mühelos hoch und ging weiter.

Skya und ihr Dämon tapsten neben uns her. Sie leuchtete uns den Weg und sah immer wieder prüfend zu mir rüber. Zuerst war ich der Meinung, dass sie Mona musterte, dann merkte ich, dass ihre kurzen Blicke mir galten.

»Eifersüchtig?«, wollte ich wissen, nachdem sie zum fünften Mal zu mir hochgesehen hatte.

»Träum weiter, Eisprinz«, entgegnete sie kühl und hob hoheitsvoll das Kinn.

Mona war dabei, an meinem Rücken einzuschlafen. Sie hatte den Kopf in meine Halsbeuge gelegt und atmete immer ruhiger und gleichmäßiger.

»Hmm … du riechst nach Calem«, brachte sie noch heraus, bevor sie endgültig ins Land der Träume abdriftete.

Natürlich roch ich nach Calem. Wir benutzen denselben Waschraum und wahrscheinlich trug ich sogar sein Shirt, weil ich unsere Sachen nicht auseinanderhalten konnte.

»Wenn du uns im Stich lässt, werde ich dich finden und zur Rechenschaft ziehen, selbst wenn ich das als Geist machen muss«, drohte Skya tonlos und ohne mich anzusehen.

Ich sah sie stirnrunzelnd an. »Traust du mir das zu?«

»Ja. Ich vertraue dir nicht«, schnaubte sie.

»Weil ich ein Nox bin?«

Sie schüttelte den Kopf. »Nein, weil du ein egozentrischer Schönling bist, für den Empathie ein Fremdwort ist.« Noch immer würdigte sie mich keines Blickes.

»Ach«, entgegnete ich, nur halb so beleidigt wie ich klingen wollte, weil ein Teil von mir sich damit rühmte, dass Skya mich schön fand. »Du urteilst aber schnell über Fremde …«

Sie zuckte mit den Schultern. »Mag sein, aber meine Intuition ist gut. Sie hat mich noch nie im Stich gelassen.«

»Soll heißen?«

»Soll heißen, ich werde dich wohl ewig nicht leiden können, gewöhn dich also daran.«

Ich blieb stehen und Skya drehte sich nach mir um. In ihren Augen funkelten nicht so viel Stolz und Gleichgültigkeit, wie sie mir gerne präsentiert hätte. Wahrscheinlich wog sie gerade ab, ob mir ihre Worte nahegegangen waren, aber teilweise war ich nun mal der Eisklotz, für den sie mich hielt.

Egal ob sie mich jetzt hasste oder nicht, wir würden ab heute viel Zeit miteinander verbringen und ihre Einstellung machte diese Zeit für mich nur spannender.

»Wir sind da«, erklärte ich und deutete mit dem Kinn auf den großen, ovalen Felsen vor uns, der vermeintlich zufällig an der steinernen Wand lehnte. Er war unscheinbar, lag an einer Weggabelung, an dem ihm niemand Beachtung schenkte.

Als Skya die Hand auf das glatte Gestein legen wollte, schreckte sie zurück. Ihre Finger glitten durch das bläuliche Grau des vorgeblichen Felsens.

»Eine Projektion?«, schlussfolgerte die Diés und sah mich erwartungsvoll an.

Zugegeben, sie war klug, aber nicht mutig genug, um vorauszugehen. Ich ging, mit der schlafenden Mona auf dem Rücken, durch den Stein, der nichts weiter als eine Illusion war, die Unwissende fernhalten sollte.

Als ich in den Raum dahinter trat, wurde mir bewusst, wie lange ich schon nicht mehr hier gewesen war. Genauer gesagt, seit die Verbote, den Berg zu betreten, vom Rat ausgesprochen worden waren. Kurz nach dem Tod meines Vaters.

Früher waren Calem und ich oft hergekommen, meistens im Schutz des Tageslichts. Hier konnten wir unsere Erinnerungen auffrischen, an eine Zeit, in der unsere Familie um ein Mitglied reicher gewesen war.

»Heilige Solaris …«, murmelte Skya, die neben mich getreten war und jetzt mit offenem Mund den Blick schweifen ließ. Ihre Katze war ihr vorsichtig gefolgt und blieb, dicht an ihr Bein gepresst, neben ihr stehen.

Sie war sichtlich beeindruckt, aber das wäre jeder gewesen, der zum ersten Mal hier war. Bei der Erwähnung ihrer Göttin hatten sich all meine Nackenhaare aufgestellt. Noch nie hatte jemand gewagt, im Lunamontem diesen Namen auszusprechen!

Ich zügelte meine Empörung und nickte bloß.

»Was … was ist das hier?«, fragte sie und ließ ihre Stimme mir gegenüber zum ersten Mal sanft klingen, da sie schlichtweg zu beeindruckt war, um sich daran zu erinnern, dass sie mich mit missbilligender Wut strafen wollte.

Sie ließ das Circulum sinken, weil sie das Licht hier drin nicht brauchte. Die mystisch leuchtenden, großen Kristalle an den Wänden schimmerten in einem sanften Blauton und warfen ihren Schein an die glänzend schwarzen Wände und den silbernen Boden. Die raumähnliche Höhle war nicht groß, vielleicht zwanzig Quadratmeter, aber die beiden Diés würden hier genügend Platz haben, um eine Weile auszuharren.

Ich legte Mona vorsichtig auf das moosbedeckte Stückchen Boden, das weicher war als alle Betten, in denen ich bisher geschlafen hatte. Calem und ich hatten damals, nach Vaters Tod, oft hier gesessen und geredet – ganz ohne zu streiten. Das hatten wir immer nur hier gekonnt.

Die schwangere Diés wachte nicht auf, sie schmunzelte nur zufrieden. Dämon nutzte die Gelegenheit, sich auf Monas Bauch einzurollen und herzhaft zu gähnen.

»Das ist das Versteck meines Vaters«, verriet ich. »Es war das Versteck meines Vaters«, korrigierte ich und biss mir kurz auf die Unterlippe. »Er ist hierhergekommen, wenn er alleine sein wollte. Er war oft hier, aber ich weiß nicht wirklich, was er gemacht hat, wahrscheinlich hat er nachgedacht.«

»Ein Nox, der nachdenkt? Dein Vater muss ein besonderes Exemplar gewesen sein. Du hast nicht viel von ihm«, blaffte sie und löste damit einen Impuls in mir aus, den ich nicht bremsen konnte.

Ich schnappte mir ihre Schultern und drückte sie so fest gegen einen der Kristalle, dass sie aufstöhnte und das Circulum fallen ließ.

»Wage es nicht, den Namen meines Vaters in den Schmutz zu ziehen!«, knurrte ich. »Ich schwöre dir, dass ich mich sonst vergesse!«

Dieser drohende Tonfall kam ganz tief aus meiner Seele. In diesem Moment wäre ich wirklich bereit gewesen, sie zu verletzen.

»Entschuldige! …« Ihre Augen nahmen einen seltsam weichen Glanz an.

Ich ließ sie los, weil der wütende Teil meiner Seele, der meinen Vater über seinen Tod hinaus zu verteidigen bereit war, von ihrem Gesichtsausdruck gebändigt wurde.

»Ich wollte deinen Vater nicht beleidigen. Nur dich«, gestand sie, ohne dabei zickig oder sarkastisch zu klingen. Wahrscheinlich waren das die ehrlichsten Worte, die sie bis jetzt an mich gerichtet hatte.

Ich nickte kaum merklich und wandte mich von ihr ab. Mein Herz schlug noch immer wie wild wegen meines kleinen Wutausbruchs – nur wegen des Wutausbruchs!

»Wie lange sollen wir hierbleiben?«, wollte sie wissen und ließ die unnachgiebige Stärke, die sie ausstrahlte, wieder ihren Tonfall zeichnen, während sie sich von der Wand wegbewegte, an die ich sie gedrückt hatte.

Sie tat so, als wäre ich nicht gerade ausgerastet und ich war ihr dankbar dafür. Auch, weil sie nicht nachhakte.

»Ich komme bei Anbruch des Tages wieder und bringe Calem mit«, antwortete ich, ohne sie anzublicken. »Dann sehen wir weiter. Nachts habe ich auf Nox Pflichten, die ich nicht schleifen lassen kann, ohne Aufsehen zu erregen. Dann lege ich mich ein paar Stunden schlafen und komme wieder zu euch. Du solltest deine Katze an eine Leine binden, damit sie nicht frei herumläuft und jemanden hierherführt. Hier, nimm diesen Strick.«

Sie nickte, legte das Circulum auf den Boden und band die Schnur um den Hals ihrer Katze, die beinahe schon auf Monas Bauch eingeschlafen war und nun gähnend aufstand. Das Tier war zwar alles andere als erfreut über seinen neuen Halsschmuck, aber uns blieb keine Wahl. Wenn die Katze abhaute, könnte sie vielleicht eine Patrouille anlocken.

Skya schlang das andere Ende der Leine um ihr Handgelenk und sah dann wieder mich an. Wir schwiegen ein paar Sekunden. Ein seltsames Gefühl, das ich nicht zuordnen konnte.

»Ich gehe jetzt. Euch kann hier nichts passieren«, versicherte ich und wandte mich zum Gehen ab.

Als ich ihre Hand an meinem Unterarm spürte, drehte ich mich noch mal um.

Meine Fantasie spielte gerade verrückt, weil Skya mich ansah, als würde sie mir gleich gestehen, dass sie mir dankbar sei. Der wahre Grund ihrer Berührung würde mich aber auf den harten Boden der Tatsachen zurückholen, da war ich mir beinahe sicher.

»Hier, das solltest du mitnehmen.« Sie hielt mir das Circulum hin, das sie vom Boden hochgehoben hatte.

Ich nahm es wortlos entgegen und nickte. Ihre Hand verweilte noch an meinem Unterarm, sodass ich ihr einen weiteren Blick zuwarf. »Sonst noch was?«, fragte ich mit hochgezogener Augenbraue.

Vielleicht wollte sie sich doch noch bei mir bedanken – oder sich mir an den Hals werfen und mir sagen, was für ein toller, gut aussehender Retter ich war.

»Lass uns dein Wasser hier«, befahl sie kühl und ließ mich los.

Ich nickte und folgte ihrer Anweisung, weil ich mich gerade fühlte, als hätte mich jemand unter eine eiskalte Dusche gestellt.

Als ich die Höhle verließ, begann ich nachzurechnen, gegen wie viele Gesetze ich in den letzten Stunden verstoßen hatte und welche Strafen darauf standen. Bei einem Dutzend hörte ich auf zu zählen.

Ich starrte noch einige Augenblicke auf die Steinillusion, durch die der Nox verschwunden war.

Zu spät fiel mir ein, dass ich schon wieder nicht nach seinem Namen gefragt hatte. Aber mein Gehirn arbeitete leider in der Nacht viel zu langsam und im Moment zählte für mich nur, Mona in Sicherheit zu wissen. Da war es egal, ob der Nox, der ihr diese Sicherheit verschafft hatte, Keon, Reyvan oder Schildkröte hieß.

Wenn ich so richtig überlegte, wäre ›Schildkröte‹ vielleicht ein ganz passender Übername für diesen kühlen Eisprinzen. Zumindest verfügte er über einen dicken Panzer, unter den ich nur schwer blicken konnte.

Gut, mein Gehirn ließ mich langsam wirklich im Stich … und die hämmernden Kopfschmerzen, die mich seit Einbruch der Dämmerung plagten, machten es auch nicht besser.

Dämon zog unwillig an seiner neuen Leine und lenkte meinen Blick auf sich. Er wollte wieder zu Mona, um bei ihr zu schlafen.

Also schlang ich das andere Seilende um das Handgelenk meiner Freundin und verstaute den Wasserbeutel des Nox neben ihr. Sie wachte nicht mal auf, als Dämon sich wieder auf ihrem Bauch einrollte.

Dann sah ich mich in der kleinen Höhle um.

Bis auf die leuchtenden Kristalle und den Moosboden gab es nicht viel Sehenswertes. Mein Blick fiel auf eine Vielzahl von Symbolen, die in eine der Höhlenwände eingeritzt worden waren und wie die Kristalle mystisch funkelten.

Ich ging hin, um sie zu untersuchen, konnte aber nicht feststellen, worum es sich bei den Gravuren handelte. Die Symbole bestanden aus Strichen, die zwar in einer Linie angeordnet, aber gleichzeitig kreuz und quer verteilt waren, sodass sie keinen Sinn ergaben. Weder als Wörter noch als Zahlen.

Aber für Rätsel hatte ich im Moment ohnehin keinen Kopf. Ich war viel zu müde.

Vielleicht sollte ich mich hinlegen und ebenfalls in den wohlverdienten Schlaf abdriften wie meine Freundin und Dämon. Auch der Kater war müde von den Ereignissen des heutigen Tages und nicht daran gewöhnt, so weit zu laufen. Der arme, kleine Kerl war ebenso kaputt wie Mona – und ich.

Aber meine Alarmglocken ließen sich nur langsam abstellen.

Wir waren immerhin auf Nox … zum ersten Mal in unserem Leben.

Da wäre es vollkommen verantwortungslos, einfach so zu schlafen. Mochte der Schildkröten-Eisprinz uns noch so vehement versichern, dass keine Gefahr drohte …

Dennoch setzte ich mich neben meine Freundin ins weiche Moos. Ich war erstaunt, wie angenehm kühl es sich anfühlte und strich mit der Handfläche darüber.

Vielleicht würde ich mich doch ein bisschen hinlegen. Aber nur hinlegen, nicht schlafen. Ich musste wach bleiben und meine Freundin beschützen …

Ich holte aus Monas Rucksack die Wolldecke hervor und bereitete sie über dem Moos aus. Dann öffnete ich meinen Zopf, da ich nicht gerne mit zusammengebundenen Haaren schlief und legte mich auf den Rücken, um an die schimmernde Decke über uns zu starren. Die Lichter des Gesteins schienen unwirklich zu sein und kamen mir vor wie ein Sternenhimmel. Ein schöner Sternenhimmel – seit wann fand ich Sterne schön?

Das waren die letzten Gedanken, an die ich mich aktiv erinnern konnte, ehe die Müdigkeit mich übermannte.

Ich wachte mit dem Gefühl auf, beobachtet zu werden.

Ich konnte erst ein paar Stunden geschlafen haben, denn ich fühlte mich noch immer schwach und meine Kopfschmerzen waren nach wie vor da. Es musste also immer noch Nacht sein.

Während ich den Schlaf wegblinzelte, richtete ich mich auf – und sah direkt in zwei hellblaue Augen. Sie waren kühl, gehörten aber definitiv nicht dem Eisprinzen.

Verdammt! Der Bastard hatte uns doch tatsächlich reingelegt!

Das war zumindest mein erster Gedanke, während ich auf die Beine sprang und den Kerl, der neben mir gekniet hatte, dabei fast über den Haufen warf. Ich sah rasch zu Mona, die immer noch friedlich schlief, ehe ich mich für einen Angriff bereit machte.

Der Fremde war ebenfalls aufgesprungen und hob jetzt beruhigend beide Hände. Er überragte mich um etwa einen Kopf, hatte eine breitschultrige Statur und trug dunkle Lederkleidung. Er musste mindestens fünf Jahre älter sein als ich, denn er wirkte schon sehr erwachsen. Auch wenn seine Gesichtszüge ein wenig an die Weichheit eines Kindes erinnerten.

»Halt, ich tu dir nichts«, sagte er in einem derart sanften Tonfall, wie ich ihn bei einem Nox niemals vermutet hätte.

Der Schildkröten-Eisprinz benutzte eine ganz und gar andere Tonlage. Er sprach viel herrischer, bestimmter und vor allem eingebildeter. Dieser Kerl da vor mir schien ein friedfertigeres Gemüt zu besitzen, auch wenn seine blauen Augen fast genauso kühl blickten. Aber womöglich konnte ein Nox gar nicht anders, als mit Eisblicken um sich zu werfen.

»Wer bist du?! Und was willst du hier?«, fuhr ich ihn an und positionierte mich so, dass ich zwischen ihm und Mona stand, die von alledem nichts mitbekam, da sie tief und fest schlief.

»Mein Name ist Calem«, antwortete er.

Die Erwähnung dieses Namens hatte zur Folge, dass er im nächsten Moment meinen Zeigefinger auf seiner Brust spürte. Er war zwar größer als ich und um einiges breitschultriger, aber ich konnte ihn dennoch einschüchtern, das sah ich deutlich, während ich ihn anfunkelte. Seine Augen weiteten sich und er schluckte. Anscheinend hatte er mit einer etwas anderen Begrüßung gerechnet, aber ich war nicht in der Stimmung für höfliche Floskeln.

Verdammt! Dieser Kerl da vor mir war schuld an unserer Lage! An *Monas* Lage!

»*Du* bist also Calem?!«, knurrte ich voller Zorn, sodass er unwillkürlich zusammenzuckte. Ich dämpfte meine Stimme, da ich Monas wohlverdienten Schlaf nicht unterbrechen wollte. Dennoch klang sie bedrohlich und scharf. »*Du* bist der hirnverbrannte Depp, der meine Freundin geschwängert hat?! Weißt du eigentlich, was du ihr damit angetan hast?! Du blonder Blödian! Hast du auch nur einen einzigen Moment darüber nachgedacht, was passieren könnte, wenn du sie flachlegst?!«

Ich musste leider Luft holen, sonst hätte ich ihn noch länger ohne Punkt und Komma angefaucht.

Er nutzte die Gelegenheit, um meine Schultern zu packen und mich etwas von sich wegzustemmen. Leider war er wie der andere Nox viel stärker als ich und ich hatte keine Chance, mich aus seinem Griff zu winden. So blieb mir also nur, eine weitere Schimpftirade auf ihn abzufeuern.

»Mona wird deinetwegen STERBEN, du Idiot!«, fuhr ich ihn an. »Kannst du das mit dir vereinbaren?! Mit deinem Gewissen? Dass sie deinetwegen …«

Jetzt tat er etwas, mit dem ich nicht gerechnet hatte und was mich eine Sekunde lang veranlasste, ihn ungläubig anzustarren: Er verschloss meinen Mund mit seiner großen Hand und stoppte damit meinen Anschuldigungen.

»Warte … *was* hast du gesagt?!«, rief er außer sich. Auf seinem Gesicht zeichnete sich Entsetzen ab, das sich mit Panik vermischte.

Ich erinnerte mich zu spät daran, dass Mona mir erzählt hatte, dass Calem nichts von ihrer Schwangerschaft wusste. Anscheinend hatte auch der Eisprinz noch kein Wort darüber verloren.

Vielleicht hätte ich es ihm auf eine andere Weise beibringen sollen, aber das war jetzt auch egal. Sollte er mich nur schockiert anstarren. Ich war wütend auf diesen blonden Kerl! Sehr wütend!

Er schien zu merken, dass ich drauf und dran war, in seine Hand zu beißen, denn er gab meinen Mund wieder frei und ließ mich los. Stattdessen griff er sich ins blonde Haar und stieß einen Fluch aus.

»Verdammte Scheiße«, murmelte er, während er mit beiden Händen über sein Gesicht fuhr.

»DAS kannst du laut sagen«, bestätigte ich seine treffende Zusammenfassung unserer Situation.

Der Nox sah mich nicht an, sondern starrte auf Mona, die trotz meiner Schimpftirade immer noch friedlich schlief. Sie musste wirklich fix und fertig sein.

»Warum hat sie … ich wusste nicht … mein Bruder hat … verdammt! Scheiße!«

Immerhin wusste ich jetzt, dass der Schildkröten-Eisprinz tatsächlich der Bruder dieses stotternden Dummbeutels sein musste. Na prima. Wie sagt man? Seine Familie kann man sich nicht aussuchen, das tun die Räte für einen.

Ich wusste nicht, wen von den beiden ich mehr bedauern sollte: Den dummen, schwanzgesteuerten Blödian vor mir oder den gewalttätigen, arroganten Wichtigtuer, der gerade irgendwo auf Nox seinen zweifelhaften Charme versprühte.

Irgendwie hatten die beiden Brüder einander verdient!

Verflucht noch eins, ohne sie wären Mona und ich nicht in dieser beschissenen Lage!

Calem schien den ersten Schock überwunden zu haben, denn er ging um mich herum und in die Hocke, um Mona sanft mit der

Hand über die Stirn zu streichen. Sie wachte nicht auf, murmelte nur etwas Unverständliches und lächelte dabei, als habe sie einen wundervollen Traum. Dämon hob den Kopf und deutete ein ›Miau‹ an, rollte sich dann aber wieder auf Monas Bauch ein.

Calem streichelte meine Freundin weiter und fuhr sich mit dem Handrücken über die Augen. Ein Laut, der an ein Schluchzen erinnerte, entwich seiner Kehle.

Als ich genauer hinsah, bemerkte ich, dass er tatsächlich weinte. Der Anblick hatte etwas Verstörendes an sich. Ein großer, breitschultriger Nox, der wegen einer Diés weinte. Wahrscheinlich hatte das schon fast historischen Wert.

Obwohl ich mir geschworen hatte, diesen Calem zu hassen, erweichte sein Gefühlsausbruch mein Herz. Er schien Mona wirklich zu lieben … und er schien wirklich so dumm gewesen zu sein, zu glauben, dass ihre Schäferstündchen keine Folgen nach sich ziehen würden.

Warum konnte nicht einer von beiden ein bisschen mehr Hirn besitzen? Hier hatten sich eindeutig die falschen zwei gefunden.

Und der Schildkröten-Eisprinz und ich durften es jetzt ausbaden. Prima!

Ich ging neben Calem in die Hocke und tat etwas, das ich nie von mir gedacht hätte: Ich strich ihm beruhigend über den breiten Rücken.

Er zuckte unter meiner Berührung zusammen, als hätte ich ihn geschlagen. Offenbar war er es nicht gewohnt, dass man nett zu ihm war und ihn sogar trösten wollte. Oder er hatte schlichtweg vergessen, dass ich auch noch da war.

Sein Gesicht war immer noch von Tränen überströmt.

Ich hatte erst ein einziges Mal einen Mann weinen sehen – und das war Teias. Aber er war damals noch ein Junge gewesen und hatte sich den Arm gebrochen, weil wir in der Abenddämmerung auf der Straße gespielt hatten. Unsere Krankenstation war vor allem in der Nacht sehr gut besucht …

Mein Blick fiel unwillkürlich auf mein Handgelenk, wo der Bluterguss inzwischen dunkelblau geworden war. Es war ein Wunder, dass dieser Eisklotz mir nichts gebrochen hatte.

»Wie lange weiß sie es schon?«, unterbrach Calem meine Gedanken und fuhr sich mit dem Ärmel über das Gesicht, um die Tränen zu trocknen.

Ich seufzte und versuchte, meine Wut auf diesen Kerl zu bändigen und ruhiger zu sprechen. »Sie ist jetzt im dritten oder vierten Monat«, erklärte ich. »Ich habe es auch erst vorgestern von ihr erfahren und sie direkt zur Grenze gebracht. Dein … Bruder? … er hat uns dort aufgelauert und uns schließlich hierhergeführt.«

Calem nickte. »Er hat mir erzählt, dass Mona im Berg sei, als er vor drei Stunden zurückkam. Deswegen bin ich auch direkt hierhergekommen, als ich mich befreit hatte – er hatte mich in meinem Zimmer eingeschlossen, aber ich konnte entkommen.«

»Wo ist er jetzt?«, fragte ich stirnrunzelnd.

Calems Gesicht nahm einen gequälten Ausdruck an. »Wahrscheinlich bald hier. Er hat mich eingesperrt, um zu verhindern, dass ich mich ohne ihn mit Mona treffe. Dass er der Anführer der Gen B ist, steigt ihm meistens zu Kopf, deshalb glaubt er …«

Weiter kam er nicht, denn ich sprang so rasch wieder auf, dass er mich überrascht anstarrte.

Aber nicht so überrascht, wie ich zurückstarrte. »WAS hast du gerade gesagt?«, rief ich außer mir. »Dein Bruder ist euer Anführer?!«

Calem erhob sich ebenfalls und sah mich betreten an. »Ich dachte, er hätte dir das gesagt. Sonst bindet er es auch jedem gleich auf die Nase. Ein Wunder, dass er kein Schild um den Hals trägt«, murmelte er.

Ich schüttelte so vehement den Kopf, dass meine langen Haare flogen. »Hat er nicht!« Dann senkte ich meine Stimme ein wenig, da Mona sich im Schlaf unruhig zu wälzen begann und Dämon von ihrem Bauch sprang, um sich stattdessen *neben* ihr einzurollen. Die beiden brauchten ihren Schlaf, ich musste auf sie Rücksicht nehmen, so sehr mir auch nach Brüllen, Schreien und Fluchen zumute war. »Wie heißt dein Bruder?«, fragte ich Calem in eindringlichem Tonfall.

Ich hatte zwar einen Verdacht, aber ich musste es aus seinem Mund hören.

Calem schien sich sichtlich unwohl zu fühlen, denn er trat von einem Bein auf das andere und sah mich unsicher an. »Zero?« Es klang wie die Antwort bei einem Ratespiel, bei der man sich nicht sicher ist, ob sie richtig war.

Ich stöhnte laut auf und raufte meine Haare, während ich alle Flüche ausstieß, die ich kannte. Eine Weile ließ Calem mich gewähren. Zumindest so lange, bis ich fassungslos neben Mona auf das Moos sank, die Arme auf meinen Knien abstützte und die Wand mit den Symbolen vor mir anstarrte.

Er versuchte, seinen Bruder zu verteidigen, faselte etwas von wegen, er hätte bestimmt nur vergessen, sich mir vorzustellen, aber ich hörte nicht hin. Meine Gedanken rasten und meine Kopfschmerzen waren jetzt so schlimm, dass mir fast schwarz vor Augen wurde.

Verflucht noch mal! Wir waren tatsächlich mit unserem Erzfeind in feindliches Gebiet gegangen! In einen feindlichen Berg wie dumme Lämmchen, die einem Wolf in seinen Bau folgten!

Warum hatte dieser Mistkerl uns nicht gesagt, wer er war, wenn er nicht etwas zu verbergen hatte? Wie dumm musste ich nur sein, einem Wildfremden zu vertrauen? Seine Absichten nicht einmal im Ansatz zu hinterfragen?!

Womöglich war er gerade dabei, die Räte zu informieren und sie hierher zu uns zu führen, um Nox seine Treue zu beweisen!

Ich hasste Zero. Ich hatte ihn immer schon gehasst, seit ich seinen Namen das erste Mal gehört hatte!

Und ich dämliche Kuh hatte ihm auch noch voller Fürsorge das Circulum mitgegeben, damit er sich im Dunkeln nicht den Fuß stieß!

Dämlich.

Dämlich!

Dämlich!!

Ich war so dämlich!

Ich hatte Mona retten wollen und jetzt saßen wir hier auf dem Nox-Präsentierteller! Es war angerichtet, Zeit, uns abzuschlachten! Auf sie mit Gebrüll!

Ich war gerade dabei, mich aus meiner Schockstarre zu befreien und aufzustehen, da trat das neue alte Feindbild Nummer eins durch die Steinillusion und bei mir brannten alle Sicherungen durch.

Mit einem großen Satz war ich bei ihm und hatte meine Hände um seine Kehle gelegt. Er war einen Augenblick lang so überrumpelt, dass er nach hinten aus der Höhle hinaus in den Gang stolperte und an die gegenüberliegende Wand prallte, während ich mich weiterhin an seinen Hals klammerte.

»He, Prinzessin, du hättest bloß sagen müssen, dass du es keine Nacht mehr ohne mich aushältst«, stieß er grinsend aus, als er sich an der Wand abstützte und einen Arm um meine Taille legte. Dabei landete seine Hand wie zufällig auf meinem Hinterteil.

Er schien noch nicht bemerkt zu haben, dass er gerade dabei war, sein Leben zu verlieren.

Ich knurrte wild und meine Augen versprühten Blitze, während ich fester zudrückte. Leider war es mitten in der Nacht und ich daher viel zu schwach, um ihm mehr als einen roten Fleck zu verpassen.

Außerdem hatte er sich inzwischen wieder gefangen und ergriff meine Hände, um sie von seinem Hals zu lösen. Es tat weh, sich gegen ihn zu wehren, aber ich war nicht gewillt, so schnell aufzugeben.

»Was ist denn in dich gefahren?! Höhlenkoller oder was?!«, knurrte er.

Offenbar schien er jetzt zu merken, dass ich ihm keinesfalls aus purer Wiedersehensfreude um den Hals gefallen war. Er hielt meine Hände fest – nicht so fest wie letztes Mal, aber immerhin so fest, dass ich keine Chance hatte, mich aus seinem Griff zu befreien.

»Zero!«, zischte ich und meine Augen flammten dabei wahrscheinlich gerade auf vor Zorn.

Er runzelte kurz die Stirn, dann glitt die Erkenntnis über sein Gesicht und ich vermeinte, einen Hauch von Ärger in seinen kühlen Augen aufblitzen zu sehen. »Du weißt also, wer ich bin«, stellte er mit ruhiger Stimme fest. »Wenn du über Nacht nicht hellsehen gelernt hast, folgere ich daraus, dass mein dämlicher Bruder bei euch ist.« Sein Blick glitt zur Felsenattrappe, hinter der sich Mona und Calem befanden. »Er ist abgehauen, nachdem ich ihm erzählt habe, dass ihr hier seid. Dieser Dummbeutel war schon immer viel zu impulsiv!«

Ich versuchte, mich von ihm loszureißen, und zuckte zusammen, als seine Hand verrutschte und meinen Bluterguss streifte. Ich konnte nicht verhindern, dass Tränen in meine Augen schossen. Meine Verletzung tat verdammt weh und obwohl ich keine Schwäche vor ihm zeigen wollte, sog ich scharf die Luft ein.

Ein Laut, der seinen Blick wieder zu mir lenkte. Als er erkannte, dass ich beinahe vor Schmerz heulte, ließ er mich sofort los und griff stattdessen in sein Hemd.

Ich war schon dabei, in Deckung zu gehen und mich auf einen Angriff seinerseits vorzubereiten – schließlich hatte ich gerade versucht, ihn zu erwürgen –, aber er hob die freie Hand, um mir zu zeigen, dass er nichts dergleichen im Sinn hatte.

»Keine Sorge, ich hab hier etwas, das dir helfen wird. Dann können wir diesen dummen Vorfall endlich vergessen und du musst mich nicht mehr Grobian schimpfen.« Er zog eine kleine Dose aus seinem Hemd.

Ich starrte ihn sprachlos an, als er sie öffnete und mir mit einem Knopfnicken befahl, ihm meine Hand entgegenzustrecken.

»Das ist zwar kein Zaubermittel, aber die Salbe wird deinen Bluterguss schneller heilen und deine Schmerzen lindern«, murmelte er, während er die helle Paste auf mein Handgelenk schmierte.

Ich zuckte zusammen, da jede seiner Berührungen schmerzte, aber ich hielt still und sagte nichts.

Als er fertig war, drückte er mir die Dose in die Hand und strich den Rest der Salbe an seinen Hosen ab.

»Tut mir leid«, murmelte er.

Ich wusste nicht genau, ob er die Verletzung meinte, oder den Umstand, dass er mir seinen Namen verschwiegen hatte.

Seine Augen blickten genauso kalt wie immer, aber da blitzte auch so etwas wie Reue durch.

Der Eisprinz war also doch nicht nur ein Eisklotz. Und es war ihm wichtig, dass ich ihm vertraute, das konnte ich in dem hellen Blau erkennen.

Dennoch brauchte ich erst eine Antwort.

Ich sah ihn mit schmalen Augen an. »Warum hast du nicht gesagt, wer du bist?«, fragte ich forschend.

Er zuckte mit den Schultern. »Wärt ihr denn mitgekommen, wenn ich's getan hätte?«

Ich brauchte auf seine Frage nicht zu reagieren, wir kannten beide die Antwort. Nein. Natürlich wären wir nicht mitgegangen.

»Eben«, sagte er, als er meinen Gesichtsausdruck richtig interpretiert hatte. »Und ich war es meinem Bruder schuldig, euch in Sicherheit zu bringen.«

Ich legte den Kopf schief. »Dann verrätst du uns also nicht? Schwörst du es beim Leben deines Bruders?«

Sein Blick war noch eindringlicher als sonst, als er sich ein wenig zu mir herunterbeugte und die Augen verengte. »Ich schwöre es«, sagte er ernst.

Dann hob er eine Hand und strich damit eine meiner Haarsträhnen nach hinten, die mir bei meiner Attacke ins Gesicht gefallen war. Er hielt sie eine Sekunde zu lang in seinen Fingern, um es als beiläufige Geste durchgehen zu lassen.

»Zero, alles in Ordnung da draußen?«, erklang in dem Moment Calems Stimme hinter uns und wir zuckten beide gleichzeitig zusammen.

Verdammt, dieser Nox war gefährlich! In jeder Hinsicht!

Lass dich nicht von der Dunkelheit blenden, Skya …!

Rasch wirbelte ich auf dem Absatz herum und floh regelrecht in die Höhle zurück.

Skya rannte in die Höhle, als wäre sie auf der Flucht vor einem Raubtier. Entweder hatte sie Angst, dass ich über sie herfallen könnte oder aber ihr war gerade bewusst geworden, dass sie sich in diesem Fall wahrscheinlich nicht ernsthaft gewehrt hätte.

Ich verlor mich kurz in Tagträumen: Ein leise gehauchtes »Nein« aus ihrem Mund, ein zaghafter Versuch, sich von mir wegzudrücken, ein »Nicht«, das von einem Stöhnen verschluckt wurde … ich spürte immer noch ihren Hintern an meiner Hand, der sich verdammt gut angefühlt hatte …

»Zero! Was machst du denn?! Komm jetzt!« Calems laute Stimme ließ die Bilder verblassen.

Was ich tat? Mich absurden Sexfantasien hingeben, die nur dann ungesünder gewesen wären, wenn ich von Liebesspielen mit meiner Schwester geträumt hätte – hätte ich denn eine gehabt.

Ich schüttelte den Kopf, um alles Perverse daraus zu vertreiben. Calems armseliger Anblick und Monas verweintes Gesicht würden mich zu genüge ablenken, also trat ich in die Höhle.

Et voilà! Die Erotik zwischen mir und meiner Solaris-Prinzessin verpuffte in der unheilvollen Atmosphäre, die von den beiden Traumtänzern ausging.

Sie lagen sich im Moos in den Armen und streichelten einander über den Kopf. Mona sah fitter aus als noch vor ein paar Stunden, sie musste gut geschlafen haben. Das änderte aber nichts an der Tatsache, dass ihr die Tränen in Strömen über die Wangen liefen. Dass Calem mitheulte, wunderte mich nicht, was mich aber zum Stutzen brachte, war das Bild, das die beiden abgaben: Ein Nox und eine Diés. Blasse auf gebräunter Haut. Blondes Haar an schwarzem.

Der Anblick war verstörend und ansprechend zugleich. Es hatte zweifelsohne etwas Ästhetisches und dass dieser Gedanke mir durch den Kopf schoss, war wiederum absurd.

Ich hasste die Diés, ich hatte von klein auf gelernt, sie zu hassen und abstoßend zu finden. Nichts anderes war mir beigebracht worden und nun stand ich hier und sprach dieser lächerlichen Liebschaft gerade die Lächerlichkeit ab.

»Ganz ruhig …«, flüsterte Calem Mona ins Ohr und strich ihr über die vielen schwarzen Haarsträhnen. »Es wird alles gut werden.«

Sie nickte hektisch, versuchte sichtlich, seine Worte zu verinnerlichen und daran zu glauben. Dass Calem im nächsten Moment nach Unterstützung suchend zu mir aufsah, bekam sie zum Glück nicht mit.

Die eisblauen Iriden meines Bruders durchbohrten mich förmlich. Ich konnte die eindringlichsten Hilferufe in ihnen lesen, die mir Calem je hatte zukommen lassen – und ich hatte ihn schon aus einem aufgezwungenen Heiratsversprechen mit Nox' größtem Flittchen befreit.

Diesmal war die Situation allerdings komplizierter. Es stand mehr auf dem Spiel, eigentlich alles. Wenn wir Fehler machten oder falsche Entscheidungen trafen, würden Köpfe rollen – unsere Köpfe.

»Wir werden …«, setzte ich an und wurde von einer klaren, festen Stimme unterbrochen.

»Wir müssen uns alle zusammenreißen, sonst erwartet uns am Ende dieser Misere der Tod.«

Ich funkelte Skya wütend an, nicht weil ich ihr nicht beipflichtete, sondern weil sie dabei war, MEINE Ansprache zu halten. Wer war hier denn bitte sehr der Anführer?!

»Es ist erst mal wichtig, dass niemand hiervon erfährt! Zu niemandem ein Wort!«, befahl ich mit ebenso fester Stimme wie die Solaris-Prinzessin, die sich neben mich gestellt hatte und auch noch die Frechheit besaß, meine Körperhaltung zu imitieren. Sie verschränkte die Arme vor der Brust und hob das Kinn an.

»Wir werden in den nächsten Tagen versuchen, so viele Informationen wie möglich zusammenzutragen«, stellte sie im Befehlston klar.

»Wir werden auf Diés und Nox Informationen sammeln«, tönte ich im nächsten Moment.

Skya sah zu mir rüber und schüttelte den Kopf. »Das ist doch genau dasselbe, was ich gerade gesagt habe.«

Ich ignorierte diesen Einwand und konzentrierte mich darauf, weiter entschlossen auszusehen – so einfach ließ ich mir meine Show nicht stehlen!

»Ich kümmere mich um die Bibliothek in Nox und werde den Rat ein wenig ausquetschen«, verkündete ich und nickte triumphierend mit dem Kopf, während ich Skya aus dem Augenwinkel ansah, um ihr klarzumachen, wie viel Glück sie hatte, dass ich das große Ratsmitglied war, das sie unterstützte.

Sie verzog verächtlich den Mund – diese Reaktion hatte ich mir nicht gewünscht! »Ihr habt da tatsächlich Bücher? Mit Buchstaben? Eher Bilder, oder?« Sie schenkte mir ein schiefes Grinsen.

»Spar dir deine Beleidigungen und steck deine Kreativität lieber ins Problemlösen«, entgegnete ich und schenkte ihr Gefrierbrand auslösende Blicke.

»Genau das würde ich machen, wenn du nicht dauernd dazwischenplappern würdest.« Sie neigte den Kopf zur Seite und ich war mir sicher, dass der nächste Satz wieder mal an meinem Ego kratzen würde. »In Nox bist du vielleicht die große Nummer und alle tanzen nach deiner Pfeife und beten dich an, als seist du Lunos persönlich. Aber überlass die strategischen Dinge lieber den Leuten, deren Verstand auch dafür gemacht ist. Wenn wir jemanden brauchen, der Messer durch die Gegend schleudert oder jemandem die Hand bricht, dann bist du wieder an der Reihe, okay?«

Hatte ich vor ein paar Minuten tatsächlich noch Sex-Fantasien mit dieser Zicke gehabt?! Jetzt war mir eher danach, sie wieder an einen der Kristalle zu drücken und … na gut, das lief irgendwie auf dasselbe hinaus.

Ich holte so tief Luft, dass meine Brust breiter wurde, aber mein empörter Kommentar wurde von Calems weinerlicher Stimme ausgebremst.

»Sie hat recht, Zero. Diés sind viel bessere Problemlöser als wir. Lass sie nachdenken.«

Ich strafte meinen dummen Bruder mit unsagbar finsteren Blicken. »Sag mal, auf welcher Seite stehst du eigentlich?!«

»Auf keiner!«, entgegnete Calem so energisch, wie es ihm im Moment möglich war. »Hier gibt es keine Seiten mehr! Verstehst du nicht, dass diese Rivalität uns nur im Weg steht?«

Ich sollte auf dem Absatz kehrtmachen und diese Bande Tölpel sich selbst überlassen! Heul-Mona, Pazifisten-Calem und Ego-Skya – ein traumhaftes Trio – alles Idioten!

»Wenn ihr mich nicht braucht, dann kann ich ja verschwinden!«, brummte ich. »Ihr scheint alleine ja bestens klarzukommen, also sollte ich mich wieder um meine Ratspflichten kümmern!«

Dass ich das tatsächlich gesagt hatte, ließ mir natürlich keine andere Möglichkeit, als mich tatsächlich umzudrehen und in Richtung Ausgang zu gehen.

Sie konnten mich alle mal! Ich würde diese verdammte Welle bis in die Hölle reiten!

»Du kannst doch nicht einfach so verschwinden!«, rief Calem mit hörbarer Angst in der Stimme. Natürlich wollte er nicht, dass ich ging. Er brauchte mich und er wusste das, aber das genügte nicht, um mich zum Hierbleiben zu überreden.

»Bleib hier.« Ihre Stimme klang sanft, beinahe fremd.

Hätte ich mich nicht nach ihr umgedreht und ihr in die Augen gesehen, hätte ich nicht geglaubt, dass diese beiden Worte wirklich aus Skyas Mund gekommen waren. Das schwarze Feuer loderte nicht mehr ungezügelt, es brannte nun kontrolliert.

Sie seufzte leise, während sie mich mit schmalen Augen musterte. »Ich sage das nicht gerne, aber wir brauchen dich wirklich.«

Diese Worte kamen ihr nicht annähernd so schwer über die Lippen, wie sie gerne behauptet hätte, das sah ich ihr an.

»Dann ist es wohl Zeit für eine Entschuldigung!«, verlangte ich und verschränkte wieder die Arme vor der Brust.

Für eine Sekunde funkelte sie mich verärgert an, dann seufzte sie erneut. »Ich bin noch immer der Meinung, dass wir Diés die besseren Strategen sind. Aber meine Vorwürfe waren wohl etwas übertrieben: Entschuldige.«

Sie sah mich erwartungsvoll an und ich nutzte den wohl einzigen Moment, in dem sie alles sagen würde, was ich wollte, damit ich nicht ging. »Und jetzt sag, dass du mich spannender findest als diesen Tupas«, forderte ich.

Das Feuer loderte wieder auf. »Er heißt TEIAS und auf Wiedersehen, Zero!«

Dieser Schlagabtausch wäre natürlich weitergegangen und hätte bestimmt damit geendet, dass Skya mir Beschimpfungen nachbrüllte, während ich wutentbrannt durch die dunkle Höhle stolperte, aber Mona verhinderte das.

»Ich werde wirklich sterben, oder?«, flüsterte sie.

Es lief mir eiskalt den Rücken hinunter, weil sich die Tragik ihres Satzes mit der Melancholie in ihrer Stimme vermischte. Erinnerungen an meinen Vater stiegen in mir hoch und ließen mein Inneres in Kälte aufgehen.

Seine Blicke … der stille Vorwurf … verdammt! Das durfte sich nicht wiederholen!

Auch Skya schluckte hörbar schwer und Calem schaltete komplett auf Krisenbewältigungsmodus um. Er nahm ihr Gesicht in beide Hände und begann sich zu wiederholen: ›Das werde ich nicht zulassen, hörst du? Du wirst nicht sterben. Du wirst nicht sterben.«

Derselbe Satz, wie ein Mantra, das tat er immer, wenn er panische Angst bekam.

»Aber die Geburt wird mich töten«, flüsterte Mona mit heiserer Stimme.

Skya machte einen Lösungsvorschlag, der genauso logisch wie kaltherzig klang. »Genau deshalb musst du dieses Kind loswerden. Teias und Zero werden nach einem Abtreibungsmittel suchen, dann wird dir nichts passieren.«

Calem und Mona sahen Skya an, als hätte sie den Weltuntergang verkündet. Ich wusste nicht, ob sie schon über diese Möglichkeit nachgedacht hatten, aber zumindest Calem schien gerade aus allen Wolken zu fallen. Plötzlich stand er nicht mehr auf der Seite der klugen Skya – und ja, es gab hier definitiv Seiten!

»Das ist unser Kind!«, fauchte er. »Du hast nicht zu entscheiden, was damit passiert!« Er suchte wieder mal Augenkontakt mit mir, weil er auf Unterstützung hoffte. Er nickte mir regelrecht zu, so als würde er mir gerade die Erlaubnis geben, Skya in die Schranken zu weisen.

Was ich gleich sagen würde, würde ihm nicht gefallen.

»Sie hat recht, Calem«, erklärte ich. »Mona kann dieses Kind nicht bekommen, es sei denn, du willst sie verlieren.«

Mein Bruder ballte die Fäuste. Jetzt auf mich loszugehen hätte ihm vielleicht gut getan. Ich hätte ihm sogar gestattet, für einen

Moment all seine Probleme auf mich zu projizieren, weil ich wirklich Angst hatte, dass er ansonsten zusammenbrechen würde.

Calem stand nicht auf, um mich zu verprügeln. Er blieb sitzen, wie ein Häufchen Elend, neben seiner Mona, die ihn anstarrte, als wäre er tatsächlich fähig, diese Entscheidung für sie beide zu treffen.

»Wir haben noch Zeit …«, begann ich eine Hoffnung zu schüren, die ich selbst für abwegig hielt.

Ich konnte mir dieses Bild der beiden tragischen Verliebten nicht länger ansehen. Ich war an Bilder von zwinkernden, mir den Busen entgegenstreckenden Mädchen gewöhnt, an Bilder von Leuten, die mich mit bewundernden Blicken ansahen und an Bilder meines dummen Bruders, der mir in arroganter Traumtänzer-Manier predigte, dass ich ein patriotischer Blindgänger war.

Das hier hielt ich kaum aus. Es erinnerte mich zu sehr an die Schuld, die auf meinen Schultern lastete.

»Wir werden alle Möglichkeiten in Betracht ziehen und nach verschiedenen Wegen Ausschau halten«, versicherte ich und löste damit nicht die gewünschte Reaktion bei Calem aus.

»Du glaubst doch selbst nicht daran, dass es einen anderen Weg gibt«, warf er mir vor und versank tiefer und tiefer in einem See der Verzweiflung, an dessen Grund die Depression lauerte.

»Nein, aber du. Vergiss das nicht, du dummer Träumer.«

Jetzt zeigte meine Taktik Wirkung. Calem schüttelte resignierend den Kopf und rang sich ein kaum merkliches Schmunzeln ab, bevor er sich Mona zuwandte. Anscheinend hatte er gerade erkannt, dass er für sie stark sein musste. Er legte seine Hände wieder auf ihre Wangen.

»Wir schaffen das. Zero und Skya helfen uns«, flüsterte er der Diés zu. »Mein Bruder ist vielleicht ein sturer Bock, aber er hat schon unmöglichere Dinge möglich gemacht. Ich vertraue ihm …«

Obwohl er diese Worte augenscheinlich an Mona richtete, waren sie für mich bestimmt. Calem legte all seine Hoffnungen in mich und wäre die Situation nicht so verflucht kompliziert und aussichtslos gewesen, hätte ich ihm auch dazu geraten. So konnte ich aber nur leere Versprechungen machen, die die ganz große Tragödie ein paar Tage nach hinten verschob.

»Ich gehe jetzt zurück nach Nox«, erklärte ich. »Der Morgen bricht bald an und ich muss noch ein paar Dinge erledigen, ehe ich mich für einige Stunden aufs Ohr haue. Bei Einbruch der Abenddämmerung findet eine Ratsversammlung statt, bei der meine Anwesenheit erwünscht ist. Aber das trifft sich gut, so kann ich vielleicht gleich etwas herausfinden.« Ich fuhr mir seufzend durch die Haare. »Ich schätze mal, du bleibst hier bei Mona und Skya«, sagte ich an Calem gewandt, der sofort energisch nickte.

»Ja! Ich bleibe!«

Es war für mich kein Problem, Calems Fehlen zu vertuschen. Er war still, unauffällig und er konnte ein paar Tage mit Fieber in seinem Zimmer liegen, ohne Aufsehen zu erregen.

»Du musst aber vor der nächsten Abenddämmerung wieder hier sein. Teias kommt dann an die Grenze, um dich zu sehen«, rief mir Skya ein Treffen ins Gedächtnis, das ich bereits verdrängt hatte.

Ja, ich musste diesen Idioten, auf den sie so große Stücke hielt, bald verprügeln. Gut, dass sie mich daran erinnert hatte!

Ich nickte knapp. »Keine Sorge, ich werde das Weichei nicht allzu lange warten lassen.«

Ich sah mich noch mal in der Höhle um, um sicherzugehen, dass Calem daran gedacht hatte, Decken, Wasser und etwas zu Essen mitzubringen. Er war so überstürzt aus seinem Zimmer ausgebrochen, nachdem ich ihm von Mona erzählt hatte, dass er womöglich nichts mitgenommen hatte. Calem hatte jedoch alles dabei und ich konnte aufbrechen.

Verabschiedungen waren nicht wirklich mein Fall, also verschwand ich einfach durch die Felsprojektion und kramte mein Circulum aus dem Beutel.

In dem Moment, in dem das warme, orange Licht die Höhle erhellte, drang ihre Stimme an mein Ohr.

»Zero.«

Siehe da, sie konnte meinen Namen wirklich schön aussprechen, ganz ohne Wut oder sarkastischen Hintergedanken.

»Skya«, entgegnete ich und ließ sie auch einen Tonfall hören, den sie von mir nicht kannte. So sprach ich den Namen von Mädchen aus, die Sekunden später verrückt nach mir waren und mit glänzenden Augen in meinen Armen lagen. Meine Stimme konnte melodisch klingen, tief, freundlich, verheißungsvoll.

Sie versteinerte für eine Sekunde und starrte mich an.

Charme-Offensive geglückt!

Als sie sich wieder ins Gedächtnis gerufen hatte, warum sie mir hinterhergekommen war, wurde ihre Miene ernster. »Du hast ihnen da drin falsche Hoffnungen gemacht. Wieso? Du weißt genauso gut wie ich, dass …«

»Ja! Ich weiß es!«, unterbrach ich etwas, was ich nicht hören wollte oder musste. »Aber ich kann meinem Bruder nicht ins Gesicht sagen, dass er sein Kind verlieren wird. Halt mich für schwach, halt mich für sensibel, das geht mir an meinem arroganten Nox-Arsch vorbei!«

Ich war ein paar Schritte auf sie zugegangen, hatte mich drohend vor ihr aufgebaut, weil ich doch irgendwie das Bedürfnis hatte, mich zu verteidigen und zu rechtfertigen. Als sie mir plötzlich dieses schwache Lächeln schenkte, verlor ich für ein paar Sekunden die Fassung.

»Ich halte dich nicht für schwach oder sensibel«, sagte sie so sanft wie noch nie. »Ich halte dich nur zum ersten Mal nicht für ein Arschloch.« Sie setzte nach und ihr Ton wurde belehrend. »Auch wenn es dumm war und unverantwortlich.«

Hätte sie nicht einfach nach dem ersten Satz die Klappe halten können?!

»Du machst mich wahnsinnig, Solaris-Prinzessin!«, knurrte ich wütend und musste dann doch schmunzeln, weil mir bewusst wurde, dass irgendein schwer gestörter Teil in mir diese Gespräche spannend fand.

»Dann arbeite an deinen Nerven, Eisprinz. Du wirst dich wohl oder übel an mich gewöhnen müssen.«

Sie strich sich die langen Haare nach hinten. Mir war schon bei meiner Ankunft aufgefallen, dass sie sie jetzt offen trug. Sie glänzten wie schwarze Seide und rahmten ihr Gesicht ein, das leider verdammt schön war.

»Vergiss bitte nicht, dass du direkt nach der Ratsversammlung zurückkommst«, erinnerte sie mich.

Ich drehte mich noch mal um, weil sie so freundlich eindringlich geklungen hatte. Das war definitiv ein Versehen gewesen, sie hatte ihre Worte nicht in diesem Tonfall stellen wollen. Deshalb schenkte sie mir sofort die finstersten Blicke, die sie auf Lager hatte.

»Keine Sorge, ich lasse dich nicht zu lange warten«, raunte ich und hätte schwören können, dass sie gegen den Drang ankämpfte, rot zu werden. »Ach, und Skya?« Ich hatte mich schon einige Schritte entfernt, trotzdem war sie stehen geblieben und nicht zurück in die Höhle gegangen.

»Ja?« Ihre Stimme klang fast schon erwartungsvoll.

»Verlieb dich bitte nicht in mich.«

Ihr Fauchen schallte durch die Höhle, begleitet von einem ebenso wütenden Echo. »Darauf kannst du Gift nehmen, du arroganter Bastard!«

KAPITEL 13 – ZERO

Ich lief am Strand entlang, über mir der strahlende Himmelskörper, der soeben den neuen Tag ankündigte und den ich zu verfluchen gelernt hatte. Dass ich nicht den versteckten Weg durch den Wald genommen hatte, lag daran, dass *ich* erwischt werden durfte. Solange ich alleine war, durfte ich rumspazieren, wo und wann ich wollte, und mir war gerade danach, mir diese elenden Sonnenstrahlen auf die blasse Haut scheinen zu lassen.

Wann hatte ich angefangen, dieses warme Gefühl zu meiden? Als kleines Kind hatte ich es gemocht, oder? Ich hatte mit Calem und Vater am Strand gespielt, spät in der Nacht, so lange, bis der Morgen nahte.

»Nox, spielen nicht in der Sonne, Zero.«

Die Worte meines Vaters hallten heute noch mahnend in meinem Gedächtnis wider.

Seine tiefe Stimme. Niemand konnte so eindringlich und stark klingen, nicht mal ich, obwohl sich unsere Stimmen mittlerweile stark ähnelten.

Damals hatte es angefangen. Ich hatte gelernt, dass ich nicht in der Sonne spielen durfte, weil ich ein Nox war. Dass ich die warmen Strahlen gerne auf meiner Haut spürte und mich nicht schwach fühlte, nur weil Solaris Lunos ablöste, hatte ich zu verdrängen gelernt.

Wieso war ich so? Wieso war sonst niemand so wie ich? Sie verloren alle ihre Kräfte, nur ich nicht. Mein Vater hatte mir verboten, solche Fragen zu stellen. So eindringlich, dass ich selbst heute noch ein schlechtes Gewissen bekam, wenn sie meine Gedanken kreuzten.

Ich war mir sicher, dass ich gerade jenen Strandabschnitt entlangschritt, an dem Vater mich damals zur Seite nahm und mir etwas sagte, das mein Leben veränderte. Vielleicht war ich drei oder vier gewesen – ein Kind, das sich rausgeschlichen hatte, um tagsüber im Sand zu spielen.

»Hör auf, dich wie ein Diés zu verhalten! Sei ein Nox, sei mein Nachfolger, werde ein Mann, zu dem sie alle aufsehen. Du trägst alles in dir, was du brauchst, um Großes für die Insel zu leisten, mein Sohn. Verbanne alles andere aus dir. Es ist gefährlich. Du willst doch kein Monster sein, Zero, oder? Sei ihr Held, nicht ihr Untergang. Nur so kannst du am Leben bleiben.«

Nein, ich wollte kein Monster sein. Ich hatte genickt und meine Miene war ganz automatisch zu Eis erstarrt, so wie man es von einem Nox, der ein Anführer werden wollte, erwartet hätte.

»Gut so, Zero …«

Ja, damals war es passiert. Ich hatte gelernt, die Sonne zu meiden, die Diés zu hassen und mich selbst zu belügen. Der Eisprinz war geboren worden.

Ich schmunzelte, weil Skyas abfälliger Übername so sehr zu mir passte. Sie hatte mich so schnell und zielsicher durchschaut, dass ich sofort das Gefühl gehabt hatte, mich vor ihr verteidigen und verstecken zu müssen.

Wenn mich diese großen, feurig schwarzen Augen musterten, fühlte es sich so an, als würden sie in mein Innerstes sehen. Natürlich konnte sie nicht wirklich die Geschichte meiner Vergangenheit in mir lesen, aber es fühlte sich dennoch so an.

Diese ganze Situation machte mir zu schaffen. Ich war vielleicht nicht derjenige, der sein Kind und die Frau, die er geschwängert hatte, verlieren würde. Aber ich war trotzdem schon mal Teil einer Tragödie gewesen, die dieser beinahe bis aufs Haar glich, nur in anderer Besetzung. Das alles aus der Zuschauerperspektive zu erleben, ließ bittere Erinnerungen frei, die ich seit Jahren hinter Schloss und Riegel gefangen hielt.

Eigentlich war ich gerne der Eisprinz gewesen. Ich war gerne dieser egoistische Dummkopf gewesen, der sich damit rühmte, stärker und schneller zu sein als alle anderen. Mein Problemhorizont hatte aus meinem naive Theorien stammelndem Bruder bestanden und der Tatsache, dass ich mich als Anführer beweisen wollte. Sonst nichts.

Wann hatte ich diesen Zero in mir verloren?

Vielleicht, als ich Skya getroffen und Mona gesehen hatte.

Jetzt lief ich durch den Sand, unter Solaris schmunzelnder Miene. Ihr verlorener Sohn stellte sich gerade Sinnfragen … das amüsierte die Göttin bestimmt. Sie hatte mir ihre Töchter geschickt, um mir bewusst zu machen, was ich in mir gefangen hielt. Sie ließ Calem leiden, weil es keinen anderen Weg gegeben hätte, mich wachzurütteln.

Sadistisches Götter-Biest!

Ich hätte sie gerne angebrüllt, aber alleine am Strand zu stehen und die Sonne anzubrüllen hätte diesen Funken Klarheit, an dem ich mich festklammerte, erlöschen lassen.

Jetzt hatte ich keine Zeit, den Verstand zu verlieren und mich von Kindheitserinnerungen in den Wahnsinn treiben zu lassen. Ich war noch immer ich. Eine wachgerüttelte, alles infrage stellende Version von mir.

Ich würde nicht zu dem Kind werden, das vorurteilsfrei in der Sonne spielte und ich würde nicht mehr der Eisprinz sein, der der Gen B vorstand. Die Vergangenheit würde mich einholen und sich mit der Zukunft zur Gegenwart vermischen.

Wer war ich in dieser Gegenwart?

Der Held? Der Dummkopf? Ein Monster? Das Ratsmitglied, das sie köpften? Der nächste Idiot, der sich in eine Diés verliebte?

Ich seufzte das laute Seufzen eines wahnsinnigen, komplett übermüdeten Narren und rannte los. Meine Beine trugen mich zurück ins Herz von Nox, zu meinem Zuhause, in mein Bett. Ich musste jetzt erst mal ein paar Stunden schlafen, sonst war ich zu nervenschwach, um in meine Rolle bei der Ratsversammlung zu schlüpfen. Ich würde die Augen schließen und von einer Welt träumen, in der Solaris und Lunos derselbe Gott waren und wir seine Kinder.

Nach dem Aufwachen war ich wahrscheinlich zu Calem geworden und musste losrennen, um Skya zu schwängern.

Verstand überlastet – ausschalten.

Das Kissen über meinem Kopf half mir, das penetrante Geräusch, das schon seit einer Weile an mein Ohr drang, sehr lange zu ignorieren. Erst als das Klopfen laut und die Abstände kürzer würden, murrte ich in den warmen Stoff.

Alles in mir schrie noch nach Schlaf, obwohl ich spürte, dass der Tag sich bereits dem Ende neigte und ich bald aufstehen musste. Mein Körper war müde und mein Verstand so herrlich leer, dass ich selbst meinen Namen vergessen hatte. Das nervige Geräusch schien sich von meinem Murren beeindruckt zu zeigen – es war verstummt und ich konnte endlich wieder ins Land der Träume abdriften.

Verschwommene Bilder vertrieben die Schwärze und weckten angenehme Gefühle in mir. Ich sah Beine vor mir, endlos lange, gebräunte Beine.

»Zero?« Skyas Stimme klang nicht so, wie ich sie in Erinnerung hatte. Vielleicht, weil ich diesen verspielt erotischen Tonfall noch nie aus ihrem Mund gehört hatte. »Soll ich dich wachküssen?«

Ich grinste, vollgepumpt mit Endorphinen. Sie würde mich gleich küssen. Alleine die Vorstellung jagte wohlige Schauer durch meinen Körper. Ihre Lippen würden sich gut anfühlen. Warm, weich, besonders.

Ich wartete ab, aber mein Mund blieb ungeküsst. Eigentlich konnte sie ihre Lippen gar nicht auf meine legen, ich hatte mir ja das Kissen über den Kopf gezogen.

Wieso eigentlich? Weil ich schlief, in meinem Bett, auf Nox.

Ich riss die Augen im selben Moment auf, in dem ich diese warme Berührung auf einer Stelle meiner Haut fühlte, die definitiv weit von meinen Lippen entfernt lag. Sie ließ meinen Körper sofort nach mehr verlangen und meinen Verstand beinahe wieder vernebeln.

Zum Glück übernahmen meine Hormone nicht gänzlich das Kommando.

Ich riss mir das Kissen vom Gesicht, um herauszufinden, wer gerade dabei war, die Wollust in mir zu schüren. Skya konnte unmöglich in mein Zimmer gekommen sein. Außerdem würde sie mich nie und nimmer *so* wecken. Meine Solaris-Prinzessin war vorlaut, aber auch unschuldig, ganz anders als ….

»Teana …!«, stöhnte ich ihren Namen halbwegs überrascht und mahnend, weil sie nur zu gut wusste, was sie tat.

Sie hörte kurz auf, mich zu küssen und sah lasziv lächelnd zu mir auf. »Wirst du wach, mein Anführer?«, hauchte sie verführerisch und neigte dann wieder den Kopf nach unten.

Zwei Teile meiner Persönlichkeit schrien mich gerade an. Ein Teil versicherte mir, dass das hier Spaß machen würde und ich definitiv ein klein wenig Ablenkung verdient hatte. Der andere Teil hielt mir vor, dass ich nicht mehr der alte, dumme Zero war, der sich solchen Spielchen hingab.

Teana war gut! Sehr gut, weil sie Übung hatte, aber sie war nicht … sie war nicht …

Skya würde jede Achtung vor mir verlieren, wenn ich das hier zuließ. Sie hielt mich sowieso schon für einen Herzensbrecher, das hatte ich ihr angesehen. Unrecht hatte sie damit natürlich nicht, aber die Tatsache, dass sie das abschreckend fand, missfiel mir aus irgendeinem Grund.

»Hör auf.« Ich legte meine Hände auf Teanas Schultern und schob sie von mir weg, um mich aufzuraffen.

Je schneller ich viel, viel Abstand zwischen uns schaffte, umso rascher konnte ich anfangen, die Lust und das Verlangen in mir zu zügeln.

Das blonde Mädchen mit den schulterlangen Haaren streckte sich räkelnd auf meinem Bett aus. Das schwarze Lederkorsett war so eng geschnürt, dass das Stöhnen aus ihrer Kehle bestimmt vom Luftmangel kam – Luftmangel, keine Erregung. Niemand war hier verdammt noch mal erregt!

»Möchtest du lieber *mir* etwas Gutes tun?«, stellte sie eine Frage, auf die ich im ersten Anlauf vollkommen sinnfrei antwortete.

»Gut ist hier gar nichts!«, fauchte ich wütend, weil Wut eine gute Medizin gegen diesen Zustand war.

»Wer hat dir erlaubt, einfach in mein Zelt zu kommen?!« Ja, das war eine berechtigte Frage, gut gemacht Zero!

Sie zuckte unschuldig mit den Schultern und lächelte. Ihr Rock war ihr beinahe über die Hüfte hochgerutscht und überließ rein gar nichts meiner Fantasie.

»Tu nicht so, als wäre es das erste Mal, dass ich dich wachküssen komme«, entgegnete sie kichernd.

Nein, das war nicht das erste Mal, aber bestimmt das letzte Mal!

Der neue Zero ließ keine kichernden Flittchen in sein Schlafzimmer schleichen und sich von ihnen ausziehen.

Wann und wie sie mich meiner Sachen entledigt hatte, war mir sowieso ein Rätsel. Ich war mit Schuhen und vollkommen bekleidet in mein Bett gefallen. Wäre ich ein Mädchen gewesen, hätte ich mich gerade regelrecht vergewaltigt gefühlt.

Teana hatte Zauberkräfte – Flittchen-Zauberkräfte!

»Verschwinde! Sofort! Sonst lasse ich dich auspeitschen!«, drohte ich knurrend und sammelte meine Kleidung vom Fußboden auf, um hineinzusteigen.

Sie rappelte sich auf und besaß tatsächlich die Frechheit, mich anzugrinsen. »Hast du Lust auf etwas härtere Spielchen?«, wollte sie wissen und veranlasste mich dazu, verständnislos den Kopf zu schütteln.

Wie konnte sie mir das nur als sexuelle Anspielung auslegen? Na gut … es lag schon im Bereich des Möglichen, aber sie musste mir definitiv ansehen, dass ich keine Lust auf ihre Gesellschaft hatte.

»Ich sage es nur noch einmal: Verschwinde, Teana! Ich habe gleich eine Ratsversammlung und keinen Bedarf an deinen einzigen Qualitäten!«

Wow, ich war ein kolossales Arschloch, aber sie war schlichtweg zu naiv, um eine nett formulierte Abfuhr zu begreifen. Ihr Blick verfinsterte sich binnen Sekunden. Die blauen Augen wirkten trotzdem ausdruckslos. Hinter ihnen brannte kein Feuer.

Nicht wie bei Skya …

Teana sprang aus meinem Bett und wurde sofort laut. »Sag es mir! Hast du eine andere?! Deine Kleidung hat nach Frauen-Parfum gerochen!«

Zuerst wollte ich mich tatsächlich rechtfertigen, aber dann fiel mir ein, dass ich dieser Nox absolut keine Rechenschaft schuldig war. Wir waren nie zusammen gewesen. Erst in letzter Zeit stellte sie solch explizite Besitzansprüche, weil sie tatsächlich der Wahnvorstellung verfallen war, ich würde sie eines Tages heiraten.

»Es geht dich nichts an, mit wem ich mich treffe«, stellte ich klar und musste mir auf die Zunge beißen, um sie nicht darauf aufmerksam zu machen, dass sie selbst mit genügend anderen schlief. »Komm noch einmal ungefragt in mein Zelt und die darauf folgende Züchtigung wird dir garantiert keinen Spaß machen!«

Sie verstummte, obwohl sie mich weiterhin anschreien wollte. Teana fehlte der Mut, sich mir zu widersetzen. Noch etwas, das sie deutlich von Skya unterschied, die mir gegenüber kein Blatt vor den Mund nahm. Wahrscheinlich kannte Teana aber auch schlicht und ergreifend zu wenige Wörter, um mehr als einen vorwurfsvollen Satz zu bilden.

Als sie aus meinem Zimmer lief, seufze ich erleichtert und fuhr mir durch die vom Schlafen zerwühlte Frisur.

Unheil abgewandt!

Ich war stolz auf mich. So stolz, dass ich das hier gerne einer gewissen Diés erzählt hätte. Es wäre aber bestimmt dumm gewesen, sie damit beeindrucken zu wollen, dass ich mich nur dann von Lippen hätte liebkosen lassen, wenn sie *ihr* gehörten.

Noch ein neuer, wahrscheinlich unglaublich dummer Teil von mir, der mir zu schaffen machte! Seit wann drehte sich in meinem Kopf alles um Skya? Seit wann konnte ich keinen Gedanken mehr zu Ende denken, ohne bei ihr und ihrem aufbrausenden Temperament zu enden?

Seit sie mich zum ersten Mal Eisprinz genannt hatte wahrscheinlich …

Oder seit sie mich das erste Mal mit diesem lodernden Blick angesehen hatte …

Oder als …

Ach verdammt, darüber würde ich mir später weiter den Kopf zerbrechen. Jetzt musste ich erst mal die Ratssitzung hinter mich bringen.

Ich wankte müde und doch irgendwie aufgebracht aus meinem Zimmer, das aussah, als hätte dort ein Krieg gewütet. Meine Putzfrau hatte im Moment keine Zeit aufzuräumen, weil sie in einer Höhle im Lunamontem hockte und alle Hoffnung in mich setzte.

Ich blieb kurz geistesabwesend vor Calems Zimmertür stehen. Teana war zum Glück nicht auf die Idee gekommen, *ihn* zu vergewaltigen, sonst hätte ich seine Abwesenheit vor ihr rechtfertigen müssen.

Als mir all meine Probleme und die Ausweglosigkeit unserer Situation wieder bewusst wurden, schlug ich meine Stirn gegen den Holzbalken des Treppenaufgangs.

Die Papageienstimme, die ertönte, schaffte es, dass ich mich noch zermürbter fühlte. »Kluger Zero! Schöner Zero!«, krächzte Helios und entlockte mir damit ein verzweifeltes Schmunzeln.

»Nein. Sprich mir nach: Dummer Zero. Toter Zero.«

Meine Beine trugen mich bekannte Wege entlang, vorbei an Zelten und Marktständen, die sich nie verändern würden und die ab Anbruch der Abenddämmerung langsam zum Leben erwachten. Ich kannte jede Ecke, jeden Winkel dieser Insel. Seit ich denken konnte, hatte ich in dieselben Gesichter geblickt, war an dieselben Orte gegangen, hatte dieselben Dinge getan.

Routine, die ich lange Zeit geliebt hatte.

Das große, feuerrote Zelt, an dem ich vorbeilief, weckte Erinnerungen an meine Kindheit. Ich war dort ausgebildet worden, genau wie alle anderen der Gen B. Auch heute gingen dort kleine Nox ein und aus, verinnerlichten unsere Regeln, lernten unsere Rituale und kicherten über die Lehrerin mit der rauen Männerstimme.

Das Krankenzelt hatte ich auch unzählige Male von innen gesehen. Erst nach dem letzten Wellenfest hatte ich mich dort einen ganzen Tag lang übergeben. Meerwasser in rauen Mengen zu schlucken, war eine eher mäßig gute Idee gewesen. Vom Steg ins Wasser zu fallen auch.

Ich verließ die Zeltstadt und betrat den gepflasterten Fackelweg, der mich direkt zur Kuppel führen würde. Die Flammen brannten in jeder Nacht, leuchteten uns den Weg und markierten zugleich die Grenze zu verbotenem Gebiet. Den meisten Nox war es nicht erlaubt, sich abseits vorgegebener Routen aufzuhalten.

Der Rat nannte das ›Sicherheitsstandards‹, ich nannte das ›Kontrollwahn‹.

Es gab eine Vielzahl von Regeln, die meiner Meinung nach keinen Sinn ergaben. Ich hatte immer vorgehabt, mich gegen überflüssige Verbote und engstirnige Statuten stark zu machen. Meine Aufnahme im Rat sollte Nox Veränderungen bringen. Keine Kleiderordnung mehr, keine sinnlosen Ausgehverbote und freie Berufswahl. Ich hatte vorgehabt, die Insel zu verändern, aber Nox war mir noch nie so starr und unveränderlich vorgekommen wie heute.

Ich war nicht mehr nur unterwegs in die Kuppel, um alte, stoische Ratsmitglieder zum Umdenken zu bewegen, sondern um sie daran zu hindern, bald ein Todesurteil über die einzigen zwei Menschen auszusprechen, die ich liebte – Calem und mich natürlich!

Auf in die Schlacht!

Die schweren, gläsernen Tore öffneten sich lautlos. Ich schritt den spiegelnd schwarzen Boden entlang, auf dem vor gar nicht so langer Zeit noch ausgelassen gefeiert worden war. Damals hatte ich auf dem steinernen Thron gesessen und mich damit auseinandergesetzt, was für ein großartiger Anführer ich war.

Hätte ich in die Vergangenheit reisen können, wäre ich jetzt auf mich zugestapft und hätte mir eine Ohrfeige verpasst, weil ich egoistisch und engstirnig gewesen war. Hätte ich mich nicht ständig nur mit mir selbst beschäftigt, wäre mir schon früher aufgefallen, dass Calem im Begriff war, unser Leben aus der Bahn zu werfen. Ich hätte sein Stelldichein vielleicht verhindern können und wäre heute der alte Zero gewesen, der sich nur Sorgen darum machte, dass er irgendwann gezwungen sein würde, zu heiraten.

Lächerliche, egoistische Probleme. Ich vermisste sie – die Probleme!

In der Gegenwart saß nicht *ich* auf dem steinernen Thron zwischen den Palmen, sondern Neurus. Seine schmalen, weißblauen Augen folgten jedem meiner Schritte, während ich näher trat, und versprühten heroische Ungeduld.

»Du kommst spät, Zero!«, tadelte er mit fester Stimme und hob das spitze Kinn an, um mich hoheitsvoll zu mustern.

Die Blicke der anderen Ratsmitglieder waren nicht weniger strafend, während sie in ihren dunklen Roben noch hochnäsiger aussahen, als sie ohnehin schon waren. Sie mochten keine Verspätungen, weil sie wollten, dass wir alle wie Uhrwerke funktionierten.

Ich nickte ihnen nicht zum ersten Mal schräg zu. »Entschuldigt bitte. Ich musste den Streit zweier junger Nox schlichten.«

Lüge Nummer eins.

Vielleicht hätte ich ehrlich sein und Neurus erzählen sollen, dass ich Teana davon abhalten musste, über mich herzufallen. Das hätte den alten Sack bestimmt zum Stottern gebracht.

»Pflichtbewusstsein vor Übereifer, mein junger Freund. Lerne, deine Prioritäten richtig zu setzen«, forderte Neurus tonlos und deutete mir mit einer Geste an, mich auf meinen Platz zu setzen.

Der alte Phrasendrescher rang mir ein schwaches Nicken ab, das mich regelrecht schmerzte. Ich hasste diese Katzbuckelei, aber so funktionierte dieses Spiel. So funktionierte Nox.

Ich setzte mich auf meinen Platz neben Flora an einen der äußeren Stühle, die im Halbkreis um den Thron standen.

Das mit ihren fünfunddreißig Jahren zweitjüngste Ratsmitglied lächelte mir kurz zu. Flora war die einzige aus diesem zwölfköpfigen Konzil, von der ich mir sicher war, dass sie zumindest versucht hätte, mich zu löschen, wenn ich in Flammen gestanden hätte.

»Wir sprachen gerade über die Maßnahmen zur Überbrückung der Nahrungsknappheit«, klärte mich Neurus auf und winkte im nächsten Moment auch schon ab. »Aber dieses Thema haben wir bereits ohne dich geklärt, Zero.«

Vielleicht war Neurus bereits mit dem Thema durch, aber ich nicht. »In Diés herrscht Wasserknappheit und sie machen uns dafür verantwortlich. Habt ihr darüber auch schon gesprochen?«, wollte ich wissen, winkelte mein Bein an und legte den rechten Knöchel auf mein linkes Knie. Im Gegensatz zu den anderen hatte ich keine Lust, dazusitzen, als hätte ich einen Besen verschluckt.

Es ging so etwas wie ein stummes Raunen durch die Menge und alle schenkten sich kurz seltsame Blicke. Das taten sie meistens, wenn ich etwas Dummes gesagt hatte, aber meine Frage war alles andere als dumm.

»Darf ich erfahren, wie dir das zu Ohren gekommen ist?«, wollte Neurus wissen und lehnte sich neugierig nach vorne.

Ich zuckte mit den Schultern und ließ mir nicht anmerken, dass mein Herz immer schneller schlug. »Ich war in der letzten Nacht für einen kleinen Streifzug auf Diés. Ich wollte ein Circulum aus dem Tempel stehlen, dabei habe ich zwei Mädchen belauscht.«

Lüge Nummer zwei.

Diesmal ging ein hörbares Raunen durch die Menge. Ich wusste, was gleich kommen würde: Tadel.

»Seit wann hast du die Erlaubnis, ohne unser aller Einverständnis nach Diés zu gehen?!«, brummte eine männliche Stimme, die Cara gehörte – meiner ehemaligen Lehrerin.

»Seit Neurus mir aufgetragen hat, dafür zu sorgen, die Diés immer wissen zu lassen, dass wir Nox ihre Feinde sind«, erklärte ich und zitierte im nächsten Atemzug unser Ratsoberhaupt. »Tu was du kannst, um sie das Fürchten zu lehren.«

Das hatte Neurus wirklich zu mir gesagt bei der vorletzten Ratssitzung.

Der alte Nox warf wieder mit eisigen Blicken um sich. »Das schließt aber nicht ein, dass du ohne unser Einverständnis auf Diés herumläufst! Solche Streifzüge bedürfen immer noch der Genehmigung von uns allen!«, erklärte er und beugte sich noch weiter nach vorne.

Ein Stück noch und sein knochiger Hintern würde auf dem Boden landen. Dann nicht zu lachen, war ein Ding der Unmöglichkeit.

»Entschuldigt, ich dachte, das wäre ein Auftrag an mich gewesen.« Ich zuckte zur Unterstreichung meiner gespielten Gelassenheit noch mal unschuldig mit den Schultern.

Mir war bewusst, dass ich nicht ohne das Einverständnis aller in Diés Unruhe stiften durfte, aber ich gab diese nicht begangene Missetat zu, um Antworten zu bekommen. Seit Skya mir vorgeworfen hatte, dass sie wegen uns Durst leiden mussten, hatte ich mir vorgenommen, nachzuhaken.

»Nur weil du ein Ratsmitglied bist, heißt das nicht, dass über dich keine Strafen verhängt werden können!«, sprach Neurus in warnendem Tonfall. »Mach dir das bewusst, bevor du das nächste Mal so überstürzt handelst, Zero!«

»Du solltest ihn auspeitschen lassen, vielleicht prügelt die Peitsche etwas Verstand in diesen jungen Kopf!«, schlug Jagon vor und rutschte ebenfalls aufgebracht auf seinem Stuhl herum.

Auf seinem weißen Kittel waren immer Blutspritzer. Dass das Oberhaupt der Mediziner von Nox ein sadistischer Schlächter war, schien bis jetzt niemandem außer mir aufgefallen zu sein – oder es war ihnen egal. Jagon bedachte mich mit messerscharfen Blicken, denen ich aber mühelos standhielt. Es brauchte mehr als einen peitschenverrückten Arzt, um mich aus dem Konzept zu bringen.

»Was ist nun mit dem Wasser auf Diés? Ich weiß nichts von so einem Sabotageakt«, stellte ich klar und ignorierte die im Raum schwebende Bestrafung einfach. Ich brauchte Antworten.

»Diés lügen!«, rief Neurus und wäre beinahe von seinem Thron aufgestanden, um auf mich zuzugehen. »Es liegt in ihrer Natur, uns Nox zu verteufeln! Sie setzen Gerüchte in die Welt, nichts weiter!«

Ich nickte mechanisch, mehr konnte ich mir nicht abringen, weil meine Gedanken sich überschlugen.

Skya würde mich nicht anlügen, sie hatte keinen Grund dazu. Diés litt definitiv Durst, das war kein Gerücht, das war eine Tatsache.

Es bedurfte vieler Kraft und auch organisatorischen Aufwandes, die Wasserrohre zu manipulieren. Das konnte kein Alleingang von irgendwelchen jungen, wilden Nox gewesen sein, zumal ich dann mit Sicherheit bei dieser Aktion dabei gewesen wäre.

»Wenn du uns nicht noch weitere Straftaten deinerseits beichten möchtest, Zero, dann fahren wir mit der Sitzung fort«, blaffte Neurus und brachte mein Herz wieder dazu, schmerzhaft schnell zu schlagen.

»Nein, ich habe nichts weiter zu beichten«, entgegnete ich mit starker Stimme und musste verhindern, dass mein Fuß nervös zu wippen begann.

Das war Lüge Nummer drei – die wahrscheinlich größte.

Wir besprachen Arbeitseinteilungen, neue Bauprojekte und die bevorstehende Zeremonie mit den Inducern. Wir erwarteten einen neuen Nox und ich konnte mich gerade noch so davor drücken, den Vorsitz bei der Zeremonie übernehmen zu müssen. Zum Glück waren letzten Endes alle der Meinung, dass ich das Baby wohl fallen lassen würde.

Ich hatte keine Zeit für diese immer gleichen Rituale, die ich noch nie hinterfragt hatte. Wir hatten gelernt, keine Antworten zu verlangen, es verinnerlicht, es in unsere Seelen gebrannt. Ich konnte diese Sitzung aber nicht verlassen, ohne den alten Säcken Informationen zu entlocken. Ich war ein Ratsmitglied, eigentlich hatte ich das Recht, Fragen zu stellen.

»Bevor du die Sitzung schließt, Neurus«, warf ich ein, weil das knochige Oberhaupt der Nox schon dabei war, den imaginären Hammer zu schwingen.

Er legte neugierig und missmutig den Kopf schief.

»Mir ist auf Diés zu Ohren gekommen …«, setzte ich an, wurde aber sogleich von einem wütenden Ratsoberhaupt unterbrochen.

»WAS ist dir zu Ohren gekommen?! Ich dachte, du hättest nichts mehr von deinem verbotenen Ausflug zu berichten!« Neurus' Stimme wechselte von bedrohlich-tonlos zu kampflustig-fordernd.

Jetzt durfte ich auf keinen Fall Fehler machen, ich musste unbedingt gleichgültig genug klingen. »Ja, ich hätte es auch beinahe vergessen, es ist wahrscheinlich nicht so wichtig, aber …«

»Sprich, Zero!«, befahl Neurus ungeduldig.

Das hier war ganz offensichtlich ein denkbar schlechter Moment für meine Frage, weil die Stimmung allgemein angespannt und gereizt war. Sie waren immer alle ernst, immer großkotzig, aber heute schien ihr Nervenkostüm dünner als sonst.

Dennoch sammelte ich meinen ganzen Mut und stellte die nächste Frage, ehe ich einen Rückzieher machen konnte. »Ich habe zwei Diés über ein Abtreibungsmittel sprechen hören. Gibt es so was? Oder war das nur dummes Sonnenanbeter-Gewäsch?«

Wieder schweiften Blicke umher, die mich mehr als verunsicherten. Alles in mir schrie danach, meiner Nervosität Ausdruck zu verleihen, aber mein Körper blieb ganz ruhig, meine Miene nichtssagend.

Jagon reagierte diesmal schneller als Neurus, aber der Tonfall blieb derselbe. »Damit rückst du erst jetzt raus?! Wieso?! Was weißt du?!«

Ich stand auf, weil Jagon ebenfalls von seinem Stuhl gesprungen war. Wenn der alte Sack kämpfen wollte, würde ich ihn auseinandernehmen!

Flora hielt mich am Arm fest und Neurus hatte sich erhoben, um Jagon zurück auf seinen Stuhl zu drücken. »Reiß dich zusammen, mein Freund!«, herrschte er das Ratsmitglied im weißen, blutverschmierten Kittel an.

Als der Arzt wieder saß, beruhigte sich auch mein Gemüt ein wenig. Das Adrenalin, das mich kampflustig machte, wurde von pochender Skepsis abgelöst, weil ich mir sicher war, dass sie irgendetwas wussten. Dieses Gespräch wäre sonst niemals so eskaliert.

Neurus' Stimme klang plötzlich furchteinflößend sanft. »Ich möchte mit Zero alleine sprechen. Geht. Ich kläre das.«

Während die anderen aufstanden und die Kuppel verließen, starrte ich geistesabwesend gegen die Glaswand. Mein Herz schlug mir bis zum Hals. Ich war noch nie gerne alleine mit Neurus gewesen, schon gar nicht, wenn mir klar war, dass er wütend auf mich war.

Ich schloss seufzend die Augen und versuchte, das Gefühl zu verdrängen, das dafür verantwortlich war, dass ich mich wieder wie ein junger Ratsanwärter fühlte. Damals hatte er mich nach Versammlungen oft zur Seite genommen und es war jedes Mal demütigend gewesen.

Ich hörte das große, gläserne Tor ins Schloss fallen und im nächsten Moment holte Neurus auch schon Luft. »Weißt du, Zero …«

Ich starrte noch immer ins Leere, aber das Geräusch seiner schweren Stiefel auf dem Steinboden drang an mein Ohr, während er näher kam.

»Ich habe großes Vertrauen in dich, mein Junge«, säuselte er.

Das war gelogen und ich war mir beinahe sicher, dass es weder seine erste noch seine letzte Lüge war.

»Aber ich kann nicht zulassen, dass du unsere Regeln mit Füßen trittst.«

Ich steckte so viel Entschlossenheit und Stärke in meinen Blick, wie ich konnte, und schaute direkt in Neurus' weißblaue Augen. »Ich wollte die Regeln nicht verletzen, das war nur ein Missverständnis.«

Er nickte gespielt einsichtig. »Dann sollte ich mich in Zukunft wohl deutlicher ausdrücken, oder?«

Ich konnte auf diese rhetorische, dramaturgisch bedingte Frage keine richtige Antwort geben, also schwieg ich und wandte den Blick wieder ab.

»Knie dich hin, Zero. War das deutlich genug?«

Verdammt! Verdammt! Verdammt!

Ich hatte noch nie weniger Lust gehabt, mich Neurus' Befehlen zu beugen, vor allem, weil ich wusste, was er vorhatte.

Für eine Sekunde spielte ich mit dem Gedanken, mich ihm zu widersetzen, aber dann hätte ich kämpfen müssen. Gegen ihn, den Rat, ganz Nox. Selbst wenn ich der Stärkste hier war, gegen die ganze Insel hatte ich keine Chance. Außerdem würde ich Calems, Monas und Skyas Schicksal besiegeln, wenn ich jetzt zu einem gesuchten Verräter wurde.

Ich hatte gar keine andere Wahl …

Meine Knie drückten sich auf den harten, spiegelnd schwarzen Steinboden. Ich zog mir das Hemd über den Kopf, weil es ansonsten zerreißen würde und ich meine Demütigung nicht vor den anderen verstecken konnte. Was ohnehin schwer war, denn die Lederriemen hinterließen brennende Striemen, die nicht selten bluteten. Zum Glück war mein Oberteil schwarz und würde das Blut ein wenig vertuschen …

»Es tut mir leid, mein Junge. Regeln sind Regeln und wenn du sie brichst, büßt du.«

»Was für Regeln habe ich denn gebrochen?«, flüsterte ich wütend, während ich aus dem Augenwinkel sah, wie Neurus die Peitsche hervorholte und fast schon liebevoll über den Knauf streichelte.

In mir stieg die Galle hoch und ich musste mich zusammenreißen, um nicht zu würgen. Mir war speiübel.

»Du hast uns Informationen verschwiegen.«

»Doch nicht mit Absicht!«, stieß ich hervor. »Ich wusste nicht, dass ich … AH!« Dieser kurze, dumpfe Schrei, der meiner Kehle entwich, ähnelte dem Schmerz, den die Peitsche auf meinem Rücken verursachte.

Neurus schnaubte abschätzig. »Du dachtest, du kannst ohne Erlaubnis nach Diés gehen. So viel Dummheit verlangt leider nach Bestrafung.«

Dieser furchtbar verstörende, ekelerregende Tonfall in seiner Stimme machte mich grenzenlos wütend, aber die Wut half mir, ihm nicht wieder die Genugtuung zu geben, aufzuschreien.

»Merk dir diesen Schmerz, Zero. Das ist der Schmerz der Nox. Die Insel ist enttäuscht von dir, wenn du kopflos handelst. Wenn du Informationen zurückhältst.«

Neurus schlug so fest zu, dass ich nach vorne kippte und mich mit den Händen abstützen musste. Ich hasste diesen natürlichen

Reflex meines Körpers, der mir die Tränen in die Augen trieb, weil es so schmerzte.

»Verschweigst du noch etwas?! Weißt du mehr?!«

Diesen lauten, eindringlichen Fragen folgte ein weiterer Schlag, der mich dazu nötigte, mich auf den Unterarmen abzustützen.

»Nein! Ich weiß nichts mehr! Was sollte ich denn bitte wissen?!« Wieder Lügen aus meinen Mund, aber ich hätte sie selbst dann noch ausgesprochen, wenn Neurus mir eine Klinge an die Kehle gehalten hätte. Bevor ich meinen Bruder verriet, würde ich tausend Tode sterben.

»Gut … braver Junge. Steh auf.«

Am liebsten hätte ich mich an Ort und Stelle vor Wut, Hass und Schmerzen übergeben, aber ich raffte mich auf und zog mir mein Oberteil wieder an.

Der Stoff rieb über meine geschundene Haut und klebte an dem frischen Blut. Ich biss die Zähne zusammen, um nicht aufzustöhnen.

Neurus schenkte mir einen Blick voll falschem Mitgefühl. »Entschuldige, ich musste sichergehen, dass du nichts mehr verschweigst. Es sind gerade turbulente Zeiten für Nox. Das verstehst du doch, oder, Zero?«

Ich nickte und schluckte meinen Stolz hinunter, weil er mir im Moment nur im Weg stand. »Ich werde dich nicht mehr enttäuschen, Neurus.« Was ich in Gedanken hinzufügte, verhinderte, dass ich vor lauter Lügen explodierte.

Es kommt der Tag, an dem ich mich revanchieren werde! Wenn ich einen Weg finde, Calem, Mona und Skya zu retten, bist du dran!

Ich wollte mich zum Gehen abwenden, aber dieser Mistkerl ließ mich noch einmal innehalten. »Geht es deinem Bruder schon besser? Ich hörte, Calem ist krank.«

Da war er wieder, der rasende Herzschlag. Schöpfte Neurus Verdacht? Ich musste mich noch mal nach ihm umdrehen und ihm einen emotionslosen Blick schenken. »Die Mimose wird schon nicht eingehen. Ich kümmere mich um ihn.«

Das Ratsoberhaupt der Nox nickte. Ich hatte seine Zweifel zerstreut – hoffentlich!

Als meine Finger nach der Glastür tasteten, gab mir Neurus noch eine Floskel mit auf dem Weg, die mein Herz wieder hämmern ließ.

»Lass dich nicht von der Sonne küssen, Zero.«

Diese erschreckend passenden Worte hallten in meinem Bewusstsein nach, als ich den Fackelweg entlanglief, um zurück zu meinem Zelt zu kommen.

Ich würde rasch eine schmerzlindernde Salbe auf die Stellen meines Rückens auftragen, an die ich gelangte, saubere Kleidung anziehen, Helios füttern, Wasser und Proviant einpacken und schnellstmöglich zurück in den Berg gehen, um im Anschluss dieses Teias-Weichei zu treffen. Die Dämmerung war bereits vorangeschritten und ich musste mich beeilen, wenn ich nicht riskieren wollte, dass er auf der Grenzinsel beim Herumlungern entdeckt wurde. Skya würde mich umbringen, weil ich so gut wie nichts herausgefunden hatte …

»Zero!« Ein leises, eindringliches Flüstern und eine plötzliche, aber feste Berührung an meinem Handgelenk warfen mich im wahrsten Sinne des Wortes aus der Bahn.

Ich stolperte in die Büsche, prallte gegen einen Frauenkörper, der mir sofort bekannt vorkam, weil ich ihn schon oft bewundert hatte. Als ich in ihr Gesicht blickte, wirkte Flora besorgt.

»Er hat dich ausgepeitscht, oder?«, wollte sie wissen und musterte mich prüfend mit diesen sanften Blicken, die sie mütterlich wirken ließen. Flora war nicht wirklich alt, aber sie gehörte trotzdem zur Gen A und zum Rat.

Ich wich ihrem Blick aus. »Nicht der Rede wert. Du weißt ja, dass er mich nicht mag.«

Sie nickte und sah trotzdem so aus, als würde sie mich gerne in den Arm nehmen. Ich hätte nichts gegen eine Umarmung gehabt, zumal Flora früher oft die Hauptrolle in meinen pubertären Fantasien gespielt hatte, aber im Moment brannte mein Rücken wie Feuer und ich hatte definitiv andere Sorgen.

Sie strich sich die blonden, kinnlangen Haare hinter die Ohren. So sah ihr sonst jugendliches Gesicht etwas älter aus. Vielleicht war es auch dieser nachdenkliche Ausdruck, der sie älter wirken ließ. »Du hast vorhin in der Versammlung einen Nerv getroffen«, murmelte sie. »Deine Frage nach dem Abtreibungsmittel war verdächtig. Die Gen B dürfte nichts davon wissen … weißt du etwas?«

Ich schüttelte den Kopf, obwohl sich alles in mir sträubte, sie anzulügen. Vielleicht hätte sie uns geholfen, aber ich konnte dieses Risiko nicht eingehen – noch nicht. Sie einzuweihen, wäre zu gefährlich gewesen – letzten Endes auch für Flora. »Ich weiß gar nichts!«, entgegnete ich daher so energisch, wie ich konnte. »Was passiert denn hier?! Mir erzählt niemand etwas, obwohl ich auch zum Rat gehöre! Was verschweigt ihr mir?«

Sie schluckte schwer und sah sich prüfend um, bevor sie einen Schritt näher kam. Flora drückte sich förmlich an mich und flüsterte so leise, als hätten die Palmen Neurus' hässliche, alte Ohren. »Sie erzählen dir nichts, weil du zur Gen B gehörst. Du sollst nur Befehlen folgen, um die Strukturen der Inseln zu sichern. Das ist auch wirklich wichtig, aber ...«

Sie verstummte plötzlich, sah zur mir auf und schien zu bemerken, wie nah sie mir gekommen war. Ihre blassen Wangen wurden rot, ehe sie einen Schritt zurück machte.

»Du siehst aus wie dein Vater, Zero ...«, hauchte sie und schüttelte dann den Kopf, weil sie den Gedanken anscheinend wieder vertreiben wollte. »Du siehst nicht nur aus wie Relas, ich vertraue dir auch ebenso, wie ich ihm vertraut habe«, versicherte sie und klang plötzlich weniger verträumt als ernst. »In Diés gibt es eine Schwangerschaft. Der Rat hat gestern davon erfahren.«

Ich musste mich nicht dazu anhalten, überrascht auszusehen, die Verwunderung zeichnete mein Gesicht, weil mir bewusst wurde, dass das Wissen über Monas Schwangerschaft sogar schon bis nach Nox durchgedrungen war.

»Woher wisst ihr davon?! Ich meine ...« Ich durfte mich jetzt nicht verraten. »Wie ist das überhaupt möglich?«, stellte ich eine wirklich dumme Frage, die ich aber gestellt hätte, wenn ich wirklich zum ersten Mal von dieser Neuigkeit gehört hätte.

Flora legte den Kopf schief und bedachte mich mit einem eindeutigen Blick. »Ein Nox und eine Diés. Jemand hat gegen das Kontaktverbot verstoßen – mehr noch, jemand hatte Sex. Du weißt, wie das funktioniert, ich kenne deinen Ruf, Zero.«

Ich stotterte verlegen herum, was mir gerade wirklich in den Kragen passte, weil ich tatsächlich wie ein nichtsahnender Idiot klang. »Ja, ich weiß, wie das geht! Aber mit einer Diés? Wer könnte nur so etwas tun?! Hat man schon Verdächtige?«

Flora musterte mich gefühlt mehrere Minuten, dabei waren es nur endlose Sekunden. »Nein, und du dürftest eigentlich nichts davon wissen, weil solche Dinge nur von der Gen A geklärt werden dürfen.«

»Wieso?«

Sie seufzte. »Wenn du weiterhin solche Fragen stellst, wird Neurus dich …«

Jetzt nahm sie mich wirklich in den Arm. Ihre Hände berührten meinen Rücken und ließen die Wunden noch stärker schmerzen. Ich verkrampfte mich.

»Hör auf, solche Fragen zu stellen, ja? Versprich mir, dass du dich nicht weiter einmischst«, flüsterte sie in mein Ohr und ließ dann von mir ab, weil sie meine Anspannung fühlte. »Entschuldige«, meinte sie verlegen und strich sich die Robe glatt.

Sie musste sich für die Berührung nicht entschuldigen, sie war die einzige Nox, die mich noch in den Arm nehmen durfte.

»Danke, Flora«, entgegnete ich und schenkte ihr ein Lächeln, von dem ich dachte, dass ich es vorhin verloren hätte.

Sie erwiderte die warmherzige Geste. »Schon gut. Geh jetzt. Kümmere dich um Calem, er braucht dich.«

Ihr war nicht bewusst, wie sehr sie mit ihrem Satz ins Schwarze traf. Bevor ich mich abwandte, musste ich aber noch etwas wissen. Womöglich war es gefährlich, es auszusprechen, aber Flora war vielleicht unsere einzige Möglichkeit auf Antworten, wenn Skyas dummer Arztfreund nichts herausfand.

»Wenn ich Fragen habe, darf ich dann zu dir kommen?« Ich musterte sie eindringlich. »Ich meine, wenn es keinen anderen Weg mehr gibt.«

Sie sah mich entgeistert an und seufzte dann ausgiebig. »Ja. Frag lieber mich, als sonst jemanden aus dem Rat. Aber nur, wenn du ohne die Antwort nicht leben kannst, ja?«

Ich nickte und schickte ein Stoßgebet zu Lunos, in dem ich ihm dafür dankte, dass er mir den Glauben an die Nox nicht gänzlich genommen hatte. Diese Insel war hart, erbarmungslos und voller Geheimnisse, aber nicht alle ihre Bewohner hatten sich in den letzten Tagen zu potenziellen Feinden gewandelt.

Mich beschlich das Gefühl, dass wir es schaffen konnten. Mona, Calem, Skya und ich – eben die ganze Idioten-Crew.

Als ich die Schritte im Gang hörte, hielt ich inne in meiner rastlosen Wanderung. Nach einem Tag des Herumsitzens, hatte ich es nicht länger in der kleinen Höhle mit Mona und Calem zusammen ausgehalten. Ein Blick in ihre traurigen, hoffnungslosen Gesichter genügte, um all meine Zweifel über die Richtigkeit dessen, was wir vorhatten, zu verstärken. Und das war mehr als kontraproduktiv.

Ich musste jetzt stark sein.

Für Mona und für mich.

Zweifel hatten da nichts zu suchen.

Daher war ich in den Gang hinaus geflohen und tigerte seit fast drei Stunden vor der Felsenillusion hin und her, wobei ich immer wieder stehen blieb, um zu lauschen. Zero hatte gesagt, dass er bei Anbruch der Dämmerung zurück sei. Mein Kopf hatte schon wieder zu schmerzen begonnen, was bedeutete, dass die Sonne bereits untergegangen war.

Ich war drauf und dran gewesen, alleine zur Grenzinsel aufzubrechen, hatte aber nicht gewusst, wie ich aus dem Berg rauskam, und nachdem ich mich zweimal fast verlaufen hatte, war ich resignierend wieder zur kleinen Höhle bei der Felsenattrappe zurückgekehrt.

Die Schritte im Gang klangen schon fast nach Erlösung, obwohl ich Zero noch nicht verziehen hatte, dass er mit so einem dämlichen Spruch abgehauen war – tsss, als ob ich mich in einen arroganten Nox verlieben würde!

Ich überlegte einen Moment lang, was ich tun sollte, wenn es nicht Zero wäre, der mir entgegenkam. Gerade als ich zurück in die Höhle gehen und dort auf ihn warten wollte – auch, um ihm keinen weiteren Grund zu liefern, anzunehmen, dass ich voller Sehnsucht Ausschau nach ihm hielt –, erschien das blasse Licht des Circulums und Zeros Umrisse zeichneten sich vor der Wand ab.

Ich stieß leise die Luft aus. Ich hatte gar nicht bemerkt, dass ich sie angehalten hatte.

Als er mich sah, stutzte er und blieb stehen. »Warum bist du nicht in der Höhle?«, fragte er stirnrunzelnd und kam dann auf mich zu.

Ich konnte erkennen, dass er eine Tasche dabeihatte, in der er wohl einige Lebensmittel mitbrachte. Kurz vor mir hielt er an und musterte mich mit schmalen Augen. Wieder einmal spürte ich diesen Schauer, den seine Eisblicke mir über den Rücken jagten.

Ich reckte das Kinn ein wenig vor und verschränkte die Arme. »Was hast du über die Abtreibung herausgefunden?«

Er holte tief Luft und schüttelte dann leicht den Kopf. »Stellst du eigentlich immer Gegenfragen, oder machst du das nur bei mir?«

Seine Stimme klang tonlos, aber ich glaubte, eine Spur Erheiterung herauszuhören.

»Versuch *du* mal einen ganzen Tag auf engstem Raum zu verbringen, wenn neben dir zwei wimmernde Häufchen Elend einander in den Armen liegen«, beantwortete ich mit hochgezogenen Augenbrauen seine anfängliche Frage. »Und jetzt erzähl mir, was du herausgefunden hast. Gibt es ein Abtreibungsmittel?«

Er wich meinem forschenden Blick aus und ließ die Tasche sinken. Dann schüttelte er abermals den Kopf. »Die Räte sagen mir nichts«, murmelte er.

Ich holte hörbar Luft und schnaubte leise durch die Nase. »So viel zum großen Anführer …«

Der Blick, der mich traf, hätte härter nicht sein können. »Auf solche Sprüche kann ich im Moment wirklich verzichten!«, knurrte er wütend, trat einen Schritt auf mich zu und machte Anstalten, mich zu packen.

Ich wusste, wie das enden würde: Ich an irgendeinen Felsen gepresst und er nahe vor mir, mich zornig anfunkelnd – und darauf hatte *ich* keine Lust. Also wich ich ihm aus und brachte wieder einen sicheren Abstand zwischen uns.

»Schon gut, kein Grund, gleich in den Angriffsmodus zu wechseln«, blaffte ich ihn an. »Die Sonne ist schon untergegangen. Wir müssen uns mit Teias treffen.«

»Wir?!«

Ich nickte energisch. »Oja, natürlich *wir*. Oder meinst du, ich riskiere, dass du deine Aggressionen an meinem Freund auslässt? Du hast ihn bereits an der Wange verletzt, das genügt. Zudem wirst du mit deiner ruppigen Art nichts aus ihm herauskriegen, ganz zu schweigen davon, dass er dir nicht traut, wenn du ihn alleine triffst. Du könntest Mona und mich ja in der Zwischenzeit auch umgebracht und irgendwo im Wald verbuddelt haben. Und vielleicht hat er mehr in Erfahrung gebracht als du – aber das wird er dir wohl kaum verraten, wenn du alleine bist.«

Ich wollte noch hinzufügen, dass Teias sowieso verlässlicher und schlauer war als er, aber das behielt ich für mich. Es brachte nichts, den Eisprinzen noch weiter zu reizen, zumal er offenbar gerade mit aller Macht versuchte, seine ohnehin spärlichen Nerven zusammenzuhalten.

Er brummte etwas Unverständliches und verschwand dann durch die Felsenillusion in die Höhle. Ich folgte ihm nicht, da ich keine Lust hatte, Mona oder Calem abermals in die verweinten Gesichter zu sehen.

Zero schien es ähnlich zu gehen, denn keine drei Sekunden später erschien er ohne die Tasche wieder im Gang und verdrehte die Augen. Ich musste ihn nicht fragen, ich konnte auch so in seinem Gesicht ablesen, dass ihn ähnliche Gedanken plagten wie mich. Diese beiden wären keinesfalls überlebensfähig ohne uns … aber ob sie es *mit* uns waren, stand ebenfalls noch in den Sternen.

Wortlos ging Zero mit dem Circulum voran und ich folgte ihm durch die Gänge. Da ich den ganzen Tag nichts getan hatte, außer herumzusitzen, war mein Geist ausgeruht und ich konnte mich trotz meinen Kopfschmerzen besser auf den Weg konzentrieren als bei unserer Ankunft im Berg. Dennoch war ich froh, dass Zero dabei war. Er hatte recht behalten mit seiner anfänglichen Behauptung: Die Gänge waren wirklich das reinste Labyrinth und ich hatte trotz meiner guten, räumlichen Vorstellungsgabe alle Mühe, die Orientierung nicht zu verlieren.

Als wir endlich ins Freie traten, atmete ich erleichtert die frische Abendluft ein, während Zero das Circulum verstaute. Es war bereits dunkel und das Licht hätte zu viel Aufmerksamkeit auf uns gelenkt. Der Nox drehte sich zu mir herum. Sein Gesicht war wie immer eine Maske aus Arroganz und überheblicher Gleichgültigkeit. Aber ich vermeinte, in seinen Augen etwas Zusätzliches aufblitzen zu sehen. Ob es Sorge war oder Langeweile, konnte ich jedoch nicht genau feststellen.

»Es gibt etwas, das du wissen solltest«, begann er und sah mich mit schief gelegtem Kopf an.

»Und was?«, fragte ich ungeduldig.

»Der Rat der Nox weiß von der Schwangerschaft«, kam er ohne Umschweife zum Punkt.

Mein Mund klappte auf und dann wieder zu, ohne dass ein Ton herausgekommen war. Ich riss die Augen auf und blinzelte ungläubig. »Und das sagst du mir erst jetzt?!«, rief ich fassungslos, als ich meine Sprache wiedergefunden hatte.

Er nickte knapp. »Ich wollte nicht, dass Calem oder Mona es hören. Sie machen sich schon genug Sorgen.«

Ich schnappte entgeistert nach Luft. »Was zum Teufel heißt das?! Woher wissen das eure Räte?«

Er trat einen Schritt auf mich zu und hob mahnend den Finger. »Hör auf, so herumzuschreien. Oder willst du, dass uns eine Patrouille entdeckt?«, raunte er mit gedämpfter Stimme.

Ich musste mich zusammenreißen, um mich zu beruhigen, aber ich sah ein, dass er recht hatte. Also atmete ich langsam ein und aus, um meinen Puls zu drosseln, der mir gerade in den Ohren rauschte.

»Ich weiß nicht genau, woher die Räte der Nox das wissen«, erklärte Zero. »Aber ich werde es herausfinden.«

Ich warf ihm einen skeptischen Blick zu. »Warum interessiert es die Nox überhaupt? Es ist doch immerhin ›bloß‹ eine Diés, die vielleicht sterben wird … das könnte ihnen doch eigentlich egal, wenn nicht vielmehr recht sein.«

Zero zuckte mit den Schultern und fuhr sich mit der Hand durch das blonde Haar. »Keine Ahnung … aber auch *das* werde ich herausfinden.«

Er klang nicht so zuversichtlich, wie er es gern gehabt hätte, das konnte ich ihm ansehen. Aber ich ließ meine Beobachtung unkommentiert und ging an ihm vorbei in Richtung Grenzinsel. »Dann müssen wir dafür sorgen, dass die Schwangerschaft so rasch wie möglich beendet wird«, sagte ich mit fester Stimme. »Komm schon. Jede Minute, die verstreicht, könnte dazu führen, dass Teias entdeckt wird.«

Die Angst um meinen Freund ließ mich automatisch schneller gehen. Ich hätte ihn da nie hineinziehen dürfen. Aber jetzt war es bereits zu spät.

Da ich in der Dunkelheit nicht wirklich gut sehen konnte, stolperte ich natürlich prompt über die nächste Wurzel, die sich meinen Füßen in den Weg stellte. Hätten Zeros Reflexe in der Nacht nicht an übernatürliche Superkräfte gegrenzt, wäre ich wohl der Länge nach auf die Nase gefallen. So aber konnte er mich gerade noch am Arm packen und festhalten.

»Pass doch auf, wo du hintrittst!«, herrschte er mich an. »Es genügt, dass ich das hirnlose Liebespaar kaum aus den Augen lassen kann. Wenn ich jetzt auch noch auf *dich* aufpassen muss …«

»Musst du nicht!«, fuhr ich ihn an und riss meinen Arm los. Dabei entging mir nicht, dass seine Gesichtszüge kurz entgleisten, als ein Ruck durch seine Schulter ging. Ich kniff die Augen zusammen und musterte ihn. »Was ist mit dir?«

Er schüttelte den Kopf und seine Miene vereiste wieder. »Nichts«, brummte er und packte dann meine Hand. Nicht sanft, sondern grob, als sei es ein notwendiges Übel, sie zu halten. »Komm jetzt, ich gehe voran!«

Ich starrte stirnrunzelnd auf seinen Rücken, während ich ihm durch den Wald folgte, der uns zur Grenzinsel bringen würde. Einen Moment lang hatte ich geglaubt, Schmerz in seinen eisigen Augen zu erkennen. Aber selbst wenn er Schmerzen gehabt hätte, hätte er es wohl niemals zugegeben. Und schon gar nicht vor mir, einer Diés.

Als wir endlich bei der Grenzinsel ankamen, stand der Mond bereits hell leuchtend über uns. Jetzt konnte sogar *ich* den Waldboden ohne Mühe erkennen und hätte Zeros Führung eigentlich nicht mehr gebraucht. Dennoch fühlte es sich irgendwie gut an, dass er meine Hand hielt. In der Zwischenzeit war seine Berührung sanfter geworden und ich spürte sogar ab und an seinen Daumen, der unbewusst über meinen Handrücken strich.

Bis auf Teias war ich noch nie einen Mann körperlich so nahe gekommen. Nun ja, zumindest nicht auf diese Weise. Während es bei meinem Jugendfreund allerdings eher wie die Berührung zwischen

Bruder und Schwester anmutete, war es bei Zero … anders. Ich spürte ein Kribbeln in meinem Körper, wenn ich mich auf seine Haut konzentrierte und fühlte mich so lebendig, als sei es hellster Tag. Sogar meine Kopfschmerzen schienen für kurze Zeit wie weggeblasen zu sein. Dass er ein Nox war, machte das Ganze noch aufregender, da es eine verbotene Note hinzufügte.

Ich musste zugeben, dass sich meine Meinung über die Nox in den eineinhalb Tagen, die ich nun schon auf ihrer Insel verbrachte, bereits grundlegend verändert hatte. Früher hatte ich die Nox als hirnlose Muskelpakete ohne Gefühle und Skrupel eingeschätzt. Wie falsch ich jedoch damit lag, hatte mir nicht nur Calem gezeigt. Auch Zero schien uns Diés ähnlich zu sein. Er war zwar aufbrausend und impulsiv, aber nicht so dumm, wie ich geglaubt hatte. Er dachte sehr wohl über Dinge nach, bildete sich eine eigene Meinung und hatte auch den Mut, diese zu vertreten. Etwas, das ich schon fast wieder an ihm bewunderte, wie ich mir selbst eingestehen musste.

Einen Moment lang überlegte ich, ob er auf Nox wohl eine Freundin hatte, nur um diesen Gedanken rasch wieder zu verwerfen. Es konnte mir egal sein, ob er eine oder gar hundert Freundinnen hatte. Ich brauchte ihn, um Mona zu helfen. Für nichts weiter.

Dennoch flüsterte mir eine leise Stimme zu, dass ich mich belog, wenn ich mir diesen Gedanken verbot. Auf beunruhigende Weise interessierte es mich viel zu sehr, wie Zero normalerweise seine Nächte verbrachte – und auch die Tage, wenn er schlief …

Während ich gedankenversunken dem Anführer der Nox folgte, vergaß ich, auf meine Umgebung zu achten. Daher zuckte ich auch so stark zusammen, als Zero abrupt anhielt und ich in ihn hineinlief. Ich konnte mich gerade noch an seiner Schulter festhalten, sonst wäre ich schon wieder hingefallen. Der Nox musste mich inzwischen für das tollpatschigste Mädchen halten, das diese Inseln jemals gesehen hatten.

Als ich ihn berührte, sog er scharf die Luft ein und ließ augenblicklich meine Hand los, um einen Schritt von mir wegzutreten.

Ich blinzelte verwirrt, unsicher, ob ich mich entschuldigen sollte, so finster wie er mich anblickte. Aber ich hatte nur seinen Rücken berührt. Nichts weiter.

Ehe ich eine Entscheidung treffen konnte, trat aus dem Gebüsch neben uns eine hochgewachsene Gestalt hervor. Ich hatte in meiner geistigen Umnachtung, die eindeutig Zero geschuldet war, gar nicht bemerkt, dass er mich auf eine Art Lichtung geführt hatte, die von dichten wachsenden Sträuchern und eng stehenden Bäumen umgeben war. Der perfekte Sichtschutz gegen mögliche Patrouillen.

Im Licht des Mondes konnte ich sofort Teias' Gestalt erkennen und lief rasch auf ihn zu. Er wirkte müde und energielos, was nicht nur an der Tageszeit liegen konnte. Wahrscheinlich hatte er in der Nacht kaum geschlafen. Als er mich sah, erhellte ein erleichtertes Lächeln seine Gesichtszüge und er breitete die Arme aus, in die ich mich mit einem leisen Lachen warf.

»Skya. Es tut gut, dich lebendig zu sehen«, murmelte Teias in mein Haar und ich spürte, wie er einen Kuss auf meinen Kopf drückte. »Ich hab mir die größten Sorgen gemacht.«

»Das brauchst du doch nicht, ich kann auf mich aufpassen«, murmelte ich an seiner Brust und drückte mich noch enger an ihn.

Ich hörte seinen Herzschlag, der wild und fest pochte. Er war aufgeregt.

»Jetzt nimm mal den Mund nicht so voll, Prinzessin. Ohne mich wärst du allein schon auf dem Weg hierher hundertmal hingefallen«, ertönte eine eisige Stimme hinter mir, die mich sofort wieder daran erinnerte, dass ich nicht aus Spaß hier war.

Ich löste mich aus Teias' Umarmung und spürte, dass er mich nur widerwillig losließ. Dann hob ich den Blick und sah ihm in die Augen, die in der Dunkelheit beinahe schwarz wirkten. »Hast du etwas wegen der Abtreibung herausgefunden? Und … suchen sie nach Mona?«, fragte ich.

Teias nickte ernst. »Ja, die halbe Insel ist auf den Beinen. Es war schwierig, ungesehen hierherzukommen. Ich weiß nicht, ob ich das noch einmal wagen kann, ohne dass ich entdeckt werde.«

»Danke, dass du das für uns tust«, hauchte ich. »Und was ist mit dem Abtreibungsmittel?«

Teias Augen schweiften kurz zu Zero, der irgendwo hinter mir stand, dann wieder zurück zu mir. »Mona hatte recht. Praeda verbirgt so allerhand interessante Dinge in ihrem Arbeitszimmer. Ich habe nicht direkt ein Mittel gefunden. Aber dafür nützliche Informationen über Schwangerschaften. Praeda besitzt ein paar Dokumente, die sie verschlossen hält. Doch ich habe sie gefunden und gelesen …« Abermals wanderten seine Augen hinter mich und zu Zero. »Monas Schwangerschaft ist nicht die erste auf der Insel Diés.«

Ich starrte ihn entgeistert an. »Was? Was willst du damit sagen? Was hast du herausgefunden?«

Teias sah mich stirnrunzelnd an. »Es gab schon einmal eine schwangere Diés. Vor ziemlich genau neunzehn Jahren. Sie starb bei der Geburt, ihr Kind war ein Nox. Die Dokumente sind unter strengem Verschluss, weil das niemand wissen soll. Keine Diés – oder auch Nox – soll in Versuchung geraten, ebenfalls schwanger werden zu wollen. Deswegen haben die Nox das Kind, das damals zur Welt kam, wahrscheinlich auch zu einem kaltherzigen Anführer erzogen …«

Weiter kam Teias nicht, denn Zero stürzte sich auf ihn und stieß ihn mit solcher Wucht zu Boden, dass ich Angst hatte, er bräche ihm alle Knochen. Der Nox platzierte einen Faustschlag auf Teias' Kinn, während er auf ihm kniete und drauf und dran war, ihn windelweich zu prügeln – oder gar zu töten, so wie Teias' Kiefer knackte.

Ich zögerte nicht, sondern warf mich auf Zero und versuchte, ihn von meinem Freund herunterzuzerren. Als ich seinen Rücken erneut berührte, wehrte er sich reflexartig und traf mich mit dem Ellbogen an der Schläfe.

Einen Moment lang schien die Welt stillzustehen, dann spürte ich, wie ich zur Seite kippte und alles schwarz um mich herum wurde. Jemand rief noch meinen Namen, aber ich konnte nicht einmal mehr unterscheiden, ob es Teias oder Zero war.

Langsam drang etwas Licht durch die Dunkelheit, die mich eingehüllt hatte. Mit der Helligkeit kamen auch die Schmerzen. Heftige Schmerzen in meinem Kopf, sodass mir übel wurde und ich unwillkürlich die Augen aufschlug.

Über mir sah ich zwei Augenpaare, die mich besorgt musterten. Links dunkle, rechts stahlblaue.

»Wach bitte auf«, ertönte Zeros Stimme. Er klang zerknirscht.

Das Licht erlosch. Wahrscheinlich hatte er das Circulum benutzt. Wie dämlich … weiter kamen meine Gedanken nicht.

»Wie geht es dir?« Das war Teias' Stimme.

Ich murmelte etwas und griff an meine Stirn.

»Du blöder Hurensohn hast sie ernsthaft verletzt!«, fuhr Teias Zero an.

»Sag das noch einmal und ich zeige dir, *wie* ich jemanden ernsthaft verletze!«, knurrte Zero.

»Hört auf, alle beide«, stöhnte ich, während ich mich aufrappelte. Teias stützte meinen Rücken und half mir, mich so weit aufzurichten, dass ich sitzen konnte.

Alles drehte sich und ich musste meine ganze Beherrschung aufbringen, mich nicht zu übergeben. Mir war einfach nur schlecht.

»Hier, trink das.« Teias hielt mir irgendeine kleine Viole mit einer Flüssigkeit an den Mund, die nach Apfel schmeckte.

Ich vertraute darauf, dass er als angehender Arzt wusste, was er tat, und schluckte das Zeug gehorsam herunter. Es war so bitter, dass ich mein Gesicht verzog.

»Das wird dir in ein paar Minuten helfen«, murmelte Teias, während er über meinen Kopf strich.

Ich sah ihn dankbar an und unsere Blicke verfingen sich für ein paar Sekunden ineinander.

»Ich werde zurück auf meine Insel gehen – das ist ja noch weniger auszuhalten als die anderen zwei verliebten Hornochsen«, beschwerte sich Zero.

Als ich zu ihm hinsah, bemerkte ich, dass er bereits aufgestanden war und Anstalten machte, die Lichtung zu verlassen.

»Warte, ich komme mit dir mit«, warf ich ein und rappelte mich mit Teias' Hilfe auf die Beine.

Die Medizin begann bereits zu wirken. Was auch immer er mir gegeben hatte, es war Gold wert und die Schmerzen, die noch vor einigen Minuten in meinem Kopf gehämmert hatten, verflüchtigten sich mit jedem Atemzug.

»Skya.« Teias klang so eindringlich, dass ich ihn erstaunt ansah. »Warte bitte einen Moment.«

Zero war bereits außer Sichtweite.

»Was ist denn noch?«, fragte ich meinen Jugendfreund ungeduldig. Ich kannte jetzt zwar den Weg zum Berg, aber ohne Zero wäre es gefährlich, den Rückweg anzutreten. Meine Sinne waren bei Nacht viel schlechter und womöglich würde ich geradewegs einer Horde Nox in die Arme laufen. »Mir geht es besser, die Medizin wirkt bereits. Ich muss los.«

Als ich in Teias' Gesicht blickte, stutzte ich. So verlegen hatte ich ihn noch nie gesehen. Was auch immer er mir sagen wollte, es kam ihm nicht leicht über die Lippen.

»Ich … ähm …«, druckste er herum und senkte den Blick. »Bei den Unterlagen fand ich auch noch das hier.« Er hielt mir eine kleine Packung mit Tabletten entgegen. »Solltest du … also … wenn … du …«

Ich nahm ihm die Tabletten ab und sah sie stirnrunzelnd an. »Los, spuck's schon aus«, forderte ich. »Wozu sind die?«

Wäre es nicht bereits dunkel gewesen, hätte ich schwören können, dass Teias' Wangen gerade feuerrot wurden. »Es sind … äh …

also … die Tabletten werden verhindern, dass du schwanger wirst – oder eine Geschlechtskrankheit bekommst … falls du … mit Zero … du musst nur danach eine einnehmen …« Er konnte mir nicht in die Augen sehen.

Ich starrte ihn vollkommen verdattert an und brauchte einige Sekunden, bis ich den Sinn seiner Worte begriff und meine Sprache wiederfand. »Du meinst, falls ich … TEIAS!« Ich konnte nichts dagegen tun, dass ich laut wurde, alles in mir schrie ihn förmlich an. »Wie kannst du so etwas von mir denken?!«

Teias wich meinem Blick immer noch aus. »Es ist besser, vorzusorgen, als hinterher zu bereuen«, murmelte er. »Ich habe bemerkt, wie er dich ansieht …«

Ich starrte einige Lidschläge lang auf die Packung, dann steckte ich sie ein und nickte. Ich hatte jetzt keine Zeit für diese Art von Diskussion – zumal sie absurder nicht hätte sein können. Als ob ich mit Zero … also wirklich! Es reichte, wenn Mona ihre Gefühle nicht im Griff hatte. Mir würde so etwas Dummes bestimmt nicht passieren!

»Danke«, sagte ich und schenkte Teias ein rasches Lächeln, das ihn gleich etwas entspannter werden ließ. »Danke, dass du so gut auf mich aufpasst. Aber jetzt musst du nach Diés zurückkehren, ehe deine Abwesenheit bemerkt wird. Und pass auf dich auf.«

Teias nickte und umarmte mich noch einmal, bevor er sich von mir abwandte und in den dunklen Büschen verschwand.

Ich drehte mich in die Richtung, in die Zero gegangen war und folgte dem Pfad. Wenn ich Glück hatte, konnte ich den sturen Nox noch einholen.

KAPITEL 16 – SKYA

Zero, jetzt warte doch mal!«, rief ich dem Nox hinterher, der wie ein wütender Stier durch den Wald stapfte.

Ich hatte Mühe, ihn einzuholen und bekam kaum noch Luft, da mein Körper sich mit aller Vehemenz dagegen wehrte, in der Dunkelheit so rasch unterwegs zu sein. Dennoch rannte ich, so schnell ich konnte. Wenigstens verspürte ich zum ersten Mal dank Teias' Medizin keine Kopfschmerzen. Das war schon eine enorme Erleichterung.

Als ich endlich bei ihm angekommen war, ergriff ich seinen Arm und zwang ihn, stehen zu bleiben.

Er wirbelte zu mir herum und sein Gesichtsausdruck war so düster wie noch nie. »Was?!«, fuhr er mich an.

»Lass uns darüber reden«, bat ich und versuchte, meinen Atem zu beruhigen. »Darüber, was Teias wegen der Schwangerschaft erzählt hat.«

Wenn es überhaupt möglich war, so wurden seine Augen noch kälter, als er sie zu schmalen Schlitzen verengte und mich damit fixierte. »Da gibt es nichts zu reden!«, knurrte er und betonte dabei jede Silbe. »Gar nichts, hörst du?!«

Ich schüttelte verständnislos den Kopf, wich seinem Blick aber nicht aus. »Warum bist du dann so wütend, weil Teias das herausgefunden hat?«, wollte ich wissen. »Warum hast du ihn angegriffen, wenn es nichts zu sagen gibt?«

Er trat so nahe zu mir, dass ich seinen Atem über meine Haut streichen spürte. »Hör zu, Solaris-Prinzessin. Ich sag dir das nur ein einziges Mal: Misch dich nicht in Dinge ein, die dich nichts angehen!«

Ich verschränkte die Arme vor der Brust und taxierte ihn meinerseits mit zornigen Blicken. »Und jetzt hör *du* mal zu, Eisprinz! Wenn du meinen Freund aus heiterem Himmel anfällst, geht mich das sehr wohl was an!«

Einen Moment lang schien es, als wolle er mich packen und so lange schütteln, bis mein Gehirn keine Worte mehr bilden konnte. Dann wurde sein Blick jedoch etwas weicher und er seufzte, während seine Augen rastlos über mein Gesicht schweiften. Er schüttelte den Kopf und griff sich dann mit der Hand in die blonden Haare, um sie nach hinten zu streichen.

»Deine Mutter ist bei deiner Geburt gestorben, oder?«, fragte ich mit leiserer Stimme und versuchte, sie so einfühlsam wie möglich klingen zu lassen.

Er brauchte mir nicht zu antworten, ich konnte die Wahrheit auch so in seiner Miene erkennen. Zero wich meinem Blick aus und starrte stattdessen auf den Waldboden, wo er einen kleinen Stein wegkickte.

»Ich spreche nicht darüber«, stieß er hervor.

»Aber … wir müssen irgendwie verhindern, dass sich das wiederholt«, sagte ich eindringlicher. »Mona darf nicht sterben.«

»Sie wird nur sterben, wenn sie das Kind auch wirklich bekommt«, sagte Zero, ohne mich anzusehen.

»Und wie wollen wir das verhindern ohne ein Abtreibungsmittel?« Ich sah ihn voller Verzweiflung an. »Uns läuft die Zeit davon … und falls Mona das Kind bekommen sollte – meinst du, Calem kann damit leben, dass er seine Geliebte dadurch verliert? Und das Kind? Willst du es etwa auch zu einem kaltherzigen Anführer erziehen, der die Diés terrorisiert?«

Sein Blick wurde hart wie Stahl, als er mich erneut ansah. Ich wusste, dass ich ihn gerade provoziert hatte, aber es war besser, wenn er mich anschrie, als wenn er alles in sich hineinfraß.

Doch er schrie nicht. Seine Stimme war gänzlich ohne Emotionen, als er sprach. »So siehst du mich also?«, fragte er langsam. »Als kaltherzigen Anführer, der andere terrorisiert?«

Jetzt war es an *mir*, seinem Blick auszuweichen. Er stand immer noch viel zu nahe vor mir, sodass ich einen Schritt zurücktreten wollte. Ehe mir das jedoch gelang, packte er mein Kinn und hielt es fest, drückte es nach oben, damit ich ihm in die Augen schauen musste.

»Sieh mich an und sag mir, was du siehst«, befahl er leise.

Ich starrte ihn einige Sekunden lang stumm an. Mir war nur zu bewusst, dass es nichts bringen würde, mich aus seinem Griff befreien zu wollen. Er war stärker und schneller als ich. Und er wollte eine Antwort. Das konnte ich in seinen hellen Augen viel zu deutlich sehen.

Ich wusste, dass ihm meine Antwort nicht gefallen würde, dennoch lieferte ich sie ihm: »Du willst wissen, was ich sehe? Na gut: Ich sehe einen Nox, der sich die Schuld für den Tod seiner Diés-Mutter gibt. Ich sehe einen Mann, der alles und jeden von sich stößt, was ihn verletzen könnte. Ich sehe einen Jungen, der gelernt hat, sein wahres Wesen hinter dieser Fassade aus Überheblichkeit und sarkastischen Sprüchen zu verbergen. Der gelernt hat, sein Herz zu einem Eisklotz werden zu lassen … aber Eis ist zerbrechlich …«

Ich konnte ihm ansehen, dass ihn jedes meiner Worte wie Pfeile traf. Aber er hatte es nicht anders gewollt.

Er wich etwas von mir zurück und einen Moment lang war ich sicher, dass er mich töten würde, denn seine Miene erstarrte zu einer wutverzerrten Maske. Seine Augen wirkten wie Eiskristalle und seine Lippen hatte er zu einer schmalen Linie zusammengepresst, während seine Kiefer mahlten. Dann ließ er mein Kinn los und packte stattdessen meine Hand, um mich regelrecht hinter sich herzuzerren, während er losrannte.

»Was hast du vor?!«, rief ich und versuchte, nicht zu stolpern. Ich war überzeugt, wenn ich hinfiele, würde er mich einfach über den Boden weiterschleifen. »Wohin gehen wir?!«

Er antwortete nicht, sondern schlug einen Weg ein, der links um den Lunamontem herum führte. Weg vom Höhleneingang.

Mein Herz rutschte in die Kniekehle. Er würde mich doch jetzt nicht an den Rat ausliefern?!

Ich wehrte mich, aber es nützte nichts. Sein Griff war fester als ein Schraubstock.

»Zero!«, rief ich. »Lass mich los! Was soll das?!«

Er warf mir einen verärgerten Blick zu. »Hör auf herumzuschreien oder ich kneble dich!«, knurrte er leise.

Immerhin schien er nicht zu wollen, dass eine Soldatenpatrouille auf uns aufmerksam wurde. Er hatte also nicht vor, mich auszuliefern. Aber was dann?

Als er auf einen schmalen Pfad bog, stutzte ich. Der Weg führte hinauf zum Lunamontem. Links und rechts waren Büsche, die uns Sichtschutz boten.

Zero stapfte den Pfad hinauf und ich versuchte, mit ihm Schritt zu halten. Aber meine Kräfte waren langsam am Ende und ich spürte ein brennendes Stechen in der Seite.

»Nicht so schnell«, japste ich. »Ich kann nicht mehr.«

Zero hielt endlich an und musterte mich kurz. Dann bückte er sich ohne Vorwarnung, packte meine Beine und warf mich mit einer raschen Bewegung über seine Schulter. Ich schnappte entgeistert nach Luft und trommelte mit den Fäusten auf seinen Rücken.

»Lass mich runter!«, rief ich.

Er zuckte unter meinen Hieben merklich zusammen und ich konnte hören, wie er durch die Nase schnaubte. »Lass das, oder ich schleife dich an den Haaren hinter mir her!«, stieß er hervor.

Ich wollte lieber nicht ausprobieren, ob er das tatsächlich tun würde, und hörte auf, seinen Rücken mit meinen Händen zu bearbeiten. Es war demütigend, wie er mich den Berg hinauftrug, aber ich wusste, dass ich zu schwach gewesen wäre für den Aufstieg.

Endlich kamen wir oben an und er ließ mich an seinem Oberkörper entlang zu Boden gleiten. Als ich Anstalten machte, vor ihm zurückzuweichen, packte er meine Taille und hielt mich fest, presste mich an sich.

Wir standen auf einer Plattform, von der aus man die ganze Insel überblicken konnte. Unter uns breitete sich der Wald dunkel um den Berg herum aus. Wenn ich hier oben schrie, würde mich wohl niemand hören.

Im Mondlicht wirkte Zeros Gesicht noch blasser und seine Augen leuchteten so hell wie Sterne.

Ich schluckte unwillkürlich, als ich seinem Blick begegnete, denn hinter dem Blau loderte ein Feuer.

»Du glaubst also, ich bin ein Eisklotz«, sagte er leise. »Jemand der seine Gefühle nicht zulassen kann.«

Seine Stimme war schneidend und drang mir durch Mark und Bein. Ich konnte nichts dagegen tun, dass mein Herz vor Nervosität schneller schlug denn je. Wie er so dicht vor mir stand, mich auf diese Weise festhielt und seine messerscharfen Blicke mich durchbohrten, jagte er mir tatsächlich Angst ein.

Abermals schluckte ich hart und nickte kaum wahrnehmbar. »Das denke ich allerdings.« Meine Stimme wollte mir nicht mehr gehorchen und klang viel zu dünn. Das Zittern darin musste auch ihm auffallen.

Er legte den Kopf ein wenig schief und umfasste mich fester. »Ich bin kein kaltherziges Monster. Und wenn ich dir das beweisen muss, dann hier«, knurrte er.

Ehe ich mich versah, hatte er sich zu mir heruntergebeugt und presste seine Lippen auf meinen Mund. Ich war noch nie von einem Mann geküsst worden und zuckte vor Schreck zusammen. Automatisch begann ich, mich gegen ihn zu wehren, stemmte mich mit den Händen von ihm ab. Aber das führte nur dazu, dass er mich stärker festhielt. Sein Kuss war hart und emotionslos – so wie er selbst.

Als er seine Lippen endlich von meinen löste, schlug ich zu. Die Ohrfeige saß und sein Kopf ruckte zur Seite. Ich nutzte den Moment und wand mich aus seinem Griff.

»Wag das nie wieder!«, zischte ich.

Er griff sich an die Wange und sah mich mit undurchsichtiger Miene an. »Du wurdest noch nie von einem Mann geküsst, oder?«, fragte er. Fast glaubte ich, ein Schmunzeln auf seinem Mund zu erkennen.

Ich schnaubte wütend und meine Augen versprühten wahrscheinlich gerade Funken. »Das geht dich nichts an!«

»Dein erster Kuss also …« Er verschränkte die Arme vor der Brust. »Das verwundert mich aber ehrlich gesagt nicht, dieser Teias will dich zwar, aber er hat keine Eier in der Hose.«

Unwillkürlich starrte ich einen Moment lang auf seine Hose und schüttelte dann den Kopf, um die Gedanken loszuwerden, die dieser Anblick mit sich führte. Dass ich die Tablettenpackung, die Teias mir mitgegeben hatte, in diesem Moment nur viel zu deutlich in meiner eigenen Hosentasche spürte, machte das Ganze auch nicht besser.

»Warum hast du mich hier hergebracht? Was hat das mit unserem Problem – mit Mona und Calem zu tun?«, wollte ich wissen. Immerhin war meine Stimme jetzt wieder fester und mein Körper zitterte nur noch ein bisschen. Aber ich spürte immer noch seinen Mund auf meinen Lippen.

Er verschränkte die Arme und sah mich mit schmalen Augen an. »Gefällt es dir hier nicht?«

Ich schaute mich rasch um.

Es war ein schöner Ort, das musste ich widerwillig zugeben. Abgelegen und einsam. Genau richtig für …

»WAS hast du vor, Zero?«, fragte ich voller Argwohn.

Jetzt glitt tatsächlich ein leichtes Lächeln über seine Lippen. »Ich bin nicht nur stoisch und verschlossen. Hier oben ist es romantisch, oder?«

»Romantisch …« Ich stieß ein kurzes, ungläubiges Lachen hervor. »DAS nennst du romantisch? Über mich herfallen? Eine halbe Vergewaltigung?!«

Sein Lächeln gefror und er trat einen Schritt näher auf mich zu. Ich wich zurück, bemerkte aber, dass in meinem Rücken ein dichtes Gebüsch war, das mir den Weg versperrte. Wenn ich nicht nach links über den Rand der Plattform springen wollte – und *noch* war das keine Option –, musste ich stehen bleiben.

»Glaub mir, wenn ich über dich herfallen würde, sähe das anders aus«, sagte er in hartem Tonfall.

Ich schüttelte ungläubig den Kopf. »Das ist also der Charme, mit dem du deine Nox-Flittchen rumkriegst?«

Seine Augen wurden wieder zu schmalen Schlitzen. »Bisher hat sich noch keine darüber beschwert, wie ich die Dinge angehe.«

»Ach herrje«, stieß ich hervor. »Wie sich das schon anhört … wahnsinnig romantisch, ich muss schon sagen.«

»Wäre es dir lieber, wenn ich vor dir auf die Knie falle und dir einen Ring gebe, während ich dir ewige Treue schwöre? Möchtest du es spießig und schmalzig?« Sein Tonfall war verärgert, aber er schien im selben Moment wie ich zu merken, wie komisch sein Satz gerade geklungen hatte.

»Willst du mir etwa einen Antrag machen?«, fragte ich mit entgeistert hochgezogenen Augenbrauen.

»Bestimmt nicht, Prinzessin.« Er schüttelte den Kopf. Aber seine Hand fuhr dennoch in seine Hosentasche und er holte gedankenverloren eine kleine, bronzene Schatulle hervor.

»Was ist das?«, fragte ich skeptisch. »Etwa ein Ring?«

Er hatte doch nicht tatsächlich einen Ring dabei?! So langsam machte er mir wirklich Angst.

Er hob den Blick und sah mich kurz an. »Ja, das ist ein Ring. Aber nicht irgendeiner, sondern der meiner Mutter …«

»Deiner …« Ich stieß die Luft aus und trat unwillkürlich näher, als er die Schatulle sorgsam öffnete.

Das Mondlicht ließ den kleinen, goldenen Ring unwirklich hell glänzen. Er war schlicht, aber wunderschön. Ein Diamant war darin eingelassen, der geheimnisvoll funkelte.

»Er ist … wundervoll«, hauchte ich und vergaß einen Moment lang, dass ich mich von dem Nox fernhalten wollte.

Zero nickte, während er die Schatulle wieder verschloss. »Ja, das ist er. Ich habe ihn Calem abgenommen. Er wollte ihn deiner Freundin geben …«

Ich sah ihn verdattert an. »Heißt das, er will sie heiraten?«

Zero zuckte mit den Schultern. »Gut möglich. Dem Dummkopf ist so einiges zuzutrauen.« Dann verfing sich sein Blick in meinem und er streckte mir die Schatulle entgegen. »Pass auf den Ring auf. Calem hat in der ganzen Aufregung noch nicht gemerkt, dass ich ihn ihm weggenommen habe. Aber *wenn* er es merkt, dann wird er meine Sachen durchwühlen und einen Aufstand anzetteln, wenn er ihn finden würde. Daher ist es mir lieber, wenn der Ring nicht bei mir ist.«

Ich sog scharf die Luft ein. »Du vertraust mir den Ring deiner Mutter an?«

Er nickte und lächelte schief. »Romantisch genug?«

Ohne dass ich es wollte, verzogen sich meine Lippen zu einem Schmunzeln, während ich die Schatulle entgegennahm und in meiner Tasche verstaute. »Weißt du, du bist so ganz anders, als ich dachte«, murmelte ich.

»Und wie bin ich?« Mit einem Mal klang seine Stimme rau und mir wurde wieder bewusst, dass er mich vorhin geküsst hatte.

Ich senkte den Blick, um nicht länger in seine Augen sehen zu müssen. Doch er legte seinen Zeigefinger unter mein Kinn und hob es an. Nicht so grob wie vorhin, sondern sanft. Sein Daumen strich über meine Haut und als ich ihm wieder in die Augen blickte, stolperte mein Herzschlag.

Das Eis schien gerade zu schmelzen, zu einem hellen See zu werden, auf dessen Grund ich … Gefühle sah … zum ersten Mal konnte ich Zuneigung darin erkennen. Zuneigung, die *mir* galt.

Zum dritten Mal schluckte ich schwer. Ich konnte den Blick nicht von dem abwenden, was ich in Zeros Augen erkannte und ihm schien es bei mir ähnlich zu gehen.

»Ich bin ein Arschloch, das stimmt«, sagte er mit belegter Stimme. »Aber ich bin nicht gefühllos. Du hattest auf beängstigende Weise recht mit dem, was du vorhin gesagt hast. Ich wurde dazu erzogen, kalt und berechnend zu sein. Aber diese ganze Situation stellt gerade mein Leben auf den Kopf. *Du* stellst es gerade auf den Kopf …«

Ich hielt den Atem an, als er sich erneut zu mir herunterbeugte. Dicht vor meinem Mund hielt er inne. »Ich stelle dir jetzt eine Frage, die du wahrscheinlich geglaubt hast, nie zu hören: Gestattest du dem Anführer der Nox, dich zu küssen?«

Mein Herz hämmerte jetzt so schnell, dass ich sicher war, demnächst tot umzufallen, weil es seinen Dienst versagen würde. Mein Nicken war eigentlich nur ein Zucken der Nackenmuskeln, aber Zero schien es dennoch zu bemerken.

Ich konnte gerade noch sehen, wie sich seine Lippen zu einem Lächeln verzogen, dann spürte ich sie schon wieder auf meinen.

Dieses Mal küsste er mich unglaublich sanft. Sein Mund strich zärtlich über meinen, ehe er den Druck ein wenig verstärkte. Seine Arme legten sich um meine Taille. Er hielt mich fest, aber im Gegensatz zu vorhin streichelte er gleichzeitig mit den Händen über meinen Rücken, sodass ich feine Schauer verspürte.

So viel Sinnlichkeit hätte ich ihm nicht zugetraut. Ich schlang meine Arme um seinen Nacken, ohne dass ich meinem Körper den Befehl dazu geben musste.

Als er seinen Mund ein wenig öffnete und mit seiner Zunge über meine Lippen fuhr, ließ ich zu, dass er sie teilte. Ein leises Stöhnen entwich seiner Kehle, als er meinen Mund zu erkunden begann und ich spürte, wie er seine Finger in meinen Rücken krallte. Es war ein berauschendes Gefühl.

Es gab nur noch ihn und mich unter dem Mondlicht auf dem Lunamontem. Für einen Augenblick vergaß ich sogar meine Sorge um

Mona, gab mich seiner Zärtlichkeit hin und genoss die Wärme, die er in mir auslöste.

Als er den Kuss beendete, sah ich ihn durch halbgeschlossene Augenlider an. Mein Atem ging stoßweise und ich fühlte mich, als würde ich schweben.

»Sie haben mich mein ganzes Leben lang gelehrt, dass es falsch ist, einer Diés nahezukommen«, murmelte er. »Aber das hier hat sich nicht falsch, sondern verdammt richtig angefühlt.«

Ich hatte immer noch meine Arme in seinem Nacken verschränkt und mein Herz schlug mir bis zum Hals.

Ehe ich ihm jedoch etwas antworten konnte, spürte ich, wie er sich versteifte und hinter mich starrte. Er ließ mich so abrupt los, dass ich beinahe taumelte, weil meine Knie weich wie Pudding waren.

»Verdammt noch mal!«, stieß er aus.

Ich blickte ihn verwirrt an und drehte mich dann in die Richtung, in die er starrte. »Was ist das?«, fragte ich.

Unten am Berg erschien ein rotes Licht. Dann noch eins und noch eins.

»Sie haben einen Gefangenen«, war die knappe Antwort.

Mein Herz gefror im selben Moment, in dem Zero einen lauten Fluch ausstieß.

Scheiße!«, rief ich in die sternenklare Nacht, den Blick auf die Signalfeuer gerichtet, die dieses antrainierte, sofortige Alarmsignal in meinem Inneren auslösten. Meine Gedanken waren noch blockiert von den Erinnerungen an unglaublich warme Lippen und schwarze Augen, in denen so etwas wie feurige Erregung mit Empörung gekämpft hatte. Ich fühlte Skyas Hand meinen Unterarm packen und daran rütteln, während ich begann zu realisieren, was in Nox gerade passiert war.

»Was hat das zu bedeuten, Zero?! Mona und Calem sind im Berg! Wen haben sie gefangen genommen?«

Ich blickte nach rechts, von wo ich Skyas aufgeregte Stimme gerade gehört hatte. Sie sah mich so erwartungsvoll und durchdringend an, als könnte ich mit bloßen Worten etwas an der Situation ändern.

Aber sie musste sich beinahe genauso sicher sein wie ich, wer den Nox in die Falle gegangen war. Dies schlichen sonst nie auf unserer Insel herum – von Mona und Skya mal abgesehen –, doch *dieser* Diés war unvorsichtig und dumm, weil das Mädchen, in das er verliebt war, ihn darum gebeten hatte, uns zu helfen. Ich hasste ihn dafür, dass er dieselben warmen Lippen begehrte wie ich, aber was ihm nun blühte, lag jenseits von allen bösen Dingen, die ich ihm wünschte.

»Sie haben Teias, oder?! Zero!« Skya rief meinen Namen so auffordernd, als würde sie nicht nur eine sofortige Bestätigung von mir erwarten, sondern auch eine Lösung.

Ich begann den Kopf zu schütteln und ließ meine Stimme tonlos klingen. »Ich weiß es nicht mit Sicherheit, aber ich werde es herausfinden.«

»Du wirst es herausfinden?!«, wiederholte sie aufgebracht und ballte die Fäuste.

Das Verlangen, das ihre Augen vorhin so schön hatte glänzen lassen, wich Tatendrang und Sorge, die sie sofort wieder in die störrische, aufbrausende Solaris-Prinzessin verwandelten, die mich gerne Eisprinz nannte.

»*Herausfinden* reicht nicht! Du musst etwas *unternehmen*! Wenn sie ihn wirklich gefangen genommen haben, dann ... Wenn Teias den Nox in die Falle gegangen ist, dann ...«

Auch wenn sie zweimal zu diesem Satz angesetzt hatte, konnte sie ihn nicht beenden. Ich sah dieselben Bilder vor meinem geistigen Auge, die ihr gerade die Sprache verschlugen.

Skya knurrte gegen ihre Ängste mit ihrem Zorn auf die Nox an – schürte den Zorn in sich, der sich gleich an mir entladen würde.

Als ich den erwarteten Schlag gegen die Schulter bekam und sie davonstürmen wollte, packte ich sie am Ellbogen. Sie sah mich so wutentbrannt an, als hätte *ich* ihren dummen Freund an den Nox-Rat ausgeliefert.

»Lass mich los!«, rief sie aufgebracht. »Ich muss Teias retten! Sie werden ihn …«

Sie konnte es noch immer nicht sagen. Aber obwohl sie so große Angst empfand, wäre Skya blindlings in ihren eigenen Tod gerannt, um diesen Idioten zu retten. Diese Erkenntnis ließ mein Inneres krampfen und ich musste die aufkommende Eifersucht mit aller Macht unterdrücken.

Sie hatte gerade mich geküsst, nicht Teias! Dennoch hätte ich ihr gerne in aller Deutlichkeit klargemacht, dass sie ab sofort zu mir gehörte. Nicht zu diesem schwarzhaarigen Idioten, der wahrscheinlich tagsüber den Schmetterlingen zusah und nachts von kleinen Vögelchen träumte.

Ich zog sie mit einem Ruck näher an mich heran, dicht an meinen Körper. Sie kämpfte gegen den Drang an, Verlegenheit und Begierde zu empfinden, weil in diesem hübschen, rationalen Diés-Kopf im Moment kein Platz für diese Gefühle sein konnte.

»Wenn du nach Nox gehst, werden sie dich auch gefangen nehmen!«, machte ich ihr mit energischer Stimme bewusst. Ich schlang meine Arme um ihren Körper, um sie fest bei mir zu halten, bis ich ihr dieses Vorhaben, in ihren sicheren Tod zu laufen, ausgeredet hatte.

Ich neigte den Kopf ein wenig nach unten, um meine Wange gegen ihre zu drücken. Meine Lippen berührten ihr Ohr.

»Das werde ich nicht zulassen …«, flüsterte ich und hörte einen Laut ihrer Kehle entweichen, der nicht besser zu den zwiegespaltenen Gefühlen, die gerade in ihr tobten, hätte passen können: eine Mischung aus Schnauben und Stöhnen.

»Ich muss etwas tun, Zero!«, versuchte sie mir klarzumachen, aber ihre Stimme klang nicht annähernd so fest, wie sie wahrscheinlich beabsichtigt hatte.

Sie versuchte noch immer, sich aus meinem festen Griff zu winden, aber ich würde sie nicht loslassen.

»Ich weiß, dass du stur bist und nur dir selbst vertraust, aber du kannst jetzt nichts unternehmen! Gib die Verantwortung dieses eine Mal ab, Skya …«, flüsterte ich.

Meine ruhige Stimme und mein warmer Atem an ihrem Hals verschafften ihr sichtlich Gänsehaut. Vielleicht rebellierte ihr Verstand auch gerade dagegen, die Kontrolle abzugeben.

»Hast du vergessen, wer ich bin? Ich bin nicht nur ein dummer, starker Nox. Ich bin der stärkste Nox von allen und ich habe mir schon vor einer ganzen Weile in den Kopf gesetzt …«, während ich diese Pause machte, berührten meine Lippen kurz ihren Hals, »… alles zu tun, um Calem und Mona zu beschützen.« Meine Fingerspitzen drückten sich an ihre warme Haut. »Und auch *dich* zu beschützen, wenn du es endlich zulässt.«

Ich fühlte, dass sie den Atem anhielt. Ihr Herz schlug so schnell und fest, dass ich es an meiner eigenen Brust ganz deutlich fühlen konnte.

»Vertrau mir, Skya …«, bat ich leise.

Meine geraunten Worte zeigten endlich Wirkung. Sie hörte auf, sich von mir wegdrücken zu wollen. Ihre angespannten Muskeln wurden geschmeidig und sie stützte ihr Kinn auf meiner Schulter ab.

»Was hast du vor?«, wollte sie wissen.

In ihrer Stimme schwangen noch immer große Sorgen mit, und ich hörte auch die rationale, kluge Diés noch heraus. Aber sie war endlich bereit, etwas zu tun, das vollkommen gegen ihre Natur und ihre Erziehung sprach: einem Nox vertrauen – *mir* vertrauen.

Wäre die Situation nicht so ernst gewesen, wäre ich fast ein bisschen stolz auf mich gewesen. So aber atmete ich tief ein, um ihr mein Vorhaben zu erklären. »Ich gehe zur Kuppel. Dort wird über sein Schicksal entschieden werden. Sie erwarten mich mit Sicherheit schon, also muss ich mich beeilen.«

Als ich sie losließ und einen Schritt zurücktrat, sah sie mich an, als würde ich gleich über die Plattform in die Tiefe springen.

»Wie willst du verhindern, dass sie ihn töten?!«, rief sie mit geweiteten Augen. »Wie willst du verhindern, dass sie auch *dich* hinrichten?! Wenn sie herausfinden, dass du auf Teias' Seite stehst, stirbst du wegen Hochverrat!«

An ihren vorwurfsvoll klingenden, ängstlichen Fragen störte mich so einiges. Ich stand zwar nicht auf der Seite ihres verweichlichten Sandkasten-Verehrers, sterben lassen würde ich ihn aber trotzdem nicht. In erster Linie, weil mir Skya das nie verziehen hätte.

»Ich hole ihn da raus. Ich habe einen Plan«, brummte ich.

»Was für einen Plan?!«

Ich schüttelte den Kopf. »Vertrauen funktioniert anders«, erklärte ich und wackelte belehrend mit dem Zeigefinger.

Skya erstarrte kurz und hob dann fragend die Brauen. »Aber ich kann doch nicht …«

»Zulassen, dass ein dummer Nox deine arrangierte Diés-Ehe rettet, ohne seinen Plan zu kennen?« Ich musste mich bemühen, meine Stimme ruhig klingen zu lassen, denn allein der Gedanke daran, dass Skya mit diesem Weichei den Rest ihres Lebens verbringen könnte, ließ mein Blut kochen. »Doch, das kannst du. Ich rette ihm das Leben, aber er bekommt dich nicht. Du heiratest ihn nicht und ziehst auch keine klugscheißenden, schwarzhaarigen Kinder mit ihm groß, verstanden?«

Skya starrte mich sprachlos an. Mit so deutlichen Worten hatte sie offenbar nicht gerechnet. Aber ich war nicht gewillt, sie zu teilen. Sie gehörte *mir* und je eher sie das begriff, desto besser.

Zwei Sekunden lang funkelte Wut hinter den dunklen Iriden, weil sie meine dummen Sprüche wahrscheinlich leid war. Dann hörte sie mein ernstgemeintes Verlangen anscheinend doch noch heraus. Ein kaum merkliches Nicken, mehr schenkte sie mir nicht.

»Rette Teias! Sonst … sonst küsse ich dich nie wieder, verstanden?«

Ihre Bedingung war lächerlich und der Ernsthaftigkeit dieser Situation kaum angemessen. Das schien sie selbst zu wissen – ihrem Gesichtsausdruck nach zu urteilen. Aber auf die Schnelle war ihr wohl nichts anderes eingefallen.

Dennoch nahm ich sie ernst und nickte. »Dann bereite dich schon mal darauf vor, mich zu küssen, wenn ich zurück bin. Und wehe du gehst von hier weg und stolperst alleine durch die Dunkelheit. Ich habe weder die Nerven noch die Zeit, gleich für drei von euch Diés Kindermädchen zu spielen. Einer reicht mir im Moment vollkommen.«

Mein Abschiedsgruß war nicht mehr als ein schiefes Grinsen, dann rannte ich den Berg hinunter.

Ich beschleunigte meine Schritte auf das höchste Tempo, das mein Körper und meine Kräfte zuließen. Wenn ich Neurus und die anderen zu lange warten ließ, würden sie schon Verdacht schöpfen, bevor ich mich verbal in die Nesseln setzten konnte. Ich durfte nicht zulassen, dass mein Verrat an der Insel ans Licht kam – nicht jetzt.

Wir hatten noch keine Lösung für Calem und Mona, keinen Plan, nicht mal den Ansatz einer Idee, wie unsere Zukunft aussehen konnte. Nachdem ich diesen Idioten gerettet hatte, musste ich unbedingt mehr herausfinden und das konnte ich nur, wenn die Räte mir weiterhin vertrauten.

Hatte ich Skya tatsächlich versprochen, diesem Teias das Leben zu retten?!

Während ich durch den Wald sprintete und meinen hastigen Atemzügen lauschte, wurde mir bewusst, was ich da oben, auf dem Lunamontem, eigentlich gesagt hatte.

Dass ich bereits einen Plan hatte, war schlichtweg gelogen. Ich hatte keinen Plan, zumindest keinen, was Teias betraf. Was ich wirklich wollte, war, Skya zu beschützen und zu verhindern, dass Neurus sie jemals zu Gesicht bekam. Es graute mir vor dem Gedanken, dass sie bereit gewesen war, alleine nach Nox zu gehen und dort zu sterben. Für diesen Schwächling mit den treudoofen Hundeaugen! Mein Herz schmerzte plötzlich und ich schob es auf die schnellen Schläge, die ich ihm abverlangte.

Ich erreichte das erste Signalfeuer, das am Rand der Zeltstadt brannte. Alle waren auf den Beinen. Sie strömten zur Kuppel, dorthin, wo gleich der Rat zu ihnen sprechen würde.

Solch große, außerplanmäßige Versammlungen waren so selten, dass ich mich selbst erst an eine einzige erinnern konnte. Ich hatte ihr wie ein bleicher, stummer Zombie beigewohnt und meine Umgebung kaum wahrgenommen.

Damals war ich noch kein Ratsmitglied gewesen, aber die Augen aller hatten trotzdem auf mir geruht – auf mir und Calem, der nicht hatte aufhören können zu weinen. Ich hörte sein Schluchzen heute noch in meinen Albträumen, wenn ich diese Versammlung vor mir sah und den Sarg, den sie mit Seerosen geschmückt hatten. Der plötzliche Tod unseres Vaters hatte sie damals auch alle zusammenkommen lassen.

Seinerzeit hatten sie Trauermienen getragen, heute tuschelten sie neugierig und reckten sensationslustig die Köpfe.

Ich drängte mich durch die Menge, nach vorn zum Podium, auf dem Neurus und die anderen Ratsmitglieder standen. Der eiskalte Blick des alten Ekelpakets traf mich sofort, aber ich erwiderte ihn nicht. Stattdessen musterte ich den schwarzhaarigen Diés, der in Fesseln gelegt und auf die Knie gefallen war. Seine Arme waren an den Oberkörper gebunden, seine Hände noch mal am Rücken mit einem Seil verknotet. Er hätte sowieso keine Chance gegen irgendjemanden hier auf Nox gehabt. Die Fesseln dienten der Demütigung, nichts weiter.

Er hatte den Kopf so weit nach vorne kippen lassen, dass ich ihm nicht ins Gesicht schauen konnte, aber ich erkannte ihn trotzdem.

Die winzig kleine Chance, dass sie doch nicht Teias, sondern einen anderen dummen Diés geschnappt hatten, für dessen Tod Skya mich nicht für immer gehasst hätte, war sowieso verschwindend gering gewesen.

»Du kommst spät, Zero. Stört das Wohl der Insel deine Abendgestaltung, mein Junge?«, stellte Neurus eine ebenso sarkastische wie rhetorische Frage.

Er musterte mich stoisch und deutete dann neben sich. Diese richtungsweisende Geste sollte mir signalisieren, dass ich mich neben ihn stellen und den Mund halten sollte. Und sie sollte mir klarmachen, dass ich nichts mehr als sein Hund war, den er so gut dressiert hatte, dass er auf gestikulierte Befehle und finstere Blicke reagierte.

Ich beugte mich dem Willen unseres Ratsvorstandes und stellte mich zwischen ihn und Flora, die mich kurz prüfend ansah, als würde sie vor Sorgen vergehen.

»Nox, hört mich an!«, rief Neurus mit starker Stimme in die Menge und hob dabei die Hände in die Luft, als würde er gleich verkünden, dass er Lunos persönlich sei.

Dieses selbstgefällige, größenwahnsinnige Getue kotzte mich an. Die Tatsache, dass ich mir vor gar nicht allzu langer Zeit noch gewünscht hatte, selbst an seiner Stelle zu stehen, war noch widerlicher.

»Wir haben uns hier versammelt, weil der Feind unseren Frieden gestört hat! Es gibt eine ernste Bedrohung für unsere Insel und dieser junge Diés ist der Vorbote des Unheils!«

Die Menge raunte, tuschelte, starrte Teias an, der nicht mehr war als ein Häufchen Elend, das nur versuchte, mit seinem Leben abzuschließen, ohne dabei vor Angst zu zittern. Er war weder der ›Feind‹ der Nox, noch der ›Vorbote‹ irgendeines Untergangs. Neurus konstruierte ein Feindbild und personifizierte es durch den Nächstbesten, der es bedienen konnte. Nur weil Teias ihm zufällig ins Netz gegangen war, wurde ihm irgendeine Absicht, Nox zu bedrohen, angedichtet.

Es fühlte sich plötzlich so an, als würden Fäden an meinen Gliedern reißen, die ich gerade zum ersten Mal überhaupt bewusst wahrnahm.

Eine hirnlose Marionette, die tanzte, wann es der Rat wollte, und die hasste, wen auch immer sie mir als ›böse‹ präsentierten – nichts anderes war ich mein Leben lang gewesen.

Ich hatte nie darüber nachgedacht, ob ich dumm oder beeinflussbar war, weil ich sogar mein Selbstbild vom Rat hatte formen lassen. So wie alle anderen der Gen B. Mehr noch, ich hatte die Worte unserer Ältesten verinnerlicht und sie nach Kräften verteidigt und durchgesetzt … hatte diese Gehirnwäsche ohne mit der Wimper zu zucken hingenommen. Nie infrage gestellt.

Es hatte tatsächlich all diese Verkettungen von Geschehnissen gebraucht, um mich von meinen Fäden zu befreien. Calem und Monas Liebe, die ich erst nicht hatte verstehen wollen und jetzt umso besser nachvollziehen konnte. Der hilflose Teias, der nicht mal genug Schneid besessen hätte, um eine Krabbe zu töten und nun zum ›Vorboten des Bösen‹ gemacht wurde. Skya, die mit all ihren Vorwürfen recht gehabt und mir aufgezeigt hatte, dass ich ein dummer Angeber war, der seine Gefühle hinter Eisaugen versteckt hielt.

All das hatte passieren müssen, um mich wachzurütteln und eine Realität sehen zu lassen, die Calem mir schon seit Jahren hatte zeigen wollen.

»Die Diés schmieden Pläne, um uns anzugreifen!«, fuhr Neurus fort. »Der Nahrungsentzug war der Anfang und nun schicken sie Spitzel, die herausfinden sollen, ob wir schon Schwäche zeigen. Aber wir Nox zeigen keine Schwäche!«

Den letzten Satz brüllte Neurus und es schallte ebenso kampflustig aus der Menge wider.

So viele Lügen, so viele hungrige Marionetten, die nach Vergeltung schrien, obwohl es nichts zu vergelten gab.

»Wir werden den Diés niemals unterliegen! Wir werden uns nicht in die Knie zwingen lassen von schwachen, verlogenen Wesen, denen es nach unserem Blut dürstet! Wir – der Rat – werden ihre Sabotageversuche im Keim ersticken, ihren niederträchtigen Plänen trotzen, so wie wir es immer getan haben! Es wird kein Nox-Blut fließen, denn heute Nacht werden wir Diés-Blut vergießen!«

Ich starrte in die hohen, lodernden Flammen vor der Kuppel, während die Menge jubelte. Mir wurde bewusst, dass es Angst war, die mein Leben seit jeher bestimmt hatte. Angst, die auch all diese unzähligen hellblauen Augen hinter ihrer Wut und ihren Rachegelüsten versteckt hielten. Ein Feindbild zu schaffen schweißte zusammen; Furcht um unser Leben und unseren Frieden machte uns zu kaltherzigen Mördern, die sich für Helden hielten. Wir tanzten auf glühend heißen Kohlen, an Fäden hängend, die sich fälschlicherweise nach Sicherheit anfühlten.

»Geht und betet zu Lunos! Neigt eure Häupter heute Nacht und huldigt dem Mondgott, während die schützenden Hände eures Rats Recht und Vergeltung üben werden!«

Was jetzt folgte, waren Schuldsprüche, die Neurus uns bereits in den Mund gelegt hatte. Reihum sprachen die Ratsmitglieder das Urteil aus, das alle zum Jubeln bringen würde, bevor sie in den Tempel gehen und zu Lunos beten mussten.

»Tod dem Diés!«, lauteten die Worte, die die wichtigsten und mächtigsten Stimmen von Nox der Menge zuriefen. Nachdem Floras helle Stimme ertönt war, holte ich tief Luft. Meine Stimme war so laut, dass selbst die hintersten Reihen sie mühelos hören konnten.

»Tod dem Diés! *Ich* will ihn töten!«, rief ich und ganz Nox brach in Beifallsstürme aus.

Vor allem die Gen B jubelte mir so laut zu, dass ihr Gebrüll und ihre Schreie in meinen Ohren dröhnten. Ich hörte meinen Namen über die Insel schallen und blickte zu Neurus, der mich anstarrte und dabei wie versteinert schien.

In meinen Augen funkelten Tatendrang und Egozentrik, die mir das Adrenalin bescherte, das die begeisterte Menge in mir freisetzte.

Es schien eine Ewigkeit zu dauern, bis Neurus seinen inneren Monolog beendet hatte und nickte, bevor er meine Hand packte und sie in die Höhe hielt.

»Mut und eiserner Willen!«, rief er und deutete auf mich. »Die neue Generation hat sich einen starken Anführer erwählt! Dankt Lunos für Relas Sohn! Zero!«

Jetzt schallte mein Name tatsächlich wie im Chor durch die Menge. Mein Herz raste förmlich und mein Blick gefror zu hartem, kaltem Eis.

Diese Rufe berauschten mich. Sie befriedigten einen bösartigen, wahnwitzigen – und ja, auch dummen – Teil in mir, der sich an Ruhm und Ängsten ergötzte. Ich wurde plötzlich wieder Zero, der unbarmherzige Anführer der Gen B, für den es nichts anderes als Nox und seine Pflichten gab. Die vergangenen Tage vernebelten sich zu einem Traum und das hier wurde zu meiner einzigen Realität. Es gab nur mich, die vielen Nox, die mich anbeteten und dieses selbstgefällige, böse Lächeln, das sich auf meine Lippen legte.

Als ich ein paar große Schritte machte und vor dem Diés stoppte, hob er langsam den Kopf und sah mich an. Sein Gesicht war zerschrammt, sie mussten ihn geschlagen haben. Teias' schwarze Augen hatten das Funkeln verloren, sie waren dumpf und glasig, als ich ihn anzuschreien begann.

»Soll ich dir das Genick brechen?! Dich brennen lassen?! Dich enthaupten?! Ich stelle dich vor die Wahl, du schwächlicher, intriganter Bastard!«

Er erwiderte nichts, starrte mich nur ausdruckslos an und unterdrückte ganz offensichtlich das Zittern, das seinen Körper heimsuchte. Natürlich würde er mir nicht sagen, wie ich ihn töten sollte, aber meine Grausamkeit kam so endlich zu Wort.

Ich schlich gespielt abwartend vor Teias herum, blickte kurz zu Neurus, in dessen Gesicht ich so etwas wie Stolz ablesen konnte, und packte den Diés dann an seinen Fesseln.

»Du stirbst im Meer, damit die Strömung deine wertlose Leiche nach Diés schwemmt! Sie sollen sehen, was ihnen blüht, wenn sie

Lunos' Insel betreten!«, rief ich, während ich Teias vom Podium schleifte.

Er konnte sich nicht aufrichten, weil ich ihn an seinen Fesseln ergriffen hatte. Die Menge machte uns Platz, sie teilte sich, nicht ohne mir zuzujubeln oder ehrfürchtig ihre Köpfe vor mir zu neigen.

Ich bahnte mir meinen Weg zum Strand, vorbei an den lodernden Feuern, hinter mir Neurus und die anderen Ratsmitglieder, die der Hinrichtung natürlich beiwohnen würden.

Die lauten Stimmen verstummten, als wir die Menge hinter uns ließen, die in den Tempel strömen würde, um Lunos zu bitten, Solaris und ihre Kinder zu zerschmettern.

Am Strand vernahm ich nur mehr mein eigenes, wütendes Schnauben und Teias' unterdrücktes Stöhnen.

Ich stapfte mit ihm ins knietiefe Wasser, zog ihn mühelos mit einer Hand auf die Beine und zückte mein Messer. Die Klinge funkelte im Mondlicht und mein Blick glitt an den stark geweiteten, schwarzen Augen vorbei zum Strand. Sie standen am Meer, musterten mich. Selbst aus der Entfernung konnte ich Neurus' stechenden Blick fühlen.

»Hast du Angst vor dem Tod?!«, knurrte ich laut und zog Teias näher an mich heran, damit er mir in die Augen sehen musste.

Er zitterte noch immer, nicht nur, weil das Wasser kalt war.

»Wir Nox beschützen, was wir lieben! Das werden wir immer tun! Wenn uns ein Diés in die Quere kommt, kostet ihn das sein Leben.«

Er lauschte meinen zweideutigen Drohungen, starrte mich an und öffnete plötzlich doch die aufgeplatzten Lippen.

Seine Stimme war so leise und rau, dass ich ihn kaum verstand.

»Tu es endlich. Töte mich«, bat er und ließ den Kopf dann wieder sinken, so tief er konnte. »Aber töte Skya nicht, bitte …«, nuschelte er noch, ehe ich ihn ins Wasser fallen ließ.

Er trieb auf dem Rücken in den Wellen und schloss die Augen. Ich bückte mich nach ihm, um ihn festzuhalten, während meine andere Hand noch immer das Messer in die Höhe hielt. Er rechnete mit einer weiteren, kalt gesprochenen Bosheit von mir, genau wie Neurus und die anderen, die sahen, wie ich mich zu ihm beugte und ihm etwas zuflüsterte.

»Bleib still liegen und lass dich treiben, bis sie weg sind.«

Teias riss die Augen wieder auf und starrte mich entgeistert an.

»Das könnte jetzt trotzdem wehtun …«, fügte ich hinzu und ließ die Klinge auf ihn herunterschnellen. Das Messer bohrte sich in seinen Oberarm und Teias schrie laut auf, weil die Wunde schmerzte.

»Halt die Klappe. Du sollst tot aussehen …«, knurrte ich leise und musste noch mal ausholen, weil es sonst offensichtlich gewesen wäre, dass ich ihn absichtlich nicht tödlich verwundet hatte.

Ich stieß ihm die Klinge wieder in den Oberarm, der durch die Fesseln so dicht an seinem Oberkörper verlief, dass es aus der Entfernung aussah, als würde ich ihm das Messer ins Herz bohren.

Das Wasser um uns herum färbte sich rot, ebenso wie meine Hände, als ich mit einem weiteren Schnitt, der für die Zuschauer wie ein dritter Messerstich aussehen musste, seine Fesseln durchtrennte, damit er nicht ertrank. Teias Gesicht verzog sich vor Schmerzen, aber er gab keinen Ton mehr von sich und trieb bewegungslos im Wasser.

Bevor ich ihn losließ und mich aufrichtete, hatte ich ihm aber noch etwas zu sagen.

»Sie gehört jetzt zu mir!«

KAPITEL 18 – ZERO

Mit vereister, emotionsloser Miene stapfte ich zurück an den Strand. Von meinen Händen tropfte Meerwasser, das sich mit Teias' Blut vermischt und hellrot verfärbt hatte.

Ich wischte sie halbherzig an meinen nassen Hosen ab und hob den Blick.

Die Augen des gesamten Rats ruhten auf mir und in den kältesten von ihnen konnte ich so etwas wie Stolz funkeln sehen. Neurus machte einen Schritt auf mich zu und reckte das Kinn ein wenig hoch, um trotz des Lobes, das folgen würde, herablassend auf mich herabzublicken.

»Guter Junge. Nox ist stolz auf dich. Lunos wird es dir danken.«

Ich nickte, während in meinen Gedanken Widerworte hallten, die ich nur zu gerne ausgesprochen hätte. Ich war nicht sein ›guter Junge‹! Nox war nicht stolz, sondern einer Gehirnwäsche unterzogen! Und wenn Lunos es mir danken wollte, dann würde er Neurus hier und jetzt den Hals umdrehen.

»Es musste getan werden! Danke, dass ich es tun durfte«, waren aber die einzigen Worte, die über meine Lippen kamen.

Neurus legte mir eine Hand auf die Schulter und drückte so fest zu, dass jeder andere Nox wohl aufgestöhnt hätte. Meine Knochen konnte er mit dieser alten, faltigen Hand zwar kaum zum Schmerzen bringen, aber seine Berührung war trotzdem unangenehm.

Als sein Gesicht näher kam, spannte sich mein Körper an und ich ballte automatisch die Fäuste. Wenn der widerliche Sack vorhatte, mich zu küssen, würde ich ihm ins Gesicht schlagen!

Natürlich ging nur meine panische Fantasie mit mir durch, er kam näher, um mir etwas zuzuflüstern. Dieser warme Atem an meinem Ohr verschaffte mir ein Gefühl, das an Ekel grenzte.

»Du hast mein Vertrauen, setz es nicht aufs Spiel, ich will dich nicht mehr bestrafen müssen.«

Als er wieder von mir abließ, fühlte ich mich so schmutzig, dass ich am liebsten sofort wieder zurück ins Meer gerannt wäre, um dieses Gefühl loszuwerden. Ich wusste nicht, ob es alleine Neurus' Worte und seine Berührung waren oder ob der Schmutz von ganz Nox an mir klebte, aber ich hätte mir die Seele liebend gern mit Stahlwolle abgerieben, so dreckig fühlte ich mich.

»Lasst uns wieder unseren Pflichten nachgehen. Die Diés sollen keinen Einfluss auf unsere Routine nehmen«, verkündete Neurus und wandte sich als Erster ab.

»Ich werde zu Calem gehen und mich um ihn kümmern«, verkündete ich und erntete nicht mal ein Nicken von unserem Ratsoberhaupt.

Es war ihm egal, was ich tat, solange ich mich an seine Spielregeln hielt, und Calem war ihm erst recht egal. Dieses Desinteresse kam mir sehr entgegen, so konnte ich mich schnell wieder auf den Weg machen und Skya endlich vom Lunomontem führen. Sie musste dort oben frieren, weil die Nacht kühl war. Der Gedanke gefiel mir nicht, bis mir klar wurde, dass sie bestimmt jemanden brauchen würde, der ihren Körper wieder warm bekam.

Ich wollte mich schmunzelnd abwenden, als mir bewusst wurde, dass Flora als Einzige stehen geblieben war. Sie wartete noch eine Weile ab, bis die anderen Ratsmitglieder außer Sichtweite waren, dann seufzte sie und strich sich das Haar nach hinten.

»Wie geht es Calem?«, wollte sie wissen. Ihre Stimme klang seltsam. Nicht so warm wie sonst.

»Er erholt sich nur langsam«, entgegnete ich und verschränkte die Arme vor der Brust, wie ich es immer tat, wenn ich Selbstsicherheit und Unnahbarkeit demonstrieren wollte.

Sie zuckte gespielt gleichgültig mit den Achseln. »Ach, vielleicht sollte er sich dann in sein Bett legen, dort liegt er nämlich nicht.«

Ihr Vorwurf traf mich wie ein Faustschlag in die Magengegend. Meine Augen wurden groß, aber ich musste verhindern einzuknicken. »Er geht manchmal spazieren, wahrscheinlich warst du gerade da, als er …«

»Spar dir die Lügen, Zero!«, zischte sie und machte einen Schritt auf mich zu.

Ich beobachtete jede ihrer Bewegungen so genau, als ob sie mich gleich angreifen würde.

Als sie weitersprach, klang sie plötzlich gedankenverloren. Sie sah förmlich durch mich hindurch, als sie sich zu erklären begann. »Neurus hat mich geschickt, damit ich mich versichere, dass Calem tatsächlich krank ist.«

Meine Nervosität mischte sich mit Tatendrang. Ich fühlte mich, als müsste ich jeden Moment von dieser Insel fliehen und dürfte nie wiederkommen.

Es ergab aber keinen Sinn, dass Neurus von meiner Lüge wusste und mir trotzdem gerade den Kopf getätschelt hatte.

Flora verriet mir warum. »Ich habe ihm gesagt, dass er mit hohem Fieber in seinem Bett liegt«, erklärte sie und fixierte mich wieder mit ihrem Blick. Jetzt war er weich, ihre blauen Augen glänzten und ich sah Sorgen und Unverständnis in ihnen leuchten. »Was machst du nur, Zero?«, fragte sie leise und streckte die Hand nach mir aus.

Ich fühlte ihre Finger über meine Wange gleiten, griff nach ihrer Hand und hielt sie fest, nachdem ich sie von meinem Gesicht weggedrückt hatte.

»Du hast Neurus für mich angelogen?«, wollte ich von ihr bestätigt haben, weil ich nicht glauben konnte, dass Flora tatsächlich ihr Leben für mich und Calem riskierte.

Ihr Nicken kam nicht zaghaft, nur langsam. »Ich kann nicht zulassen, dass du auch stirbst. Ich habe schon Relas verloren und es hat mir das Herz gebrochen.«

Mir war noch nie so bewusst gewesen, dass sie ganz offensichtlich etwas mit meinem Vater am Laufen gehabt hatte. Ich war wohl zu jung gewesen, um so etwas zu begreifen. Jetzt war ich alt genug, um zu verstehen, auch, dass sie mich gerade so ansah, als wäre ich mein Vater.

Ich hielt noch immer ihre Hand. Hätte ich sie losgelassen, hätte sie sie wieder auf mein Gesicht gelegt und wäre so nahe gekommen, dass sie wirklich vergessen hätte, dass ich Zero und nicht Relas war.

»Du musst Calem wieder zurückbringen«, verlangte sie eindringlich. »Du musst diese Sache totschweigen. Neurus verdächtigt euch nicht. Die Sache wird im Sand verlaufen.«

Ihre Ratschläge klangen logisch. Leider war es nicht so einfach, wie Flora dachte.

»Calem kann nicht so rasch zurückkommen. Es ist ... es ist kompliziert …«, erklärte ich und schüttelte den Kopf.

»Hat *er* die Diés geschwängert oder du?«, wollte sie wissen.

»Das spielt keine Rolle. Wir würden uns niemals im Stich lassen und auch nicht die Frau, die wir lieben.«

Flora riss sich von mir los. Ihre Augen funkelten wieder, diesmal vor Wut. »Du liebst eine Diés?! Du könntest jede Frau hier auf Nox haben! Was denkst du dir nur, Zero?! Dass ihr damit davonkommen werdet?! Sie werden es herausfinden und dann rollen eure Köpfe!«

»Wenn du uns nicht verrätst, haben wir noch ein wenig Zeit …«, erklärte ich leise und neigte den Kopf vor ihr.

Flora konnte mich jetzt zu einem gesuchten Hochverräter machen oder sich daran erinnern, dass sie schon mal einen Mann geliebt hatte, der einer Diés verfallen gewesen war.

»Bitte …«, flüsterte ich und trat einen Schritt näher an sie heran.

Wenn ich meinen Charme spielen lassen musste, um uns mehr Zeit zu verschaffen, würde ich das tun.

Flora ließ mich ihr Gesicht berühren, sie packte meine Hand nicht, so wie ich ihre vorhin.

»Wir finden eine Lösung. Aber wir könnten dabei Hilfe gebrauchen …«, hauchte ich und wollte noch näher kommen, aber sie blockte ab und schüttelte den Kopf.

»Ich werde euch nicht dabei helfen, diese Insel zu betrügen! Du machst dir keine Vorstellung davon, was die Alternative zu Nox wäre! Du dummer Junge hast keine Ahnung!« Ihre Stimme klang wieder fauchend, vorwurfsvoll.

Wahrscheinlich hatte ich bei ihr verspielt, weil ich zugegeben hatte, eine Diés zu lieben. Vielleicht hatte ich gerade wie mein Vater geklungen und sie fühlte sich an schmerzliche Momente erinnert.

»Verrätst du uns jetzt? Muss ich für immer verschwinden?«, wollte ich wissen, weil es keinen Sinn mehr machte, Spielchen zu spielen. Entweder stand Flora auf unserer Seite oder nicht, aber sie machte es nicht so einfach, sondern wählte den komplizierten Weg.

»Ich verrate euch nicht an Neurus«, sagte sie mit verschlossener Miene. »Aber erwarte keine weitere Hilfe von mir. Ihr seid auf euch alleine gestellt. Ich heiße euren Verrat nicht gut! Die Regeln existieren nicht ohne Grund. Nox und Diés dürfen sich nicht lieben. Und ihr werdet keine andere Wahl haben, als das bald einzusehen! Ich will dir aber eine Möglichkeit offenlassen zurückzukommen. Du kannst dich und Calem retten, indem ihr die Diés hinter euch lasst. Tötet sie und kehrt nach Nox zurück. Es gibt keinen anderen Weg.«

Sie musterte mich noch einmal eindringlich, ehe sie sich von mir abwandte und davonging.

Ich blieb alleine am Strand zurück, in nassen, blutverschmierten Hosen und dem Bild im Kopf, wie Calem und ich Mona und Skya kaltblütig umbrachten. Wenn wir solche Monster sein mussten, um dieser Insel gerecht zu werden, wollte ich kein Nox mehr sein.

»Was ist mit Teias?! Wo warst du so lange?!« Skyas Stimme bebte, als sie mir ein Stück den Berg hinunter entgegengelaufen kam. Sie wäre gestolpert und hätte sich verletzt, hätte ich sie nicht aufgefangen.

»Wieso sind deine Kleider voller Blut?!« In ihren Augen glühte blankes Entsetzen, während sie auf meine Hosen starrte. Leider schien der Mond zu hell, um diese Tatsache vor ihr zu verbergen.

Als ihr Blick zu dem Messer an meinem Gürtel glitt, verlor sie endgültig die Fassung. Sie verpasste mir eine so schallende Ohrfeige, dass sie sogar auf meiner abgehärteten Nox-Haut brannte. Ich hatte Angst, dass sie sich dabei die Hand gebrochen hatte, aber sie holte bereits wieder aus und ich musste sie festhalten, um sie ruhigzustellen.

»Schluss jetzt! Hör auf mich zu schlagen, sonst tust du dir dabei noch weh!«, knurrte ich und sagte endlich den magischen Satz, der sie hoffentlich beruhigen würde: »Teias ist nicht tot.«

Aus ihren Augen wich die Wut und sie entspannte sich in meinen Armen, loslassen wollte ich sie trotzdem nicht.

»Er ist bestimmt schon wieder in Diés«, fuhr ich fort. »Aber wir haben andere Probleme.«

»Natürlich haben wir die. Hältst du mich für bescheuert? Ich habe Calem und Mona nicht vergessen!«, meinte sie und wurde im nächsten Moment verlegen, weil ihr auffiel, dass ich sie im Arm hielt.

»Es geht nicht mehr nur um Calem und Mona«, stellte ich klar. »Ein Ratsmitglied aus Nox weiß, dass ich da mit drinstecke. Sie weiß, dass Calem und ich etwas mit der Schwangerschaft zu tun haben.«

»Was?!« Sie sah mich entgeistert an. »Und du konntest trotzdem fliehen?! Suchen sie euch jetzt?«

Ich schmunzelte, weil ich zum ersten Mal mitbekam, wie es sich anfühlte und anhörte, wenn Skya sich Sorgen um mich machte.

»Was grinst du so, Zero?!«, wollte sie wissen und stieß mit der Hand gegen meine Brust, um mir klarzumachen, dass die Situation ernst war.

Das wusste ich auch so, aber das Drumherum gefiel mir trotzdem. Ich konnte mir durchaus Sorgen um unser aller Leben machen und es gleichzeitig großartig finden, dass meine Hand gerade auf Skyas schönem Hintern lag und sie das vor lauter Aufregung nicht bemerkte – Männer-Multitasking!

»Sie wird uns nicht an den Rest der Ratsmitglieder verraten«, versicherte ich ihr und sah sie im nächsten Moment verständnislos den Kopf schütteln.

»Wie hast du sie dazu gebracht?« Sie verengte skeptisch die Augen.

Die Antwort kam beinahe stolz über meine Lippen. »Ich denke, sie ist in mich verliebt. Oder sie war zumindest in meinen Vater verliebt und sieht ihn in mir. Auf alle Fälle wird sie uns nicht verraten. Sie hat sogar Neurus für mich angelogen …«

Noch während ich den letzten Satz mit Dankbarkeit in der Stimme aussprach, sah ich Skyas schwarze Iriden funkeln. Einerseits gefiel mir dieser Glanz, weil er sexy war und ihr Feuer zur Geltung brachte, andererseits hatte ich plötzlich das Gefühl, dass ich mir gleich am Feuer meiner Diés-Prinzessin die Finger verbrennen würde.

Sie riss sich von mir los und wurde auf einmal wieder zu der Zicke, die ich an der Grenze kennengelernt hatte. »Gut, dass du so ein selbstverliebter Frauenaufreißer bist! In diesem Fall rettet diese Begebenheit wohl unsere Haut. Ich gratuliere! Was hast du mit ihr gemacht, damit sie den Mund hält?«

Ich starrte sie ein paar Sekunden verwundert an, weil die Erkenntnis, die in mir wuchs, etwas war, was ich genießen wollte. Obwohl sie mich gerade einen ›selbstverliebten Frauenaufreißer‹ genannt hatte und mir wieder diese messerscharfen Blicke zuwarf, mit denen sie mich auch bei unserem ersten Treffen bedacht hatte, fühlte ich mich gerade euphorisiert.

»Du bist eifersüchtig«, stellte ich ruhig fest und konnte mir das Lächeln nicht verkneifen.

Sie holte Luft, um mich anzuschreien und zu dementieren, aber ich ließ ihr keine Gelegenheit dazu. Ich überbrückte die Distanz, die sie zwischen uns geschaffen hatte, und packte sie wieder, um ihren Hals zu küssen. Eine intime Berührung, die sie gerade nicht zulassen wollte, die ich aber brauchte, weil mein Körper danach schrie.

»Hör auf, mich verführen zu wollen! Verführ deine Nox-Flittchen!«, fauchte sie und drehte den Kopf zu Seite, während sie sich mit beiden Händen von mir wegstemmte. Sie war natürlich viel zu schwach, um aus meiner Umarmung fliehen zu können.

Ich drückte meine Lippen gegen ihre Wange. »Zwischen Flora und mir ist nichts passiert«, erklärte ich eindringlich. »Ich habe keine Lust mehr, andere Frauen zu küssen. Nicht mal dann, wenn es mich das Leben kosten könnte.«

Skya drehte ihr Gesicht wieder zu mir. Sie zuckte zusammen, weil sie merkte, dass sich unsere Nasenspitzen berührten, aber ihre Augen funkelten noch immer streng. »Das soll ich dir glauben? Ich wurde nicht zu einem dummen, naiven Mädchen erzogen.«

Ich lächelte sie hintergründig an. »Nein, das wurdest du nicht. Aber das ist wohl die nächste Lektion zum Thema Vertrauen.«

Ich schob meine Finger vorsichtig unter ihr Shirt, um meine Hände auf ihren nackten Rücken zu legen. »Flora sieht nur meinen Vater in mir. Und selbst wenn sie in mich verliebt ist, sie ist nicht die einzige Frau, die mich haben möchte. Vor dir steht der Anführer der Gen B der Nox. Ich habe eine Vorgeschichte, die du nicht hören willst, aber das spielt jetzt alles keine Rolle mehr.«

Sie schnaubte, widersprach mir aber nicht. Ich durfte weiterreden, was schon ein Privileg war, weil Skya nicht jedem erlaubte, sie von ihrer Meinung abzubringen.

»Verurteil mich nicht, nur weil es Frauen gibt, die mich wollen«, fuhr ich mit rauer Stimme fort. »Es gibt da auch jemanden, der *dich* um jeden Preis will und ich habe ihm heute Nacht das Leben gerettet – weil ich anscheinend ein verliebter Vollidiot bin.«

Sie stutzte. Womöglich rief sie sich wieder ins Gedächtnis, dass sie eigentlich erleichtert sein sollte, weil ich Teias gerettet hatte. Oder aber sie war zu überrumpelt, weil ich ihr gerade gestanden hatte, dass ich mich in sie verliebt hatte.

Ich nutzte ihre Verwirrung. »Du schuldest mir übrigens noch etwas. Erinnerst du dich daran?«, wollte ich wissen und neigte den Kopf ein wenig zur Seite.

Ihre Augen wurden groß und überflüssigerweise auch fragend. Sie musste jedoch sehr wohl wissen, wovon ich sprach, welches Versprechen ich ihr vor meinem Aufbruch abgerungen hatte.

»Machst du einen Rückzieher oder bist du das mutige Mädchen, für das ich dich halte und das zu seinem Wort steht?«

Dass ich es so aufwendig und mit Moralfragen kombiniert formulierte, hatte natürlich seine Gründe. Ich kannte Skya mittlerweile. Sie war mindestens genauso stolz und stoisch wie ich. Was uns aber sehr deutlich unterschied, war die Tatsache, dass sie keinerlei Erfahrung auf diesem Gebiet hatte, auf das ich sie gerade führen wollte. Sie brauchte einen kleinen Schubs, um ihr Schamgefühl hinunterzuschlucken und das Feuer in ihr ungezügelt lodern zu lassen.

Ich schloss die Augen und neigte meinen Kopf zu ihr. Das letzte Stück Distanz musste aber *sie* überwinden.

»Dafür, dass du Teias' Leben gerettet hast …«, murmelte sie, ehe ich ihre warmen, vollen Lippen auf meinen fühlte.

Ich ließ den Kuss schnell intimer werden und meine Hände dabei über ihren Rücken wandern. Der Grund dafür, dass sie mir diese Intimität gestattete, gefiel mir nicht, aber das würde sich gleich ändern. Ich löste mich von ihren Lippen und legte meine dann auf ihr Ohr. Während ich meine Zunge ein wenig gleiten ließ, hörte ich sie stöhnen. Sie spannte sich in meinen Armen an, weil sie der Lust, die sie empfand, irgendwie Ausdruck verleihen musste.

Jede meiner Berührungen, jeder sanfte Biss steigerte diese Gefühle in ihr, die ihr so offensichtlich fremd waren. Ihr Stöhnen erregte mich und rief ungeahnte Hochgefühle in mir hervor. Ich war der Erste, der diese lustvollen Laute aus ihrer Kehle hören durfte. Der

Erste, der solche Dinge mit ihr tun durfte und ich war Feuer und Flamme dafür, noch weiter zu gehen. Ihr Dinge zu zeigen, die sie sich nicht einmal in den kühnsten Träumen ausmalte. Ihr beizubringen, wie sie dieses lodernde Feuer in ihrem Innern zu einem Inferno schüren konnte.

Mein Herz hatte noch nie so schnell geschlagen, obwohl *ich* das hier schon oft getan hatte.

Meine linke Hand schob sich über das Ende ihrer Wirbelsäule und verschwand ein Stück weit in ihrer Hose. Meine Finger fühlten die Rundungen ihres Hinterns und drückten kurz etwas fester zu. Als sie erneut aufstöhnte, verschloss ich ihre Lippen wieder mit meinen, aber nur für ein paar Sekunden, denn ich musste ihr eine Frage stellen.

»Ist das hier immer noch für Teias?«, murmelte ich provozierend.

Ich blickte in lustvoll glänzende Augen, die meine Erregung so sehr steigerten, dass ich beinahe die Kontrolle verloren und sie hier und jetzt auf dem Lunamontem entjungfert hätte.

»Nein«, flüsterte sie. »Das ist für …«

»Sag es«, verlangte ich und verweigerte ihr den nächsten Kuss, auf den wir beide so ungeduldig warteten.

»Für dich«, kam es ihr endlich über die Lippen und ich presste meinen Mund sofort wieder auf ihren.

Unsere Zungen fanden sich und spielten so sanft miteinander, als wäre das hier das Natürlichste auf der Welt. Ein Nox und eine Diés. Wir waren als Feinde erzogen worden, in eine Fehde verstrickt, die uns genau hiervon abhalten sollte. Aber das spielte alles gerade überhaupt keine Rolle mehr.

Wenn Lunos und Solaris uns in diesem Moment beobachteten, lächelten sie bestimmt. Ich war mir sicher, dass unsere Götter es gut mit uns meinten, andernfalls wären wir wahrscheinlich schon längst von einem Blitz getroffen worden.

»Ich fasse nicht, was ich hier sehe!«

Skya und ich fuhren erschrocken auseinander, weil uns das Verbot unserer Intimität doch noch immer bewusst war.

Ich machte mich kurz für einen Angriff bereit, weil ich seine Stimme nicht erkannt hatte, die vor Überraschung viel höher als sonst geklungen hatte. Als ich in Calems weit aufgerissene, hellblaue Augen sah, entspannte ich mich aber wieder.

»Was machst du denn hier?«, wollte ich wissen und erntete Gesten von meinem Bruder, die so übertrieben ausfielen, weil er grenzenlos verdattert war.

»Was ich hier mache?!«, antwortete er mit fuchtelnden Händen. »Die Frage lautet: Was tust *du* hier, mit Skya?«

Ich zuckte mit den Schultern und verschränkte die Arme vor der Brust, weil ich Calem signalisieren wollte, dass ich ihm keine Erklärung schuldig war, egal wie dämlich er gerade aussah, weil er den Mund einfach nicht geschlossen bekam.

Skya fuhr ihn an, bevor er weiter nachhaken konnte. Sie schien ihre kurzzeitige Verlegenheit mit Ärger zu überspielen. »Was ist mit Mona? Hast du sie alleine gelassen?!«

Ihr vorwurfsvoller Tonfall zeigte Wirkung. Calem hob entschuldigend die Hände vor den Körper und erklärte sich. »Sie schläft und ich wollte hier oben nur mal Luft schnappen, weil mich diese Höhle langsam verrückt macht.« Er schüttelte resignierend den Kopf, riss die Augen im nächsten Moment jedoch wieder überrascht auf und zeigte mit dem Finger auf uns. »Versucht aber bloß nicht, das Thema zu wechseln! Was geht hier vor?«

»Wenn ich dir das erklären muss, weiß ich nicht, wie du jemals ein Kind zeugen konntest«, entgegnete ich patzig und erntete unsagbar böse Blicke von meinem Bruder, der im nächsten Moment meine blutverschmierten Hosen bemerkte.

»Um Lunos willen, was habt ihr denn hier oben getrieben?!«, fragte er schockiert und begann tatsächlich, Skya auf abartige Verletzungen zu mustern.

Dass er mich für so durchgeknallt hielt, sollte mich eigentlich kränken, hätte es mir nicht geschmeichelt. »Keine Angst, ich habe ihr nicht wehgetan, du Idiot. Das ist Teias' Blut.«

»Teias' Blut?«, wiederholte Calem und wäre am liebsten auf mich losgegangen, um mich zu schütteln, weil ich ihm alle Informationen nur häppchenweise hinwarf.

»Ich erkläre dir alles auf dem Rückweg nach Nox«, stellte ich klar. »Du musst dich wieder auf der Insel blicken lassen, sonst bekommen wir bald ernste Probleme.«

Calem nickte schwach. Er wusste, dass er mitkommen musste, auch wenn er Mona nur ungern verließ, selbst für ein paar Stunden.

»Ihr geht beide?«, wollte Skya wissen und sah mich an, als hätte ich gerade mit ihr Schluss gemacht, obwohl ich sie vor zwei Minuten noch leidenschaftlich geküsst hatte.

»Wir kommen bald wieder«, versicherte ich etwas, das sie eigentlich wissen musste. Nicht nur, dass Calem Mona nie und nimmer im Stich gelassen hätte, *mich* wurde Skya auch nicht mehr so schnell los.

»Wir werden versuchen, etwas herauszufinden. So kann es auf alle Fälle nicht weitergehen.«

Die schöne Diés, die mich wahnsinnig vor Verlangen machen konnte, stimmte mir zu. Ich hätte sie nicht alleine gelassen, wenn es nicht wirklich notwendig gewesen wäre, aber wir hatten gar keine andere Wahl.

Ich würde Skya zurück in den Berg zu Mona bringen und danach mit Calem in die Zeltstadt aufbrechen. Wie es danach weitergehen würde, stand noch in den funkelnden Sternen über uns.

KAPITEL 19 – SKYA

Ich sah ein paar Augenblicke lang auf die Steinillusion, hinter der Zero verschwunden war. Die letzten Stunden hatten mich – zugegeben – verwirrt … und auch etwas in mir geweckt, von dem ich nicht geglaubt hatte, dass ich es besitzen würde.

Leidenschaft? Verlangen? … Verliebtheit?

Keine Ahnung, wie man es nannte, aber es war neu und verstörend – und dennoch mochte ich dieses Gefühl … was dem Verstörenden noch eine Note ›beängstigend‹ hinzufügte.

Ich konnte meine Gedanken nicht daran hindern, immer wieder zu Zeros Lippen abzuschweifen. Zu seinen Händen, seiner Berührung … und ich wollte es auch gar nicht.

Ich liebte dieses neue Kribbeln im Bauch, das ich verspürte, wenn sein Name erklang. Ich liebte den Kloß im Hals, wenn ich seine Stimme hörte. Und ich liebte es, von ihm berührt zu werden.

Verdammt … ich war wahrscheinlich noch verliebter als Mona und Calem zusammen. Dabei war ICH diejenige, die die beiden vor weiteren Dummheiten beschützen wollte … MUSSTE!

Ich *musste* an meine Freunde denken – an Teias, der verletzt war! An Mona, die sterben würde! Nicht an Zero, der mit Sicherheit gleich in seinem warmen Zelt saß und es sich als Anführer der Nox gut gehen ließ …!

Wir hatten ernsthafte Probleme und ich starrte dummdämlich auf einen gefälschten Stein, hinter dem Zero verschwunden war. Der Zero, der meine in der Nacht ohnehin verlangsamten Gedanken noch stärker durcheinanderbrachte und mir damit gerade Kopfschmerzen bescherte, wie ich sie bisher selten erlebt hatte.

Ich atmete tief durch und wandte mich zu Mona um, die mich stumm musterte, während sie Dämon auf den Armen hielt und kraulte.

Der Kater trug immer noch seine improvisierte Leine, damit er nicht abhauen und die Nox womöglich auf uns aufmerksam machen konnte. Er hatte sich zuerst dagegen gesträubt, dann hatte er sich irgendwann mit seinem neuen Accessoire arrangiert.

Ich war in den vergangenen Tagen alle paar Stunden mit ihm in den Gang gegangen, damit er Mäuse jagen oder sich erleichtern konnte. Ersteres war nicht sonderlich schwer, im Berg schien es von den kleinen Biestern nur so zu wimmeln.

Jetzt lag Dämon zufrieden schnurrend auf Monas Armen. Ich beneidete ihn in diesem Moment darum, dass sein Sorgenradius gerade so weit ging, wo er die nächsten Stunden schlafend verbringen würde.

»Wie geht es dir?«, fragte Mona und lenkte meinen Blick von Dämon auf sich.

Eine Frage, die ich IHR eigentlich stellen sollte.

Dennoch beantwortete ich sie. »Nun ja, ich bin etwas … durch den Wind. Das, was Zero uns erzählt hat … es ist …«

Beängstigend? Bedrohlich? Schockierend?

Eigentlich war es alles zusammen. Ich hätte nie gedacht, dass die Räte von Nox und Diés zusammenarbeiten würden. Aber das, was Zero uns erzählt hatte, ließ auf nichts anderes als genau das schließen. Die Nox wussten, dass jemand aus ihren Reihen eine Diés geschwängert hatte. Und die Diés verfolgten eine Schwangere. Zudem hatten die Nox offenbar die Wasserrohre ohne Zeros Wissen manipuliert und stachelten ihre eigenen Leute gegen die Diés auf.

Teias hatte recht: Es schien alles darauf hinauszulaufen, dass wir Diés und Nox einander hassen sollten. Dass die Räte einen Kontakt untereinander verhindern wollten. Warum, war klar …

Mein Blick glitt unweigerlich auf Monas Bauch, der noch so flach war, dass keiner etwas von ihrer Schwangerschaft erahnen konnte. Aber so würde es nicht bleiben, das wusste ich, da ich es in den Bibliotheksbüchern gelesen hatte. Bald würde ihr Bauch wachsen und dann wäre es zu spät, um irgendjemandem weismachen zu wollen, dass sie nicht schwanger war, wenn man uns fände.

Und selbst wenn es uns gelungen wäre, die Suchtrupps zu täuschen … Praeda wusste es. Sie hatte den Schwangerschaftstest gesehen. Und sie würde uns nicht mehr helfen können. Mona, Calem, Zero und ich wären das nächste Feindbild, das die Nox und Diés erschaffen würden. Der Inbegriff dessen, was ein Verräter war … verdammt.

»Ich weiß, was du denkst«, murmelte Mona und trat zu mir heran. »Ich sollte das Kind loswerden. Ich sollte keinen Nox lieben.

Aber … Skya, ich kann es nicht. Es geht nicht. Ich liebe Calem und ich liebe mein ungeborenes Kind. Auch wenn es …«, sie holte tief Luft und ihre Stimme war kaum ein Flüstern, als sie weitersprach, »auch wenn es mich das Leben kosten könnte … es wäre immerhin ein lebenswertes Leben gewesen.«

Ich nickte stumm.

Verdammt, ich konnte sie leider viel zu gut verstehen – und daran war allein Zero Schuld.

Zero, der mich provoziert hatte.

Zero, der mich geküsst hatte …

Zero, der diese Gefühle in mir geweckt hatte, die verboten waren. Die ich nicht haben sollte. Und die ich leider viel zu stark wahrnahm.

Würde ich dieselben Worte aussprechen wie Mona, wenn ich von Zero ein Kind erwarten würde? Würde ich mein ungeborenes Baby auch beschützen, Zero als Vater haben wollen?

Ich konnte die Frage nicht beantworten, da sie viel zu absurd war und weit entfernt von allem, was ich mir je vorgestellt hatte.

Von klein an waren wir Diés dazu erzogen worden, zu glauben, dass die Nox böse waren. Hinterhältige Grobiane, die kein Hirn besaßen. Und jetzt … jetzt waren wir *beide* in einen Nox verliebt – ja, das gestand ich mir in diesem Moment ein – und es fühlte sich gut an. Viel zu gut.

»Mona, du weißt, dass wir von hier wegmüssen?«, fragte ich leise. »Wir können nicht auf Nox bleiben. Auch nicht auf Diés. Wenn erst dein Kind … wenn du …«

Ich brachte es nicht über die Lippen.

Wenn sie ihr Kind bekommen würde, wäre sie tot, auch ohne dass sie vorher von den Diés verurteilt wurde. Und daran konnte und wollte ich nicht denken.

»Wir können hier nicht weg«, murmelte Mona und sagte mir damit etwas, das ich leider auch wusste. »Die Ältesten haben uns immer erzählt, dass am Horizont nichts mehr ist. Selbst wenn Calem da anderer Meinung ist, wir können die Barriere nicht durchbrechen.«

Die Barriere … ja. Das war das, was uns die Ältesten erzählt hatten und was wir aus Erzählungen der Diés wussten, die täglich zum Fischen aufs Meer hinausfuhren. Es gab eine Schranke, die unsere Welt einhüllte und die nicht überschritten werden konnte. Von niemandem. Die Ältesten hatten uns beigebracht, dass dahinter das Land der Inducer lag. Der mystischen Wesen, die uns die Kinder brachten. Das Land der Götter, in das wir nicht vordringen durften.

Dennoch machte mich die Tatsache hellhörig, dass Calem offenbar auch nicht unbedingt glaubte, dass unsere Welt aus zwei Inseln bestand und aus sonst nichts. Wenn dem so wäre, woher kamen dann die Bilder, an die ich mich erinnerte? Die hohen Häuser, die Lichter … Dinge, die ich hier auf der Insel nie gesehen hatte, weil es sie hier nicht gab.

»Was hat Calem genau gesagt?«, wollte ich wissen.

Monas Augen weiteten sich etwas, dann kniff sie sie zusammen, während sich ihre Finger in Dämons Fell verkrampften, sodass er empört murrte. »Was spielt das für eine Rolle, Skya? Wir können nicht weg von hier, ohne dass uns jemand sehen würde. Ein Schiff auf dem weiten Meer ist unübersehbar. Sie würden uns jagen und töten.«

Ich schlug die Augen nieder. »Die Nacht könnte unser Verbündeter sein«, murmelte ich.

Monas Gesichtsausdruck wurde ungläubig und dann verzweifelt. »Du weißt, dass wir in der Nacht keine Kräfte haben. Wir können weder genügend rasch denken noch sind unsere Körper so stark, um eine Flucht auszuhalten.«

Jetzt hob ich den Blick und sah sie fest an. »Aber Zero und Calem können es.«

Mona öffnete den Mund, um etwas zu erwidern. »Aber …«

»Lass mich bitte nachdenken«, unterbrach ich sie und wedelte mit der Hand in der Luft, um ihr zu signalisieren, dass ich gerade an einem Plan arbeitete. »Wir werden gesucht. Von den Nox und von den Diés. Unsere einzige Möglichkeit zu überleben, ist, wenn wir von hier wegkommen. Wohin ist gleichgültig, Hauptsache weg und wenn's sein muss, eben ins Land der Götter. Wenn Calem etwas weiß … irgendetwas … kann uns das vielleicht helfen.«

Mona verzog die Lippen zu einem hoffnungslosen Lächeln, während sie Dämon sanft über den Kopf streichelte. »Calem weiß nichts. Er ist ein Träumer und dafür liebe ich ihn. Aber er ist kein … Anführer. Er ist nicht wie Zero.«

Bei ihren Worten zog sich etwas in meinem Bauch zusammen und ich wusste selbst nicht, warum. Es war komisch, ein Lob über Zero zu hören. Irgendwie fühlte es sich fast so an, als lobe sie *mich*. Wenngleich das natürlich Unsinn war. Dennoch spürte ich Stolz in mir aufsteigen. Stolz auf den Nox, der mich vor wenigen Minuten noch zum Abschied geküsst hatte, obwohl Mona und Calem uns mit offenem Mund angestarrt hatten.

»Liebst du ihn?«, fragte Mona vorsichtig.

Ich war viel zu überrumpelt von dieser Frage, um eine gute Antwort zu improvisieren. Daher schüttelte ich verständnislos den Kopf. »Das tut doch jetzt nichts zur Sache«, murmelte ich ausweichend. »Er ist … er ist eben Zero.«

Es war *eine* Sache, sich selbst einzugestehen, dass man sich verliebt hatte, eine ganz andere jedoch, es laut auszusprechen.

Mona lächelte wissend und senkte den Blick wieder auf Dämon, der in ihren Armen ausgiebig gähnte. »Ja, ich verstehe, was du meinst. Mir geht es mit Calem ähnlich«, sagte sie dann.

Ich schnaubte unwirsch durch die Nase. »Lass uns jetzt schlafen. Es bringt nichts, sich weiter über irgendwelche Nox-Männer Gedanken zu machen. Die haben uns den ganzen Schlamassel ja erst eingebrockt. Wir müssen jetzt versuchen, da irgendwie heil wieder rauszukommen.«

Mona nickte zustimmend. »Ich bin so müde … ich habe zwar das Gefühl, dass ich die letzten Tage mehr geschlafen habe als sonst, aber mein Körper fühlt sich so träge an … muss wohl an der Schwangerschaft liegen.«

Sie wandte sich ab, ehe sie meinen besorgten Blick sehen konnte.

Ja, vielleicht lag es an der Schwangerschaft … daran, dass gerade ein Kind in ihr heranwuchs, das ihre Kräfte nach und nach raubte … so lange, bis …

Ach verdammt, wir mussten unbedingt einen Plan haben, wie wir von hier wegkämen. Zero hatte zwar gemeint, er höre sich weiter um, ob es Abtreibungsmittel gäbe, aber die Räte seien sehr misstrauisch ihm gegenüber geworden. Daher sei es womöglich zu riskant.

Dass diese eine Rätin … Flora? … auch noch wusste, dass er in die ganze Sache verwickelt war, war zusätzlich beunruhigend. Sie war eine tickende Zeitbombe, die jederzeit explodieren konnte. Uns rannte die Zeit davon.

Dennoch legte ich mich auf die Decke, die Mona und Calem über das Moos gelegt hatten und versuchte, mich wenigstens ein paar Stunden lang zu erholen.

Zero hatte uns versichert, dass außer ihm und Calem niemand von dieser Höhle wusste. Sein Vater hätte nur sie beide in dieses Geheimnis eingeweiht. Daher wären wir hier weiterhin sicher … nur war die Frage, wie lange. Denn wenn die Nox und Diés beide Inseln vergebens abgesucht hätten, würden sie unweigerlich auch den Lunamontem unter die Lupe nehmen. Wie lange es dann dauern würde, bis sie die Steinillusion entdeckten, blieb nur eine Frage der Zeit.

Meine Kopfschmerzen wurden mit jeder Minute stärker und wenn ich planen wollte, wie wir von hier wegkämen, müsste ich ohnehin bis zum Tagesanbruch warten.

Ich lauschte auf Monas regelmäßige Atemzüge neben mir. Sie war eingeschlafen, kaum dass sie sich hingelegt hatte. Dämon schnurrte immer noch laut vor sich hin und hatte sich zwischen uns eingerollt. Mona hatte die Leine um ihr Handgelenk geschlungen, damit er in der Nacht nicht aus der Höhle rausschleichen konnte.

Ich strich dem Kater gedankenverloren über sein Fell und starrte an die Decke über uns. Die Höhle war wie immer durch die Kristalle erleuchtet und ich konnte unsere Umgebung dadurch gut erkennen.

Es schien mir fast, als könne ich in den Lichtern über mir Zeros Gesicht sehen und wenn ich die Augen schloss, seine Lippen auf meinen spüren. Seine Zunge, seine Hände … bei dem Gedanken musste ich ein leises Seufzen unterdrücken.

Zum Glück war mein Körper müder als mein Geist und so sank ich doch noch irgendwann in einen traumlosen Schlaf.

Ich erwachte, weil ich das Gefühl hatte, dass irgendetwas nicht stimmte. Als ich mich aufrichtete und umsah, bemerkte ich zunächst nichts Ungewöhnliches. Mona schlief immer noch neben mir und meine Kopfschmerzen waren fast weg, was hieß, dass es bereits Tag sein musste. Auch als ich lauschte, konnte ich nichts Verdächtiges hören.

Dann fiel mein Blick auf den leeren Platz direkt neben mir, wo Dämon geschlafen hatte. Mona hatte immer noch die Leine um ihr Handgelenk geschlungen, aber das andere Ende war durchgebissen. Dämon hatte sich in der Nacht offenbar befreit und war abgehauen, denn in der Höhle konnte ich ihn nirgendwo entdecken.

So ein Mist! Was, wenn Dämon nach draußen an die frische Luft gegangen war? Es war Tag und er war schon immer ein Kater gewesen, der gerne seine Umgebung erkundete. Was, wenn ein Nox, der auf Patrouille war, ihn sähe? Und hierher käme?

Selbst wenn Zero uns versichert hatte, dass er falsche Fährten legen und vom Lunamontem ablenken würde, so waren wir hier nicht mehr lange sicher. Und wenn die Nox Dämon vor dem Eingang entdeckten … wenn ein *Diés* ihn entdeckte … ich musste Dämon zurückholen!

Rasch sprang ich auf und lief in den Gang hinaus.

Natürlich konnte ich den Kater nirgendwo finden. Ich rief leise seinen Namen, was in etwa gleich sinnvoll war, wie wenn ich ihn mit einem Stück Zucker hätte locken wollen. Dämon war stur und er war ein Kater. Er würde weder auf mich noch auf seinen Namen hören.

Ich sah nach links und nach rechts und fuhr mir verzweifelt mit den Händen über das Gesicht.

Verflucht! Gerade *jetzt* musste er natürlich abhauen! Warum hatte ich ihn überhaupt mitgenommen? Ich hätte ihn an der Grenze lassen sollen!

Aber es war zu spät, sich selbst Vorwürfe zu machen. Ich musste Dämon finden, ehe es ein Nox oder Diés tat, der die richtigen Schlüsse daraus zog.

Also schnappte ich mir das Circulum und rannte los, in die Richtung, in der der Ausgang aus dem Lunamontem lag, durch den Zero uns hierhin geführt hatte. Zum Glück war ich gestern mit ihm nochmals den Weg gegangen, so erinnerte ich mich wenigstens ein bisschen daran, wohin ich mich zu wenden hatte und verirrte mich nur zwei Mal.

Immer wieder stoppte ich und hielt nach Dämon Ausschau. Je näher ich dem Ausgang kam, desto leiser rief ich seinen Namen. Es fehlte noch, dass ich eine Nox-Patrouille auf mich aufmerksam machte.

Endlich konnte ich das Tageslicht erkennen. Es war bereits kurz vor Mittag, ich musste sehr lange geschlafen haben – kein Wunder bei dem Stress der letzten Tage. Die Sonne war gerade dabei, den höchsten Punkt über den Inseln zu erklimmen.

Ich versteckte das Circulum hinter einem Felsen am Boden, drückte mich eng an die Wand des Ganges und spähte um den Stein herum, um zu sehen, ob die Luft rein war.

Nach ein paar Minuten, in denen ich lauschend dagestanden und nichts gesehen hatte, hielt ich es für genügend sicher, mich nach draußen zu wagen. Dennoch duckte ich mich und versuchte, hinter den Büschen, die um den Höhleneingang herum wuchsen, in Deckung zu gehen.

Zwar wusste ich, dass die Nox vor allem in der Nacht aktiv waren, aber da gerade Ausnahmezustand herrschte, konnte es gut sein, dass es noch mehr Patrouillen gab als sonst.

Leise rief ich Dämons Namen, während mein Herz immer schneller schlug.

Dann, endlich, hörte ich ein leises Miauen, das von irgendwo hinter den nächsten Bäumen zu mir herüberdrang.

Ich kniff die Augen zusammen, konnte den Kater aber nirgendwo entdecken. »Dämon«, flüsterte ich. »Wo bist du?«

Abermals antwortete mir ein Maunzen.

Ich kannte meinen Kater sehr gut und wusste, dass irgendetwas mit ihm nicht stimmte. Das waren Laute, die er sonst nicht von sich gab. Sie klangen fast wie das Weinen eines Kindes.

Mein Herz zog sich zusammen bei dem Gedanken, dass ihm etwas passiert sein könnte. Ich hatte Dämon als Kind im Kornfeld hinter unserer Siedlung gefunden. Er war noch ganz klein gewesen, abgemagert und lag beinahe im Sterben. Mit viel Liebe und Zuwendung hatte ich ihn aufgepäppelt und seither waren wir ein

Herz und eine Seele. Nun ja, zumindest wenn er nicht seinem Namen alle Ehre machen wollte.

Wenn ich ihn jetzt verlieren würde … daran durfte ich nicht denken. Ich liebte meinen Kater und hatte ohnehin nur noch ihn und Mona … und Zero.

So leise und so rasch ich konnte, rannte ich in die Richtung, aus der Dämons Wimmern gekommen war – und wäre beinahe in das Loch gefallen, das plötzlich vor mir im Boden aufklaffte.

Ich strauchelte, rutschte ab und konnte mich gerade noch am Rand festhalten, sonst wäre ich in die Tiefe gestürzt. Meine Beine hingen über dem Abgrund und während ich mich zurück nach oben zog, schlug mein Herz bis zum Hals. Dann kauerte ich mich an den Rand des Lochs und spähte hinunter.

Es war eine Fallgrube, die notdürftig mit Blättern und dünnen Ästen überdeckt worden war – die nun unten lagen. Offenbar hatten die Nox sie ausgehoben, um wilde Tiere zu fangen. Das Loch war mindestens drei Meter tief und spitze Holzpfähle starrten mir entgegen, was mich abermals erschaudern ließ. Fast wäre ich von ihnen aufgespießt worden. Zwischen den Pfählen saß Dämon und sah zu mir herauf, während er leise maunzte.

Im ersten Moment war ich einfach nur froh, dass er nicht aufgespießt worden war. Dann erkannte ich sein Dilemma: Er hatte keine Möglichkeit, nach oben zu klettern, denn die Pfähle waren zu kurz und reichten kaum einen Meter hoch. Die Wände des Loches bestanden aus Erde und ragten steil nach oben, sodass er keinerlei Halt finden konnte.

Verzweiflung ergriff mein Herz, als ich ihn so sah. Einen Moment lang überlegte ich, ob ich hinunter- und wieder hinaufklettern könnte, verwarf den Gedanken aber direkt wieder. Das Loch war zu tief, um ohne Hilfsmittel hinaufzukommen. Ich würde zurück zu Mona gehen und ein Seil organisieren müssen.

Gerade als ich mich umdrehen wollte, wurde ich von hinten von kräftigen Händen gepackt und mir entfuhr ein leiser Schrei, der sofort erstickt wurde, da eine Hand sich über meinen Mund legte.

KAPITEL 20 – SKYA

Verdammt, was tust du hier draußen?!«

Als ich Zeros Stimme erkannte, spürte ich, wie meine Knie weich wurden vor Erleichterung. Einen Moment lang hatte ich tatsächlich geglaubt, ich sei einer Nox-Patrouille in die Arme gelaufen. Dann wäre ich so gut wie tot gewesen.

Zero gab meinen Mund frei, wirbelte mich zu sich herum und seine blauen Augen bohrten sich in meine. »Bist du lebensmüde?!«, knurrte er.

Ich konnte deutlich die Sorge in seinem Gesicht lesen, was seiner finsteren Miene etwas die Bedrohung nahm.

Er ließ seinen Blick rasch über meine Kleider schweifen, die voller Erd- und Grasflecken war. Dann sah er zum Loch und seine Augen weiteten sich ein wenig, als er in dem Moment Dämons Miauen hörte und begriff, dass sich mein Kater dort unten befand.

»Dämon ist abgehauen«, erklärte ich und versuchte, mich aus seinem festen Griff zu winden.

Dass er bei Tag immer noch solche Kräfte hatte, kam mir nur am Rande seltsam vor. Im Moment überwog die Sorge um Dämon und darüber, wie ich ihn aus diesem Loch bekam.

»Deshalb läufst du hier draußen herum und riskierst, von den Patrouillen erwischt zu werden?!«, fuhr Zero mich an. »Ich wusste ja, dass ich für Calem und Mona Kindermädchen spielen muss. Aber dass du so kopflos handelst, ist mir neu!«

Endlich gelang es mir, mich von ihm loszureißen, und ich trat einen Schritt zur Seite, um von dem Loch wegzukommen. »Ich hab dir schon mehr als einmal gesagt, dass du nicht auf mich aufpassen musst«, erwiderte ich spitz. »Hilf mir lieber, Dämon da wieder rauszubekommen, statt mich dumm anzumachen!«

Zeros Miene wurde ein wenig weicher und fast meinte ich, ein Lächeln auf seinen Lippen zu erkennen. »Als ob du es nicht mögen würdest, wenn ich dich anmache«, sagte er mit hochgezogenen Augenbrauen und trat wieder einen Schritt auf mich zu, um mich abermals zu packen.

Ehe ich mich gegen ihn wehren konnte, hatte er mir einen raschen Kuss auf den Mund gedrückt.

Ich musste meine ganze Beherrschung aufbringen, um mich abermals von ihm loszureißen und vor allem, um ihn nicht anzubrüllen, was er verdient hätte. »Zero!«, zischte ich so leise, sodass uns keine Patrouille hören konnte. »Hör auf damit! Wir haben keine Zeit dafür! Wir müssen Dämon befreien. Wenn die Nox ihn hier finden, dann …«

»… werden sie ihn für einen dummen Kater halten.«

Ich schüttelte vehement den Kopf. »Die Räte sind alarmiert, das hast du selbst gesagt! Und auf Diés kennen alle Dämon. Alle wissen, dass er zu mir gehört. Wenn die Räte tatsächlich zusammenarbeiten und ein Nox ihn hier in der Nähe des Eingangs findet, werden sie eins und eins zusammenzählen und den ganzen Lunamontem auf den Kopf stellen. Ganz abgesehen davon, bedeutet mir mein Kater sehr viel! Und jetzt hilf mir!«

Zero verdrehte die Augen und murmelte etwas, das klang wie ›dummer Flohbeutel‹. Aber er trat immerhin an den Rand des Lochs und sah zu Dämon hinunter, während er sich mit der Hand die blonden Haare nach hinten strich.

»Gut, wir müssen schnell sein, denn soweit ich weiß, ist eine Patrouille hierher unterwegs«, sagte er und wandte sich zu mir um. »Du steigst hinunter und reichst ihn zu mir hoch. Dann ziehe ich dich wieder nach oben.«

Noch vor zwei Tagen hätte ich nie und nimmer einem Nox so weit vertraut, dass ich in eine Fallgrube hinuntergeklettert wäre, aus der es kein Entrinnen mehr gab. Ich wäre davon ausgegangen, dass er mich dort unten versauern ließe oder seine Freunde holen würde, um mich mit Steinen zu bewerfen.

Aber ein Blick in Zeros Gesicht genügte, um meinen Kopf automatisch zum Nicken zu bringen. Ich vertraute ihm. Auf eine komische, mir selbst unverständliche Art und Weise vertraute ich meinem Erzfeind, denn … er war jetzt mein Verbündeter. Womöglich sogar mein Freund.

Ich schüttelte verwirrt den Kopf über meine eigenen Gedanken.

Wie naiv konnte ein sechzehnjähriges Mädchen eigentlich sein?? Es brauchte nur einen Kuss, und schon schoss ich alle Bedenken in den Wind und warf mich ihm an den Hals?!

So WAR ich nicht! So war ich noch NIE gewesen!

Ich war klug, überlegt und beherrscht.

Und ja verdammt, ich war leider verliebt … zudem hatte er Teias gerettet – sagte er zumindest.

Seufzend unterbrach ich meinen inneren Monolog, begab mich an den Rand des Lochs und spähte hinunter zu Dämon, der unglücklich zu mir hochsah.

»Skya.« Zero berührte sanft meinen Arm und brachte mich dazu, ihn erneut anzusehen. Seine Augen waren wieder dieser blaue See, in den ich am liebsten einen Kopfsprung gemacht hätte, um nie wieder daraus aufzutauchen. »Danke, dass du zumindest *versuchst*, mir zu vertrauen.«

Die letzten Worte sagte er so leise, dass ich erst glaubte, mich verhört zu haben. Der große Zero bedankte sich gerade bei einer Diés … womöglich klappte in dem Moment sogar seinem Gott Lunos der Kiefer vor Verblüffung nach unten.

»Wehe, du lässt mich dort unten versauern«, murmelte ich. »Das würde ich dir nie verzeihen.«

Jetzt wurden Zeros Augen wieder zu den Eiskristallen, die ich kannte und seine Miene verschloss sich. »Ich werde dich nicht dort unten lassen, weil ich noch so einiges mit dir vorhabe, Solaris-Prinzessin. Jemand muss dir schließlich Unterricht in den Sachen erteilen, die du bisher verpasst hast.«

Ich runzelte die Stirn. »Wenn du darauf anspielst, dass …«

»… du noch Jungfrau bist zum Beispiel.« Er nickte, während seine Lippen sich zu einem Grinsen verzogen und seine Augen blitzten. »Aber beginnen wir damit, die Lektion fortzusetzen, dass man einem Nox trauen kann … zumindest, dass du *mir* vertrauen kannst. Und jetzt ab mit dir nach unten, ehe ich diese Lektion überspringe und mit meinem … anderen Unterricht beginne – würde mir persönlich auf jeden Fall mehr Spaß bereiten. Und dir sicherlich auch.« Er zwinkerte mir zu und ließ seinen Blick unverhohlen lange auf meinen Brüsten verweilen.

Ich konnte nichts dagegen tun, dass meine Wangen rot anliefen. Dass Zero so offen darüber sprach, dass er mich begehrte … mit mir schlafen wollte … dass überhaupt ein Mann das so offen tat, war ich nicht gewohnt. Wie auch? Auf Diés hatten alle bereits Teias und mich als Ehepaar gesehen und daher war ich für die anderen Jungs uninteressant. Und Teias … er würde niemals so direkt mit mir sprechen – das war wohl der Grund, warum ich *ihn* uninteressant fand und Zero dafür umso aufregender.

Auch wenn es in der Situation, in der wir uns gerade befanden, höchst unangemessen war, an Sex zu denken, so spürte ich doch ein Kribbeln im Bauch, wenn Zero dieses Thema anschnitt.

Vielleicht lag es daran, dass Menschen in ausweglosen Situationen die Nähe des anderen umso mehr brauchen und suchen. Keine Ahnung … um mir darüber den Kopf zu zerbrechen, hatte ich im Moment einfach keine Zeit und meine Hormone waren sowieso seit gestern Abend derart durcheinandergewirbelt, dass ich nicht mehr wusste, was ich wollte und was nicht.

Vielen Dank auch, Zero!

Rasch setzte ich mich an den Rand des Lochs und drehte mich dann so, dass meine Beine über den Abgrund hingen und ich mich mit den Armen noch abstützen konnte, während ich meinen Bauch an den Rand der Grube presste. Zero ging vor mir in die Hocke und sah mich intensiv an, ehe er kurz mit dem Daumen über mein Kinn fuhr.

Ich erwiderte seinen Blick, ohne mit der Wimper zu zucken. »Gut, dann beweis mir, dass ich dir vertrauen kann«, murmelte ich.

Zero nickte, packte meine Arme und hielt mich fest, während er mich stückweise nach unten gleiten ließ.

Ich schielte auf den Boden, um mit den Beinen den spitzen Holzpfählen auszuweichen. Zum Glück befanden sie sich nicht so dicht beieinander, dass ich keinen Platz dazwischen gefunden hätte.

Zeros Hände hielten mich sicher fest, bis ich den Boden unter meinen Füßen spürte. Er hatte sich inzwischen flach hingelegt, um mit seinen Armen möglichst weit nach unten zu gelangen. Dabei achtete er darauf, mein Handgelenk nicht zu berühren, das immer noch den verblassenden Bluterguss als Souvenir unserer ersten Begegnung trug. Die Salbe wirkte zwar schnell und er schmerzte kaum noch, dennoch war die Haut empfindlich.

Als Zero mich losließ, sah ich mich rasch nach Dämon um, der unsere Aktion aus einiger Entfernung beobachtet hatte. Jetzt tapste er mir entgegen und rieb seinen Kopf an meinem Bein.

»Da bist du ja, kleiner Ausreißer«, murmelte ich. »Komm, ich werde dich befreien.«

Ich bückte mich und hob ihn auf die Arme, um ihn zu Zero hochzureichen. Allerdings war der Nox verschwunden, als ich wieder nach oben sah.

Mein Herz rutschte in die Hose. Hatte er mich tatsächlich verarscht? War das ganze Gerede von wegen Lektion eine reine Ablenkung gewesen? Naive, kleine Diés, die so dämlich war, auf die Verführungskünste eines Nox hereinzufallen? Lachte er sich dort oben etwa gerade einen Schranz in den Bauch über meine dumme Gutgläubigkeit?

Meine Angst wich immer stärkerer Wut. Na warte, dem würde ich es zeigen!

Gerade als ich zornig seinen Namen rufen wollte, erklang über mir jedoch eine fremde Stimme.

»Zero! So spät noch auf der Jagd?«

Die Stimme gehörte definitiv nicht Calem, was mein Herz erstarren und meinen Zorn augenblicklich verpuffen ließ.

Rasch ging ich in die Hocke und versuchte, mich so klein wie möglich zu machen, während ich nach oben in die Richtung spähte, aus der die Stimme gekommen war. Wenn der Nox – und ja, es musste ein Nox sein – an den Rand der Grube träte, würde er mich unweigerlich bemerken.

»Koren, sieh an«, antwortete Zero so gleichgültig, als ob er tatsächlich nur zufällig hier wäre. »Ja, dieser Diés-Bastard, der gestern hier war, kostet mich noch immer Zeit. Neurus wollte eine Nachbesprechung – Ratsverpflichtungen eben, da kann man nichts machen. Ich komme erst jetzt dazu, die Fallen zu kontrollieren. Na, wie läuft die Patrouille mit deinen Jungs? Zwischenfälle?«

Ich ließ Dämon los und begann, so rasch ich konnte mit den Händen die Erde zur Seite zu schaufeln, um einen notdürftigen Sichtschutz in die Wand zu graben, die der fremden Stimme am nächsten lag. Zum Glück war das Erdreich einigermaßen locker, sodass ich mich nach wenigen Sekunden in die kleine Mulde drücken konnte.

»Bisher ohne Vorkommnisse«, antwortete Koren. »Was ist uns denn in die Falle gegangen?«

Mein Herz hämmerte wie verrückt. Dämon saß mitten im Loch und sah neugierig nach oben. Verdammt!

Ich versuchte, ihn zu mir zu locken, aber das war natürlich zwecklos, da er eine Katze und kein Hund war.

So blieb mir nur, zu Solaris zu beten und zu hoffen, dass der Nox heute Abend keine Lust auf einen Katzenbraten hatte, denn ich sah einen Schatten, der auf die gegenüberliegende Wand fiel. Dieser Koren war gerade an die Grube herangetreten und stand direkt über mir.

So gut es ging, presste ich mich in die Mulde und versuchte, nicht zu atmen.

»Ach, nur ein dummer Streuner«, antwortete Zero, dessen Schatten nun links von Korens erschien. »Ich werde mich nachher um ihn kümmern.«

»Soll ich ihn erschießen?«

Ich konnte sehen, wie der Schatten von Koren seinen Bogen von der Schulter zog und mein Herz blieb stehen, während ich die Hände vor den Mund schlug. Falls dieser Bastard Dämon vor meinen Augen tötete, würde ich ein Schluchzen nicht unterdrücken können.

Der Kater saß immer noch nichts Böses ahnend mitten in der Grube und stieß ein leises ›Miau‹ aus, während er nach oben sah.

»Nein, lass nur«, antwortete Zero und ich sah, wie sein Schatten dichter neben den von Koren trat. »Ich mache das nachher. Geh du deinen Aufgaben nach, ehe ich dem Rat stecken muss, dass du deine Pfeile sinnlos verschwendest.«

»Schon gut, schon gut«, maulte Koren, der offenbar liebend gerne Dämon erschossen hätte. »Musst nicht gleich den Anführer raushängen lassen.«

»Nicht, wenn *du* das machst, was du tun sollst: Du bist auf Patrouille, nicht auf der Jagd!«, sagte Zero streng. »Hier gibt es nichts zu sehen, also geht weiter!«

Koren murmelte noch etwas, aber immerhin hörte ich, wie er den anderen, die offenbar etwas entfernt gestanden hatten, den Befehl gab, weiterzugehen. Nach einiger Zeit entfernten sich ihre Schritte.

»Skya?«, erklang über mir das Raunen von Zero. »Komm rauf, die Luft ist rein.«

Ich atmete erleichtert aus, krabbelte aus meinem notdürftigen Sichtschutz hervor, klopfte die Erde von meinen Kleidern und schnappte mir Dämon, der empört maunzte. Ehe er sich wehren konnte, hatte ich ihn zu Zero hochgereicht. Dann streckte er die Arme nach unten und ich ergriff seine Hände, um mich von ihm hochziehen zu lassen.

»Danke, dass du mich nicht verraten … und vor allem Dämon gerettet hast«, sagte ich und drückte Zero einen raschen Kuss auf die Wange, als ich endlich wieder oben bei ihm war und er mich festhielt.

Es war gleichzeitig auch eine stumme Entschuldigung, weil ich dort unten für einen Moment tatsächlich geglaubt hatte, dass er mich im Stich ließ – was er glücklicherweise nicht mitbekommen hatte.

»Ich würde sagen, Teil zwei der Lektion ›Vertrauen‹ ist abgeschlossen«, antwortete er und sah mich mit zusammengezogenen Augenbrauen an. »Aber das war knapp. Viel zu knapp. Nimm deine Katze und lass uns von hier verschwinden.«

Mein Blick fiel auf Dämon, der im Gras neben der Grube etwas entdeckt hatte, was äußerst interessant zu sein schien. Seine ganze

Konzentration war darauf geheftet, mit dem Ding zu spielen – Katzen … undankbar bis zum Gehtnichtmehr und nur für den Moment lebend. Gerade noch war er dem Tode näher gewesen als dem Leben und jetzt spielte er schon wieder wie ein kleines Kätzchen.

Ich ließ Zero los, der mich immer noch festgehalten hatte, und trat zu Dämon, um ihn hochzuheben. Dabei fiel mein Blick jedoch auf das Ding, mit dem er gespielt hatte, und ich sog scharf die Luft ein.

»Zero! Entschuldige bitte!«, stieß ich hervor und drückte ihm Dämon in die Arme, ohne ihn anzusehen, ehe ich mich nach der bronzenen Schatulle bückte, die vor mir im Gras lag. Ich musste sie verloren haben, als ich vorhin fast in die Grube gefallen wäre. Zum Glück war sie diesem Koren vorhin im hohen Gras nicht aufgefallen.

Die Schatulle war aufgesprungen und der Ring von Zeros Mutter lag daneben. Rasch hob ich beides auf und wollte mich gerade mit einer weiteren Entschuldigung an Zero richten, als sich meine Augen weiteten.

Der Ring glänzte im Sonnenlicht des Tages geheimnisvoll. Erst jetzt konnte ich erkennen, dass leuchtende Linien und Symbole darin eingraviert waren. Die waren mir in der Nacht noch nicht aufgefallen.

»Was ist?«, wollte Zero wissen, der mit Dämon auf dem Arm neben mich trat.

»Hast du das schon mal gesehen?«, hauchte ich fasziniert und hielt ihm den Ring unter die Nase.

»Hm.« Zero klemmte sich Dämon unter einen Arm, während er nach dem Ring griff, um ihn anzuschauen.

Sobald das Schmuckstück jedoch meine Hand verließ, erloschen die leuchtenden Gravuren und er war einfach wieder ein goldener Ring, der schön funkelte.

»Was zum …«, begann Zero und zog die Augenbrauen zusammen.

»Er scheint auf die Berührung einer Diés zu reagieren«, unterbrach ich ihn und nahm ihm den Ring wieder ab. Sofort waren die Gravuren wieder da. »Deine Mutter war doch eine Diés, oder? Und du hast gesagt, dass er ihr gehört hat.«

Zero nickte, während er die Stirn runzelte. »Das stimmt …«

»Was hat dein Vater in der Höhle gemacht?«, unterbrach ich ihn, da mein Gehirn gerade zu rattern begann. »Du sagtest, er sei tagelang dort drin gewesen.«

Zero sah mich verständnislos an. »Was hat die Höhle damit zu tun?«

Ich schüttelte den Kopf über so viel Begriffsstutzigkeit. »Die Symbole und Striche. An der Wand. Einige davon sind dieselben wie die hier auf dem Ring.«

Das Gesicht des Nox verzog sich zu noch mehr Ungläubigkeit. »Wovon zum Teufel sprichst du?«

Offenbar wusste er es wirklich nicht. »Hm, vielleicht kann nur eine Diés die Gravuren sehen …«, murmelte ich. »Hat dein Vater viel mit Rätseln oder so zu tun gehabt? Hat er vielleicht gerne herumexperimentiert?«

Zero schnaubte. »Wird das jetzt ein Verhör über meinen Vater?«

»Hat er oder nicht?«

Er zuckte mit den Schultern, was Dämon nicht zu gefallen schien, denn er fuhr die Krallen aus, woraufhin Zero sein Gesicht verzog. Er rückte den Kater wieder zurecht, sodass er nicht mehr unter seinem Arm eingeklemmt war. »Ich weiß es nicht. Also, er war klug und hat sich sehr für Alchemie interessiert … er ist gestorben, als ich sechs Jahre alt war. Damals habe ich mich nicht für Rätsel interessiert … und heute auch nicht. Warum ist das wichtig?«

»Weil«, ich atmete tief durch, »der Ring könnte vielleicht der Schlüssel zu etwas sein, das uns womöglich helfen könnte.«

Zero legte den Kopf schief. »Das sind zwei ›könnte‹, ein ›vielleicht‹ und ein ›womöglich‹ zu viel für meinen Geschmack.«

Jetzt war es an mir, zu schnauben. »Einen anderen Plan haben wir gerade nicht«, brummte ich. »Komm jetzt, wir sollten von hier weg, ehe eine weitere Patrouille kommt. Und ich will wissen, ob meine Theorie stimmt.«

KAPITEL 21 – SKYA

Als wir zurück in den Gang traten, bemerkte ich, wie die Gravuren auf dem Ring zu flackern begannen wie die Flamme einer Kerze, die drohte, auszugehen.

Ich blieb ruckartig stehen, sodass Zero fast in mich hineingelaufen wäre.

»Wenn du so dringend Körperkontakt suchst, sag es einfach«, knurrte er, während er dicht hinter mir stehen blieb.

Ich ignorierte ihn und musterte weiterhin den Ring. Dann ging ich ein paar Schritte tiefer in die Dunkelheit des Berges und die Gravuren erloschen gänzlich.

»Mist«, murmelte ich und kehrte zu Zero zurück, der stehen geblieben war und mich stirnrunzelnd beobachtete. »Der Ring scheint nur in Verbindung von Tageslicht und der Berührung einer Diés zu funktionieren.« Dann stutzte ich und sah Zero mit schmalen Augen an. »Wenn deine Mutter eine Diés war … dann trägst du doch vielleicht auch Kräfte von uns in dir, oder?«

Der Nox hielt immer noch Dämon auf dem Arm und fuhr ihm jetzt gedankenverloren über den Pelz. Wahrscheinlich bemerkte er gar nicht, dass er meinen Kater gerade streichelte, denn sein Blick war konstant auf mich gerichtet, während seine Miene sich mit jeder Sekunde stärker verschloss.

»Zero. Vertrauen funktioniert nur, wenn es beidseitig ist«, sagte ich und trat einen weiteren Schritt auf ihn zu. »Ich habe dir vertraut, dass du Mona und mich in ein Versteck führst und nicht den Nox auslieferst. Dass du Teias rettest. Und vorhin, als du mich in die Grube hinuntergelassen hast. Wenn wir zusammenarbeiten wollen, dann musst du auch *mir* vertrauen.«

»Hör zu, Skya«, Zeros Stimme war leise und irgendwie rau, »ich habe dir schon einmal gesagt: Ich spreche nicht darüber und schon gar nicht über meine Mutter. Weder mit dir noch mit jemand anderem. Das, was damals bei meiner … Geburt passiert ist – es verfolgt mich wie ein hungriger Wolf seine Beute. Wenn ich stehen bleibe und zurückblicke, fällt er über mich her. Und ich mache mich nicht gut in der Opferrolle, glaub mir.«

Ich schnaubte leise durch die Nase, während ich die Hand sinken ließ, in der ich immer noch den Ring gehalten hatte und den ich jetzt fest mit der Faust umschloss. Bei seinen Worten zog sich etwas in meinem Herzen zusammen und ich konnte an Zeros Miene ablesen, dass ich ihn gerade voller Mitleid ansah – denn seine Kiefer begannen zu mahlen und sein Blick wurde unruhig.

Schließlich seufzte ich. »Du bist der sturste Mensch, den ich jemals kennengelernt habe, weißt du das? Du sagst, du seist nicht gut in der Opferrolle, aber es ist kein Ausweg, sich selbst als Täter zu bezeichnen – das ist nur eine andere Art der Opferrolle. Du hast nichts getan, Zero. Du warst ein Baby. Du kannst nichts dafür, dass deine Mutter bei der Geburt starb …«

»Hör. Auf.« Zero schnaufte, als würde er gerade quer über die Insel rennen.

Ich konnte sehen, wie sich sein Brustkorb rasch hob und senkte, während sich seine Hände in Dämons Fell verkrallten, was den Kater leise aufquieken ließ. Schnell nahm ich ihn Zero aus den Armen, ehe er ihn wie eine reife Frucht zerquetschte.

Immerhin ließ der Nox diese Geste zu. Dennoch blieb sein Blick starr auf mich gerichtet und seine Augen vereisten, während seine Lippen eine schmale Linie bildeten.

»Ich werde erst aufhören, wenn wir wissen, was dein Vater hier im Berg gemacht hat«, sagte ich, ohne mit der Wimper zu zucken, während ich Dämon unter dem Kinn kraulte, damit er sich wieder beruhigte. »Die Symbole bedeuten etwas, das spüre ich. Und dein Vater hat bestimmt nicht tagelang auf dem weichen Moos gesessen und an die Decke gestar …« Ich unterbrach mich selbst und holte laut Luft, als ich an die Kristalle dachte, die wie Sterne über mir geleuchtet hatten in der letzten Nacht. »Kann es vielleicht sein, dass …«, murmelte ich eher zu mir selbst und mein Blick fiel auf den goldenen Ring in meiner freien Hand, der in der Nähe des Tageslichtes abermals geheimnisvoll leuchtete. »Hm … möglich wäre es …«

Jetzt schnaubte Zero unwirsch. »Hör auf mit diesen Selbstgesprächen, das hält ja kein Mensch aus.«

Ich sah ihn wieder an und kniff die Augen zusammen, während ich weiter über meine Theorie nachdachte. Dieses Mal ließ ich ihn an meinen Gedanken teilhaben. »Dein Vater hat einen Ausweg gesucht … so muss es sein. Er hat dich retten wollen, Zero. Dich und deine Mutter.«

Der Nox verschränkte die Hände vor der Brust und sah mich kalt an. »Ach, was du nicht sagst … kanntest du die beiden etwa? Haben sie dich in ihre Pläne eingeweiht? NEIN! Was du zusammenfantasierst, ist nichts als Schwachsinn! Mein Vater war selbst ein Ratsmitglied – er hatte Verpflichtungen, genau wie ich, nur, dass ich inzwischen zum größten Verräter mutiert bin, den Nox jemals gesehen hat.«

Ich schüttelte den Kopf und bedeutete ihm mit einer Handbewegung, still zu sein. Es brachte weder ihm noch mir etwas, wenn Zero mit Worten um sich schlug und sich weiter in seine Opferrolle hineinredete. Wir mussten jetzt einen kühlen Kopf bewahren – auch er.

Ich trat mit Dämon auf meinem Arm an ihm vorbei ins Sonnenlicht vor dem Höhleneingang und studierte die Symbole auf dem Ring, um sie mir einzuprägen. Das gelang mir bei Tag mühelos, wenn ich mich darauf konzentrierte.

Zero schnaubte hinter mir wieder, weil ich ihn ignorierte, aber ich konnte im Moment nicht auf seinen gekränkten Narzissmus oder seine Selbstvorwürfe Rücksicht nehmen. Ich spürte, dass der Ring der Schlüssel zu etwas war, was uns womöglich helfen könnte, von hier zu fliehen. Von Nox zu fliehen … und auch von Diés.

Zeros Vater musste gewusst haben, was es bedeutete, wenn seine Geliebte – Zeros Mutter – ein Kind bekam. Dass sie bei der Geburt sterben würde.

Aber wenn Zeros Vater auch nur einen kleinen Teil von seiner Persönlichkeit an seinen Sohn weitergegeben hatte, dann hieß das gleichzeitig, dass er einen ausgeprägten Beschützerinstinkt in sich getragen haben musste. Etwas, das über seine Pflichten als Ratsmitglied hinausging. Das ihn seine Verantwortung den Menschen gegenüber, die er liebte, vor alle anderen Verpflichtungen stellen ließ … genau wie Zero es tat.

Der Nox, der immer noch hinter mir stand, bezeichnete sich zwar als Verräter. Aber er hatte keinen Verrat begonnen, sondern war nur seinen Instinkten gefolgt. Den Instinkten, die ihm befahlen, das zu beschützen, was ihm etwas bedeutete.

War das Verrat? Nein. Das war Gewissen. Das war … Liebe.

Etwas, das Zero und mich verband und woraus wir unsere Kraft schöpften, über uns und unsere Grenzen hinauszuwachsen. Das war das, was der Nox und ich gemeinsam hatten: Wir waren bereit, uns selbst aufzuopfern für diejenigen, die wir liebten.

Zero, dessen Blicke ich in meinem Rücken spürte, hatte Kopf und Kragen riskiert, um den Mann zu retten, den er als Bruder bezeichnete und mit dem er zusammen aufgewachsen war. Er hatte mir zuliebe alle Regeln und Verbote in den Wind geschossen, die ihm jemals beigebracht worden waren. Er hatte einen Diés verschont, hatte ihn gerettet … er war nicht der harte, kaltherzige Anführer oder das arrogante Ratsmitglied. Das waren nur Bilder, die er anderen präsentieren wollte, um sie auf Abstand zu halten. In ihm drin befanden sich ein weicher Kern und ein großes Herz, das wurde mir in diesem Moment so bewusst wie nie zuvor.

Sonst hätte er niemals all das für Calem, Mona und mich getan. Sonst hätte er sich niemals die Schuld am Tode seiner Mutter gegeben – und sich niemals so sehr gequält.

Unwillkürlich drehte ich mich zu ihm um.

Ich hatte recht gehabt, er taxierte mich immer noch mit kalten Blicken und seine Miene war verschlossen. Aber jetzt, da mir gerade noch stärker aufgefallen war, dass diese Eisprinzenfassade nur zur Show und Abschreckung diente, dass sie sein Schutz war, musste ich unwillkürlich lächeln. Etwas, das ihn ganz offensichtlich aus der Bahn warf und seine grimmigen Gesichtszüge durcheinanderbrachte.

»Was grinst du so?«, fragte er argwöhnisch. »Hast du etwa einen Sonnenstich? Ein paar Tage im Dunkeln und du verträgst die Strahlen deiner Göttin nicht mehr?«

Sein Tonfall sollte eigentlich frostig klingen, aber die Skepsis verlieh seiner tiefen Stimme einen samtenen Klang. Zudem verfiel er genau wie ich in den Fragenmodus, wenn er unsicher wurde, was mich noch breiter lächeln ließ.

Noch eine Gemeinsamkeit.

Ich trat auf ihn zu und drückte ihm ohne zu zögern einen Kuss auf die Wange. »Weißt du, mein mutiger Anführer, du kannst wirklich stur sein. Aber du vergisst, dass du es mit einer Diés zu tun hast, die dich besser durchschauen kann, als dir lieb ist.«

Ich spielte sonst selten diesen Trumpf aus, den ich mit in die Wiege gelegt bekommen hatte, aber jetzt war mir gerade danach. Ich hatte die Oberhand und es bereitete mir Vergnügen, dass *ich* mal diejenige war, die ihn verwirrte – nicht umgekehrt.

Mein Plan ging auf, weil er mich mit beiden Händen zu sich zog und ich keine Sekunde später seinen Atem an meinem Ohr spürte. Eine Gänsehaut glitt über meinen Rücken, als er mir leise zuflüsterte: »Pass auf, Prinzessin. Du spielst gerade mit Verlangen, das du noch nicht verstehst, geschweige denn kontrollieren kannst.«

Wahrscheinlich hätte er mich noch länger festgehalten, aber Dämon, den ich immer noch in meinen Armen hielt, stemmte sich mit aller Kraft von Zero ab und fuhr die Krallen aus, während er missmutig brummte.

Zeros Blick fiel auf die Katze, dann legte er den Kopf schief und sah mich mit schmalen Augen an. »Du kannst froh sein. Der Flohsack hat gerade verhindert, dass ich mit Lektion zwei beginne. Komm jetzt, wir müssen zu den anderen zurück – und solltest du nochmals versuchen, mich herauszufordern, sei darauf gefasst, dass ich nur zu gerne bei diesem Spiel mitmache.« Er sah mich vielsagend an. »Du bist mehr als bereit für Lektion zwei, Prinzessin.«

Dass er jetzt an Sex denken konnte, wenn wir doch viel größere Probleme hatten, verschlug mir wieder einmal die Sprache.

Er genoss diesen kleinen Triumph ganz offensichtlich und schenkte mir ein sündiges Lächeln, das wahrscheinlich Eis schmelzen lassen konnte. Dann wandte er sich von mir ab, holte das Circulum aus seinem Versteck, das er wohl gefunden hatte, als er mir gefolgt war, und ging mir voran zurück zur Höhle.

Natürlich verbrachten wir die nächste Viertelstunde damit, dass Calem seinem Bruder zuerst an die Gurgel sprang, ihm einen Faustschlag in den Magen verpasste und Zero dann nach allen Regeln der Kunst beleidigte, weil dieser ihm den Ring, den er eigentlich Mona hatte geben wollen, ohne sein Wissen abgenommen hatte.

Mona hingegen hielt sich im Hintergrund, während zwischen Calem und Zero die Fetzen flogen. Sie nestelte an der Leine, die wieder um Dämons Hals befestigt war, und sah den beiden Männern stumm zu. Ich kannte meine Freundin zwar gut, aber ich konnte nicht genau ergründen, ob es ihr unangenehm war oder ob sie sich insgeheim darüber freute, dass Calem ihr ganz offensichtlich einen Heiratsantrag hatte machen wollen.

Als Calem sich endlich etwas beruhigt hatte und seinen Bruder nur noch mit gekränkten Blicken bewarf, trat ich an die Wand, wo die Symbole eingraviert waren.

»Ihr könnt die also wirklich nicht sehen?«, fragte ich sicherheitshalber, während ich mich zu Zero umdrehte, der mir am nächsten stand.

Die beiden Nox schüttelten gleichzeitig den Kopf. Calem war inzwischen zu Mona gegangen und hatte den Arm um ihre Taille gelegt, während sie mein Tun beobachteten.

Ich nickte und untersuchte die Symbole nochmals, während ich mir diejenigen auf dem Ring, der inzwischen wieder bei seinem ursprünglichen Besitzer war, ins Gedächtnis rief. Es stimmte, einige von den Zeichen glichen denen, die auch im Ring eingraviert worden waren.

Nur … wo war der Zusammenhang zwischen ihnen?

Dass einer da sein musste, war mir klar und auch, dass Zeros Vater etwas damit zu tun haben musste. Die Gravuren mussten Relas bekannt gewesen sein, vielleicht hatte er sie selbst sogar angebracht. Wahrscheinlich wollte er nicht, dass ein anderer Nox die Symbole sah. Wer weiß, eventuell hatte Zeros Mutter ihm ja sogar beim Gravieren geholfen …

Sachte fuhr ich mit dem Finger über die Felswand und fuhr die geschwungene Linie des ersten Zeichens nach, das ich auch im

Metall gesehen hatte. Sofort wurde der Stein unter meiner Haut angenehm warm und das Symbol leuchtete stärker.

Zero sog hörbar die Luft ein. »Wie hast du das gemacht?«, fragte er, während er näher trat.

»Siehst du es jetzt?«, fragte ich und drehte mich zu ihm um.

Ich zuckte unwillkürlich zusammen, da ich nicht gedacht hätte, dass er so dicht hinter mir stand, aber sein Blick war fest auf die Felswand gerichtet, während er nickte.

»Ja, ich kann das Symbol sehen. Gleicht entfernt einem ›S‹ …«

»Das nächste Symbol auf dem Ring ist dieses.« Ich zeichnete die gerade Linie des zweiten nach, das am Ende einen kleinen Haken besaß und sich drei Zeichen weiter weg vom ersten befand. Für Zero musste es aussehen, als malte ich mit unsichtbarer Farbe etwas auf den Stein, der danach zu leuchten begann.

»Wow«, entfuhr es ihm.

Ich lächelte unwillkürlich, da es sich wie ein Lob aus dem Mund des Nox anhörte. »Dann machen wir mal weiter.«

Ich zeichnete noch weitere zehn Symbole nach, in der Reihenfolge, wie sie auf dem Ring eingraviert worden waren. Jedes von ihnen begann zu leuchten und wurde dadurch auch für die beiden Nox sichtbar. Als ich beim Letzten angekommen war, ging ein lautes Grollen durch den Felsen vor uns.

Ich trat unwillkürlich einen Schritt zurück und stieß mit Zero zusammen, der jedoch dieses Mal keinen dummen Spruch auf den Lippen trug, weil seine Augen genau wie meine auf das Loch gerichtet waren, das sich gerade vor uns auftat. Es schien, als würde die Wand durchsichtig, beinahe genauso wie beim Höhleneingang, nur, dass die Illusion mit jeder Sekunde verblasste. Dahinter konnte ich einen weitläufigen Raum erkennen. Eine weitere Höhle … in der Apparaturen standen.

»Was bei Solaris …«, »Bei Lunos' Eiern …«, hauchten Zero und ich gleichzeitig, während wir fassungslos auf das starrten, was sich uns gerade offenbart hatte.

KAPITEL 22 – ZERO

Fassungslos war gar kein Ausdruck, um das zu beschreiben, was mich gerade in diese Schockstarre versetzt hatte. Als hätten diese Inseln nicht schon genügend Geheimnisse vor uns, als gäbe es nicht schon genügend Rätsel und Ungereimtheiten.

Dass Vater all das hier tatsächlich vor mir und Calem verschwiegen hatte, stimmte mich – neben all der Verblüffung – vor allem wütend.

Ich war die Mysterien so verdammt leid. Immer nur neue Fragen, nie Antworten. Lügenkonstrukte und Schweigen – auf nichts anderem schien unser aller Leben aufgebaut worden zu sein.

Wir betraten vorsichtig den bis eben noch verborgenen Raum, der vom Licht der Kristalle, genau wie in der kleinen Höhle hinter uns, erhellt wurde.

Mir stieg ein seltsamer Geruch in die Nase – irgendwie steril. Ich ließ meinen Blick über das seltsame Pult und das schwarze Glas an der Wand schweifen. Ähnliche Maschinen hatte ich bisher nur im

Solaris-Tempel auf Diés gesehen, als ich das Circulum gestohlen hatte.

»Was ist das hier?«, verbalisierte Calem meine Frage, sprach sie aber an niemand Bestimmten aus, weil er staunend das seltsame Metall und die vielen Knöpfe betrachtete.

Mein Blick fixierte Skya, die ein paar Schritte nach vorne gemacht hatte und sich nun in der Mitte dieses seltsamen Raums drehte, während sie mit offenem Mund die Armaturen anstarrte.

»Erklär mir, für was diese Maschine gedacht ist«, verlangte ich von ihr. Meine Stimme klang nicht nur tonlos, sondern auch gefühllos, aber ich musste diese Wut über die vielen Geheimnisse irgendwie unterdrücken und das gelang mir nur, wenn ich alle Emotionen in mir abstellte.

Skya drehte sich zu mir und schüttelte den Kopf. »Ich habe keine Ahnung.«

»Du hast keine Ahnung?!«, entfuhr es mir. »Was ist mit eurem Tempel?! Dort stehen auch diese seltsamen schwarzen Spiegel und ein Metallpult! Ich habe es gesehen!«

Als ich Calems Hand plötzlich meinen Unterarm packen spürte, wurde mir bewusst, dass ich dabei war, auf Skya zuzusteuern, um mich vor ihr aufzubauen. Dieser Einschüchterungsmodus war noch in mir verankert und obwohl ich nicht mehr der kaltherzige Anführer sein wollte, spulte ich gerade mein altes Muster ab.

»Beruhig dich, Zero!« Die mahnenden Worte meines Bruders kühlten mein kochendes Gemüt ein wenig ab.

Skya funkelte mich zu Recht wütend an, ich musste mich entschuldigen.

»Es tut mir leid«, seufzte ich und fuhr mir durch die Haare. »Ich habe in eurem Solaris-Tempel ähnliche Maschinen gesehen. Ich dachte, ihr wüsstet …«

»Wir wissen gar nichts. Weil wir genauso zur Unwissenheit erzogen wurden wie ihr!«, unterbrach mich meine schöne Diés und kam wutentbrannt auf mich zu.

Die vielen Fragen und Lügen quälten sie genauso wie mich. Wir reagierten sehr ähnlich auf psychischen Stress – sie baute sich vor mir auf.

»Die Gen B der Nox und die der Diés – wir sind alle nur dumme Marionetten, Zero!«, rief sie mir etwas ins Gedächtnis, das ich zwar verstanden, aber noch nicht verinnerlicht hatte. »Die Räte haben uns erzählt, dass diese Maschinen früher benutzt wurden, um mit Solaris zu kommunizieren, dass sie aber nicht mehr funktionieren würden, weil die Göttin beschlossen hat, nicht mehr direkt mit uns zu sprechen. Wie man sie bedient, hat man uns nie erklärt. Das gehörte alles zu ihrer Gehirnwäsche!«

Ich knurrte in mich hinein und ging auf das silberne Pult zu.

Diese alten Säcke hatten uns zur Dummheit erzogen, weil sich dumme Schäfchen leichter führen ließen. Nun standen wir vielleicht unglaublich dicht vor der Lösung unserer Probleme und wussten nicht, wie man den Schleier der Ignoranz aus unserem Verstand verbannte.

Meine Faust donnerte wütend auf das Pult herunter und ließ das Echo eines dumpfen Schlags durch die Höhle hallen, dicht gefolgt von fluchenden Schmerzensschreien, die meiner Kehle entwichen.

»Au, verdammte Scheiße! Aus was ist dieses Ding?!«, rief ich knurrend und hielt den linken Arm hoch, der pochte, als wäre er gebrochen. Ich drehte mich zu Skya, weil ich eigentlich so etwas hören wollte wie: »Tut es sehr weh?« oder »Zeig mal her«, aber ich bekam keine süß gehauchten Besorgnisbekundungen zu hören, sondern ihr Fauchen.

»Hast du sie noch alle?! Wenn du diese Maschine zerstörst, sind wir vielleicht endgültig aufgeschmissen! Denk doch nach, bevor du einfach draufhaust! Und in dir sollen Diés-Gene stecken?«

Die letzten paar Worte blieben ihr beinahe im Hals stecken, aber sie sprach sie noch aus, weil sie in Rage war und zu spät bemerkte, was sie damit bei mir anrichten würde.

Ich verfinsterte den Blick und errichtete eine Fassade aus eiserner Unnahbarkeit, durch die nur noch meine Wut und sonst nichts mehr nach außen drang.

»Was heißt das, in Zero stecken Diés-Gene?« Monas leise gehauchte Frage ging nicht an mich, weil sie sah, dass sie sich im Moment bei mir nur Gefrierbrand holen würde, und auch nicht an Skya, die gerade versuchte, mein Eis mit dem schwarzen Feuer in ihren Augen zum Schmelzen zu bringen.

Während wir unseren Hitze-Kälte-Kampf austrugen, schenkte Mona Calem fragende Blicke. Anscheinend hatte ihr noch niemand erzählt, dass ich hier auf der Insel geboren worden war. Mein dummer Bruder hatte tatsächlich dichtgehalten. Dafür hatte er sich fast schon ein Lob verdient.

Er antwortete ihr nicht sofort, sondern suchte Augenkontakt mit mir, auf den ich im Moment keine Lust hatte. Ich wandte mich ab und begann, durch die Höhle zu streifen, weil ich diesem wutbedingten Bewegungsdrang einfach nachgeben musste.

»Na los, erzähl es ihr. Es spielt sowieso bald alles keine Rolle mehr …«, warf ich mit rüdem Pessimismus um mich, ohne dabei irgendjemandem in die Augen zu sehen.

Ein paar Sekunden lang war es still, weil ich all ihre Blicke auf meinem Rücken spürte, während ich mich der großen, glänzend schwarzen Wand mit den leeren, kleinen Nischen zuwandte. Als Calem zu sprechen begann, schloss ich die Augen, weil ich bereits wusste, dass ich die Art, wie er über mein Schicksal berichten würde, zum Kotzen fand.

»Zero ist auch das Kind eines Nox und einer Diés.«

»Wirklich? Wie unser Kind …«, murmelte Mona beeindruckt.

Ich hatte noch immer die Augen geschlossen und ihnen allen den Rücken zugewandt, weil ich es hasste, Calem so mitleidig sprechen zu hören. Und weil ich das Erstaunen in Monas schwarzen Augen nicht sehen wollte. Was gleich kommen würde, würde Hoffnungen in ihr zunichtemachen. Hoffnungen, denen sie sich sowieso nie hätte hingeben dürfen.

»Aber Zeros Mutter … sie …«

Sag es endlich, Calem! Ich herrschte ihn in Gedanken an, es hinter sich zu bringen, aber er brachte es nicht über die Lippen.

»Zeros Mutter ist bei seiner Geburt gestorben«, erlöste Skya mich mehr oder weniger aus der selbst erzeugten Anspannung. Ich hörte sie näher zu mir kommen, weil ihre Stimme immer lauter wurde. »Bei dieser Tatsache haben uns die Räte anscheinend nicht belogen. Wenn wir Kinder miteinander zeugen, stirbt die Mutter bei der Geburt. Deshalb kommen wir ohne Abtreibungsmittel auch nicht weiter.«

Sie sprach das Wort ›Abtreibungsmittel‹ so hart aus, dass es in meinen Ohren wahrscheinlich noch schlimmer klang als in denen von Mona. Ein solches Mittel hätte auch mein Leben verhindert und das meiner Mutter gerettet. Diese Gedanken zuzulassen, schmerzte, aber es erschien mir notwendig.

»Wenn unser Vater ein Abtreibungsmittel gekannt hätte, wäre ich jetzt wohl kaum hier …«, schlussfolgerte ich, ohne meine Emotionen durchklingen zu lassen.

»Vielleicht hat dich deine Mutter mehr geliebt als ihr eigenes Leben, Zero.« Monas Stimme machte mir Gänsehaut. Sie klang so seltsam, weder ängstlich noch hoffnungsvoll, nur sanft.

Die Hand, die ich auf meiner Schulter fühlte, gehörte aber zu Skya. Ihre Berührung tat gut, auch wenn der Teil in mir, der zur Kaltherzigkeit erzogen worden war, sich gegen die Wärme meiner Diés sträubte.

»Ich bin mir sicher, wir finden hier ein paar Antworten. Aber wir müssen diese Maschinen irgendwie in Gang setzen«, verbalisierte sie ihren Plan und ging wieder auf das Pult zu.

Ich drehte mich nach ihr um und beobachtete dann die beiden Solaris-Töchter bei ihren Versuchen, diese Technik zu verstehen.

Calem steuerte auf mich zu und blieb mit mir in der Raummitte stehen. Ich sah ihm an, dass er auch nur brachiale Taktiken auf Lager gehabt hätte.

»Die beiden kriegen das bestimmt hin, sie sind klug«, versicherte mir mein Bruder, aber mir war selbst schon aufgefallen, dass mir Skya in so manchen Dingen überlegen war.

Calem fuhr mit seinen geflüsterten Sätzen fort, so als würde er unseren Optimismus damit stärken wollen. »Das Schicksal hat uns nicht umsonst aneinandergekettet«, mutmaßte er hoffnungsvoll. »Es sollte alles so kommen. Ich denke, Vater wollte, dass wir hier sind. Er hat das alles kommen sehen.«

Ich musterte Calem sofort streng von der Seite. »Was redest du denn da?! Weißt du irgendetwas?!«

Er erwiderte meinen Blick schockiert, aber ich kannte diesen Ausdruck in seinen Augen, dieses dumpfe Schimmern, wenn er etwas verheimlichte.

»Wenn jetzt rauskommt, dass du die ganze Zeit irgendein Geheimnis vor mir hattest, werde ich dich töten, *Calem*!« Ich legte meine Hände auf seinen Hals, vergaß aber zuzudrücken, weil das hellblaue Flackern und das kurze Summen meine Aufmerksamkeit auf die Maschine lenkte.

»Habt ihr es hinbekommen? Das hat doch gerade funktioniert. Was habt ihr gemacht?«, wollte ich von den beiden Diés wissen, die sich fragende Blicke zuwarfen.

Als Skya sich nach mir und Calem umdrehte, nahm ich die Hände von seiner Gurgel.

»Wir haben gar nichts gemacht«, verriet sie und musterte uns von oben bis unten. »Aber ihr habt etwas gemacht! Was?«

Auch wir tauschten ahnungslose Blicke aus und zuckten dann gleichzeitig mit den Schultern. »Ich habe ihm angedroht, dass ich ihn töte, wenn er etwas verschwiegen hat!«, antwortete ich und wurde wieder wütend auf Calem. »Weißt du irgendetwas über dieses Labor?! Hat Vater dir etwas darüber erzählt?! Spuck es aus!«

Er begann den Kopf zu schütteln und hob die Hände in Schutzhaltung vor den Körper, damit ich ihm nicht mehr an die Gurgel springen konnte.

»Ich weiß gar nichts!« Sein Blick wurde wieder seltsam und er relativierte auch im nächsten Atemzug. »Zumindest nichts, was uns weiterhelfen könnte!«

Wie ich es hasste, wenn man ihm jeden Satz aus dem Mund prügeln musste! Ich sprach seinen Namen so drohend aus, wie ich konnte. »*Calem*!«

Das plötzlich einsetzende Summen und das hellblaue Flackern der schwarzen Glasscheiben an der Wand ließen uns wieder alle staunen. Skya kam auf mich zu und packte mich an den Schultern.

»Mach das noch mal!«, forderte sie, und begann mich zu schütteln, als ich nicht sofort reagierte.

»Was denn?! Meinen Bruder anschreien? Gerne!«

»Nein!«, meinte Skya energisch. »Nicht deinen Bruder! Sag seinen Namen!«

Sie seufzte gereizt, als ich den Mund aufmachte und ein paar Silben stammelte, weil ich noch immer keine Ahnung hatte, was sie von mir wollte.

»Sag ›Calem‹!«, präzisierte sie ihren Befehl an mich endlich.

»Die Maschine reagiert auf Zeros Stimme und scheint passwortgeschützt zu sein …«, murmelte Mona dazwischen und auch mein Nox-Hirn begriff endlich, was von mir verlangt wurde.

»*Calem*«, sprach ich laut und deutlich und die Maschine blinkte wieder und machte ein paar Geräusche.

»Das scheint nicht zu reichen …«, stellte Skya fest und schloss plötzlich die Augen.

Ich legte ihr meine Hand auf die Schulter, weil ich dachte, sie würde verzweifeln, aber sie zischte mich an, weil sie gerade nachdachte und Ruhe haben wollte.

»Die Maschine reagiert auf dich, weil du wahrscheinlich dieselbe Stimmfrequenz wie dein Vater hast«, erklärte sie nach einer Weile. »Wir brauchen aber das *ganze* Passwort, um …«

Meine schöne Diés riss die schwarzen Augen plötzlich auf und starrte zuerst zu Calem und dann zu mir. Mein dummer Bruder nickte tatsächlich wissend. Anscheinend war ich sogar ein größerer Vollidiot als er, aber ich brauchte mehr Informationen.

»Was soll ich sagen?«, wollte ich von Skya wissen.

»Na was wohl? Dein Vater hatte zwei Söhne, oder?«

Ich seufzte über meine eigene Begriffsstutzigkeit und räusperte mich, ehe ich es aussprach. »*Calem und Zero.*«

Bisher hatte nur das schummrige Licht der Kristalle die Höhle erleuchtet, nun wurde sie taghell. Die Glasscheiben an den Wänden glühten hellblau, die Knöpfe und Schalter an dem Metallpult begannen zu blinken.

»Sind das Schriftzeichen?«, wollte Calem wissen und starrte wie wir anderen auf die seltsamen Zeichen, die in geordneter Reihenfolge auf der Glasscheibe auftauchten. »Habt ihr Diés gelernt, so etwas zu lesen?«

Mona schüttelte auf Calems Frage den Kopf. »Nein, so etwas habe ich noch nie gesehen. Du Skya?«

Wir setzten all unsere Hoffnung in das klügste Mitglied unserer Bande Rebellen, aber sie versuchte nicht mal aus den Zeichen schlau zu werden, sondern dachte über eine andere Lösung nach. »Ich kann diese Schrift nicht lesen, nein. Aber ich habe sie schon mal bei Praeda gesehen. Der Rat nennt sie ›Götterschrift‹, aber sie lehren sie die Jüngeren nicht.«

Calem meldete sich zu Wort und wagte es tatsächlich, mir vorwurfsvolle Blicke zu schenken »Na toll. Wir haben zwar ein Ratsmitglied hier, aber das ist so dumm, dass niemand versuchen würde, ihm eine neue Schrift beizubringen.«

»Du wagst es!«, fauchte ich, wurde aber sogleich von Skya am Arm gepackt und davon abgehalten, Calems Kopf gegen die Kristallwand zu schlagen.

»Nein. Ich denke, sie haben Zero diese Schrift nicht beigebracht, weil er der Gen B angehört. Sie benutzen ihn, um ihre Regeln durchzusetzen und weiterzugeben, aber sie weihen ihn in nichts ein«, verteidigte Skya mich mehr oder weniger nett.

Calem nannte mich dumm, Skya eine Marionette, beides wenig charmant. *Ich dachte, ihr liebt mich!*

»Aber du kannst die Maschine deines Vaters bestimmt trotzdem steuern«, versicherte mir Skya und musterte mich eindringlich. »Wenn sie auf Sprachbefehle hört, könnten wir vielleicht die Aufzeichnungen finden, die wir brauchen. Ich bin mir sicher, er hat hier etwas hinterlassen, was er vor dem Rat verstecken wollte. Er war in derselben Situation wie Calem.«

Skyas Blick legte sich auf meinen Bruder, der noch immer diesen verfluchten Ausdruck in den Augen hatte, der mir verriet, dass er mehr wusste, als er gerade zugeben wollte.

»Ja, Vater hat hier bestimmt etwas versteckt. Ich denke, er wollte, dass wir es finden …«, waren Calems Worte, die mir nicht genügten.

»Was weißt du?! Hat Vater dir irgendetwas hierüber erzählt? Spuck es aus! Es geht um dein Schicksal, Calem! Um dein Kind, um Mona!«

Dass ich ihm das tatsächlich bewusst machen musste, war absurd. Er wusste, was alles auf dem Spiel stand.

Als er endlich den Mund aufmachte, klang seine Stimme rau und vorwurfsvoll. »Ich bin zwar zwei Jahre älter als du, aber ich war auch noch ein Kind, Zero!«, machte er mir klar. »Du denkst, Vater hätte nur viel von *dir* verlangt, weil er wollte, dass du später ein Ratsmitglied wirst. Aber du hast ja keine Ahnung, weil du schon immer ein verdammter Egoist warst!«

»Du bist eine elende Heulsuse, Calem! Hör endlich auf, dich im Selbstmitleid zu suhlen, und sei mal ein Mann!«

Wir wären aufeinander losgegangen, hätten sich nicht zwei Diés zwischen uns gestellt und uns ihre Hände auf die Brust gelegt.

»Es reicht, Zero. Hört auf zu streiten. Wir müssen jetzt zusammenhalten, sonst ...« Skya beendete ihren leise gehauchten Satz nicht.

Ich sah an ihr vorbei und sah Mona auch auf Calem einreden.

»*Er* ist derjenige, der uns etwas verschweigt, nicht ich!«, verteidigte ich mich. Ich wollte mich nicht beruhigen, erst recht nicht, weil mir einmal mehr bewusst wurde, dass die Zeit wie Sand durch unsere Finger lief.

»Lass ihm die Gelegenheit, sich zu erklären. Du würgst ihn ja nach jedem Satz gleich ab«, warf Skya mir vor.

»Er soll froh sein, wenn ich ihn nicht tatsächlich würge!«

Sie seufze und tat etwas, das meine innere Unruhe und meine Wut tatsächlich zähmen konnte. Sie küsste mich. Ihre warmen Lippen legten sich auf meine, bewegten sich kurz sanft und ließen dann wieder von mir ab.

»Reiß dich zusammen, Zero. Wir brauchen einander«, murmelte sie.

Ich nickte wie hypnotisiert, weil Skya genau diese Wirkung auf mich hatte. Sie hypnotisierte mich und ich hätte ihr kaum einen Wunsch abgeschlagen, nachdem sie dieses Verlangen in mir geweckt hatte.

Als Calem sich wieder zu Wort meldete, schlug mein Herz etwas ruhiger.

»Ich habe nichts verschwiegen. Ich habe nur nie darüber gesprochen, weil es sowieso keinen Sinn ergeben hätte.« Er seufzte laut. »Ich erinnere mich daran, dass Vater mir beigebracht hat, dass die Diés keine Feinde sind, ich aber mit niemandem darüber sprechen soll. Er hat mir gesagt, dass ich nicht aufhören sollte, zu träumen und zu hinterfragen ...«

Ich unterbrach Calems mädchenhaftes Gesülze mit einem ungläubigen Schnauben. »Als ob Vater solche Worte benutzt hätte! Er war ein Ratsmitglied, er war ein Anführer, er war wie ich!«

»Nein!«, widersprach er mir und funkelte mich wütend an. Zumindest diesen Blick hatten wir uns beide von unserem Vater abgeschaut. »Er war nicht wie du, Zero! Zu dir war er immer anders als zu mir! Was aus dir geworden ist, ist nicht Vaters Verdienst, sondern ...«

Mein Puls beschleunigte sich abrupt.

»Du bist wie ...«, setzte Calem erneut an, sprach den Namen aber nicht aus, weil er wusste, dass ich dann ausrasten würde.

Doch mir war gerade danach, auszurasten. Ich wusste nicht mehr, wem ich trauen konnte, wer wirklich zu mir hielt.

»Ich bin wie *wer*?! Wenn ich nicht wie Vater bin, dann sag mir, wen du in mir siehst, du Feigling!« Ich brüllte so laut, dass meine wütende Stimme selbst in meinen Ohren schmerzte.

Dass Skya mich mit aller Kraft am Oberarm festhielt, nahm ich nur am Rande wahr. Sie konnte mich sowieso nicht aufhalten. Wenn Calem tatsächlich wagen würde, es auszusprechen – wenn er mir tatsächlich derart in den Rücken fiel … dann konnte nicht mal Skya mich davon abhalten, ihn windelweich zu schlagen.

»Du bist wie Neurus, Zero!«

In mir brachen sämtliche Dämme, hinter denen ich Wut, Zorn und bittere Enttäuschung gefangen hielt. Ich stürmte auf Calem zu und nach meinem ersten Schlag ging er zu Boden.

Wie konnte er nur? Wie konnte er mir nur so wehtun? Er wusste, wie sehr ich Neurus hasste. Er wusste, dass ich es mir nicht ausgesucht hatte, jahrelang von ihm geschlagen und gedrillt zu werden!

Ich stürzte mich auf ihn, drückte ihn mit einer Hand nach unten und schlug mit der anderen auf ihn ein. »Ich habe meinen Arsch für dich riskiert, du undankbarer Bastard!«, fauchte ich. »Ich habe mein Leben für dich weggeworfen!« Als er plötzlich zurückschlug, rann auch mir Blut aus der Nase.

»Du hattest doch gar kein vernünftiges Leben, Zero! Wäre all das hier nicht passiert, dann wärst du das dumme Arschloch geblieben, zu dem Neurus dich gemacht hat!«

Ich schlug so fest auf Calem ein, dass er beinahe das Bewusstsein verlor. Er schrie auf und schlug wieder zurück, allerdings hatte er kaum Kraft, da es Tag war.

Er sollte endlich aufhören, sich zu wehren! Er sollte endlich aufhören, mich mit Neurus zu vergleichen!

Ich hörte die eindringlichen Schreie der beiden Diés, aber ich ignorierte sie. Skya wollte, dass ich mich beruhigte und Mona schluchzte, weil sie Angst hatte, dass ich Calem tatsächlich totschlagen würde. Sie taten aber gut daran, uns nicht zu nahe zu kommen, weil weder ich noch Calem uns im Moment unter Kontrolle hatten. Wahrscheinlich ließen wir gerade all unseren Stress und unsere Ängste aneinander aus, aber wir waren Brüder, das war nicht das erste Mal, dass wir versuchten, uns die Köpfe einzuschlagen.

Als ich endlich seine Hände zu fassen bekam und sie auf den Boden drückte, damit er wehrlos war, konnte ich ihm all das ins Gesicht schreien, was er verdient hatte zu hören. »Du bist ein Feigling! Du hast nie gekämpft oder gelitten! Jetzt kannst du nicht damit umgehen! Ist ein Scheißgefühl, hilflos, verzweifelt und wütend zu sein, oder Calem?! Willkommen in meinem Leben!«

Er knurrte mich an, aber ich ließ ihn nicht zu Wort kommen. »Vaters Labor und seine *Aufzeichnungen* helfen dir auch nicht weiter! Du würdest alleine nie mit Monas *Schwangerschaft* zurechtkommen! Du würdest auf der *Suche* nach Antworten sterben und Mona mit dir!«

Ich hörte auf zu brüllen, weil mir jemand gegen den Kopf trat.

Auch wenn Skya bei Weitem nicht so stark war wie ich, ihre Schuhspitze an meiner Schläfe bewirkte, dass ich von Calem abließ, weil ich zur Seite fiel und mir an den Kopf fassen musste. Ich sah aus dem Augenwinkel zu meinem Bruder und rechnete damit, dass er die Gelegenheit nutzen würde, um mich am Boden festzunageln, aber er starrte nur mit blutverschmierten Gesicht auf die Maschine.

Als Skya sich plötzlich auf mich stürzte, versuchte ich mich wirklich zusammenzureißen, um ihr nicht wehzutun. Dennoch verlor sie das Gleichgewicht und landete auf mir. Aber sie war nicht mal verlegen, sondern funkelte mich bloß an. »Zero! Sieh dir an, was du gemacht hast!«

Ich dachte, sie wollte mir vorwerfen, dass Calems Gesicht voller Blut war, aber sie gab mir plötzlich den Blick auf die Glaswände frei, auf der Worte standen, die ich lesen konnte.

Aufzeichnungen - Schwangerschaft - Suche …

»Sie reagiert auf bestimmte Worte von dir! Du brutaler, dummer, genialer Idiot!«

Die Maschine summte und blinkte und mir wurde bewusst, was ich glücklicherweise gesagt hatte.

Als ich Skya von mir runterhob und aufstand, um fasziniert auf die leuchtende Fläche zuzugehen, kassierte ich plötzlich eine brennende Ohrfeige in mein sowieso schon zerschundenes Gesicht.

»Das war dafür, dass du so gewalttätig bist!«, fauchte Skya, konnte das wütende Funkeln aber nicht lange aufrechterhalten, weil sie genauso neugierig wie wir alle auf die Projektion starrte, die plötzlich an der Wand zu sehen war.

Ich hielt den Atem an, als ich in das Gesicht meines Vaters blickte.

KAPITEL 23 – ZERO

Ich konnte nicht fassen, was sich gerade vor meinen Augen abspielte. Die Bilder meines Vaters zu sehen, lähmte meinen Körper, belebte aber Gefühle in mir wieder, die ich längst tot geglaubt hatte. Als seine Stimme ertönte, hätte ich schwören können, ich würde meine eigene hören.

»*Ich habe beschlossen, dass Tonbild-Aufzeichnungen sich wohl als am einfachsten erweisen werden …*« Er grinste – mein Grinsen – und lachte dann leise. »*Auch wenn ich wohl nicht der größte Redner bin …*«

Die Aufnahme blieb kurz stecken. Das Standbild flackerte. Ich bekam Angst, dass wir nicht mehr zu sehen und hören bekommen würden.

»Ist das euer Vater?«, fragte Mona, aber ich starrte noch immer fassungslos auf das Bild.

Calem antwortete, seine Stimme klang rau und weinerlich, aber das konnte ich ihm nicht vorhalten, weil meine ebenso gezittert hätte, hätte ich sie benutzt. »Ja. Ja, das ist er …«

Ich fühlte Skyas Hand auf meiner Schulter und hörte sie mir zuflüstern. »Er sieht haargenau so aus wie du. Die Aufnahmen müssen schon alt sein. Ich schätze ihn auf Anfang zwanzig.«

Sie hatte bestimmt recht mit ihrer Vermutung. Ich hatte Vater älter in Erinnerung. Dort auf dem Bild war er wahrscheinlich nur ein paar Jahre über zwanzig. Er stand im selben Labor, in dem wir jetzt standen. Hellblonde Haare, stechend blaue Augen. Und er trug dunkle Kleidung, die meiner ähnelte, mit dem Unterschied, dass er einen weißen, offenen Kittel übergeworfen hatte. Zudem konnte ich das Amulett, das Neurus immer trug, um seinen Hals erkennen. Er war nicht nur Ratsmitglied gewesen, sondern Ratsoberhaupt, solange bis …

Seine Gesichtszüge waren weich, fast schon fein und strahlten eine Intelligenz und Autorität aus, die mich schon als Kind beeindruckt hatten. Aber er war kein Arzt gewesen, ich hatte ihn nie mit diesem Kittel gesehen.

Als das Licht flackerte und das Bild sich wieder bewegte, hingen wir an seinen Lippen.

»Ich hoffe, dass die Forschungen Resultate bringen, weil … ic … fü … die Insel … ist wichtiger … al ... wen … der Rat, davon erfährt und ich a … Ver … das Projekt verlassen muss.«

Abgebrochene Wortfetzen, nicht nur ich hatte Mühe, die beschädigte Aufnahme zu verstehen.

»Was hat er gesagt?«, wollte Mona von Skya wissen, die auch nur den Kopf schütteln konnte.

»Er spricht von einem Projekt?«, mutmaßte sie und schwieg sofort wieder, weil die Bilder plötzlich klarer und schärfer wurden. Auch die Tonqualität wurde besser.

»Ich muss diese Forschungen vorerst geheim halten, deshalb habe ich die Steuereinheit, die für den Tempel gedacht war, in den Berg mitgenommen. Hier kann ich in Ruhe denken und mit Erina beratschlagen, wie es weitergehen soll. Sie will das Kind unbedingt behalten …«

Bei der Erwähnung meiner Mutter spürte ich einen Stich im Herzen. Mein Vater grinste schwach auf uns herab und mir wurde seltsam zumute. Es war so, als könnte er durch seine Vergangenheit in unsere Gegenwart sehen.

»Abgesehen davon, dass uns die Räte den Kopf abreißen würden, weil wir das Insel-Projekt gefährden, will ich gar nicht wissen, wie Lunos und Solaris reagieren.«

Die letzten Worte sprach er gespielt ehrfürchtig, fast schon abwertend. Er seufzte und fuhr sich dabei durch die Haare. *»Aber was die Götter nicht wissen, kann sie nicht zornig machen«*, meinte er und lachte im nächsten Moment, so als hätte er einen Scherz gemacht.

»Ich will vorerst nur sichergehen, dass Erina die Schwangerschaft gut übersteht. Bis jetzt zeigt sie keine Anzeichen von irgendwelchen Anomalien. Ich weiß nicht warum, aber ich bin guter Dinge. Es widerspricht wohl allem Rationalen, aber sie sagt, sie weiß, dass das, was wir getan haben, uns helfen und nicht schaden wird. Sie glaubt, dass unser Kind der Schlüssel für die große, endgültige Lösung sein könnte, nach der wir schon so lange suchen. Ich glaube ihr, oder ich will ihr glauben, ich weiß nicht …«

Er kratzte sich am Hinterkopf und hauchte die nächsten Worte, so als müsste er sie leise sagen, damit sie besonders blieben. *»Ich liebe sie, ich würde alles für sie tun.«*

Der Kloß in meinen Hals wollte gerade zu schmerzen beginnen, als er plötzlich wieder lachte. *»Wenn aber die Inseln wegen uns beiden* *zerstört werden und wir alle dabei draufgehen, dann: Entschuldigt, wir waren verliebte Idioten, die nicht mehr an Krieg glauben wollten, sondern an so etwas Kitschiges wie die Liebe!«*

Ich musste schmunzeln, weil der letzte Satz von mir selbst hätte stammen können. Dann gefror das Bild plötzlich und mit ihm mein Blick.

»Ist das alles?«, wollte Mona wissen, aber Calem und ich waren gerade unfähig, ihr eine Antwort zu geben.

»Nein, die Maschine arbeitet noch«, meinte Skya und deutete auf die blinkenden Lichter des Pults.

Als die nächsten Bilder auftauchten, wäre ich vor Erschütterung beinahe ohnmächtig geworden.

Ich taumelte einen Schritt zurück und musste mich an Skya festhalten, um den Halt zu finden, den ich gerade so dringend brauchte. Was ich sah, war so unwirklich, dass ich die Bilder im ersten Moment anzweifelte.

»Sag ›Hallo Solaris, hallo Lunos!‹, Zero«, forderte eine unglaublich schöne Frau das Baby auf ihrem Arm auf und blickte im nächsten Moment zu meinem Vater, der neben ihr stand und schmunzelte.

»Wenn er schon sprechen könnte, wäre er wohl ein Wunderkind.«

»Das ist er doch, Relas. Selbst wenn er niemals ein einziges Wort sagen würde, ist Zero ein Wunder«, entgegnete sie und lächelte.

Die Frau hatte sanfte Züge, kluge, dunkle Augen und pechschwarzes Haar. Sie war eindeutig eine Diés … meine Mutter.

Ich musste mich von der Projektion abwenden, weil ich sowieso nichts mehr sehen konnte. Mir schossen Tränen in die Augen, die meinen Blick verschwimmen ließen.

Ich hatte noch nie in meinem Leben vor anderen geweint, nicht mal vor Calem, aber das Bild meiner Mutter ließ alle Dämme in meinem Inneren brechen.

»Sie hat noch gelebt …«, hörte ich Mona wie durch Watte sagen. »Sie hat deine Geburt überlebt.«

Ich hörte sie zwar, aber ich konnte mir selbst keinen Reim darauf machen.

Wieso hatte mir mein Vater erzählt, dass meine Mutter bei meiner Geburt gestorben war?

Tonnenschwere Schuldgefühle, die ich mein Leben lang mit mir herumgeschleppt hatte, Selbstgeißelung und schlaflose Nächte – wozu?

Diese vielen Lügen, es fühlte sich gerade an, als würde ich an ihnen ersticken. Ich begann zu husten, weil ich keine Luft mehr bekam.

Skya fuhr mir sanft über den Rücken, was mir half, nicht gänzlich die Contenance zu verlieren.

»Komm, du kannst auch ›Hallo‹ sagen, Calem.«

Als ich die Worte meines Vaters vernahm, drehte ich mich wieder den Bildern zu. Ich sah, wie er ein Kleinkind auf den Arm nahm, das uns im nächsten Moment fröhlich angrinste. Der Junge drückte sich an seine Brust. Mein Vater zerzauste zärtlich sein blondes Haar, was die blauen Augen des Jungen aufblitzen ließ, während er herzhaft lachte.

Ich wandte mich sofort dem erwachsenen Calem zu, der mit offenem Mund auf die Bilder starrte.

»Du warst dabei?! Du hast nie etwas gesagt!«, rief ich, wurde im nächsten Moment aber von Skya beschwichtigt.

»Er war kaum zwei Jahre alt, Zero! Wie soll er sich denn daran erinnern?«

Calem nickte Skyas Worte hektisch ab, während sein Blick unstet über mein Gesicht wanderte, so als würde er versuchen, einen Halt für seine Erklärung zu finden. »Ich schwöre dir auf das Leben meines ungeborenen Kindes, dass ich mich nicht erinnere, schon mal hier gewesen zu sein … oder daran, dass deine Mutter noch gelebt hat! Ich … das ist … ich wusste das nicht! Wirklich nicht! Hätte ich es gewusst, hätte ich es dir gesagt. Das musst du mir glauben! Es tut mir leid … ich konnte auch nur glauben, was man mir erzählt hat, Zero.«

Calem log nicht. Ich wusste, wie er aussah, wenn er log. Im Moment war er genauso entsetzt wie ich und fühlte die Schmerzen unserer Schlägerei gar nicht mehr.

Während meine Eltern sich noch verliebt anlächelten und mit dem kleinen Calem rumalberten, stockten die Bilder plötzlich wieder, der Ton wurde zum Rauschen und wir verstanden kaum noch ein Wort.

Mein Vater sprach über meine Geburt, Dinge, die uns brennend interessierten, die uns weitergeholfen hätten, aber die Aufnahmen waren viel zu beschädigt.

»Zero … ein ….ic.. Nox … weil… und …ser… Wunder.«

»Verdammter Mist, ich verstehe kein Wort …«, hörte ich Skya fluchen.

»Zeros Mutter hat überlebt! Sie ist nicht bei der Geburt gestorben!«, rief Mona, euphorisiert von der Erkenntnis, die wir gewonnen hatten.

»Aber was ist mir ihr passiert?«, stellte Skya die logische Frage, die ich nicht imstande war zu stellen, weil mein Verstand schon lange nicht mehr logisch funktionierte. »Ich kenne keine Erina unter den Diés. Wo ist sie hin?«

Das hellblaue Licht flutete wieder die Höhle. Wir starrten alle auf die Maschine und lauschten dem Summen, das uns hoffentlich eine weitere Aufzeichnung ankündigte. Als die Bilder vor uns auftauchten, versetzten sie mir wieder einen Schock.

Jede Aufnahme schien mir mehr zuzusetzen als die letzte. Ich wusste nicht, wie lange ich diese Wahrheiten noch aushielt, schließlich war ich mein Leben lang mit Lügen gefüttert worden.

Mein Vater war in der nächsten Aufzeichnung alleine und er sah furchtbar aus. Seine Augen waren ebenso verheult wie meine im Moment und seine Stimme klang rau, so als hätte er sie sich aus der Seele geschrien.

»Es ist meine Schuld …«, begann er tonlos und starrte durch uns hindurch. *»Erina ist tot und ich werde die alleinige Verantwortung dafür übernehmen. Es war unser gemeinsames Experiment, aber ich hätte es nicht so überstürzen dürfen. Wir waren uns so sicher, dass wir das Richtige tun. Wir waren so sicher, dass das Nox-Blut in Zero stärker ist als das dieser …«*

Die Aufnahme war nicht beschädigt, er konnte nur nicht weitersprechen, weil die Trauer und die Schuldgefühle ihm die Kehle zuschnürten.

»Wir wollten die Inseln mit Zero verlassen«, fuhr er nach einer Weile tonlos fort. *»Ihn Solaris und Lunos zu zeigen, war Erinas größter Wunsch. Sie wollte ihnen beweisen, dass er gesund ist. Wir haben ihn zu*

einem Nox gemacht, zumindest dachten wir das … unser Experiment schien so erfolgversprechend.«

Mir wurde grenzenlos seltsam zumute. Übelkeit, Schwindel und das Unverständnis in mir waren so stark, dass ich am liebsten geschrien hätte.

Skya griff meine Hand, fest genug, dass ich im Hier und Jetzt blieb und nicht abdriftete.

»Als wir die Barriere abgestellt haben, um die Inseln zu verlassen, ist es ausgebrochen. So unkontrolliert, dass es Erina umgebracht hat. Ich habe sie sofort wieder angestellt. Anscheinend hält die Barriere es zurück. Das heißt …«, er schwieg wieder, so lange, dass ich beinahe verrückt wurde.

Ich hätte ihn am liebsten angeschrien, ihn um Antworten angefleht, die nicht noch mehr Fragen aufwarfen, aber ich war noch klar genug, um zu begreifen, dass das keinen Sinn gehabt hatte.

Vater war tot und auch meine Mutter.

Was mir von ihnen geblieben war, waren wirre Aufnahmen, in denen sie über Projekte, Experimente und die Götter sprachen.

War ich ihr Experiment?

Ich fühlte mich elend.

»Das heißt, dass ich hierbleiben werde«, murmelte mein Vater in der Aufnahme zu sich selbst. *»Nur hier auf der Insel hat Zero eine Chance. Die anderen Ratsmitglieder sind einverstanden. Wir werden seine Geburt weiterhin vor Solaris und Lunos verschweigen und die Barriere nie wieder abstellen. Er wird ein Nox bleiben, wahrscheinlich der stärkste von uns allen werden, aber wir werden ihm beibringen, mit seinem Schicksal umzugehen. Ich werde ihn so lange beschützen, wie ich kann, selbst wenn*

das heißt, dass er mich irgendwann hassen wird. Erina wollte, dass er lebt und dafür werde ich sorgen, auch wenn er nie etwas anderes sehen wird als diese verfluchte Insel …«

Die Aufnahme ging wieder in hellblaues Licht über.

»Hältst du es noch aus?«, hörte ich Skya neben mir flüstern.

Sie musterte mich mit so viel Mitgefühl im Blick, dass mir bewusst wurde, wie furchbar ich aussehen musste. Der starke, sture Nox, der laute, gefeierte Anführer der Gen B … es fühlte sich an, als wäre nichts mehr von mir übrig.

Das Blut in meinem Gesicht hatte sich mit meinen Tränen vermischt und meine Augen brannten, als würden sie in Flammen vergehen.

Ich machte mich darauf gefasst, nochmals die Fassung zu verlieren, weil die Maschinen noch immer nicht aufhörten zu summen. Obwohl ich wusste, dass wir alle noch so viele unbeantwortete Fragen hatten, wünschte ich mir, dass diese Bilder bald enden würden. Ich wusste nicht, wie viele von ihnen ich noch ertragen konnte.

»Das ist wahrscheinlich mein letzter Eintrag …«, hörte ich meinen Vater sagen und sah wieder in sein Gesicht. Es war deutlich gealtert. So hatte ich ihn in Erinnerung. Mitte vierzig. Ein Mann, der vom Leben gezeichnet worden war. Falten auf der Stirn und dieser strenge Zug um den Mund, der sich in Form von tiefen Furchen in seinen Mundwinkeln verewigt hatte. Wieder trug er den weißen Kittel, aber das Amulett fehlte. Damals hatte er seine Position als Ratsoberhaupt bereits an Neurus abgetreten.

»Ich habe meine Forschungen wieder aufgenommen, weil ich der Meinung bin, dass diese Inseln so nicht weiterbestehen können«, sagte er

mit fester Stimme, als müsse er sich selbst von seinem Plan überzeugen. »*Wir müssen eine Lösung finden, eine Gesamtlösung, weil wir uns nicht für immer verstecken können! Während der Rat hier drin Solaris und Lunos hintergeht und immer mehr Kinder ankommen, herrscht dort draußen Krieg. Sie vergessen, warum Nox und Diés existieren, warum diese Inseln erschaffen wurden. Ich kann die Augen davor nicht länger verschließen, deshalb habe ich angefangen, unsere Forschungen wiederaufzunehmen.*«

Er fuhr sich durchs Haar, seufzte müde, ehe er weitersprach. »*Neurus und Praeda wissen es. Es ist nur eine Frage der Zeit, bis sie entscheiden, dass ich eine Gefahr für das Wohl der Inseln darstelle. Sie haben Angst, dass ich sie an Solaris und Lunos verrate, aber das werde ich nicht, solange ich kein Gegenmittel gefunden habe. Wenn ich die Götter auf uns aufmerksam mache, werden sie auch hinter Zeros Geheimnis kommen und das kann ich auf keinen Fall riskieren. Er muss so lange hierbleiben, bis es ein Heilmittel gibt – vielleicht für immer. Es kann sein …*«

Ich schloss die Augen, weil ich fühlte, dass er gleich etwas sagen würde, was mir wieder zusetzte. Diese Pausen machte er nur, bevor er etwas Furchtbares sagen musste.

»*Wahrscheinlich muss ich meinen Sohn meinem Mörder überlassen, aber ich habe keine andere Wahl. Wenn Neurus mich umbringt, muss ich Zeros Wohl in seine Hände legen. Er wird ihn zu einem Ratsmitglied machen, und weil sie die Tragik unserer Welt vor ihm verheimlichen werden, so wie vor allen anderen, wird er ein normales Inselleben führen. Die Alternative könnte ich nicht verantworten, auch wenn ich diese falschen, feigen Moralvorstellungen noch so leid bin. Ich kann nichts mehr tun. Verrate ich die Inseln, verrate ich meinen Sohn, also sterbe ich wohl schweigend …«*

In meinem Kopf hallte immer dieselbe Erkenntnis wider.

Der Rat hatte meinen Vater getötet.

Neurus hatte meinen Vater getötet.

Ich war von einem Mörder ausgebildet worden.

Aus irgendeinem Grund schockte mich diese Gewissheit weniger als viele andere Dinge, die ich heute gesehen hatte. Ich hatte immer gefühlt, dass Neurus ein elender Mistkerl war. Mein Vater hatte mir trotzdem beigebracht, mich ihm unterzuordnen, und er hatte anscheinend seine Gründe gehabt, auch wenn ich sie nicht verstand.

»Calem.« Als er plötzlich diesen Namen aussprach, kam es nicht nur mir so vor, als würde er ihn direkt ansprechen.

Calem wurde richtig blass und starrte mit weit aufgerissenen Augen in das Gesicht unseres Vaters.

»Wenn irgendjemand meine Forschungen fortsetzen wird, dann du. Ich weiß, dass wir nicht blutsverwandt sind, aber das ändert nichts daran, dass du mein Sohn bist und ich dich liebe. Ich habe dich zu einem Freigeist erzogen. Du wirst nicht alles glauben, was sie dir erzählen und du wirst nicht aufhören zu hinterfragen. Vielleicht freundest du dich irgendwann mit den Diés an oder gibst sogar der Liebe nach, die so natürlich ist, dass die Räte hart daran arbeiten müssen, sie zu unterdrücken. Auch, wenn du diese Aufnahmen wahrscheinlich niemals zu Gesicht bekommst …«

Er begann den Kopf zu schütteln. *»Das ist Unsinn, du wirst das nicht sehen, wahrscheinlich rede ich hier nur mit mir selbst, weil ich ein* *schlechtes Gewissen habe, dir und Zero so ein schweres Erbe mitgegeben zu haben …«*

Er schwieg eine ganze Weile, starrte auf den Boden und hob dann doch wieder den Kopf.

»Ich hinterlasse dir meine Forschungen trotzdem. Falls du eines Tages eine Diés in unser Heim – unser Zelt – lässt, wird sie sie sehen und ihr könnt gemeinsam herausfinden, wer der wahre Feind ist und was hinter dem Horizont liegt …«

Wir hielten alle gleichzeitig den Atem an.

»Beschütz deinen Bruder, Calem. Vergiss nie, dass du ihn liebst, egal was du erfährst.«

Unser Vater neigte den Blick, ich war mir sicher, dass ihm Tränen über die Wangen liefen, die er nicht zeigen wollte.

»Mein Zero …«, murmelte er und die Bilder begannen wieder zu flackern.

Ich hatte nicht damit gerechnet, dass er mich auch ansprechen würde, aber er schien so sicher, dass er sterben würde, dass er sich alles von der Seele reden wollte. Ich lauschte seinen letzten Worten an mich, während ich den Tränen freien lauf ließ.

»Bleib stark, bleib du selbst und vergiss nie, wen du liebst und beschützen willst.«

Die taghelle Höhle wurde plötzlich wieder dunkler und stiller. Die Maschine hatte sich abgestellt und das Summen war verstummt.

Während ich versuchte, die Tränen versiegen zu lassen, lauschte ich Calems Schluchzen. Ich starrte an die schwarze Wand und rang um Fassung und Kraft.

Monas Stimme war die erste, die ertönte und Fragen stellte. »Was … was hat das alles zu bedeuten? Es gibt ein Land hinter dem Horizont, oder? Ich kann das Kind bekommen, ohne zu sterben. Wir müssen fliehen, aber wie schalten wir die Barriere ab? Man kann es bestimmt von hier aus tun.«

Skya antwortete ihr, aber sie bekam etwas anderes zu hören als erwartet. »Sei kurz still, Mona. Lass ihnen doch ein paar Minuten Zeit, um das alles zu verarbeiten.«

Ich war ihr grenzenlos dankbar für diesen Satz. Ja, ich konnte gerade nicht nachdenken, genauso wenig wie Calem, der mich anstarrte, als ob er eine Bestätigung von mir haben wollte, dass das hier alles kein absurder Albtraum war. Ich konnte sie ihm nicht geben, weil ich selbst noch hoffte, plötzlich in einer anderen Realität aufzuwachen.

Die Minuten vergingen und klarten meine Gefühlswelt tatsächlich wieder auf. Meine Tränen trockneten und Calems Schluchzen verstummte.

Skya hatte meine Hand die ganze Zeit über nicht losgelassen. Als sich mein Verstand nicht mehr so taub und benebelt anfühlte, wurde mir bewusst, dass ich ihr wehgetan haben musste. Ich zog ihren Arm zu mir hoch und gab endlich ihre Hand frei, die ganz rot war, weil ich so fest zugedrückt hatte.

»Entschuldige …«, hauchte ich mit beschlagener Stimme.

Sie schüttelte den Kopf und legte mir die Hand auf die Wange. »Nicht der Rede wert, Zero. Geht es wieder?«

Ich nickte und sah rüber zu Calem, der Mona im Arm hielt und endlich wieder ein wenig Farbe bekommen hatte. »Ja, lasst uns reden. Aber nicht hier drin, ich ersticke sonst.«

Die Luft in diesem Raum machte mir noch immer zu schaffen. Wahrscheinlich bildete ich mir die Atemnot nur ein und sie wurde von meinen Gefühlen erzeugt, aber so oder so, ich wollte diesen Ort hinter mir lassen.

Skya nahm wieder meine Hand, aber ich packte nicht mehr so geistesabwesend hart zu, sondern versuchte, sanft zu sein. Calem und Mona folgten uns nach draußen, zurück in die Höhle, die wir kannten und in der ich gleich viel besser Luft bekam.

Skya ließ mir noch ein wenig Zeit und suchte nach einem Tuch und etwas Wasser, mit dem sie mein Gesicht sanft vom Blut säuberte, das mir aus der Nase gelaufen war.

Ich schloss die Augen und spürte, dass ihre Berührung mich langsam aus der inneren Lähmung holte, die von mir Besitz ergriffen hatte.

Ihre Hände strichen zärtlich über meine Wange, als sie fertig war, und sie hauchte mir einen Kuss auf die Lippen. Am liebsten hätte ich sie zu mir gezogen und den Kuss vertieft, weil sich ihre Nähe gerade grenzenlos gut anfühlte, aber hier und jetzt war wahrscheinlich der falsche Zeitpunkt, um in Zärtlichkeiten zu fliehen.

Als ich die Augen öffnete, merkte ich, dass Mona in der Zwischenzeit auch Calems Gesicht vom Blut gereinigt hatte. Mein Bruder sah mit starrem Blick auf den Boden. Er schien immer noch damit beschäftigt zu sein, zu verarbeiten, was wir gerade dort drin gehört hatten.

»Also …«, begann Skya vorsichtig und musterte mich und Calem, bevor sie weitersprach. »Ich denke, wir haben nur einen kleinen Bruchteil der Aufnahmen gesehen, die euer Vater gemacht hat. Die meisten waren wahrscheinlich zu beschädigt, um sie überhaupt abzuspielen, sonst wären die Zeitsprünge nicht so groß gewesen. Kein Wunder, die Aufnahmen sind ja beinahe zwanzig Jahre alt …«

Mit einem Nicken pflichtete ich ihrer Theorie bei. Wir hatten bestimmt nicht alles gesehen, weil diese Aufnahmen sonst viel mehr Sinn ergeben hätten. Ich hatte so vieles nicht verstanden und ich war mir sicher, dass es Skya genauso ging, obwohl sie viel klüger war als ich.

»Was wir mit Sicherheit sagen können …«, begann sie, die Erkenntnisse, die wir gewonnen hatten, zusammenzufassen. »Die Schwangerschaft wird Mona nicht umbringen. Der Rat hat uns angelogen, aber diese Lügen scheinen viel weitreichender zu sein, als wir jemals vermutet haben.«

»Es gibt eine Welt hinter dem Horizont«, unterbrach Mona sie, weil sie ihre Ungeduld kaum im Zaum halten konnte. Sie schien viel Hoffnung aus den Worten meines Vaters geschöpft zu haben, aber ich war mir nicht sicher, ob sie auch das Drama und die vielen Fragen herausgehört hatte.

»Ja, aber wir wissen weder wie diese Welt aussieht noch ob wir dorthin gehen können. Lunos und Solaris – Relas hat oft von ihnen gesprochen. Es ist anscheinend wirklich das Land der Götter«, merkte Skya an und verstummte kurz, weil sie nachdenken wollte.

»Aber die Götter können uns vielleicht helfen«, mutmaßte Mona und wirkte dabei ebenso blauäugig wie ich und Calem, obwohl ihre Iriden schwarz waren. Sie hatte Dämon inzwischen auf den Arm genommen und kraulte ihn gedankenverloren.

»Es gibt so viel, das keinen Sinn ergeben hat«, erinnerte Skya sie. »So viele Widersprüche. Götter, Experimente, Morde, Verschwörungen. Das ist alles noch viel zu undurchsichtig.«

Mona seufzte, weil die Ungeduld in ihr tobte. »Aber wir wissen jetzt, dass wir die Barriere durchbrechen können. Ich bin mir sicher, dass einer dieser Knöpfe in Relas Labor das bewirken kann. Hier auf Nox oder Diés können wir nicht bleiben, darüber sind wir uns doch einig, oder? Ich meine, die Räte haben Calems und Zeros Vater getötet! Sie werden auch *uns* töten, also müssen wir fliehen.«

»Wenn wir jetzt unsere Entscheidungen überstürzen, könnte uns das erst recht das Leben kosten«, argumentierte Skya und versuchte, die Ungeduld in Mona damit zu zähmen. »Ich verstehe, dass du von hier weg möchtest, aber wir müssen zuerst versuchen, annähernd zu verstehen, was hier geschieht, was wir glauben können und was nicht.«

»Wie sollen wir das denn machen? Relas' Aufnahmen sind zu defekt und die Räte werden uns wohl kaum helfen«, meinte Mona und wurde von Calem in den Arm genommen, der endlich aus seiner Schockstarre erwacht war und nun auch versuchte, ihre Ungeduld zu bändigen.

»Vater hat von anderen Aufzeichnungen gesprochen, die er in unserem Zuhause – unserem Zelt – versteckt hat«, erinnerte er sie.

Diesen Teil hatte sie natürlich überhört, weil sie nur daran denken konnte, dass es endlich eine Möglichkeit gab, ihr Kind auf die Welt zu bringen und dabei nicht zu sterben.

Ich gönnte ihr diesen Egoismus, aber ich würde diese Inseln auch nicht verlassen, ohne Vaters Aufzeichnungen gelesen zu haben.

Im Moment wusste ich nicht mal mehr, wer oder *was* ich war und diese Ungewissheit konnte ich nicht lange aushalten.

»Ich gehe nach Nox. Dort suche und hole ich, was Vater uns hinterlassen hat«, kündigte Calem an.

Als ihn meine Blicke trafen, zuckte er kurz zusammen. Wir musterten uns und wussten nicht, ob wir uns gerade näher oder ferner waren als jemals zuvor.

»Und wie willst du das machen?«, fragte ich tonlos. »Du brauchst dazu Hilfe. ›Falls du eine Diés in unser Heim lässt‹, hat Vater gesagt. Vielleicht sind die Aufzeichnungen wieder verschlüsselt und können nur von Diés erkannt werden. Willst du etwa Mona mitnehmen? Willst du eine schwangere Diés nach Nox bringen?«

Calem schüttelte den Kopf. »Ich gehe mit Skya.«

Mein Widerspruch kam schnell und laut. »Nein!«

Ich wandte mich von Calem ab und trat neben die Diés, die mir vorhin so viel Halt gegeben hatte. In Skyas Augen funkelte Entschlossenheit. Sie wusste, dass ich sie nicht mit Calem nach Nox schicken würde. Wenn ich sie dieser Gefahr aussetzte, dann nur, wenn ich sie beschützen und an ihrer Seite bleiben konnte.

»Zero und ich gehen«, stellte sie mit fester Stimme klar und nickte mir dann zu.

»Aber …!«

Ich hatte keine Lust, jetzt auch noch Proteste von Mona zu hören, also unterbrach ich sie. »Tagsüber schlafen sowieso alle. Wir werden genügend Zeit haben, um nach Vaters Aufzeichnungen zu suchen und in unserem Zelt sind wir sicher. Wir sind spätestens zur Abenddämmerung wieder zurück.«

»Aber ….!« Jetzt fing Calem tatsächlich auch noch an.

Sie sollten alle die Klappe halten, ich wollte nichts mehr hören.

Ein eiskalter Blick von mir brachte meinen Bruder zum Schweigen und ich nutzte die Gelegenheit, um Skyas Hand zu nehmen und mit ihr aus der Höhle zu laufen.

Ich wollte endlich mit ihr allein sein, weil sie im Moment der einzige Mensch war, der mir dabei helfen konnte, mich selbst wiederzufinden.

KAPITEL 24 – ZERO

Wir liefen durch einen dichten Teil des Waldes, abseits der gängigen Routen und Wege. Es war zwar Tag, aber ich durfte auf keinen Fall riskieren, dass wir von irgendjemandem entdeckt wurden.

Ich hätte Skya nie nach Nox gebracht, wenn es nicht wirklich notwendig gewesen wäre. Erwischt zu werden, war gleichbedeutend mit Eskalation. Unsere sowieso schon brenzlige, schwer berechenbare Situation würde uns noch weiter entgleiten und wir würden kämpfen, lügen oder fliehen müssen.

Ich wollte eigentlich gar nicht darüber nachdenken, aber diese unangenehmen Spekulationen waren leichter zu ertragen als die Dinge, die sonst in meinen Gedanken herumgespukt hätten.

»Alles in Ordnung mit dir?« Skya klang etwas atemlos und mir fiel auf, wie schnell meine Schritte waren.

Ich verlangsamte das Tempo etwas. Sie hatte ihre Frage mit fester Stimme gestellt, in der zum Glück kein Mitleid mitschwang. Ich war ihr dankbar für den klaren, rationalen Tonfall, weil mich alles andere im Moment nur wieder dem Gefühlschaos nahe gebracht hätte.

»Ja, sicher. Wir erreichen gleich den Rand der Zeltstadt.«

»Du musst dich unbedingt bald ein wenig ausruhen. Du hast bestimmt schon lange nicht mehr geschlafen«, bemerkte sie.

»Kann sein.«

Meine mechanisch gesprochenen Antworten missfielen Skya sichtlich, aber sie ließ sie mich trotzdem sagen. Ich wollte diesen Scheuklappenmodus nicht abstellen, weil er mich funktionieren ließ und ich musste jetzt definitiv funktionieren. Schließlich führte ich gerade eine Diés nach Nox.

Als sich die Spitzen der Zelte in meinem Blickfeld aufbauten und der Wald allmählich spärlicher wurde, blieb ich stehen und streckte den linken Arm aus, um auch Skya auszubremsen. Ich kannte zwar Wege durch das Zentrum von Nox, auf denen uns tagsüber bestimmt niemand begegnen würde, aber ich wollte auf Nummer sicher gehen.

Während ich begann, mein sowieso offenes Oberhemd auszuziehen, starrten mich schwarze Augen prüfend und fragend an. »Was wird das?«

Ich trug zwar noch ein Unterhemd, dennoch gewährte ich Skya einen einladenden Blick auf meinen definierten Oberkörper, den sie bisher noch nicht zu Gesicht bekommen hatte – und offensichtlich faszinierend fand.

»Ich ziehe mich aus, damit du mich mal nackt sehen kannst«, erklärte ich und es fiel mir nicht mal schwer, die ernste Miene beizubehalten, weil ich eigentlich zu aufgewühlt war, um zu scherzen.

Ich fand trotzdem die Kraft für diesen dummen Kommentar und Skyas Blick und die Rötung auf ihren Wangen taten mir so gut, dass ich sogar mein Schmunzeln wiederfand. Ich liebte es, dass ich die schöne, durch und durch unschuldige Diés schon mit so einfachen Sätzen und ein paar muskulösen Oberarmen aus der Fassung bringen konnte.

»Zero!«, fauchte sie meinen Namen ermahnend und warf mir messerscharfe Blicke zu, weil sie verstanden hatte, dass ich sie nur auf den Arm nahm.

Das hier fühlte sich wieder nach Normalität an. Ich sagte frivole, dumme Dinge und sie stutzte mich mit Feuer in den Augen zurecht. So konnten wir die Ungewissheit und die erdrückende Ernsthaftigkeit von uns schieben.

Ich musste sie einfach küssen, weil ich ihr so dankbar war. Ohne Skya wäre ich wahrscheinlich kaputtgegangen oder noch schlimmer, ich wäre ewig im Stillstand gefangen gewesen.

Sie wich einen kleinen Schritt zurück, weil ich so plötzlich auf sie zukam, blieb dann aber stehen und biss sich unbewusst erwartungsvoll auf die Unterlippe. Meine linke Hand legte sich auf ihre Hüfte und zog sie näher, damit ich endlich diesen Drang in mir stillen konnte, der in der Lage war, mich kurz alles andere vergessen zu lassen.

Als ich mich zu ihr herunterbeugte und meine Lippen ihre berührten, spürte ich, wie sie sich in meinen Armen kurz anspannte, ehe sich ihr Widerstand in Luft auflöste.

Für ein paar Sekunden gab es nur unseren Kuss, unsere Berührung und unser Verlangen, dann holte uns die Realität wieder ein, weil ein Rascheln uns aufschreckte.

Intuitiv nahm ich Skya beschützend in den Arm und drehte mich nach dem Geräusch um. Ein erleichtertes Seufzen entwich meiner Kehle, als ich den Lemuren entdeckte, der sich in den Palmkronen versteckt hatte.

»Lässt du mich wieder los? Oder möchtest du mich allen Ernstes vor einem kleinen Affen beschützen? Der gehört ja wohl kaum zu einer eurer Nox-Patrouillen, oder?«, hörte ich Skya protestieren.

Ihre Wangen waren noch immer gerötet und ich hätte sie gerne weiterhin festgehalten, um zu sehen, wie verlegen sie noch werden konnte.

Aber das hier war nicht der richtige Ort, um sich zu lange in diesen wohltuenden Gefühlen zu verlieren.

»Bind dir das über deine Haare. Das Schwarz schreit hier auf Nox ›Feind‹ zum Himmel.«

»Aber es ist doch niemand unterwegs«, entgegnete sie mit schief gelegtem Kopf.

Ich atmete tief durch und präsentierte meinen eindringlichsten Anführerblick. »Ja, aber sicher ist sicher. Sollte jemand uns entdecken, könntest du auf den ersten Blick auch eine Nox sein.«

Skya zog die Brauen zusammen und hob das Kinn hoheitsvoll.

Achtung, wenn sie so aussah, bekam ich gleich einen Vorwurf zu hören!

»Du meinst, weil alle daran gewöhnt sind, dass du mit irgendwelchen Mädchen in deinem Zelt verschwindest?«

Voila, der ›Schwerenöter‹-Vorwurf! Ich wusste es.

»Ich tue uns beiden keinen Gefallen, wenn ich irgendetwas darauf antworte, also hier …«

Ich hielt ihr das dunkle Stück Stoff hin und beobachtete, wie sie ihre Haare darunter verbarg und mit geschickten Bewegungen etwas bastelte, das aussah, als wäre es die Kapuze einer Kutte.

Als sie fertig war, sah sie mich erwartungsvoll an. Die großen, dunklen Augen, die ich als so schön und besonders empfand, würden sie noch immer verraten, aber so nahe würde ich definitiv niemanden an sie heranlassen.

»Gut. Komm.«

Ich sah ihr die Nervosität an, als wir aus dem Wald auf den Weg traten und die Zelte immer näher kamen. Sich dem Herzen von Nox zu nähern, musste furchtbar für Skya sein, aber ich fühlte mich genauso unwohl.

Diese Insel war mein Zuhause gewesen, ein Ort, der mir so vertraut war und mich jetzt trotzdem mit seiner Atmosphäre erschlug. Ich fühlte die Lügen hinter jeder Ecke lauern, sie steckten in allem, was diese Insel jemals hervorgebracht hatte – auch in mir.

Ich lief mit Skya hinter den Zelten vorbei. Sie war die ganze Zeit sehr nahe bei mir geblieben. Als sie plötzlich stoppte, begann ich mich prüfend umzusehen, aber die Straßen waren leer.

»Was ist los?«, wollte ich wissen und folgte ihrem starren Blick zur Glaskuppel, deren Spitze man von hier aus gut sehen konnte.

Das Herz von Nox, es musste einschüchternd auf sie wirken, bedrohlich.

Meine Hand suchte ihre. Ich umschloss sie sanft, um sie weiterzuziehen. Jetzt war *ich* an der Reihe und ich würde ihr genauso viel und so sicheren Halt geben wie *sie* mir in Vaters Labor.

Wir kamen vor unserem Zelt an und als ich Skya durch den Eingang ins Innere geführt hatte, atmete ich erleichtert durch.

Wir seufzen beinahe gleichzeitig befreit und lächelten uns dann an, aber nur kurz, weil die Diés den Blick durch mein Zuhause schweifen ließ.

»Wow, das ist …«, begann Skya ihren Satz und zog sich den Stoff vom Kopf.

Ich sah sie erwartungsvoll an und grinste triumphierend.

»… gar nicht mal so schäbig und dunkel, wie ich erwartet hatte.«

Dass ihr Kompliment so endete, entlockte meiner Kehle ein frustriertes Knurren.

Ich machte ein paar Schritte in den großen Raum, dessen Blickfang der hohe Baumstamm war. »Gib es zu, du bist beeindruckt!«, verlangte ich und streckte meinen Arm im selben Moment aus, in dem ich einen leisen Pfiff ertönen ließ.

Mein hübscher, seltener blauer Papagei würde sie dazu bringen, zuzugeben, wie großartig mein Zuhause war!

Es passierte nichts. Dieser dumme Vogel ließ mich tatsächlich hängen und reagierte nicht auf das Pfeifen.

Skya lachte. »Wieso stehst du so merkwürdig da?«, wollte sie wissen und amüsierte sich über die wachsende Wut in meinem Blick.

»Helius! Keks!«, rief ich hoch in die Baumspitze und das längst erwartete Geräusch von flatternden Flügeln setzte endlich ein.

Als der Papagei auf meinem Unterarm landete, neigte er seinen Kopf von links nach rechts. »Zero. Schöner Zero. Kluger Zero. Starker Zero.«

Skya trat näher an mich heran und musterte Helius eingehend. »Hat er dir beigebracht, sein Ego zu streicheln, wenn du um Futter bettelst?«, fragte sie den blauen Vogel, den ich aufgezogen, dressiert und geliebt hatte und der trotzdem gerade die Seiten wechselte.

Er hüpfte auf den Arm der Diés und piepste, als wäre er ein verdammter Singvogel.

»Bist du deshalb so übergewichtig?«, fragte sie provozierend. »Weil Zero ein Narzisst ist?«

Ich verfinsterte meine Miene und verschränkte die Arme vor der Brust. »Als wäre deine dämliche Katze nicht fett!«, entgegnete ich beleidigt.

»Dämon ist nicht fett, sondern plüschig und ich stopfe ihn nicht mit Essen voll, wenn er mich anhimmelt.« Sie fuhr Helios mit dem Zeigefinger über den Kopf. Wenn ich oder Calem das taten, wurden wir gebissen. Wenn Skya Hand anlegte, hielt sich der Papagei plötzlich für ein streichelbegeistertes Schmusetier.

»Verräter«, murmelte ich Helius zu und wandte mich dann von den beiden ab.

Ich wollte Skya und mir etwas zu essen besorgen, weil wir – im Gegensatz zu unseren Haustieren – nicht von Reserven zehren konnten und schon lange nichts Vernünftiges mehr zu uns genommen hatten. Während die Diés sich mit meinem verräterischen Vogel gut stellte, verschwand ich mit einer gemurmelten Erklärung meines Vorhabens nach unten.

Ich wollte erst in der Speisekammer haltmachen, aber meine Zimmertür stand offen und mein Blick fiel auf den Dolch über meinem Bett.

Er hing dort seit über zehn Jahren und ich hatte ihm schon lange keine Beachtung mehr geschenkt. Nun glänzte die silberne Klinge, als würde sie zu mir sprechen wollen. Sie flüsterte mir zu, dass ich ein naiver Idiot war und dass ich das Andenken an meinem Vater kein Stück geehrt hatte.

Die Waffe hatte ihm gehört. Sie sollte mich immer an ihn erinnern, aber meine Erinnerungen waren nichts weiter als leere, falsche, verdrehte Bilder aus der Vergangenheit, die mich zu dem dummen, beeinflussten Anführer geformt hatten, der ich nie hätte werden dürfen.

Wer war ich eigentlich?

Wer hätte ich sein müssen und was würde aus mir werden?

In mir riss plötzlich diese Mauer, die mich vor den verstörenden Gedanken bewahrt hatte, die Vaters Aufzeichnungen geschuldet waren. Skya hatte mir Kraft gegeben, sie zu errichten, damit ich weiterhin funktionieren konnte. Aber sie war oben bei meinem Vogel – und im Moment brach alles wieder über mich herein.

Ich stand in meinem Zimmer, vor dem Bett, vor dem Dolch und starrte durch diese Realität hindurch.

Mein Leben war zerbrochen, schon lange vor den Bildern in Vaters Labor. Ich hatte gewusst, dass Nox für mich nie wieder wie früher sein würde. Mein Zuhause war keines mehr, die Leute, denen ich erlaubt hatte, über mein Leben zu bestimmen, waren Mörder und Verräter – all das hätte ich ertragen können.

Calem, Mona, Skya und ich, wir teilten dieselben Probleme – das hatte ich zumindest gedacht.

Es stimmte nicht.

Ich konnte es nicht ertragen, weil ich eben nicht wie die anderen war.

Oder?

»Zero …«

Vielleicht war ich ein Monster. Ein Experiment. Ein Bastard. Ein Unfall. Missglückt.

»Zero, sieh mich an.«

Erst ihre Hand an meiner Wange holte mich zurück ins Hier und Jetzt. Skya hatte sich vor mich gestellt und legte auch die andere Hand auf mein Gesicht.

»Du wolltest doch nur etwas zu essen holen«, erinnerte sie mich leise und drückte sich dann an mich. Ihre Wärme kämpfte mit dem Schmerz und der Ungewissheit in mir.

»Ich bin ein Monster, oder?«, murmelte ich. »Vater wollte mich hier festhalten, weil ich gefährlich bin – weil ich nicht gesund bin … kein Nox.« Meine Stimme klang fremd, die Worte aus meinem Mund waren absurd und trotzdem glaubte ich daran.

»Das ist Unsinn, Zero. Du bist kein Monster. Du bist besonders.«

»Besonders …«, wiederholte ich zynisch und drohte an meinen eigenen Worten zu ersticken.

»Hör auf damit«, rief Skya plötzlich und klang nicht mehr sanft und mitfühlend, sondern wütend.

Ich horchte auf und starrte sie erwartungsvoll an.

»Hör auf, dir etwas einzureden und dich fertig zu machen! Sogar dein Papagei ist klüger als du. Du *bist* schön und stark, du Idiot. Der Einzige, der dich zerbrechen kann, bist du selbst, Zero!«

Ja, ich konnte mich selbst zerbrechen und ich hätte es getan, wenn nicht gerade jemand vor mir gestanden hätte, der mich so wütend und mit so viel Leidenschaft in den Augen musterte.

»Ich brauche dich, also reiß dich gefälligst zusammen!«, fauchte sie und legte die Arme um mich.

Skya drückte sich erneut an mich und ich wollte sie spüren, also wanderten meine Hände ihren Rücken hinab, um sie noch näher an mich zu ziehen. Als ich plötzlich etwas Unerwartetes fühlte, stutzte ich.

»Was hast du da?«, wollte ich wissen, während sie sich von mir stemmte und die Hände hinter ihren Rücken verschwinden ließ.

Sie hatte sich etwas hinten in den Hosenbund gesteckt. Ein kleines, braunes Buch mit einem Siegel. Als sie es mir zeigte, wollte ich es sofort öffnen, aber das Siegel hinderte mich daran.

»Die anderen Aufzeichnungen deines Vaters. Ich habe sie gefunden«, antwortete sie mit ruhiger Stimme. »Dein Vater hat einen Mechanismus im Baumstamm verbaut und dieses Buch darin versteckt. Dieselbe Zeichenfolge wie in der Höhle, ich konnte sie sehen.«

Meine Augen weiteten sich. »Was steht drin? Hast du es schon gelesen? Du kannst es doch auch öffnen, oder?«

Meine Ungeduld vertrieb zumindest die schwarzen Gedanken.

Skya nahm mir das Buch wieder aus der Hand und legte es auf meinem Nachttisch ab. »Nein, kann ich nicht. Wir müssen es in den Berg mitnehmen und dann …«

Sie sprach nicht weiter, sah nachdenklich aus. Es wunderte mich, dass sie sich noch keinen Plan zurechtgelegt hatte. Skya hatte *immer* einen Plan.

Ich wollte nachhaken, aber ich kam nicht dazu, weil sie mich plötzlich küsste. Es war das erste Mal, dass sie von sich aus so direkte Nähe zu mir suchte und mein Körper reagierte sofort darauf. Ich intensivierte unsere Berührung, zog sie wieder an mich und ließ meine Hände über ihren Rücken wandern.

»Versprich mir …«, keuchte sie mir in den Mund, »… dass du immer dieser Mann für mich bleibst, egal was passiert.«

Ich erwiderte ihren eindringlichen Blick. Er war flehend, lustvoll, stark. Mein Nicken war eine einfache, kurze Geste, aber ich gab ihr damit ein Versprechen, das ich halten würde, um jeden Preis.

Ich hatte Skya noch nie so sehr gewollt wie in diesem Moment. Mein Kopf neigte sich erneut zu ihr und ich biss mir auf die Unterlippe, bis es schmerzte, während sich meine Hände in ihrer Kleidung verkrampften.

»Wir sollten aus meinem Zimmer gehen, sonst werde ich …«, begann ich einen Satz, der eigentlich eindeutig klingen sollte, obwohl er unvollständig war.

Die hübsche Diés schüttelte jedoch den Kopf. »Wir sollten hierbleiben, für den Moment. Dein Zimmer ist schön.«

»Aber …«

Jetzt neigte *sie* den Kopf. »Du wirst sanft zu mir sein, oder? Das hier wird besonders.«

Diese Worte aus ihrem Mund ließen prickelnde Stromschläge durch meinen Körper jagen.

Ich hatte eine Erlaubnis bekommen, die mir eine der wichtigsten Fragen beantwortete, die ich mir im Moment stellte.

Wer wollte ich sein?

Ich wollte der Mann sein, dem Skya sich hingab und immer hingeben würde. Nicht mehr und nicht weniger.

Ich spürte, wie er mich noch stärker zu sich zog, wie seine Hände meine Kleidung losließen und über meinen Rücken und mein Hinterteil streichelten.

Ich wusste, ich hätte das nicht sagen sollen – nicht sagen dürfen. Aber es war die einzige Möglichkeit, ihn für ein paar Minuten aus diesen schwarzen Gedanken zu zerren, in denen er gerade zu versinken drohte. Und … ich wusste nicht, ob es vielleicht das letzte Mal war, wo wir uns so nahe sein konnten. Nur er und ich.

Es waren gestohlene Minuten – aber sie gehörten uns. Uns allein.

Zwei verliebten Idioten, die sich gerade voller Verzweiflung aneinanderklammerten, um die Sorgen, die uns ansonsten gequält hätten, für einen kurzen Moment in den Hintergrund zu schieben.

Während ich zuließ, dass er mein Oberteil langsam über meinen Kopf zog, hielt ich die Luft an und versuchte, meine Gedanken auf das zu lenken, was kommen würde. Darauf, was ich ihm gerade erlaubt hatte.

Ich sollte mich eigentlich freuen, sollte nervös sein … sollte …

Wenn mir die letzten Stunden etwas gezeigt hatten, dann, dass nichts so war, wie es sein sollte – deswegen war ich es auch gerade so was von leid, irgendwelche Erwartungen zu erfüllen.

Erst als ich mit nacktem Oberkörper vor ihm stand und er seinen Blick langsam über mich gleiten ließ, kehrten meine Gedanken wieder zu dem zurück, was gerade hier und jetzt passierte.

Zeros Augen konnten so warm blicken. So leidenschaftlich … so wie jetzt.

Ich spürte einen wohligen Schauer unter seiner Musterung und anders als erwartet, war es mir nicht peinlich, halbnackt vor ihm zu stehen. Denn er gab mir das Gefühl, begehrenswert zu sein. Schön zu sein. Das erkannte ich in seinem Blick, in welchem Verlangen und Bewunderung miteinander verschmolzen und mir angenehme Schauer über den Rücken jagten.

Er stieß leise die Luft aus und beugte sich zu mir vor, um mir einen Kuss auf das Ohr zu hauchen. Dann wanderten seine Lippen meinen Hals entlang, seine Hände zogen mich wieder an sich und ich schloss die Augen.

»Du bist wunderschön«, murmelte er in meine Halsbeuge.

Ehe ich etwas erwidern konnte, hob er mich hoch, sodass sich meine Beine wie von selbst um seine Mitte schlangen, und trug mich zu seinem Bett.

Jetzt spürte ich doch, wie mein Herzschlag sich beschleunigte und sich ein Kloß in meinem Hals bildete. War mein Plan gerade noch gewesen, ihn von seinen Sorgen abzulenken, spürte ich jetzt, wie mein Mut zu schwinden drohte.

»Zero … ich bin nicht sicher, ob ich das tun kann«, murmelte ich, als er mich auf seinem Bett abgesetzt hatte und zwischen meinen Beinen kniete.

Sein Blick begegnete meinem und er legte mir einen Finger auf die Lippen. »Schhh. Wir können jederzeit aufhören, wenn du möchtest. Wir haben Zeit, uns wird niemand stören – der letzte Ort, wo sie nach einer schwangeren Diés suchen, ist mein Zelt. Lass uns das hier genießen, es ist vielleicht das letzte Mal, dass wir es können … und lass mich zumindest mit Lektion zwei beginnen. Ich verspreche dir, du wirst es nicht bereuen.«

Ich nickte automatisch. Ein Blick in seine Augen genügte, um all meine Zweifel zu zerstreuen, denn … so absurd es sich auch anhörte: Ich vertraute ihm. Vertraute diesem Nox, der vor mir auf dem Bett kniete und mich mit leidenschaftlichem Blick ansah.

Seine Lippen verzogen sich zu einem schiefen Lächeln, das ich so an ihm liebte, während er sein Unterhemd auszog.

Zum ersten Mal konnte ich seinen nackten Oberkörper sehen – und sog leise die Luft ein, was er mit einem anzüglichen Lächeln quittierte, da er es als Kompliment auffasste. So war es auch gedacht. Mein Blick wanderte über seine muskulöse Brust, seinen Bauch, seinen Hüftmuskeln, die unter dem Bund seiner Hosen verschwanden. Noch nie hatte ich einen Mann als so schön, so vollkommen empfunden. Zeros Anblick raubte mir den Atem und ließ meinen Herzschlag stolpern.

»Bin ich der erste Mann, den du nackt siehst?«, fragte er mit blitzenden Augen.

Abermals nickte ich und biss mir verlegen auf die Unterlippe.

Sein Lächeln wurde noch ein wenig breiter und er beugte sich über mich, um mich zwischen meinen Brüsten zu küssen. Seine Haarsträhnen kitzelten dabei über die empfindliche Haut.

Ich legte den Kopf in den Nacken und stöhnte leise auf. Ein Geräusch, das mich selbst erschreckte, sodass ich rasch die Augen wieder öffnete, die sich vor Lust geschlossen hatten. Er war immer noch über mich gebeugt, sodass ich seinen Rücken sehen konnte – und aufkeuchte.

»Zero.«

Ohne innezuhalten, verteilte er weitere Küsse über meine Haut, während er seine Finger in meinen Hosenbund gleiten ließ.

»Zero!«

Ich ergriff seine Schultern und stemmte ihn etwas von mir weg.

Er sah mich einen Moment lang verwirrt an. Sein Blick war vor Verlangen verschleiert. »Was ist denn? So ungeduldig?«

Ich schüttelte vehement den Kopf. »Was hast du da?«, fragte ich und deutete mit dem Finger über seine Schulter.

Vorhin hatte der Stoff des Unterhemdes sie noch verdeckt, jetzt konnte ich sie jedoch in aller Deutlichkeit sehen: Narben. Quer über seinen Rücken verteilt. Und frische Striemen, die zum Teil noch blutverkrustet waren.

Das war also der Grund gewesen, warum er gestern Abend so zusammengezuckt war, als ich ihn dort berührt hatte.

Zero warf einen beiläufigen Blick über seine Schulter und schüttelte dann den Kopf, sodass ihm ein paar blonde Haarsträhnen in die Stirn fielen. »Das ist nichts«, brummte er und drückte mich zurück in die Kissen.

»Für ›nichts‹ sieht es aber sehr schmerzhaft aus.« Ich gab seinem Druck nicht nach, sondern stemmte mich auf die Ellbogen. »Wie ist das passiert? Und jetzt erzähl mir nicht, Dämon hätte dich in der Nacht überfallen.«

Er begegnete meinem Blick und ich konnte erkennen, dass er innerlich gerade fluchte. Es tat mir ebenfalls leid, dass ich soeben die Stimmung zwischen uns abgekühlt hatte, aber solange er Geheimnisse vor mir hatte, konnte ich ihm nicht das geben, was er von mir wollte.

Unwillkürlich legte ich die Hände vor meine Brust, um die nackte Haut vor seinem Blick zu schützen.

Er fuhr sich durch das Haar und strich ein paar Strähnen nach hinten. »Nun gut. Ziehen wir Lektion eins nochmals hervor: Vertrauen«, knurrte er und setzte sich so hin, dass er direkt zwischen meinen Beinen platziert war.

Ich zog die Knie an, was jedoch dazu führte, dass er meine Beine noch stärker spreizen konnte. Er hielt meine Oberschenkel mit beiden Händen fest, während er mir in die Augen sah.

»Das war Neurus. Der Neurus, der meinen Vater ermordet hat. Zufrieden? Mehr Erklärungen werde ich dir nicht geben. Denn was ich jetzt mit dir vorhabe und was ich am liebsten mit diesem Bastard tun würde, sind zwei vollkommen verschiedene Dinge.«

Er beugte sich wieder zu mir und küsste mich fordernd, während er meine Hände ergriff und sie von meiner Brust zog. Er drückte sie rechts und links neben mir in die Kissen und intensivierte seinen Kuss.

»Ich will dich, Skya«, murmelte er, als er mich kurz Luft schnappen ließ. »Ich brauch dich … hier und jetzt.«

Ich keuchte leise. Auch ich spürte dieses Verlangen in mir. Diesen Drang, ihm so nahe zu sein, wie ich noch keinem Mann gewesen war – aber auch die Furcht, die damit einherging.

Womöglich war es wirklich das letzte Mal, dass wir einander so nahe sein konnten. Und ich *wollte* ihm nahe sein. Ich wollte ihn so sehr, wie er mich wollte. Aber … wir durften nicht denselben Fehler machen wie Mona und Calem. Nicht wie Zeros Vater …

Ich befreite meine rechte Hand und griff in meine Hosentasche, um die Tablettenpackung hervorzuholen, die Teias mir zugesteckt hatte.

Meine Wangen glühten dabei und ich konnte Zero nicht in die Augen sehen, als ich spürte, wie er mich erstaunt musterte und eine Erklärung von mir verlangte.

»Das ist gegen … gegen die Schwangerschaft«, flüsterte ich. »Ich muss eine … davon … nachher …«

Meine Wangen brannten jetzt, als ständen sie in Flammen.

Zwischen meinen gesenkten Wimpern hindurch konnte ich erkennen, dass Zero langsam zu verstehen schien, denn er nickte. Dann nahm er mir die Tablettenpackung aus der Hand und legte sie auf den Nachttisch neben das kleine Buch, das ich gefunden hatte.

»Ich verspreche dir, du wirst es nicht bereuen«, flüsterte er in mein Ohr.

Ich nickte und hielt den Atem an, als er begann, meine Hose auszuziehen.

»Vertraust du mir?« Er hielt inne und sah mich fest an.

»Ja«, hauchte ich.

Ja. Ich vertraute ihm. Mehr, als ich allen anderen Diés vertraute. Mehr, als ich überhaupt einem anderen Menschen auf diesen beiden verdammten Inseln vertraute.

Er würde mir nicht wehtun. Das würde er niemals.

Endlich ließ ich mich in sein Bett sinken, löschte jeglichen Widerstand, den mein Verstand mir befahl, und gab mich seiner Zärtlichkeit hin. Seinen Küssen, die er federleicht über meinen Körper verteilte. Seinen Fingern, die meine Haut erkundeten, mich streichelten, zu Stellen glitten, von denen ich nicht gewusst hatte, dass sie mir Stromstöße bescheren konnten. Seiner Stimme, die liebevolle Zärtlichkeiten murmelte.

Als er sich ebenfalls ganz auszog, entfuhr mir ein leises Seufzen.

Ich hatte mir immer vorgestellt, wie es wäre, mit einem Mann diesen besonderen Moment zu erleben. Diesen Augenblick, wenn sich unsere Körper vereinten. Wenn er mir in die Augen sah und mir zuflüsterte, wie sehr er mich liebte. Wenn sich unsere Stimmen, unser Atem, unsere Hitze vermischten und eins wurden.

Aber das, was Zero mir gerade zeigte – was er mir schenkte –, übertraf meine kühnsten Vorstellungen.

Es war überwältigend und ich wusste, dass er mit seinen Worten recht behalten würde: Nein, ich würde das nicht bereuen. Nie in meinem ganzen Leben.

Ich lag auf dem Rücken, Zero war neben mir in einen tiefen Schlaf gefallen. Endlich hatte er entspannen können. Endlich seine Sorgen wegschieben und die verdiente Ruhe finden, die er so dringend brauchte.

Uns blieb noch Zeit, ehe es dunkel wurde. Ich fühlte mich immer noch stark und mein Verstand gehorchte mir – also war die Dämmerung noch nicht hereingebrochen. Zero und ich hatten etwas gegessen und uns danach noch einmal geliebt. Es waren wunderschöne Stunden gewesen. Stunden, die ich für immer in meinem Gedächtnis behalten würde.

Ich drehte mich zu ihm um und betrachtete ihn liebevoll. Im Schlaf wirkte er so verletzlich, so jung.

Da war keine Schutzmauer mehr. Kein kalter Blick. Kein Nox. Kein Anführer.

Da war nur Zero. Der Zero, der mir gerade gezeigt hatte, wie sehr man einen Menschen lieben konnte. Wie tief Gefühle gehen konnten und wie groß die Erfüllung war, wenn man dies mit einem Menschen teilte.

Ich streichelte über seine Wange, was ihn im Schlaf unwillkürlich lächeln ließ.

Ja – ich hatte mich in ihn verliebt. In diesen arroganten, selbstverliebten Besserwisser. In meinen Zero.

Ich schlang das Laken stärker um mich und hauchte ihm einen Kuss auf die Wange, ehe ich mich dem Buch widmete, das immer noch auf dem Nachttisch lag.

Wahrscheinlich hätten andere Mädchen, die gerade zum ersten Mal mit einem Mann geschlafen hatten, ganz andere Gedanken – andere Gefühle gehabt. Aber die letzten Stunden hatten mich derart durcheinandergebracht, dass ich nur daran denken konnte, dem Geheimnis von Zeros Vater auf die Spur zu kommen. Eine Lösung für uns zu finden. Uns zu retten.

Einen Moment lang spürte ich das schlechte Gewissen in mir.

Ich hatte Zero angelogen. Hatte ihn bewusst abgelenkt – vielleicht sogar manipuliert. Denn ich hatte seine Schwäche ausgenutzt und dafür gesorgt, dass seine Gedanken sich mit etwas anderem als diesen Aufzeichnungen seines Vaters beschäftigten.

Dennoch wusste ich, dass es das einzig Richtige gewesen war.

Es war zu seinem Besten gewesen.

Denn das, was dieses Buch enthielt … ich wusste nicht, ob er stark genug dafür war. Für neue Rätsel, neue Fragen, neue Ungewissheiten. Ich verstand ja nicht einmal selbst, was diese Zeichnungen bedeuteten, die ich darin gesehen hatte.

Sorgfältig fuhr ich über den Verschluss, der sich unter meinen Fingern wie durch Zauberhand öffnete. Ich hatte schon vorhin, als ich das Buch gefunden hatte, entdeckt, wie man den Mechanismus betätigte und einen Blick hineingeworfen.

Jetzt glitten meine Augen abermals über die Notizen von Zeros Vater. Über diese verstörenden Zeichnungen.

Was mochten sie bedeuten? Was waren das für dunkle, finstere Gestalten, die Relas hier als Skizzen verewigt hatte? Sie besaßen silbernes Haar – oder weißes. So genau konnte ich es nicht erkennen, da Relas nur wenige Farben verwendet hatte. Ihre Augen waren pechschwarz und blickten bedrohlich.

Neben den Zeichnungen stand immer wieder dieses Wort: Deimos.

Ich hatte keine Ahnung, was es bedeutete. Womöglich war es eine Bezeichnung für diese düsteren Gestalten, die immer wieder in Relas' Notizen auftauchten.

Zudem hatte Zeros Vater mehrere Formeln aufgeschrieben, die ich auf den ersten Blick nicht verstand. Ich bräuchte mehr Zeit, um daraus schlau zu werden. Vielleicht könnte ich im Lunamontem in Ruhe darüber nachdenken. Und vielleicht einen Hinweis darauf finden, was uns Relas damit sagen wollte.

Was hatte er bloß erforschen wollen? Und was hatte Zero damit zu tun?

Relas hatte erwähnt, dass Zero *gesund* sei und sie ihn zu einem Nox erzogen hätten.

Hatte ich also recht mit meiner Annahme, dass in Zero auch Diés-Gene schlummerten? Verlor er deswegen seine Stärke bei Tage nicht? Oder hatte es mit etwas anderem zu tun?

Gedankenverloren erhob ich mich vom Bett und suchte meine Kleidung zusammen, um mich wieder anzuziehen. Vielleicht würde ich weitere Hinweise beim Baum finden. Vielleicht hatte ich irgendetwas übersehen.

Zero sollte noch ein wenig schlafen, er hatte Ruhe dringend nötig. Womöglich konnte ich mich in der Zwischenzeit etwas weiter im Zelt umsehen und Hinweisen nachgehen …

Als ich wieder angekleidet war, beugte ich mich über den schlafenden Nox und hauchte ihm einen Kuss auf die Wange. Er wachte nicht auf, sondern murmelte bloß ein paar unverständliche Worte.

Ein liebevolles Lächeln breitete sich auf meinem Mund aus, ehe ich mich aufrichtete, um nach der Tablettenpackung zu greifen. Selbst wenn wir jetzt wussten, dass es nicht zwingend den Tod bedeutete – ich musste verhindern, dass ich schwanger wurde.

Doch ehe ich eine Tablette herausholen konnte, fuhr ich zusammen und stieß einen leisen Schrei aus. Denn ich spürte in dem Moment eine kalte Klinge an meiner Kehle und eine Hand, die sich fest auf meine Schulter legte.

»Keine falsche Bewegung, Diés-Schlampe!«, zischte eine weibliche Stimme an meinem Ohr.

KAPITEL 26 – SKYA

Ihre Hand hielt mich so fest, dass ich keine Chance hatte, mich umzudrehen. Der leise Schrei musste Zero geweckt haben. Er blinzelte einmal verschlafen, erfasste die Situation innerhalb dieses Lidschlags und war sofort auf den Beinen.

Sein Blick wurde so rasch zu Eis, wie ich es noch nie gesehen hatte. Seine Miene versteinerte zu einer wutverzerrten Maske, während er die Person hinter mir fixierte.

»Lass sie los, Teana!«, befahl er mit messerscharfer Stimme.

Die Person, die wohl Teana hieß und mir immer noch die Klinge an meine Kehle hielt, schnaubte abfällig. »*Dafür* hast du mich also verlassen?! Für dieses dreckige Flittchen?! Dafür hast du sogar *Nox* verraten?!« Sie spie ihm die Worte regelrecht entgegen.

Zeros Gesichtszüge verfinsterten sich noch stärker. »Nenn sie nie wieder so, kapiert?!«, knurrte er. »Und jetzt lass sie los, ehe ich dir deinen hässlichen Kopf mit bloßen Händen von den Schultern reiße!«

Ich spürte, wie sich Teana hinter mir versteifte. Offenbar war ich nicht die Einzige, die Zero durchaus solche Taten zugetraut hätte. Ein Blick in sein zorniges Gesicht genügte, um zu merken, dass er kurz davor war, auszurasten. Und was dann geschah, hatte ich vor Kurzem im Lunamontem erlebt, als er auf seinen Bruder losgegangen war. Er hätte ihn wahrscheinlich vor Raserei getötet, hätte ich ihn nicht mit einem gezielten Tritt unterbrochen.

Auch jetzt war er drauf und dran, sich auf Teana zu stürzen, aber sie hielt ihn mit ihren nächsten Worten davon ab. »Bleib genau da stehen, wo du bist!«, befahl sie mit gehässiger Stimme, die mir einen kalten Schauer über den Rücken jagte. »Neurus weiß Bescheid und wird in wenigen Sekunden hier sein. Ich habe Flora zu ihm geschickt, damit er sich dein Vergehen mit eigenen Augen ansehen kann! Du bist zu weit gegangen und wirst die Konsequenzen tragen müssen!«

Ich sah, wie in Zeros Innerem ein Kampf tobte. Er wägte gerade die Chance ab, mich aus Teanas Griff zu befreien und rechtzeitig zu fliehen, damit uns die Ältesten nicht in die Finger bekamen.

Mein Blut gefror bei ihren Worten und ich war unfähig, etwas zu tun oder mich zu wehren. Die Erkenntnis, dass wir erwischt worden waren, dass diese Teana unser Todesurteil bedeutete, breitete sich immer stärker in meinem Bewusstsein aus.

Eine Erkenntnis, die mich lähmte und mein Herz gleichzeitig bis zum Hals schlagen ließ.

Gerade als Zero einen Schritt auf uns zu tat, erklang eine männliche Stimme hinter uns.

Hohl. Emotionslos. Kratzig. Alt.

»Zero.«

Der Fremde, bei dem es sich mit großer Sicherheit um Neurus handelte, sprach das Wort mit einer Mischung aus Enttäuschung, Genugtuung und Herablassung aus, die in mir die Galle hochsteigen ließ – ebenso wie bei Zero, wie ich mit einem raschen Blick zu ihm erkennen konnte.

»Zieh dir was an!«

Jetzt erschien Neurus in meinem Blickfeld und ich fühlte meinen ersten Eindruck bestätigt: Ein alter, verkorkster Mann, dessen selbstgefällige Miene vor Überheblichkeit so sehr strotzte, dass der Ekel sich in mir potenzierte und mir speiübel wurde. Er sah aus, als hätte er gerade den größten Fisch gefangen, den es jemals in den Gewässern vor Nox gegeben hatte. Sein einst wohl blondes Haar war fast weiß und ich hätte nicht gedacht, dass jemand noch kälter schauen konnte als Zero. Aber vor mir stand der lebende Beweis.

Während sein abschätziger Blick erst über Zeros und dann über meinen Körper glitt, war ich eine Sekunde lang einfach nur froh, dass ich meine Kleider bereits angelegt hatte. Auch Zero kam dem Befehl rasch nach und stieg in seine Hose – solch einem widerlichen Kerl wollte keiner nackt gegenüberstehen.

»Na, was habe ich Euch gesagt«, flötete Teana hinter mir und presste ihre Klinge so stark gegen meinen Hals, dass ich leise aufstöhnte, weil ich spürte, wie sie in mein Fleisch schnitt.

Ein Laut, der Zeros Aufmerksamkeit sofort wieder auf mich lenkte und seinen Blick wild werden ließ. Aber Neurus legte ihm seine knochige Hand auf die nackte Brust und drückte ihn mühelos zurück.

Wahrscheinlich ekelte sich Zero aber einfach nur so sehr vor ihm, dass er das Bedürfnis verspürte, vor ihm zurückzuweichen.

»Du bleibst, wo du bist!«, sagte Neurus in kaltem Tonfall. »Was ich gerade gesehen habe, macht mehr als deutlich, dass du uns alle hintergangen hast. Du hast Nox verraten. Du hast eine Diés hierher – in unsere Stadt – gebracht. Hast mit ihr das Bett geteilt. Wer weiß, wie lange das schon so geht!« Sein Blick glitt zu meinem Bauch und ich gab dem Drang nach, die Hände darauf zu pressen, was er mit einer erhobenen Augenbraue kommentierte. »Sie ist schwanger von dir«, stellte er tonlos fest. »Du bist derjenige, der die Diés geschwängert hat! Du hast mich schwer enttäuscht!« Die letzten Worte spie er Zero ins Gesicht, sodass dieser unwillkürlich zusammenzuckte.

Ich sah meine Chance. Die einzige, die ich jetzt noch hatte. Wenn ich bestätigte, dass ich die Schwangere war, die sie suchten, hätten Mona und Calem vielleicht noch Zeit zu fliehen, ehe meine Lüge aufflog – was sie spätestens dann tun würde, wenn Praeda mich sah … oder das, was von mir übrig bleiben würde. Mein Leben war ohnehin verwirkt – ich würde hingerichtet werden, das konnte ich in Neurus' kalten Augen erkennen. Aber wenn die Nox erst mal glaubten, sie hätten die Verräter gefasst, dann würde ich Mona vielleicht damit retten können.

Zum Glück war die Tablettenpackung unter dem Laken verborgen, das bei Zeros raschem Aufstehen zu Boden gefallen war. So konnte Neurus sie nicht sehen. Sonst hätte er wohl sofort gewusst, dass ich noch nicht schwanger war. Ihm als Ratsmitglied musste diese Möglichkeit der Schwangerschaftsverhütung auch bekannt sein.

Zero schüttelte den Kopf und wollte gerade etwas antworten, aber ich unterbrach ihn und richtete meine Worte an Neurus. »Ja. Ich bin die, die Ihr sucht«, sagte ich mit fester Stimme.

Zeros Gesichtszüge entglitten, weil er im ersten Moment nicht verstand, worauf ich hinauswollte.

Doch ich ignorierte ihn und fuhr fort. »Zero kann nichts dafür. Ich habe ihn verführt. *Ich* war es, die sich auf diese Insel geschlichen hat … ich wollte bei ihm sein, seit ich ihn bei einem seiner Streifzüge auf Diés gesehen hatte. Lasst ihn nicht für etwas büßen, wofür er nichts kann – er ist nur ein Mann, der Opfer seiner Triebe wurde.«

Zeros Augenbrauen zogen sich bei meinen Worten so stark zusammen, dass sein Gesicht wie eine einzige Gewitterwolke wirkte. Er schien begriffen zu haben, dass ich ihn schützen wollte – aber leider konnte er es nicht zulassen.

»Sie lügt!«, antwortete er an Neurus gerichtet. »*Ich* habe sie hergebracht! Es war *mein* Plan! Wenn du sie verhaftest, wirst du auch *mich* mitnehmen müssen!«

Aus Neurus' Kehle drang ein amüsierter Laut, der wahrscheinlich ein Lachen sein sollte. Aber es mutete eher an, als hätte eine Möwe sich an einer zu großen Nuss verschluckt.

»Das ist ja wirklich romantisch!«, rief der Alte in theatralischem Tonfall aus. »Aber leider wird das euch beiden nichts bringen. Teana, schaff diese Diés weg von hier und wirf sie in die Grube! Zero – du kommst mit mir mit! Auf der Stelle!«

»Nein!«, stieß Zero hervor und wehrte sich gegen Neurus' Griff, der ihn am Oberarm gepackt hatte. »Ich werde nicht mit dir mitkommen! Und ich werde nicht zulassen, dass du Skya auch nur ein Haar krümmst!«

Den Faustschlag, der in dem Moment Neurus traf, konnte dieser nicht kommen sehen, da es viel zu schnell ging. Zudem war er ein alter Mann und es war immer noch Tag – eine Kombination, die den Ratsältesten schwächte und dazu führte, dass ein hässliches Krachen ertönte, als Zero ihm die Nase brach.

Neurus torkelte ein paar Schritte nach hinten, was Zero ausnutze, um zu mir zu springen. Ein weiterer Faustschlag traf Teana, die aufschrie und ihr Messer fallen ließ. Zero bückte sich danach, packte meine Hand und zerrte mich hinter sich her.

Aus seinem Zimmer, die Treppe hinauf nach oben zum Zeltausgang.

Leider kamen wir nicht weit, denn unsere Flucht wurde schlagartig unterbrochen, als vor uns mindestens ein Dutzend Nox auftauchte, die den Ausgang versperrten. Ihre hellen Haare wirkten bedrohlich auf mich – ebenso wie die kalten Augen, die Zero und mich musterten.

Eine Frau, die wahrscheinlich um die dreißig oder vierzig Jahre alt war, aber immer noch sehr jugendlich wirkte, löste sich aus der Gruppe und kam auf uns zu. Ihr Blick war fest auf Zero gerichtet, ihre Miene eine Mischung aus Mitleid und Zuneigung.

»Flora«, stieß Zero hervor und richtete das Messer auf sie. »Lass uns vorbei. Bitte.«

Er klang gehetzt und verzweifelt. Genauso, wie auch *ich* mich fühlte.

Wie Neurus legte Flora ihm eine Hand auf die nackte Brust. Aber im Gegensatz zu vorhin wich Zero nicht zurück, sondern schien sich sogar an ihr abzustützen, als sei mit ihrer Berührung alle Kraft aus ihm gewichen.

Er ließ das Messer sinken und sein Blick wurde flehend. »Bitte, Flora … sie werden sie töten.«

Die junge Frau wandte ihren Blick mir zu und ich konnte tatsächlich Mitleid darin erkennen. »Ich weiß«, sagte sie leise. »Aber Zero … du kanntest das Risiko. Ich kann nichts mehr für dich tun. Je mehr du dich wehrst, desto mehr Gefallen wird Neurus daran finden, sie zu quälen, weil er merkt, wie viel sie dir bedeutet. Lass sie nicht unnötig leiden. Gib sie frei und rette wenigstens dein eigenes Leben.«

Ich hatte mit starrem Blick ihren Worten gelauscht und leider erkannte ich die Wahrheit darin – ebenso wie Zero sie zu erkennen schien. Die Nox wollten mich, nicht ihn. Er hatte noch die Möglichkeit, Calem und Mona zu warnen – ihnen vielleicht sogar zu helfen. Er war Ratsmitglied, sie würden ihn nicht sofort töten. Womöglich würden sie ihn sogar verschonen.

Aber dazu musste er mich – unsere Liebe … aufgeben.

War er noch vor wenigen Sekunden der zornige Nox gewesen, der alles kurz und klein schlagen wollte, so schien er jetzt kraftlos wie ein Kind zu sein. Flora nahm ihm das Messer ab und gab es einem der Soldaten weiter, ohne sich von Zero abzuwenden. Sie legte ihm auch die andere Hand auf den Oberarm und hielt ihn fest.

Zeros Blick traf auf meinen und ich nickte ihm fest zu. Ich spürte einen Kloß in der Kehle bei dieser Geste und Tränen, die mir in die Augen schossen. Aber ich sah ihn unentwegt an und versuchte ihm stumm klarzumachen, dass wir verloren hatten und er jetzt an seinen Bruder denken musste. Und an dessen ungeborenes Kind.

Wir hatten mit dem Feuer gespielt und uns verbrannt. Zero hatte sich von der Sonne küssen und ich mich von der Dunkelheit blenden lassen … das war jetzt der Preis dafür. Unser Preis. Er war verdammt hoch, aber wenn er half, dass Mona und Calem fliehen konnten, würde ich ihn ohne mit der Wimper zu zucken bezahlen. Und das musste Zero auch tun.

Aus seiner Kehle drang ein Laut, der wie ein Schluchzen klang. Verzweiflung lag in seinem Blick und er schluckte hart.

Dann riss er sich von Flora los, zog mich an sich und küsste mich. Er küsste mich so verzweifelt, dass er mir wehtat – aber das war mir gleichgültig. Ich klammerte mich ein letztes Mal an ihn, spürte seine warme Haut, fuhr sachte mit den Fingern über seinen geschundenen Rücken … dann wand ich mich aus seinem Griff und ließ ihn los.

Es fühlte sich an, als würde ich mich in dem Moment, als meine Finger von seiner Haut glitten, von meinem Leben verabschieden. Als würde ich mit jedem Zentimeter, den der Abstand zwischen uns wuchs, an Wärme verlieren. Meine Seele und mein Herz schienen zu einem eisigen Klumpen zu gefrieren, der mit jeder Sekunde schwerer in meiner Brust wog als alles, was ich jemals gespürt hatte.

Aber es war gut, dass meine Gefühle gerade gefroren. Denn hätte ich sie auch nur einen Moment lang zugelassen, wäre ich wahrscheinlich hier und jetzt zusammengebrochen und hätte mich schluchzend an Zero geklammert. Zero, der nun meine Freundin und seinen Bruder retten musste.

So aber ließ ich mich von den Soldaten, die auf mich zukamen, ergreifen. Sie fesselten meine Hände auf dem Rücken, packten mich grob an den Oberarmen und führten mich ins Freie – unter die Augen meiner Göttin Solaris, die ihr blutrotes Antlitz hinter einer dichten Wolke verbarg, als könne sie den Anblick nicht ertragen, wie eine ihrer Töchter gerade ihre Insel verraten hatte.

Die Sonne war dabei, unterzugehen und der Nacht Platz zu machen.

So wie ich …

Ehe ich das Zelt ganz verlassen hatte, ertönte hinter mir ein Laut, der mich mitten in der Bewegung erstarren ließ. Es waren nur ein paar gehauchte Worte, aber ich wusste, dass ich ihren Klang für immer in meinem Gedächtnis behalten würde.

»Skya. Ich liebe dich.«

Der Kloß in meiner Kehle platzte und ich ließ meinen Tränen freien Lauf, während ich den Kopf zu ihm umdrehte Ich brachte keinen Ton über meine Lippen, aber ich hoffte, dass mein Blick ihm all die Gefühle vermittelte, die ich für ihn hatte.

Dann zogen die Soldaten mich vom Eingang weg und die Zeltplane nahm mir die Sicht auf den Nox, in dessen Armen ich vor Kurzem noch die schönsten Momente meines Lebens erlebt hatte.

Nein.

Ich würde es niemals bereuen.

Niemals.

KAPITEL 27 – ZERO

Sie zerrten Skya weg. In Fesseln gelegt, brutal und unbarmherzig.

Ich fühlte mich absolut taub, weil ich meine Wut nicht zulassen durfte, ebenso wenig wie mein Leid. Ich litt endlose Qualen, aber ich spürte sie im Moment nicht, wegen all der Taubheit. So musste es sein, wenn man tot war. Vielleicht war mein Herz schon stehen geblieben.

»Du hast das Richtige getan, Zero.« Floras sanfte Stimme machte mir bewusst, dass ich noch am Leben war und diese Erkenntnis war furchtbar.

Ich neigte meinen Kopf zur Seite und starrte in ihre hellblauen Augen, in denen ich Stolz lesen konnte. Was für ein groteskes Gefühl! Sie war stolz auf mich, weil ich Skya ausgeliefert hatte. Weil ich sie sterben ließ.

Ja, so waren wir Nox – stolz auf Tod, Mord und Lügen.

»Bringt ihn in mein Zelt!«

Mein Blick folgte der Stimme, die alles in mir erschaudern lassen konnte, zu Neurus' blutüberströmtem Gesicht. Er schritt an mir vorbei nach draußen und ich fühlte im nächsten Moment zwei Hände, die meine Oberarme packten. Jagon und Artax. Der ganze verdammte Rat war hier! Wie hatte das passieren können?

Während ich mich stumm in Bewegung setzte, ertränkte ich mein Inneres in Vorwürfen.

Ich hätte nicht einschlafen dürfen.

Ich hätte mich mit Skya nicht so lange hier aufhalten dürfen.

Was hatte ich mir nur dabei gedacht?

Hier mit ihr zu schlafen, obwohl ich wusste, dass Teana mich tagsüber schon oft überrascht hatte.

Dieses verfluchte Flittchen war absolut belehrungsresistent, obwohl ich sie bei unserem letzten Treffen so zusammengestaucht hatte.

Es war alles meine Schuld.

Mein Verlangen hatte mich unvorsichtig werden lassen, weil ich mich so danach gesehnt hatte, unsere Probleme für einen Moment zu vergessen und die Ungewissheit so weit wie möglich von uns zu schieben. Ich hatte etwas gebraucht, das ich festhalten konnte. Etwas, das wahr war. Wahr und ehrlich. Ich hatte Skyas Körper, ihre Liebe, ihre Wärme gebraucht, um nicht in diesem Meer aus Lügen zu ertrinken.

Der Preis für unsere Liebe war so abartig hoch!

Wieso? Wieso konnten wir nicht weiterleben?

Ich verlangte keine ewige Glückseligkeit, kein schmerzloses, einfaches Leben. Nur Leben – für Skya und mich.

Es war uns nicht vergönnt.

Ich wurde durch die Zeltstadt geführt, umringt von den Ratsmitgliedern, die alle der Gen A angehörten. Sie hatten mich nicht mal mein Unterhemd anziehen lassen, aber die Demütigung konnte mein Herz gar nicht mehr erreichen, es blutete sowieso schon in Strömen.

Selbst wenn sie mich nackt auf dem Platz vor allen totgepeitscht hätten, was spielte das noch für eine Rolle?

Ich sah sie die Signalfeuer entzünden und hoffte, dass Calem sie so schnell wie möglich bemerken würde. Um nichts anderes ging es hier mehr. Es ging nicht mehr um Skya und mich, sondern um Calem, Mona und das Ungeborene, das nur im Land der Götter das Licht der Welt erblicken konnte.

Wir waren im Begriff, unser Leben für sie zu opfern, weil wir ihnen nur so Zeit verschaffen konnten, um zu fliehen.

Wäre ich ausgerastet und hätte gekämpft, wären Skya und ich auch umgekommen. Ich war vielleicht stärker als die anderen, aber fünfzig, sechzig Nox gegen einen – das hätte ich nie und nimmer überlebt.

Zu fliehen war schon gar keine Option gewesen. Wohin hätten wir laufen sollen? Nach Diés, um uns dort töten zu lassen? In den Lunamontem, damit wir alle vier gemeinsam sterben konnten?

Skyas Blick, der mir das Herz zerrissen hatte … sie hatte mir zu verstehen gegeben, dass unsere Rebellion vorbei war, dass wir verloren hatten. Wir mussten Calem und Mona aber nicht mit uns in den Abgrund reißen. Dank Skyas Lüge war sie nun die schwangere Diés, nach der alle gesucht hatten, und ich war der Nox, der Lunos verraten hatte. Vielleicht war das hier sogar leichter für Skya und mich zu ertragen, als Calem und Mona beim Sterben zusehen zu müssen. Das hätten wir nicht ausgehalten.

Wir erreichten Neurus' großes, schwarzes Zelt und ich blickte noch mal hoch in den Himmel, weil ich nicht vorhatte, das jemals wieder zu tun.

Abenddämmerung, dieser kurze, besondere Moment zwischen Tag und Nacht. Mir fiel zum ersten Mal auf, wie viel Harmonie in diesem göttlichen Schauspiel lag. Kein harter Wechsel, keine klare Mauer, ein fließender Übergang, weich, friedlich und nur möglich, weil Solaris und Lunos Hand in Hand arbeiteten.

»Beweg dich, Zero!«, herrschte Jagon mich an und schubste mich in Neurus' Zelt. Er war dabei, seine vollen Kräfte wiederzuerlangen, genau wie allen anderen Nox.

Ich stolperte ins Innere und drehte mich um, um zu sehen, ob zumindest der Rat mir folgte, aber sie blieben draußen stehen. Verzweiflung und Ekel zeichnete meine Miene, weil ich nicht mit Neurus alleine sein wollte.

Wieso hasste mich das Schicksal denn so? Konnte ich nicht mal so sterben, wie ich wollte? Musste ich leiden bis zum bitteren, tragischen Ende?

»Knie dich hin, du kleiner Bastard!«

Ich sah mich um und entdeckte Neurus neben dem großen, steinernen Lunos-Symbol, das in der Mitte seines Zuhauses thronte. Das Blut in seinem Gesicht war getrocknet, hatte sich über die tiefen Falten in seinen Wangen gelegt.

Als sich unsere Blicke trafen, begannen sich meine Gedanken zu überschlagen. Alles in mir schrie danach, ihn zu töten.

Rache, Blutdurst, blanke Wut, eigentlich konnte ich sie stillen und mich danach von Jagon oder einem anderen Ratsmitglied abschlachten lassen.

»Denk nicht mal daran«, tönte die kratzige, wütende Stimme, während das Oberhaupt der Gen A der Nox auf mich zukam. »Wenn du dich auch nur einem einzigen meiner Befehle widersetzt, wird der Rat deine Diés-Schlampe so sehr quälen lassen, dass sie um den Tod betteln wird!«

Ich starrte in seine eiskalten Augen und im selben Moment verlor mein Blick das kämpferische Funkeln. Der Tatendrang in mir starb, weil ich einfach alles dafür getan hätte, um Skya unnötige Schmerzen zu ersparen.

»Tu, was ich sage und sie stirbt schnell und schmerzlos«, bot mir Neurus an und hob im nächsten Moment das Kinn, um mir mit gebieterischen Blicken zu verstehen zu geben, dass er noch immer wollte, dass ich auf die Knie fiel.

»Schwör es! Schwöre, dass du sie nicht leiden lässt!«, sprach ich mit fester Stimme.

Neurus nickte und ich ließ mich auf den harten Holzboden fallen. Mein Kopf blieb zu Boden gesenkt, weil ich innerlich zu kaputt war, um diesen Eisaugen noch standzuhalten.

»Was hast du dir nur gedacht?«, sprach er gespielt fassungslos aus.

Ich wusste, dass heute ein lang gehegter Traum für ihn in Erfüllung ging. Neurus hatte sich schon immer gewünscht, mich zu demütigen, mich voll und ganz in der Hand zu haben.

»Hintergehst Nox, deinen Gott, deine Familie. Und das alles nur für den Körper einer Diés?«

Ich versuchte, seine Worte nicht an mein Bewusstsein dringen zu lassen, ihm nicht zuzuhören, aber diese herrische, kratzige Stimme, ich hatte sie nie ignorieren können.

»Derselbe Narr wie dein Vater«, warf er mir vor und ich sah nun doch zu ihm auf, weil meine Wut, die ich eigentlich schon in den Tod vorausschicken wollte, wieder in mir hochkam. »Sieh mich nicht so respektlos an!«, zischte er und ich bemerkte den Schlagstock in seiner Hand erst, als er damit ausholte.

Ich fiel zur Seite, weil er mir einen Hieb gegen den Kopf verpasst hatte. Der Schmerz ließ mich kurz krampfen und ich merkte, wie mir Blut von der Schläfe tropfte, als ich mich wieder auf die Knie quälte.

Mein Blick suchte Neurus' Eisaugen, weil ich nicht gehen konnte, ohne es ihn wissen zu lassen. »Ich habe keinen Funken Respekt vor dir. Ich respektiere keine Mörder«, flüsterte ich, weil der Schmerz in meiner Stimme mitgeschwungen wäre, wenn ich lauter gesprochen hätte, und diese Genugtuung wollte ich ihm nicht geben.

Entsetzen zeichnete Neurus Gesicht, eine Emotion, die sich sofort in Wut wandelte und ihn dazu veranlasste, wieder auf mich einzudreschen. Diesmal kippte ich nach hinten, fiel hart auf den Rücken und krümmte mich, weil er so fest gegen meine Brust geschlagen hatte.

Ich keuchte, als ich plötzlich sein Gewicht auf mir spürte.

»Was hast du mit der Diés herausgefunden?!«, brüllte er mir ins Gesicht, während er die Hände um meinen Hals legte.

Ich war vielleicht stark, aber ich hatte einen Punkt erreicht, an dem mein Körper zu lädiert und mein Verstand zu verzweifelt war, um mich gegen Neurus zu wehren. Meine Kopfwunde machte mir zu schaffen und das sadistische, alte Scheusal, das gerade auf mir saß und mich würgte, hatte seine Kräfte bereits zurück.

»Was weißt du?!«

»Lügen!«, krächzte ich, weil ich aufgrund des Luftmangels kaum etwas herausbrachte.

Neurus lockerte plötzlich den Griff und sah mich erwartungsvoll an.

»Nox und Diés! Die Räte! Ihr lügt uns an!«, platzte es aus mir heraus.

Ich war mir nicht mehr bewusst, ob es klug war oder nicht, so viel preiszugeben, aber im Grunde machte es sowieso keinen Unterschied mehr. Er würde uns so oder so töten, jetzt hatte er eben einen Grund mehr dazu.

»Du hast keine Ahnung, du dummer, hormongesteuerter Junge …«

Er ließ endgültig von meinem Hals ab, blieb aber auf mir sitzen, damit ich mich nicht aufrichten konnte. Er drückte meine Hände auf den Boden. Seine Stimme klang merkwürdig. Nicht so wütend, wie ich angenommen hatte, sehr ernst und überraschend beherrscht. »Du glaubst zu verstehen, aber du bist so ahnungslos, dass es an Ignoranz grenzt, Zero. Vielleicht bin ich der Sadist, den du in mir sehen willst, ja …« Als er eine meiner Hände losließ und mir plötzlich über meine Wange fuhr, versuchte ich, ihn wegzuschlagen, aber er hielt mich sofort wieder fest. »Vielleicht schwimmen diese Inseln wirklich in einem Meer aus Lügen, aber du machst dir keine Vorstellung davon, was die Alternative dazu ist. Ist es nicht besser, belogen zu werden, als in Hoffnungslosigkeit zu ertrinken?«

»Nein!«, presste ich hervor und musste gegen den Brechreiz ankämpfen, weil diese intensive Nähe und diese leise gesprochenen, eindringlichen Worte mich so ekelten.

»Das sagst du nur, weil du dir keine Vorstellungen von der Welt da draußen machst, Zero. Was, wenn wir die Guten sind und das Böse eigentlich dort draußen lauert? Was, wenn wir euch nur beschützen wollen? Gerade dich. Du hast keine Ahnung, was dein eigentliches Schicksal wäre. Nox hat dich beschützt, versteckt, dir Leben geschenkt und was machst du?«

Ich schloss die Augen, um nicht vor Wut in Tränen auszubrechen. Diese Gehirnwäsche, ich konnte sie nicht mehr ertragen! Ich wollte nichts mehr hören, sehnte mich nach Stille, nach dem Ende.

»Bringen wir es hinter uns!«, brüllte ich Neurus an, ohne die Augen zu öffnen, weil ich wusste, dass sein Gesicht noch immer so nahe war. »Töte mich!«

Das zu sagen hätte sich schlimmer anfühlen müssen. Ich empfand dabei rein gar nichts mehr, weil meine Emotionen wieder taub wurden.

Ich fühlte, wie sich seine Hände abermals um meinen Hals legten, aber sie drückten nicht zu.

»Nein, nein, nein, mein liebster Zero«, tönte er. Er sang es förmlich und zog mich urplötzlich hoch auf die Beine.

Ich schwankte, hätte im ersten Moment das Gleichgewicht verloren, hätte er mich nicht festgehalten.

»Du bist den Inseln etwas schuldig. Deine Dummheit hätte uns beinahe ins Unglück gestürzt und jetzt wirst du Buße tun.«

Ich wollte mich von ihm losreißen, aber er hielt meine Arme gepackt.

Was er mir nun ins Ohr hauchte, war schlimmer als alles andere, was mir diese kalte, kratzig Stimme jemals gesagt hatte.

»Wenn du willst, dass deine Diés schnell und schmerzlos stirbt, wirst du es selbst tun müssen. Schlag ihr den Kopf ab, vor allen.«

»Nein! Nein!« Panik kroch in mir hoch, obwohl ich doch eigentlich schon längst abschließen wollte.

Ich konnte Skya nicht töten! Unmöglich!

»Willst du die Alternative dazu hören? Was ich mit ihr mache, wenn du dich weigerst?«, flüsterte er in schleimigem Tonfall. »Wenn du es nicht tust, musst du ihr auch beim Sterben zusehen, aber es wird dir nicht gefallen, wie *ich* es mache.«

Ich schluchzte, ich schrie auf, ich versuchte, mich loszureißen, aber ich konnte nicht.

»Kommt rein«, rief die kalte Stimme und das Zelt füllte sich mit den anderen Ratsmitgliedern.

Kaum ließ Neurus mich los, packte mich Jagon.

Flora trat vor mich und legte mir ihre Hände auf die Wangen. Aber ich konnte sie kaum sehen, weil ich die Tränen genauso wenig unter Kontrolle hatte wie diesen Horror, der in mir tobte.

Das hier war die Hölle und ich konnte ihr nicht entkommen.

KAPITEL 28 – SKYA

Die Grube … was es damit auf sich hatte, erfuhr ich leider viel zu rasch, nachdem ich aus Zeros Zelt geführt worden war. Es war ein dreckiges Loch, aus dem es kein Entrinnen gab. Tief in die Erde gegraben und oben von einem Zaun umgeben, der mit stählernen Stacheln bestückt war.

Ich saß auf dem schmutzigen Boden, der aus Erdreich, Exkrementen, Knochen und vielem anderen bestand, das ich gar nicht erst identifizieren wollte. Es stank jedenfalls so sehr, dass ich mich während den ersten Minuten hier unten drei Mal übergeben hatte – wie wahrscheinlich all die anderen, die hier schon gelandet waren.

Jetzt hatte ich nichts mehr im Magen, fühlte mich elend und verzweifelt. Über mir konnte ich die Soldaten sehen, die mich bewachten – und den Sternenhimmel.

Ich saß jetzt schon seit mindestens drei Stunden in diesem Gefängnis. Ohne Trinken, ohne Essen – alleine mit dem Gestank der Grube.

Es war schlimmer als alles, was mir die Nox hätten antun können, denn ich war hilflos meinen Gedanken ausgeliefert.

Ich wusste nicht, ob Zero noch lebte. Ob dieser eklige Neurus ihn nicht bereits hingerichtet hatte.

Ich wusste nicht, ob Mona und Calem bereits gefunden worden waren. Ob sie hatten fliehen können. Ob sie überhaupt mitbekommen hatten, dass Zero und ich aufgeflogen waren … doch, das *mussten* sie. Wir hatten ihnen schließlich gesagt, dass wir vor Einbruch der Nacht zurück seien. Sie würden auf uns warten … vergebens. Und dann würden sie nach uns suchen … verdammt! Sie durften nicht hierher kommen!

Meine Fantasie spielte mir die schlimmsten Szenarien vor und die aufkommenden Kopfschmerzen wurden mit der hereinbrechenden Nacht immer stärker, sodass ich die Handflächen an die Schläfen pressen musste, um sie einigermaßen auszuhalten.

Es war mir klar, warum die Nox mich nicht sofort hingerichtet hatten: Sie wollten ein Exempel statuieren. Eine Show … und die würde es erst geben, wenn alle Nox auf den Beinen waren. Was jetzt der Fall war, da die Sterne über mir die Sonne abgelöst hatten.

Wie auf Kommando erschienen in dem Moment über mir am Rand zwei Köpfe, und eine Strickleiter wurde zu mir heruntergelassen.

»Los, rauf mit dir, Hure!«, rief ein junger Nox-Soldat mir zu.

Ich knirschte mit den Zähnen bei dieser Beleidigung, ergriff aber die Leiter und begann mit dem Aufstieg. Etwas anderes blieb mir ohnehin nicht übrig und alles war mir lieber, als noch länger in diesem Gestank auszuharren.

Oben angekommen, wurden mir die Hände wieder auf den Rücken gefesselt. Der junge Soldat, der mich vorher als Hure betitelt hatte, rümpfte angeekelt die Nase. Ich musste zum Himmel stinken – aber ich sah ihn trotzig an. Schließlich war es nicht *meine* Idee gewesen, dort unten zu hocken!

»Da wird Flora einiges an Arbeit haben«, meinte der andere Soldat, der daneben stand und seinen Blick ebenfalls abfällig über mich gleiten ließ.

Ich hob das Kinn an und erwiderte ihre Musterung herausfordernd.

»Ab mit dir!«, befahl der erste Soldat und packte mich unsanft am Oberarm.

Seine Kraft glich der von Zero, was mich schmerzhaft auf die Zunge beißen ließ, denn er schnürte mir mit seinem Griff fast das Blut im Arm ab. Ich war froh, als er mich losließ und vor sich her stieß. In Richtung Glaskuppel.

Ich hatte das Gebäude bereits gesehen, als ich mit Zero hier angekommen war. Es war furchteinflößend. Viel zu mächtig, viel zu protzig, viel zu Nox-mäßig. Bei seinem Anblick schauderte ich und unterdrückte den Drang, langsamer gehen zu wollen.

Dort würde ich also meinen letzten Atemzug tun …

Irgendwie fühlte ich gar nichts bei diesem Gedanken. Ich war einfach leer. Es kam mir vor, als hätte ich mich mein Leben lang genau auf diesen Moment vorbereitet und wäre jetzt einfach nur froh, es bald hinter mir zu haben.

Die Soldaten führten mich den Strand entlang. Ich hörte die Wellen des Meeres rauschen, spürte die kühle Nachtluft auf meiner Haut, atmete den Geruch nach Algen und Salz ein. Es wirkte tröstend, als wolle Lunos mir die letzten Minuten meines Lebens erleichtern.

Niemand war hier unten am Strand zu sehen, aber ich konnte durch die gläsernen Wände der Kuppel erkennen, dass sich darin eine große Menschenmenge versammelt hatte. Mir lief eine Gänsehaut über den Rücken beim Anblick dieser Schaulustigen.

Doch ehe wir die Kuppel betraten, bogen die Soldaten vom Hauptweg ab und führten mich zu einer Art Hintereingang.

Ich wurde in einen kurzen Korridor gebracht, der zu einer Tür führte, welche auf das Klopfen der beiden Nox hin sofort geöffnet wurde.

Mein Blick fiel auf einen kleinen Raum, der sehr steril wirkte, aber mit ein paar Kommoden und Schränken bestückt war. Zudem konnte ich eine Art Dusche erkennen und ein paar Stühle. Womöglich ein Umkleidezimmer für die Räte.

Dieselbe blonde Frau, die ich vorhin in Zeros Zelt bereits gesehen hatte, stand jetzt vor mir im Türrahmen. Zero hatte sie mit ›Flora‹ angesprochen. In der Grube war mir eingefallen, dass Zero bereits schon einmal von ihr gesprochen hatte. Auf dem Lunamontem. Er hatte erzählt, sie sei ein Ratsmitglied, aber das konnte ich auch so an der dunklen, edel wirkenden Robe erkennen, die sie trug. Das blonde Haar hatte sie auf Kinnlänge zurückgeschnitten.

Ihr Blick glitt über meinen Körper und mein Gesicht. Wieder konnte ich Mitgefühl darin erkennen, das für eine Nox so untypisch anmutete.

Dann wandte sie sich den Soldaten zu. »Ist gut, ich werde mich jetzt um sie kümmern«, sagte sie. »Bewacht den Ausgang.«

Die beiden Nox nickten und verließen den Raum. Nachdem die Tür hinter ihnen ins Schloss gefallen war, musterte mich Flora erneut.

»Ich werde dafür sorgen, dass du nicht in diesem Aufzug da rausmusst«, sagte sie und deutete auf eine weitere Tür, die mir beim Hereinkommen nicht aufgefallen war. Während sie meine Fesseln löste, fuhr sie fort: »Zieh deine Sachen aus. Du darfst dich waschen und dann wirst du dieses Gewand anziehen.«

Sie wies mit der Hand auf einen hellgrauen, beinah silbern wirkenden Stoff, der an einem Kleiderbügel hing. Die Ärmel des Gewandes waren weit und lang. Es gab keinerlei Verzierungen.

Ich schauderte bei seinem Anblick, nickte aber.

Es brachte nichts, wenn ich mich wehrte. Meine Kräfte waren weg, mein Kopf dröhnte und mein Herz schmerzte bei jedem Schlag. Ich musste einsehen, dass dies wohl das letzte, vernünftige Gespräch war, das ich in meinem Leben führen würde.

»Wo ist Zero«, fragte ich, ehe ich ihrer Anweisung nachkam. »Lebt er?«

Sie nickte knapp. »Ja. Er lebt.«

Erleichterung breitete sich in mir aus – Zero lebte. Sie hatten ihn nicht hingerichtet … noch nicht? Nein, daran durfte ich nicht denken. Wichtig war, dass er jetzt, in diesem Moment, noch lebte.

Flora deutete erneut auf die Dusche. Ich zog meine stinkende Kleidung aus und trat unter den Wasserstrahl, um den Schmutz der Grube von meinem Leib zu waschen. Flora sah mir dabei zu, aber sie tat es nicht neugierig oder bedrängend, sondern mit neutralem Blick, als hätte sie schon Hunderten von Diés beim Duschen zugesehen.

Als ich mich abgetrocknet hatte, stieg ich in das Gewand. Der Stoff war rau und kratzte auf meiner Haut. Er lag eng an, aber immer noch so, dass ich gut würde gehen können.

Wortlos trat Flora hinter mich und wies mich an, mich auf einen der Stühle zu setzen. Mein Körper gehorchte, während mein Verstand damit beschäftigt war, alles, was auf mich zukommen mochte, möglichst auszublenden.

Flora begann, mein nasses Haar zu kämmen und es von den Knoten zu befreien, die es in den letzten Tagen durch die wenige Pflege erhalten hatte. Ich ließ sie gewähren, spürte, wie sie meine Haare trocknete und irgendwelche Dinge hineinflocht.

Keine Ahnung, was sie aus mir machen wollte – ein Opferlamm, das zum Schlachten geschmückt wurde?

Durch die Türe, die in die Kuppel führte, konnte ich Stimmengewirr hören. Ich glaubte sogar, die krächzende Stimme von Neurus zu vernehmen. Wahrscheinlich heizte er gerade die Menge an, um sie auf meine Hinrichtung vorzubereiten.

Ich wandte mich zu Flora um. »Ihr kennt Zero sehr gut, oder?«, fragte ich sie.

Flora sah mich einen Moment lang stirnrunzelnd an, dann nickte sie wortlos.

»Was wird mit ihm passieren?«, wollte ich wissen.

Die Nox machte eine Kopfbewegung, die ihr Haar nach hinten schleuderte und schüttelte dann den Kopf. »Es ist nicht gut, wenn du solche Fragen stellst, Mädchen«, murmelte sie, während sie eine Blüte von einem der Tische hinter sich nahm und sie in meine Haare flocht. Die Blume war klein und weiß und hätte ich mich nicht in dieser absurden Situation befunden, hätte ich ihren Geruch sogar als angenehm empfunden.

»Damit machst du es dir nicht leichter«, ergänzte Flora.

Ich spürte, wie sich mein Herz bei ihren Worten zusammenzog. »Ihr werdet ihn verschonen, oder?«, hakte ich weiter nach.

Flora zögerte einen Moment, dann nickte sie kaum wahrnehmbar. »Das liegt in seiner Hand … ich wünsche es für ihn.«

Ich nickte ebenfalls, während ich spürte, wie sie meine Haare weiter flocht. »Kanntet Ihr seinen Vater?« Ich musste die Frage einfach stellen.

Flora wich meinem forschenden Blick aus und ergriff stattdessen eine weitere Blüte.

Das reichte mir als Antwort. Offenbar schien Flora sehr viel mehr an Zero und seinem Vater gelegen zu sein, als sie zuzugeben bereit war. Vielleicht war sie sogar eine Art Mutterersatz für ihn gewesen.

»Was ist damals bei der Geburt wirklich passiert?«, stellte ich die Frage, die ich nur noch jetzt und nur noch ihr stellen konnte. Und ich brauchte eine Antwort. Ich hatte zwar eine Vermutung, was geschehen war – welche Rolle Zero spielte, aber ich musste eine Bestätigung dafür haben.

Flora hielt einen Moment lang in ihrem Tun inne und ich konnte erkennen, wie ihre Hand ein wenig zitterte. Aber sie beantwortete meine Frage nicht.

Also fügte ich eine Erklärung hinzu, warum mich dies so interessierte. »Es spielt nun sowieso keine Rolle mehr«, begann ich. »Aber ich könnte ruhiger sterben, wenn ich wüsste, was damals mit seiner Mutter geschehen ist. Ich weiß, dass Ihr seinen Vater gekannt haben müsst. Sehr gut sogar. Die Sorge um Zero verrät Euch. Wahrscheinlich hat Relas Euch sogar in seine Pläne eingeweiht …«

»Genug!«, unterbrach mich Flora mit energischer Stimme. Ihr Atem ging flach, als müsste sie alle Kraft aufbringen, um nicht lauter zu werden. »Du wühlst in einer Vergangenheit, die dich nichts angeht! Zero darf diese Inseln nicht verlassen. Mehr musst du nicht wissen. Und ich werde dafür sorgen, dass das so bleiben wird, solange ich lebe.«

Dann flocht sie die letzte Blüte in mein Haar und wies mich an, mich zu erheben.

Ich kam ihrer Aufforderung nach, wandte mich aber zu ihr um. Mein Blick war flehend, als ich die Bitte aussprach, die mir so sehr auf dem Herzen lag: »Bitte helft ihm, nach dieser Nacht wieder nach vorne blicken zu können«, flüsterte ich.

Flora erstarrte einen Moment lang und sah mich stumm an. Dann nickte sie. Es war ein kaum wahrnehmbares Nicken und hätte ich nicht in ihre Augen gesehen, hätte ich nicht einmal erkannt, dass sie mich gehört hatte.

Dennoch beruhigte mich diese Geste mehr, als jedes Wort es hätte tun können.

Zero würde leben.

Flora würde für ihn da sein.

Es war nicht viel, aber es gab mir das Gefühl, dort hinausgehen zu können und mich dem zu stellen, was auf mich zukommen würde: meine Hinrichtung.

Als die Tür sich öffnete, prasselten Hunderte Eindrücke auf mich ein. Ich sah mich einer schaulustigen Menge von Nox gegenüber, die die wüstesten Beschimpfungen riefen. Mein Blick glitt über ihre Gesichter und ich versuchte, mir nicht anmerken zu lassen, wie sehr sie mich einschüchterten. Mein Herz schlug wie wild bei der Vorstellung, dass jeder Einzelne von ihnen meinen Tod wünschte. Dass jeder bereit wäre, die Klinge zu führen, die mein Leben auslöschte.

Flora stand dicht hinter mir und übergab mich vier Soldaten, die mich flankierten. Meine Hände waren frei, aber an Flucht war nicht zu denken. Nicht, wenn so viele Nox hier waren. Ich wäre wahrscheinlich kaum mehr als einen Meter weit gekommen.

Ich nahm an, dass die Soldaten weniger dafür sorgen sollten, dass ich nicht floh, sondern vielmehr, dass die Menge nicht über mich herfiel, ehe Neurus seine Show beginnen konnte.

Als mein Blick in die Richtung fiel, in die mich die Soldaten eskortierten, setzte mein Herz einen Schlag aus.

Dort, auf einem Podest, stand Zero. Auch er war gewaschen, trug saubere Kleidung und hatte den Blick fest auf mich gerichtet. Eine frische Wunde zog sich über seine Schläfe, ansonsten schien er äußerlich unverletzt zu sein. In seinem Gesicht konnte ich neben Wut auch Trauer, Verzweiflung und Hoffnungslosigkeit erkennen. Gefühle, die ich noch nie bei ihm gesehen hatte.

Was hatte das zu bedeuten? Warum war er hier? Warum hatten sie ihn nicht in Ketten gelegt, um über ihn zu richten?

Dann glitt mein Blick zu Neurus, der mit erhobenem Haupt neben ihm stand und mich mit herablassendem Blick musterte.

Aber was mir beinahe die Füße unter dem Boden wegriss, war der Anblick des gesamten Diés-Rates. Alle waren hier … auch Praeda. Und … mein Atem stockte … Teias. Er stand neben Praeda und hatte den Kopf gesenkt, als könne er niemandem in die Augen sehen.

Was verdammt noch mal hatte Neurus vor?! Wollte er das Exempel etwa vor beiden Inseln statuieren?! Was tat Praeda hier? Warum hatte sie Teias hergebracht? Etwa, weil er gegen das Gesetz verstoßen hatte – weil er auf Nox gewesen war?

Meine Augen glitten abermals zu den Schaulustigen, aber dort konnte ich nur Nox erkennen. Offenbar war es Neurus dann doch zu riskant gewesen, auch noch die Diés-Bevölkerung herbeizuzitieren. Der Rat musste genügen.

Mein Blick huschte wieder zu Praeda. Meine Ziehmutter hatte ebenso wie Zero ihre Augen fest auf mich gerichtet, aber anders als bei dem Nox glich ihr Gesicht einer leblosen Maske. Keine einzige Gefühlsregung war in ihren Augen zu sehen.

Sie musste in diesem Augenblick doch erkennen, dass die Nox die falsche Diés hatten – aber sie sagte nichts. Sie wandte nichts ein, ließ sich nichts anmerken … womit hatte Neurus sie geködert? Was war ihr Plan? Wollte sie mein Leben für das von Mona und ihrem ungeborenen Kind opfern? War sie wirklich so abgebrüht?

Und welche Rolle spielte Teias bei all dem? Die Tatsache, dass er lebte, musste die Nox rasend machen, schließlich hatten sie geglaubt, er sei von Zero getötet worden. Was hatte Praeda mit ihm vor? Warum stand er dort wie ein geschlagener Hund?

Tausend weitere Fragen schossen durch meinen Kopf, während ich zum Podest schritt. Kurz davor wiesen mich die Soldaten an, stehen zu bleiben. Dann zogen sie sich zurück.

Ich sah voller Grauen zu Neurus hoch, der mir direkt gegenüberstand und jetzt mit einem Kopfnicken befahl, zu ihm nach oben zu kommen. Seine Nase war bandagiert, was mir einen kurzen Moment der Genugtuung bescherte.

Dennoch fühlten sich meine Beine an, als beständen sie aus Blei. Ich musste mich zu jedem Schritt regelrecht zwingen und es kam mir wie eine halbe Ewigkeit vor, bis ich vor ihm stand.

Ich konnte Zero nicht ansehen, auch wenn ich seinen Blick mit einer Intensität auf mir spürte, wie ich es noch nie getan hatte. Auch vermied ich es, zu Praeda oder Teias zu schauen. Ich wusste nicht, ob ich stark genug gewesen wäre, wenn ich es dennoch getan hätte und befürchtete, dass ich einfach hier und jetzt zusammengebrochen wäre. Und diese Genugtuung wollte ich Neurus nicht liefern.

»Nox, hört mich an«, begann der Alte und hatte sofort die Aufmerksamkeit seiner ganzen Untertanen, die erwartungsvoll an seinen runzligen Lippen hingen. »In dieser Nacht haben wir zwei Vergehen aufgedeckt, die sowohl unsere Insel Nox als auch die Insel Diés betreffen.«

Ein Raunen ging durch die Menge und Neurus schien sich darin wie ein Schwein im Dreck zu suhlen, denn seine Augen leuchteten voller Befriedigung.

Er deutete auf Praeda, die ihm am nächsten stand. »Noch nie haben wir den Diés erlaubt, hierher in unser Allerheiligstes zu kommen«, sprach er in feierlichem Tonfall. »Aber heute sehen wir uns gezwungen, zumindest dem Rat der Diés zu zeigen, wie wir mit Verrätern verfahren – damit sie es auf ihrer Insel verkünden und weitere Vergehen verhindern können.«

Ich hörte, wie Zero ein Knurren entfuhr. Neurus warf ihm einen scharfen Blick zu und seine Hand glitt beinah unauffällig zu seiner

Hüfte, wo eine Peitsche hing. Augenblicklich verstummte Zero. Auch ich verstand die Warnung nur allzu gut. Die Peitsche war dieses Mal nicht für ihn, sondern für mich bestimmt. Und Neurus würde ohne zu zögern von ihr Gebrauch machen, sollte sich Zero ihm widersetzen.

»Knie nieder«, befahl der Alte an mich gewandt.

Ich sah ihm in die Augen und spürte nur Ekel und Wut. Aber ich würde diese Farce mitspielen müssen.

Ich dachte an Mona und Calem, die hoffentlich gerade dabei waren, die Inseln zu verlassen. Vielleicht hatten sie herausgefunden, wie sich die Barriere abstellen ließ. Vielleicht war es noch nicht zu spät für sie. Und je länger ich meinen Tod herauszögerte, indem ich Neurus seine Show abziehen ließ, desto mehr Zeit verschaffte ich ihnen … wenn ich mich gewehrt hätte, wäre alles nur schneller gegangen.

»Dieser Diés hat uns bereits einmal hereingelegt«, fuhr Neurus fort und deutete auf Teias, der unter seiner Geste kleiner zu werden schien. »Sie haben uns an der Nase herumgeführt. Etwas, das weder der Rat der Nox noch jener der Diés einfach so hinnehmen kann. Komm her, du Verräter, und knie dich ebenfalls vor mich hin.«

Zustimmende Rufe wurden laut und wieder badete Neurus voller Genugtuung in der bestätigenden Meinung seiner Nox.

Ich sah in Teias' Richtung und konnte erkennen, wie er leichenblass wurde.

Darum hatte Praeda ihn also mitgenommen – und offenbar hatte sie Teias nichts davon erzählt, wie ich seinem überrumpelten Gesichtsausdruck entnehmen konnte.

Mein Jugendfreund trat wie in Trance neben mich und kniete sich langsam hin. Ich konnte erkennen, wie stark er zitterte, und ergriff unwillkürlich seine Hand, um sie zu drücken. Er sah mich kurz an und ein schwaches Lächeln erschien auf seinem Gesicht, das aber sofort wieder von Panik vertrieben wurde.

Ich versuchte mich ebenfalls an einem Lächeln und hoffte, dass es ihm ein wenig Mut gab. Wir würden das gemeinsam durchstehen. Hand in Hand ins Land der Götter übergehen.

»Diese unschuldig wirkende Diés«, Neurus deutete auf mich, »hat sich mit einem Nox getroffen. Sie hat ihn verführt, seine Schwäche schamlos ausgenutzt. Sie ist eine schändliche Hure, die nichts als den Tod verdient hat!«

Dieses Mal spannte sich Zeros ganzer Körper an und ich konnte erkennen, wie viel Kraft es ihn kostete, Neurus nicht abermals die Nase – oder den Hals – zu brechen.

»Lunos hatte ein Einsehen mit seinem verlorenen Sohn«, sprach Neurus nun feierlich weiter. »Zero hat erkannt, dass er einen Fehler begangen hat. Und um Buße zu tun, wird er diese beiden Diés nun eigenhändig töten. Vor den Augen von euch allen, die ihr hier als Zeugen dient.«

Mein Blick schnellte zu Praeda. Ich kannte sie gut und wusste, dass sie in diesem Moment mit sich rang. Dennoch wandte sie keinen Einspruch ein. Sie ließ Neurus das Todesurteil aussprechen, ohne mit der Wimper zu zucken.

Und ich hatte geglaubt, dass sie mich liebte … aber offenbar liebte sie ihre Insel und ihr Volk stärker.

Tränen traten in meine Augen, als ich meinen Blick von ihr abwandte und wieder zu Zero sah. In seinem Gesicht waren jetzt nur noch Traurigkeit und Schmerz zu erkennen. Ich konnte nicht länger als einen Lidschlag hinsehen, sonst hätte ich laut aufgeheult.

Ich senkte den Kopf und starrte auf den hölzernen Boden des Podiums.

Das waren also die letzten Minuten in meinem Leben. Die letzten Sekunden.

Vor mir stand der Mann, den ich liebte, zu meiner Linken die Frau, die ich zu lieben geglaubt hatte und ich hielt die Hand des Mannes, für den meine Liebe leider zu schwach gewesen war.

Ich presste die Augen zusammen und versuchte, die Tränen aufzuhalten, die über meine Wangen rannen.

Vergebens.

In mir tobte Verzweiflung und rang mit der Hoffnung, dass ich das alles gerade nicht umsonst tat. Dass mein Tod nicht umsonst war … dass Mona und Calem fliehen konnten. Dass ihr Kind in einer besseren Welt aufwuchs, als wir es getan hatten.

Ohne Verschwörungen. Ohne Lügen. Ohne Verräter …

»Zero, tritt vor und tu, was deine Pflicht ist«, schallten Neurus' Worte in meinen Ohren.

Ich konnte nicht hinsehen. Wollte nicht wissen, wie mein Tod aussah.

Ich ließ Teias Hand los, die eiskalt geworden war, faltete die Hände vor der Brust und wartete. Ich wartete darauf, dass ich irgendeinen Schmerz spürte. Dass ich einen letzten Atemzug tat.

Ich wartete eine gefühlte Ewigkeit, doch nichts geschah.

In der Kuppel war es so still geworden, dass ich glaubte, ich wäre alleine.

Als ich blinzelte, sah ich direkt in Zeros Gesicht. Er war vor mir in die Hocke gegangen und hielt eine große Axt in der Hand, die ihm wahrscheinlich einer der andere Nox gegeben hatte.

Seine Miene war vor Trauer verzerrt, während er meinen Blick erwiderte.

»Ich werde meine Pflicht tun …«, sagte er viel ruhiger, als ich aufgrund seines Anblicks erwartet hätte. Seine Stimme dröhnte bei den nächsten Worten laut durch die Kuppel. »Aber zuerst wirst *du* sterben, Neurus!«

Damit wirbelte er herum und ehe der Alte sich wehren konnte, rammte ihm Zero die Axt in die Brust. Es knirschte ekelerregend. Die schaulustigen Nox schrien aufgebracht durcheinander. Neurus' Schmerzensschreie hallten durch den Raum und ich rechnete jeden Moment damit, dass seine Anhänger Zero überwältigen und totschlagen würden, aber sie zögerten sichtlich.

Ich konnte blanke Furcht in den Augen der Ratsmitglieder ablesen, die gerade vollkommen unschlüssig schienen, ob sie Zero angreifen sollten oder nicht.

War er so stark? Hatten sie so große Angst vor ihm?

Ich stand unwillkürlich auf, weil ich den lächerlichen Drang verspürte, ihn zu beschützen, falls sie doch noch auf ihn losgehen würden.

Teias neben mir war wie erstarrt und sah mit großen Augen auf das Geschehen vor uns.

Noch während ich mich aufrichtete, ging Neurus zu Boden und Zero riss die schwere Waffe aus seiner Brust. Der Älteste war nicht tot, er krümmte sich und röchelte. Das Blut spritze so weit, dass selbst die Gesichter in den vordersten Reihen rot besprenkelt wurden – ebenso wie mein Gewand. Aber das nahm ich nur am Rande wahr.

Ich starrte auf Zero, der breitbeinig über dem alten Rat stand und ehe ich etwas tun konnte, bemerkte ich aus dem Augenwinkel, wie Praeda sich plötzlich in Bewegung setzte.

Wollte sie Zero angreifen? Alleine?

Sie hatte nicht den Hauch einer Chance gegen den wutentbrannten, verzweifelten Nox, der gerade nichts mehr zu verlieren hatte.

Zeros Augen blieben auf Neurus gerichtet, über den er sich jetzt beugte und der sich unter ihm wie ein sterbender Wurm wand. Zero zischte ihm etwas zu und bemerkte nicht, dass Praeda knapp hinter ihm in die Knie ging und etwas vom Boden aufhob.

Als sie sich wieder aufrichtete, traf mich ihr Blick. Ich konnte ihn nicht lange erwidern, weil Flora im gleichen Moment zu schreien begann, um Zero daran zu hindern, Neurus den Kopf abzuschlagen. Der Nox hatte bereits mit der Waffe ausgeholt und schwang sie bedrohlich, was den sterbenden, alten Rat laut aufjaulen ließ.

»Nicht! Beruhig dich! Hör auf!«, rief Flora Zero zu.

Bloße Worte. Sie versuchte, ihn damit zu bändigen, weil nicht einmal *sie* es wagte, näher an ihn heranzutreten.

Hätte er sie auch erschlagen?

Ja, Zero schien gerade an einem Punkt angekommen zu sein, an dem er diesen Scheuklappenmodus, in dessen Zentrum der Tod thronte, nicht mehr beenden konnte. Das konnte ich mühelos erkennen – ich hatte ihn schon einmal erlebt, als er ausgerastet war.

Das hier war viel, viel stärker. Sein Körper zitterte vor Wut, jeder Muskel war angespannt und ich konnte ihn bis zu mir knurren hören.

Wahrscheinlich hätte er sogar *mich* getötet, wäre ich näher getreten.

Mit einem Mal spürte ich einen letzten Wunsch in mir: Wenn ich heute sterben müsste, sollte es durch seine Hand geschehen – nicht durch die der Nox, die hinter Teias und mir standen und die sich demnächst auf uns stürzen würden, um uns zu zerfetzen.

Zero würde es schnell machen, würde mich nicht leiden lassen. Er würde wahrscheinlich nicht einmal merken, dass er mich tötete, so rasend wie er gerade war. Mein Leben war bereits verwirkt. Ich würde in dieser Nacht ohnehin sterben … und ich sehnte mich geradezu danach, diese Hölle aus Sand, Meer und Lügen für immer hinter mir zu lassen.

»Skya!« Jemand stellte sich mir in den Weg, bevor ich auf Zero zu und damit in meinen Tod laufen konnte.

Ich sah hoch, in das Gesicht der Frau, die ich Mutter genannt hatte und die trotzdem gekommen war, um meiner Hinrichtung beizuwohnen.

»Geh mir aus den Weg!«, fauchte ich Praeda an. In meiner Stimme schwang Enttäuschung und Wut mit, die ich nicht verbergen konnte, obwohl es eigentlich keine Rolle mehr spielte.

Sie schüttelte den Kopf und sah dann nervös zur Seite, weil der Nox-Rat plötzlich nicht mehr in Schockstarre verharrte, sondern auf Zero zustürmte. Zwei der großen Männer packten ihn an den Armen, um ihm die Waffe zu entreißen und ihn zu Fall zu bringen. Aber er riss sich los und schleuderte einen der beiden vom Podest in die Menge, die dabei war, zurückzuweichen, weil sie sahen, dass sogar ihre Räte Angst vor diesem Aufruhr hatten.

»Wir haben kaum Zeit, Skya! Sie überwältigen Zero gleich!«, raunte mir Praeda eindringlich zu und zog plötzlich ihr rot glänzendes Amulett unter der Kutte hervor.

Ich erkannte, dass sie ein weiteres in der Hand hielt. Das dunkelblaue Schmuckstück, das die Axt vorhin von Neurus Brust geschlagen hatte.

Danach hatte sie sich also gebückt …

»Lauft! Hol Mona und lauft so schnell ihr könnt! Geht zu den Booten, geht aufs Meer«, sagte Praeda. Ich war eine Sekunde lang erstaunt, dass Panik in ihrer Stimme mitschwang. »Die Welt da draußen, Lunos und Solaris …« Sie stoppte, weil Zero laut aufbrüllte, als die Nox sich jetzt zu fünft auf ihn stürzten und zu Boden zerrten.

Ich glaubte, ihn sterben zu hören, und wollte mich losreißen, um zu ihm zu laufen, aber Praeda machte eine schnelle Handbewegung, presste die beiden Amulette aneinander und im nächsten Moment war über uns ein Krachen zu hören.

Schockiert zuckte ich zusammen und hob den Blick zur gläsernen Kuppeldecke.

Der Himmel über uns flimmerte.

Er begann sich in Blau- und Orangetönen zu verfärben. Helle Blitze durchzogen ihn, obwohl die Nacht sternenklar und kein Gewitter weit und breit zu sehen war. Es wirkte, als drohten die Gestirne herunterzustürzen.

Und dann wurden wir alle von einem Licht geblendet, das die ganze Insel taghell werden ließ. Ein schriller Ton erklang, auf den eine Explosion folgte.

Ich konnte mir gerade noch die Hand vor die Augen schlagen, sonst wäre ich wahrscheinlich erblindet. Das Letzte, was ich hörte, waren ohrenbetäubende Schreie, dann brach endgültig das Chaos über Nox herein.

KAPITEL 29 – ZERO

Ich drohte unter dem Gewicht dieser Bastarde zu ersticken, weil sie sich auf mich gestürzt hatten, um mich bewegungsunfähig zu machen. Die Axt, die ich nicht loslassen würde, drückte sich gegen meine Brust, aber um den Schmerz richtig zu fühlen, fehlte es meinem Geist an Kapazität. Ich konnte nur daran denken, Neurus endgültig zu töten.

Er atmete noch, er lebte noch und ich würde nicht kampflos sterben, ohne dieses Arschloch vorauszuschicken!

Ich dachte, meine Sinne würden endgültig den Dienst quittieren und vorher noch einmal verrücktspielen, als es plötzlich taghell wurde und ich die Augen zusammenkneifen musste, weil sie brannten, als wären meine Tränen aus Säure. Mein Körper fühlte sich wieder leichter an, weil meine Angreifer aus irgendeinem Grund von mir abließen.

Ich nutzte die Chance, um mich schwankend aufzurichten und Jagon von mir wegzustoßen, was mir mit Leichtigkeit gelang, weil er sich die Hände vor die Augen hielt.

Mein Blick schnellte hoch, zur Kuppeldecke, dorthin wo diese merkwürdigen Lichtzacken Risse in den Himmel zu sprengen schienen. Ich hatte mir diesen gleißenden Blitz nicht eingebildet.

Mein Körper fühlte sich seltsam heiß an, aber ich hatte keine Zeit um herauszufinden, woran das lag. Alles in mir schrie danach, zu beenden, was ich angefangen hatte.

Neurus lag noch immer blutüberströmt auf dem Boden, die Augen weit aufgerissen, den Blick in den entfesselten Himmel gerichtet. Ich stellte mich über ihn und hob die gefährliche Waffe in meiner Hand. Nichts und niemand würde mich jetzt noch daran hindern, meinen Blutdurst zu stillen. Es hätte schon Lunos persönlich einschreiten müssen, um mich aufzuhalten – was durchaus hätte passieren können, weil ich keine Ahnung hatte, was dort oben im Himmel gerade vor sich ging.

Neurus richtete die Augen auf mich und versuchte, etwas zu sagen. Wahrscheinlich wollte er mir eine letzte Lüge auftischen … aber aus seinem Mund quoll nur schäumendes Blut und er würgte.

»Fahr zur Hölle, Arschloch!«, knurrte ich voller Genugtuung und ließ die Axt auf den Hals des Mannes niederfahren, der meinen Vater getötet und mich jahrelang gequält und gepeinigt hatte.

Mein Schlag war so kräftig gewesen, dass die Axt sich durch den Holzboden des Podests gebohrt hatte. Ich ließ die Waffe los, weil es mir kurz so vorkam, als hätte mich jemand in Brand gesteckt.

Ich fuhr auf dem Absatz herum, erkannte das herrschende Chaos, dessen Ursprung nicht mehr ich zu sein schien. Beinahe alle Nox hatten mit ihrer Sehkraft zu kämpfen, weil der grelle Lichtblitz ihnen zugesetzt hatte. Ich hatte ihn nicht direkt abbekommen, weil Jagon und die anderen mich unter ihren Körpern begraben gehabt hatten.

Als ich wieder hoch in den Himmel blickte, hatten die orangen Zacken begonnen, sich ins Firmament zu fressen – wie eine Glut, die sich durch Stoff brannte.

Ich fühlte eine Hand meinen Unterarm packen und schlug intuitiv zu, weil mich in meiner Vorstellung noch immer jeder hier töten wollte. Während meine Hand in Richtung des potenziellen Angreifers schnellte und ich den Kopf drehte, erkannte ich Skya hinter mir.

Ich konnte meinen Schlag nicht mehr gänzlich abbremsen, nur verhindern, dass ich sie bewusstlos schlug. Meine Faust traf sie an der Wange und hätte ihr den Boden unter den Füßen weggerissen, wenn ich nicht schnell genug reagiert und sie gepackt hätte.

Ihr schmerzverzerrtes Gesicht ließ mich laut und verzweifelt aufstöhnen, weil sie der einzige Mensch hier war, dem ich nicht wehtun wollte und ich sie beinahe totgeschlagen hätte.

Ich zog sie an meine Brust, suchte ihre dunklen Augen und machte mir bewusst, dass ich sie nur Minuten zuvor wirklich hätte töten müssen.

Mir wurde gerade klar, dass ich es nicht konnte.

Eigentlich hatte ich gedacht, dass mir alles egal wäre, aber Skya war mir nicht egal und ich war innerlich nicht so tot, wie ich es gerne gewesen wäre. Meine Seele brannte regelrecht, heiß und beinahe zerrreißend intensiv.

Als ich ihre schwache, schmerzdurchtränkte Stimme hörte, neigte ich meinen Kopf zu ihrem.

»Raus … wir müssen raus«, murmelte sie und sprach die letzten Worte lauter, weil sie begann, sich allmählich von meinem Schlag zu erholen.

Ich küsste sie, hier mitten im Chaos, während mein Inneres dabei war, in einem seltsamen Feuer zu verglühen und uns der Himmel wahrscheinlich jeden Moment auf den Kopf fallen würde.

Skya drängte sich von mir weg, sie stemmte sich regelrecht gegen mich.

Ich verstand nicht, warum sie mir diesen letzten Kuss nicht gewähren wollte.

»Wir müssen weglaufen! Los! Solange die Nox noch geblendet sind!«, rief sie und klang so eindringlich, als würde sie nicht erkennen, dass ihre Fluchtpläne falscher Hoffnung geschuldet waren.

Es zerriss mir das Herz, aber ich musste den Kopf schütteln. »Nein! Wohin denn?! Sie werden uns überall finden, überall töten! Ob Diés oder Nox spielt keine Rolle! Und wenn wir in den Lunamontem flüchten, dann werden Calem und Mona …«

»Die Barriere!«, rief Skya aufgebracht dazwischen und packte mein Gesicht, um es nach oben, Richtung Himmel zu drücken.

Mein Blick fiel wieder auf das seltsame Schauspiel, das alle hier von der Hinrichtung abgelenkt hatte.

»Die Barriere ist offen! Wir können die Inseln verlassen!«

Als ich begann zu begreifen, dass das orange Licht tatsächlich das Tor zu einer Welt öffnete, in der es mehr als Nox und Diés gab, setzte mein Herz einen Schlag aus.

Wir konnten fliehen, wir hatten eine Chance.

Selbst wenn wir nicht wussten, was uns hinter dem Horizont erwarten würde, schlimmer als diese Insel-Hölle konnte es nicht sein.

Calem und Mona mussten es irgendwie geschafft haben, die Barriere abzuschalten. Wahrscheinlich hatten sie die Signalfeuer gesehen und schnell genug gehandelt. Ich könnte meinen dummen Bruder und seine naive Freundin küssen!

In mir wuchsen Hoffnung und Fluchtdrang. Ich ließ meinen Blick noch einmal über Skya schweifen. Sie war zwar durch meinen Faustschlag verletzt, sah aber stark genug aus, um zu rennen.

Als ich mir ihre Hand griff und den ersten Schritt tat, stand plötzlich ein Ratsmitglied der Diés vor mir. Sie waren nicht geblendet worden, weil ihre Augen an helles Licht gewöhnt waren.

Ich würde sie aus dem Weg räumen. Ein paar alte, klapprige Diés würden mich nicht darin hindern, mit Skya zu fliehen!

Meine freie Hand griff nach der Schulter der Frau, deren Gesicht ich als das des Ratsoberhauptes der Diés identifizierte. Bevor ich richtig zupacken konnte, zog mich Skya an der anderen Hand zurück und begann mich anzuschreien. »Nicht, Zero! Praeda hat die Barriere geöffnet!«

Ich starrte sie ungläubig an und hörte im nächsten Moment die Stimme der mächtigsten Frau auf Diés, die irgendwann mal wahrscheinlich einschüchternd geklungen hatte, aber jetzt in Verzweiflung verging. »Lauft! Das hier hat keine Zukunft mehr! Diés und Nox, unser Experiment ist gescheitert, schon lange! Relas hatte recht, wir verstecken uns hier nur …«

Ich verstand ihre Worte nicht, nur ihre Aufforderung. Wir sollten laufen und genau das würden wir jetzt tun.

»Danke!«, hörte ich Skya noch rufen, aber ich gab ihr keine Zeit, um sich zu verabschieden oder tief greifendere Worte zu finden. Wir mussten das Chaos, das noch herrschte, nutzen, sonst blieb Praedas Opfer ungenutzt. Ich wusste nicht, wie sie es gemacht hatte, aber sie rettete damit unser Leben.

Ich zerrte Skya hinter mir her, Richtung Kuppelausgang.

Es herrschte noch immer wilder Aufruhr, weil die meisten Nox kaum etwas sahen und trotzdem begannen, das Podest zu stürmen, um auf den Diés-Rat loszugehen. Wahrscheinlich hielten sie dieses Spektakel für eine Hinterlist der Solaris-Anbeter.

Gekonnt wich ich einigen Nox aus, die Skya oder mich ergreifen wollten, und ließ dabei ihre Hand nicht los. Die Diés sträubte sich, rief mir etwas zu und zerrte an mir, aber ich war stärker und zog sie weiter. Weg von dem Tumult, weg von den Nox, die die Diés inzwischen eingekesselt hatten.

Die Gen B hatte keine Ahnung, was sie tat. Uns war ein Leben lang weisgemacht worden, dass die Diés unsere Feinde waren und dass nichts über Lunos und Nox stand. Die Dummheit, mit der die Räte uns eigentlich im Zaum halten wollten, rächte sich gerade bitter. Ihre Show, die Angst und Schrecken verbreiten sollte, geriet komplett außer Kontrolle, weil die Nox nicht mehr wussten, wer Feind oder Freund war.

So viel zur Manipulation der Räte – sie erstickten gerade an ihren eigenen Lügen.

Ich wollte mit Skya durch das Ratszimmer nach draußen verschwinden, aber als ich die Tür aufstieß, stemmte sie sich gegen mich.

»Teias!« Kaum hörte ich sie diesen Namen schreien, spielte ich mit dem Gedanken, sie einfach weiterzuziehen. Sie hätte keine Chance gehabt, sich zu wehren, wenn ich sie gezwungen hätte, aber dafür hätte sie mich wohl gehasst.

Was brachte mir ein neu gewonnenes Leben, wenn Skya mich darin hassen würde?

»Bleib hier stehen!«, herrschte ich sie an, weil ich nicht wollte, dass sie sich erneut in das Getümmel stürzte und ihr Leben aufs Spiel setzte, nur um diesen Versager zu retten.

»Ich hole ihn!«, sprach ich etwas aus, was ich nicht ohne Wut in der Stimme über die Lippen brachte.

Zweimal! Zum zweiten Mal würde ich diesem Idioten den Hals retten müssen und das, obwohl mir sein Schicksal so egal war wie Lemurenkacke!

Was machte diese Frau nur mit mir?!

Ich bahnte mir meinen Weg über das Podest, vorbei an Jagon, der es nicht wagte, auf mich loszugehen. Sie starrten mich alle nur an, als wäre ich der personifizierte Tod. Vielleicht lag es an ihrer vorübergehenden Sehschwäche, dass sie nicht mehr versuchten, mich gemeinsam zu überwältigen, aber es war nur gut für sie. Ich hätte sie zerfetzt! Mir war so grenzenlos heiß!

Den schwarzhaarigen Diés unter den vielen blonden Nox ausfindig zu machen war leicht, auch wenn sie ihn zu fünft eingekesselt hatten und auf ihn einschlugen.

Es waren keine Ratsmitglieder, sondern Nox der Gen B, die sich Teias gekrallt hatten. Sie sahen mich nicht kommen. Erst als ich die Mädchenschulter packte und sie von dem Diés wegzog, sahen alle zu mir auf. Ihr Blick war noch verschleiert aber sie erkannten mich und wichen sofort vor mir zurück.

Die Nox, die ich mir gepackt hatte, würde ich nicht so einfach davonkommen lassen. Ich funkelte Teana an, hoffte, dass sie klar genug sehen konnte, um den Zorn und die Rachsucht in meinen Augen zu erkennen.

»Du wolltest mich und Skya sterben sehen?!«, fauchte ich gleichsam wütend wie unbarmherzig.

Das dumme Biest schüttelte den Kopf. Auf ihrer Wange prangte ein dunkler Fleck von dem Schlag, den ich ihr im Zelt verpasst hatte. Ihr einstudiert unschuldiger Blick würde sie jetzt auch nicht mehr retten. Kurz spielte ich mit dem Gedanken, sie zu töten, dann wurde mir bewusst, dass hier auf Nox zu verrotten vielleicht die schlimmere Strafe für sie war. Hier würde noch lange Chaos herrschen. Das Schicksal der Inseln war so ungewiss wie unser eigenes.

»Erstickt an den Lügen der Bastarde, die ihr anbetet!«, zischte ich Teana ins Gesicht, mein Satz ging aber an alle Nox, die vorhin noch gejubelt hatten, während ich Höllenqualen litt.

Ich ließ sie los und holte zu einer Ohrfeige aus, die sie zu Boden stürzen ließ.

Als ich mich Teias zuwandte, starrte er mich mit weit aufgerissenen Augen an. Er konnte nicht einschätzen, ob ich oder die Meute Nox, die ihm ganz offensichtlich nach dem Leben trachtete, das schlimmere Übel war. Er sah noch schlimmer aus als beim letzten Mal, als ich ihn hatte retten müssen. Aus seiner Nase lief Blut und seine Kleidung war zerrissen. Die Nox hatten ihn schlimm zugerichtet in der kurzen Zeit, in der er ihnen ausgeliefert gewesen war.

»Steh auf und komm! Oder stirb!«, stellte ich ihn vor die Wahl, für die ich ihm genau drei Sekunden geben würde.

Eins, zwei …

»Wo ist Skya?!«, wollte er wissen und sprang auf die Beine.

Ich gab ihm ein Handzeichen, mir hinterherzukommen. Er war ganz offensichtlich verletzt, aber entweder konnte er mit mir Schritt halten oder eben nicht.

Kaum hatten wir die Tür, vor der Skya stand, erreicht, schob ich sie hindurch.

»Geht es dir gut?!«, hörte ich sie fragen, während ich wieder ihre Hand ergriff. Ihre Frage ging nicht an mich, sondern an den Typen, den ich ganz sicher nicht an die Hand nehmen würde!

»Was … ist hier …?!« Er konnte keinen Satz formulieren, weil er nicht genug Luft bekam, aber wir hätten ihm sowieso keine zufriedenstellenden Antworten liefern können.

Was hier passierte? Chaos. Unsere Welten brachen gerade zusammen. Wir wären beinahe hingerichtet worden. Jetzt flohen wir entweder ins Paradies oder in die nächste Hölle. Wer wusste das schon so genau?

Wir rannten aus der Kuppel. Ich versuchte, das Tempo vorzugeben, aber Skya kam mir kaum hinterher und der Abstand zu Teias wurde auch immer größer.

»Beeilt euch, verdammt!«, herrschte ich die beiden Diés an und hörte im nächsten Moment eine Stimme, die meine Ängste bestätigte – wir wurden verfolgt.

»Bleib stehen, Zero!«

Ich erkannte Flora, die schon so nahe war. Sie würde uns so oder so einholen, also blieb ich stehen und schob Skya hinter mich.

»Wir verschwinden! Versuch nicht, uns aufzuhalten!«

Teias erreichte uns ebenfalls, wurde aber von Skya sofort ebenfalls hinter mich gezogen.

»Nein! Ich kann dich nicht gehen lassen, Zero!«, brüllte die Frau, der ich bis zur heutigen Nacht mein Leben anvertraut hätte. Sie war immer für Calem und mich da gewesen, hatte nach Vaters Tod für uns gesorgt. Nun war mir Flora so fremd wie diese gottverdammte Insel.

Sie rannte weiter auf uns zu und ich ging ihr mit großen Schritten entgegen, weil ich sie unbedingt von Skya fernhalten wollte. Als uns kaum noch zwei Meter trennten, erkannte ich die Entschlossenheit in ihren tränenden, geröteten Augen funkeln. Sie war bereit, zu kämpfen, zu versuchen, mich aufzuhalten.

Meine Hände packten ihre Schultern und wollten sie zu Boden schleudern, aber sie wehrte sich mit aller Kraft gegen mich und schlug mir ins Gesicht.

»Du darfst diese Inseln nicht verlassen, Zero! Du hast keine Ahnung von der Welt da draußen! Dort wartet nur der Tod auf dich!«, presste sie zwischen ihren angespannten Lippen hervor, während sie noch immer versuchte, sich sich aus meinem Griff zu winden.

»Und hier?!«, entgegnete ich wütend und zog sie näher zu mir heran, damit sie keine andere Wahl mehr hatte, als auch die Entschlossenheit in *meinen* Augen funkeln zu sehen. »Hier sterbe ich auch! Diese Inseln sind ein Käfig, oder? Ich werde mich nicht mehr gefangen halten lassen! Ich bin kein verdammtes Tier!«

»Du weißt nicht, was du bist, Zero! Du bist ein Monst…!«

Ich schlug sie bewusstlos, bevor sie mich Monster nennen konnte. Sie ging zu Boden, blieb regungslos liegen, während ihr Blut aus dem Mundwinkel rann. Vielleicht hatte ich sie getötet. Ich hatte keine Kontrolle mehr über diese Hitze in mir, die bestimmt der Ausnahmesituation und meinen blanken Nerven geschuldet war. Oder Flora hatte recht und das Monster hatte gerade ihr Schicksal besiegelt.

»Komm weiter, Zero! Wir müssen Calem und Mona holen und in ein Boot steigen!«

Skyas eindringliches Rufen machte mir wieder bewusst, warum ich das gerade getan hatte. Ich wollte uns retten, *sie* retten, Calem und Mona retten. Wenn ich dafür zum Monster werden musste, dann erschien mir das ein fairer Preis.

Ich fühlte eine warme Hand meine packen. Dass ich Skyas Wärme überhaupt noch fühlen konnte, verwunderte mich, schließlich brannte mein Inneres noch immer.

»Du bist kein Monster, Zero! Du rettest gerade unser Leben! Du hast keine andere Wahl!«, machte mir Skya noch mal klar und zog mich weiter, so lange, bis ich sie überholte und sie wieder hinter mir herzog. Sie hielt nicht nur meine Hand, sondern auch die von Teias, damit er mit uns Schritt halten konnte.

Wir erreichten den Strand. Unsere Füße versanken im kühlen Sand, der uns langsamer zu machen drohte. Ich erhöhte das Tempo noch mal, weil wir nicht sofort in die Boote steigen konnten, auch wenn sie noch so einladend auf den dunklen Wellen schaukelten. Ohne Calem und Mona würden wir diese Inseln nicht verlassen.

Skya keuchte hinter mir so angestrengt, als würde sie gleich zusammenbrechen. Ich hätte sie tragen können, aber ich hatte Angst, ihr wehzutun, weil diese verdammte Hitze in mir mich unfähig machte, meine Kräfte einzuschätzen. Ich fühlte mich furchtbar, zum Zerreißen angespannt. Wenn wir endlich auf dem Meer waren, würde dieses Gefühl verschwinden. Hoffentlich gelang uns das, bevor ich in Flammen aufging.

Wir erreichten den Waldrand, dort wo der unscheinbare Weg zum Eingang des Lunamontem führte. Ich hechtete voraus in das dichte Gestrüpp und prallte im nächsten Moment gegen jemanden, der stöhnend mit mir zu Boden ging. Wir schreckten beide sofort auf, weil wir uns kampfbereit machten, aber als sich unsere Blicke fanden, nahm Calem mich sofort in den Arm.

»Zero! Du lebst! Ich dachte, sie hätten dich …« Er sprach es nicht aus, legte nur seine Hände an meine Wange und drückte seine Stirn gegen meine.

Normalerweise hätte ich diesen Kuschelmodus nicht zugelassen, aber im Moment tat die intensive Berührung meines dummen, älteren Bruders unheimlich gut. Ich schloss für eine Sekunde die Augen und konzentrierte mich auf Calems kühle Hände auf meiner Haut.

»Skya! Was ist passiert?«, hörte ich Monas Stimme, die wahrscheinlich gerade *ihr* um den Hals fiel.

»Praeda … hat die … Barriere … geöffnet«, erklärte meine Diés atemlos.

Ich wollte mich zu ihr umdrehen, aber Calem hielt mich noch fest und starrte mich plötzlich seltsam durchdringend und mitleidig an.

»Alles in Ordnung mit dir? Du siehst schlecht aus.«

»Ich komme gerade aus der verdammten Hölle! Wie soll ich denn aussehen?! Erholt und entspannt?!«, blaffte ich und riss mich endgültig von meinem Bruder los. Seine musternden Blicke entfachten die Hitze wieder, die er eigentlich abgekühlt hatte.

»Ihr wollt einfach aufs Meer hinausfahren? Wohin? Wisst ihr, was hinter der Barriere liegt?« Teias Fragen wurden von Skya mit einem einfachen Kopfschütteln beantwortet.

Nein, wir wussten nicht, was hinter dem Horizont lag, aber wir würden es herausfinden.

»Scheiße …«, hörte ich den schwarzhaarigen Vorzeige-Diés aus vollem Herzen fluchen.

Skya starrte ihn mit hochgezogenen Brauen an, wahrscheinlich weil er noch nie solche Wörter in den Mund genommen hatte. Ich konnte es ihm nicht verübeln, denn wenn es einen Zeitpunkt gab, um unflätig und vor lauter Panik zu fluchen, dann jetzt!

»Ganz meine Rede«, pflichtete ich Teias zum ersten Mal bei und setzte mich wieder in Bewegung. »Wir müssen los! Kommt!«

Ich lief wieder voraus, zurück zum Meer, das unsere dunkle, tiefe Route ins Ungewisse sein würde. Drei Boote trieben im seichten Wasser, aber wir würden nur eines brauchen, auch wenn es nur knapp fünf Leute fasste. Es war mir lieber, wir rückten enger zusammen, als dass wir uns wieder trennen und auf offener See womöglich verlieren würden.

Ich hatte zwar meine Axt in der Kuppel fallen lassen, aber ein einfacher Faustschlag tat es auch, um die beiden anderen Boote manövrierunfähig zu machen. Sie würden uns nicht so rasch verfolgen können.

Während ich das Seil von dem Pfahl, der als Anleger diente, wickelte, war mir, als kochte selbst das Wasser. Auch wenn ich knietief im Meer stand, kühlte ich einfach nicht ab.

Aus dem Augenwinkel sah ich zu der Bande Rebellen, die gleich mit mir zur vielleicht letzten Fahrt unseres Lebens aufbrechen würden. Mona hielt den Flohbeutel namens Dämon im Arm, weil sie ihn nicht zurücklassen konnte. Sie drückte sich an Calem, der mich anstarrte, während ich das Boot losband.

Teias schien noch immer einen inneren Monolog über die Idiotie unseres Plans und die einfache Tatsache, dass es trotzdem keinen anderen Ausweg gab, zu führen.

Als mein Blick Skya streifte, verfing er sich für ein paar Lidschläge an ihr. Sie sah abgekämpft aus und ich konnte einen dunkelroten Schatten um ihr linkes Auge erkennen, dort, wo ich sie vorhin getroffen hatte. Ihre eigentlich braune Haut mutete im Mondlicht sehr blass an. Die Meeresbrise wehte ihr ein paar schwarze Haarsträhnen ins Gesicht, die immer noch mit weißen Blüten geschmückt waren. Sie war wunderschön. Mehr als das, sie war Perfektion für mich, mein perfektes Gegenstück. Ich war so unendlich froh, dass ich sie hatte beschützen können. Bei diesem Gedanken wurde mir endlich etwas kühler.

»Einsteigen. Wir brechen auf«, verkündete ich und hielt das schwankende Boot ruhig, während die anderen an Bord gingen.

Ich zog sie noch ein Stück weit raus, bis mir das Wasser bis zum Hals reichte und die sanften Wellen mir ins Gesicht schwappten. Dann hievte ich meinen Körper hoch ins Trockene und wollte die Ruder greifen. Calem kam mir jedoch zuvor.

»Nein. Ruh dich aus, ich mache das.«

Eigentlich wollte ich protestieren. Die Ruder abzugeben bedeutete auch die Kontrolle abzugeben, aber er hatte recht, ich war unendlich müde und fühlte mich so ausgelaugt wie noch nie.

Als Skya ihre Arme um mich schlang und mich zu sich zog, ließ ich mich langsam nach hinten sinken. Ich legte den Kopf auf ihren Schoß, atmete den Duft ihrer Haut ein und blinzelte schwer. Mir war noch immer warm, aber ich hielt es aus. Wahrscheinlich würde es besser werden, wenn ich für ein paar Minuten die Augen schloss. Wir würden lange auf dem Meer unterwegs sein, weil selbst unsere Fischer oft stundenlang auf See waren und die Barriere zwangsläufig weiter entfernt liegen musste.

Nur ein paar Minuten schlafen und endlich meine Seele abkühlen, während Skyas Hand sanft über meine Wange streichelte, mehr wollte ich im Moment nicht.

»Was passiert mit ihm? Er sieht furchtbar krank aus«, hörte ich Calems leise Stimme in mein Bewusstsein dringen.

»Ich weiß es nicht …«, entgegnete Skya und hauchte mir einen sanften Kuss auf die Stirn. Noch war ich nicht in den Schlafzustand abgedriftet, so wie sie vermuteten, aber ich hatte trotzdem keinerlei Muße, zu reden oder ihre Sorgen zu zerstreuen.

Ja, irgendetwas stimmte nicht mit mir. Vielleicht würde ich sterben, weil ich Nox den Rücken gekehrt hatte.

Ich öffnete die Augen einen kleinen Spalt, sah verschwommen die Silhouette des Lunamontem. Der mächtige Berg sah von hier aus so seltsam klein aus. Er war unser rettender Anker gewesen. Er hatte uns Schutz geboten, uns Geheimnisse offenbart und Erinnerungen für uns bewahrt.

Ich würde ihn nicht vergessen. Das Sinnbild eines Lebens, das hinter Mauern stattgefunden hatte, die wir letzten Endes doch einreißen konnten. Gefangen fühlte ich mich trotzdem, nur plötzlich in meinem eigenen Körper.

KAPITEL 30 – SKYA

Ich betrachtete Zero, während ich unaufhörlich mit der Hand über seine Wange strich. Er fühlte sich fiebrig an, seine Haut war glühend heiß. Ob es daran lag, dass er sich in den letzten Stunden so verausgabt hatte? Eine leise Stimme in mir wiederholte wieder und wieder Floras Worte … ›Er darf die Insel nicht verlassen‹ … aber ich schob sie weit weg von mir.

Auf Nox zu bleiben wäre gleichbedeutend mit unserem Tod gewesen – und alleine hätte ich ihn niemals dort zurückgelassen.

Wir gehörten zusammen. Er und ich. Und wir würden zusammen dieser Ungewissheit entgegentreten, die auf uns zukam.

Ich warf einen Blick zurück zu den Inseln, die stetig kleiner wurden, während Calem das Boot aufs Meer hinausruderte. Über uns erhellten die Blitze immer noch den Himmel. Die Barriere schien wie eine Art Glocke um unsere Inseln erschaffen worden zu sein … was uns wohl dahinter erwarten würde?

Freiheit? Neuanfang? Tod?

Keiner von uns sprach ein Wort, während wir uns von allem entfernten, was wir jemals gekannt hatten.

Teias saß stumm neben mir und hatte die Hände zwischen den Knien eingeklemmt. Auch er sah schrecklich aus. Die Nox hatten ihn übel zugerichtet und sein Gesicht war blutverschmiert. Aber er lebte noch. So wie wir alle.

Dämon, der auf Monas Armen saß und mit großen Augen um sich starrte, stieß ab und an ein leises Maunzen aus. Ihm war die Bootsfahrt ebenso wenig geheuer wie dem Rest von uns.

Irgendwann legte ich mich hin und versuchte ebenfalls, die Augen zu schließen, um etwas Schlaf zu finden. Ich hörte das Rauschen der Wellen, die gegen den Bootsrumpf klatschten. Über uns hatte der Himmel endlich aufgehört zu funkeln. Blasse Sterne waren zu erkennen – und der Mond, der über uns wachte, als einziger Zeuge unserer Flucht.

Als ich erwachte, blinzelte ich gegen das Sonnenlicht an, das mir ins Gesicht schien. Wir mussten lange geschlafen haben. Sehr lange. Denn die Sonne stand bereits hoch am Himmel.

Mein ganzer Körper schmerzte von den Torturen der vergangenen Nacht, mein Mund war trocken und meine Zunge klebte an meinem Gaumen. Hunger und Durst hatten mich geweckt – aber wir hatten weder zu trinken noch zu essen dabei. Unsere Flucht war zu überstürzt gewesen.

Mühsam rappelte ich mich auf und blickte um mich. Wir befanden uns immer noch mitten auf dem Meer. Um uns war nichts als Wasser. Blaues, endloses Wasser – und ebenso blauer Himmel ohne Wolken. Nichts deutete mehr auf letzte Nacht hin, keine Blitze, kein Donnern … es war beinahe gespenstisch still.

Ich sah zu Calem und Mona, die sich aneinander gelehnt hatten und tief und fest schliefen. Ebenso wie Teias, der in sich zusammengesunken nahe bei mir saß.

Dann schweifte mein Blick über Zero. Er hatte seinen Kopf immer noch in meinen Schoß gebettet. Sein Haar wirkte im Sonnenlicht noch heller als sonst und seine bleiche Haut war gerötet, als hätte er sie in der Sonne verbrannt. Ich strich ihm behutsam über die Stirn. Sie war glühend heiß, was mich zusammenfahren ließ.

Was war nur mit ihm los? War er krank?

Vorsichtig richtete ich mich auf, um ihn nicht zu wecken – was mir natürlich nicht gelang, denn seine Augenlider flatterten und öffneten sich halb.

»Hallo«, flüsterte ich und beugte mich zu ihm herunter, um ihn zu küssen.

Er zuckte bei meiner Berührung zusammen und richtete sich so abrupt auf, dass ich beinahe mein Kinn an seinem Kopf anschlug. So weit er konnte, rutschte er von mir weg – was nicht weit war, denn das Boot war viel zu klein, um eine richtige Distanz zwischen uns zu schaffen.

Seine Augen blickten mich fast schon panisch an, dann presste er beide Hände gegen die Schläfen und senkte den Kopf, während sein Mund sich zu einem stummen Schrei öffnete.

»Was ist denn? Was hast du?«, fragte ich ihn besorgt.

Wieder schaute er mich an und dieses Mal erkannte ich, dass seine Augenfarbe dunkler war als sonst.

»Zero … deine Augen …«, hauchte ich.

»Was ist mit ihm?«, erklang Teias' verschlafene Stimme neben mir. Er war ebenfalls aufgewacht und musterte Zero nun stirnrunzelnd.

»Ich weiß es nicht«, antwortete ich, ohne meinen Freund anzuschauen. Mein Blick war immer noch auf Zero fixiert, der mich jetzt musterte, als sei ich eine widerliche Krankheit. Dieser Ausdruck tat mir mehr weh als jede Beleidigung, die er mir hätte an den Kopf schleudern können. »Er sagt nichts.«

»Vielleicht sollten wir …«, begann Teias, ehe seine Stimme sich fast überschlug. »Da! Ein Boot!«

Ich blickte mich um und jetzt sah ich es auch.

Dort, am Horizont, tauchte tatsächlich ein Boot auf. Es war größer als unseres – viel größer. Und es kam rasend schnell näher.

»Verdammt, sind das Verfolger?«, fragte ich gehetzt.

Teias beschattete seine Augen. »Nein … solch ein Boot habe ich noch nie auf unserer Insel gesehen.«

Calem und Mona waren von seinen Rufen ebenfalls aufgewacht und rappelten sich auf. Dämon gähnte herzhaft und krallte sich dann an Monas Kleidung fest, um seine morgendlichen Streicheleinheiten einzufordern.

Aber meine Freundin starrte wie wir anderen auch zu dem Schiff, das immer näher kam.

»Wir können nichts tun, außer abzuwarten«, meinte Calem. »Wir sind ihnen hier auf dem Wasser schutzlos ausgeliefert.«

Ich nickte automatisch. Er hatte recht. Es ergab keinen Sinn, sich zu wehren oder davonrudern zu wollen. Wenn es Verfolger waren, würden sie uns bei der Geschwindigkeit, die sie hatten, einholen – so oder so. Ich hatte keine Ahnung, in welcher Richtung die Inseln lagen – und wo das Land der Götter. Daher wusste ich auch nicht, woher dieses Schiff kam.

Die Sekunden kamen mir vor wie Minuten, in denen wir stumm dem fremden Boot entgegensahen. Es dröhnte laut und ich konnte keinerlei Ruder erkennen. Womöglich wurde es durch eine andere Kraft angetrieben … so etwas hatte ich noch nie gesehen.

Als es näher kam, drosselte es seine Geschwindigkeit. Jetzt konnte ich erkennen, dass sich darauf zwei weiß gekleidete Gestalten befanden, die die Kapuzen ihrer Umhänge ins Gesicht gezogen hatten – Inducer.

Mein Herz gefror. Wir sahen uns gerade den Dienern der Götter gegenüber – mitten auf dem Meer … fünf Verbrecher, die Solaris und Lunos verraten hatten.

Würden sie uns auf der Stelle töten? Uns zu ihren Göttern bringen? Sie über uns richten lassen?

Ich spürte, wie Teias neben mir meine Hand ergriff und entzog sie ihm nicht. Seine Finger zitterten ebenso wie meine.

Zero saß immer noch ein wenig abseits von uns und starrte stumm auf das fremde Schiff. Wie gerne hätte ich mich jetzt in seine Arme geschmiegt, ihn sagen hören, dass alles gut werden würde. Dass er mich beschützte, nicht zuließe, dass mir etwas geschah. Aber so, wie er mich vorhin angesehen hatte – mit dieser Abscheu in den Augen … beinahe hatte ich Angst gehabt, dass er mich angreifen würde. Es war, als würde er mich nicht mehr erkennen.

»Seid ihr bewaffnet?«, drang eine dunkle, männliche Stimme zu uns herüber.

Ich zuckte zusammen. Noch nie hatte ich einen Inducer sprechen hören. Es klang seltsam menschlich …

»Nein!«, rief Calem zurück. »Wir kommen in Frieden.«

Jetzt streifte der Inducer, der gesprochen hatte, seine Kapuze zurück und mir klappte der Unterkiefer herunter. Es war ein Diés. Genau wie ich, Mona und Teias – die genauso verblüfft schienen.

»Rudert zu uns!«, rief der Fremde. »Wir helfen euch.«

Helfen …

Ich fühlte mich, als befände ich mich in einer Art Paralleluniversum. Sprechende Inducer, die sich als Diés entpuppten … wie von Zauberhand angetriebene Boote … was hatten die Räte uns noch alles verschwiegen?

Zögernd ergriff Calem die Ruder und steuerte unser Boot zum Fremden hinüber. Ich wusste nicht, ob er das Richtige tat – was überhaupt noch das Richtige war, also hinderte ich ihn nicht daran, sondern starrte auf das fremde Schiff.

Je näher wir den Inducern kamen, desto mehr Details konnte ich erkennen. Es war tatsächlich ein Diés, etwa vierzig Jahre alt und mit kurzem, schwarzem Haar. Er trug keine Maske wie die anderen Inducer, die ich bisher gesehen hatte, und so konnte ich sein Gesicht erkennen. Seine dunklen Augen blickten uns forschend an, der Ausdruck wirkte im Grunde nicht feindselig, sondern eher neugierig. Die Gestalt neben ihm war etwas breitschultriger und der Statur nach zu urteilen ebenfalls ein Mann. Er hatte seine Kapuze immer noch ins Gesicht gezogen.

Teias drückte jetzt meine Hand so fest, dass es beinahe wehtat. Aber ich war viel zu sehr damit beschäftigt, die Fremden zu mustern, um es überhaupt richtig zu registrieren.

Endlich stieß unser kleines Boot gegen ihres. Der andere Inducer ergriff den Bug und hielt ihn fest, während der Diés-Inducer als Erstes Mona half, zu ihnen an Bord zu steigen. Als mein Blick auf den zweiten Inducer fiel, hob dieser den Kopf und ich sah, dass auch er keine Maske trug. Ich blickte in das hellhäutige Gesicht eines jungen Mannes, dessen stahlblaue Augen mich durchdringend musterten.

Ein Nox. Der andere Inducer war ein Nox …

Er war wahrscheinlich um die zwanzig. Die Einschätzung fiel schwer, da er einen angedeuteten Dreitagebart trug, der ihn älter wirken ließ. Seine Gesichtszüge waren weniger hart als die von Zero oder Calem, aber auch nicht so weich wie die von Teias.

Ich blickte wieder zum Diés-Inducer, der mir nun die Hand entgegenhielt. Vorsichtig stieg ich über die Reling – was schwierig war mit dem eng anliegenden Kleid, das ich seit der Möchtegern-Verhandlung in der Kuppel immer noch trug. Daher war ich froh, als ich den festen Bootsboden unter meinen Füßen fühlte. Dann waren Teias und Calem an der Reihe und ich konnte die beiden Inducer wieder mustern.

Ein Nox und ein Diés, die Hand in Hand arbeiteten … was hatte das zu bedeuten?

Mir blieb keine Zeit, zu fragen, denn der Diés-Inducer ergriff als Letztes Zeros Hand, damit er herüberklettern konnte. Der angeschlagene Nox zitterte jetzt am ganzen Leib, was mich besorgt die Stirn furchen ließ.

Ich konnte sehen, wie der Diés- mit dem Nox-Inducer einen raschen Blick tauschte. Dann griff er ohne zu zögern in seinen Umhang und holte eine Spritze hervor, die er dem überrumpelten Zero in den Oberarm jagte.

Dieser brüllte laut auf und schlug seine Hand weg, während mir gleichzeitig ein Schrei aus der Kehle entwich.

»Was tut ihr da! Lasst ihn!«, rief ich aufgebracht und eilte zu Zero, der kurz torkelte, ehe er auf die Planken fiel, wo er regungslos liegen blieb. Was auch immer sie ihm injiziert hatten – es wirkte schnell und war stark.

Tränen schossen mir in die Augen, während ich neben ihm kniete, ihn an den Schultern schüttelte. Aber er bewegte sich nicht. Ich drehte ihn auf den Rücken und erkannte, dass er die Augen geschlossen hatte, als würde er schlafen. Nur am Rande nahm ich wahr, wie Calem über den Diés-Inducer herfallen wollte, aber von seinem Komplizen zurückgehalten wurde.

»Beruhigt euch!«, befahl der Diés, der Zero bewegungsunfähig gemacht hatte. »Eurem Freund geht es gut! Er ist bloß betäubt, damit ihn die Hitze nicht zerfrisst. Wir werden ihm helfen.«

Ich hob den Blick und sah den Fremden mit tränenüberströmtem Gesicht an, während ich immer noch Zeros leblosen Körper in meinen Armen hielt. »Was soll das? Wer seid ihr?«, fragte ich mit bebender Stimme.

»Wir bringen euch erst mal in Sicherheit«, sprach der Nox-Inducer, der immer noch Calem im Schraubstock hielt, der sich nur langsam beruhigte.

Als dieser aufhörte, sich gegen ihn zu wehren, ließ er ihn los. Mona stürzte sofort zu ihm und untersuchte ihn hektisch auf Verletzungen. Aber Calem schien es gut zu gehen.

Der Nox-Inducer strich seine Kapuze nach hinten. Jetzt erkannte ich, dass er sein Haar lang trug und es ihm bis zu den Schultern fiel. Er sah mich fest an – anscheinend hielt er mich für die Anführerin unserer kleinen Gruppe. »Mein Name ist Edean. Das da ist Janus.« Er deutete auf den andern Inducer. »Wir wurden ausgesandt, um nachzusehen, was auf euren Inseln passiert ist – und um Überlebende zu suchen.«

Ein Schauer glitt über meinen ganzen Körper. »Was bedeutet das? Was ist mit den Inseln passiert?«, fragte ich.

»Wir werden euch alles erklären, wenn wir euch von hier weggebracht haben«, sagte Edean. Seine hellblauen Augen fixierten mich weiterhin. »Im Moment müsst ihr uns einfach vertrauen.«

Ich warf einen Blick zu Teias, der dicht hinter mir stand.

Er nickte knapp.

Offenbar sah er ebenfalls ein, dass es ab hier nur noch besser werden konnte – gleichgültig, wohin diese beiden Inducer uns brachten.

Also nickte ich auch. »Gut«, sagte ich leise. »Ich bin Skya. Das sind Teias, Mona und Calem … und Zero.« Ich warf einen Blick auf den Nox, der immer noch regungslos in meinen Armen lag. Dann sah ich Edean mit schmalen Augen an. »Wenn ihr uns an der Nase herumführen solltet …«

Jetzt glitt ein leichtes Lächeln über Edeans Gesicht. »Keine Sorge, kleine Diés. Ihr seid jetzt in Sicherheit.«

Er gab Janus ein Zeichen. Dieser legte einen Hebel an der Innenseite des Bootes um und augenblicklich ertönte ein lautes Dröhnen, das mich zusammenfahren ließ.

Mit wachsender Verwunderung erkannte ich, wie das Boot beschleunigte und uns über das Wasser davontrug.

Noch weiter weg von den Inseln, auf denen wir unser bisheriges Leben verbracht hatten und einer ungewissen Zukunft entgegen.

EPILOG – SKYA

Das Land der Götter …

Ich hatte es mir als Kind immer wunderschön vorgestellt.

Mit Engeln, die am Himmel schwebten. Wolken, die über den Boden strichen. Blüten, die die Luft mit ihrem Duft erfüllten. Und den Inducern, die zu Füßen der Götter saßen und ihnen huldigten.

Jetzt starrte ich sprachlos zu der Mauer, die vor mir emporragte und hinter der ich hohe, helle Gebäude erkennen konnte. In meinem Kopf blitzten die Erinnerungen auf, die ich auf Diés so selten zugelassen hatte.

Ich kannte diese Gebäude … hatte sie schon einmal gesehen. Als Kind von drei Jahren. Als ich von hier weggebracht wurde …

In meinem Hals war seit dem Moment, als wir am Pier angelegt hatten, ein Kloß, der mit jedem Schritt, den ich über den gepflasterten Boden auf die weiße Mauer zuging, größer zu werden schien.

Auch Mona, Calem und Teias starrten mit offenen Mündern auf das große Tor, das sich vor uns erhob.

Es war nicht nur die Tatsache, dass wir uns das Land der Götter vollkommen anders vorgestellt hatten, die uns die Sprache raubte.

Nein … es waren vielmehr die Symbole, die auf den beiden Flügeltüren prangten. Das Symbol für Göttin Solaris und das für Gott Lunos – dieselben Zeichen, wie wir sie in unseren Tempeln hatten.

Nur, dass hier noch ein Zusatz stand. Ein Wort, das mein Blut in den Adern gefrieren ließ und mir die Luft zum Atmen nahm.

Experiment.

Experiment Lunos. Experiment Solaris.

»Willkommen im Götterprojekt«, sprach Edean hinter mir und ich zuckte bei seinen Worten zusammen, als ich begriff.

Das alles … unser ganzes Leben. Unsere Inseln …

Lügen über Lügen. Noch viel mehr, als wir bisher angenommen hatten …

CONVERSION
ZWISCHEN TAG UND NACHT
ZERO
CALEM
MONA
SKYA
C.M. SPOERRI
JASMIN ROMANA WELSCH

CONVERSION
ZWISCHEN TAG UND NACHT
Jetzt trägst du auch noch ein Foto von diesem Nox mit dir herum? Geht´s noch Mona?
Du bist selbst Schuld, Skya! Du hättest auch eines haben können. Zero hat es dir fünfmal angeboten!
C.M. SPOERRI & JASMIN ROMANA WELSCH

CONVERSION
ZWISCHEN TAG UND NACHT
Du Calem! Was klingt besser? "Zero, unbesiegbarer Anführer der Nox" oder "Zero, großartiges Oberhaupt der Nox"?
Wie wär es mit: "Zero, mein unfassbar größenwahnsinniger, unbelehrbarer kleiner Bruder"?
C.M. SPOERRI & JASMIN ROMANA WELSCH

DANK

Corinne: »So, jetzt sollten wir hier noch alle aufzählen, denen wir danken möchten.«

Jasmin: »ALLE Leser? Na, das kannst *du* ja dann machen ... das ist mir definitiv zu anstrengend ...«

Corinne: »Doch nicht alle Namen unserer Leser einzeln – wir könnten einfach so etwas schreiben wie: ›Wir möchten uns bei euch allen bedanken‹.«

Jasmin: »Ähm, das ist aber ziemlich unpersönlich ...«

Corinne: »Ja, aber anders geht es ja leider nicht.«

Jasmin: »Hm, dann sollten wir auf unseren Facebook-Seiten auch noch zusätzlich danken.«

Corinne: »Gute Idee – also ich mache das ja beinah täglich.« *grinst*

Jasmin: *verdreht die Augen* »Jaja ... streu nur noch Salz in die Wunde ... ich weiß, ich sollte öfters posten. Aber meine Leser wissen eben, wie gern ich sie habe und wie viel sie mir bedeuten – die müssen nicht täglich daran erinnert werden ...«

Corinne: »Na gut, dann schreiben wir einfach: ›Ihr seid großartig, herzlichen Dank für eure wundervolle Unterstützung‹?«

Jasmin: »Da kannst du gut noch ein paar Worte hinzufügen: ›Ihr seid der WAHNSINN, ihr gebt uns so viel Motivation, wir LIEBEN euch!«

Corinne: »Oja, das tun wir!«

Jasmin: »Sehr gut, dann schreib das so hin.«

Corinne: »Ich hoffe, sie wissen, dass diese Worte tief aus unseren Herzen kommen. Unser Leser sind echt eine Wucht.«

Jasmin: »Ich denke, sie wissen es. Sonst kannst du es ja noch auf deiner Facebook-Seite posten.« *grinst*

Corinne: »Das WERDE ich auch. Also, dann hätten wir das erste Dankeswort beisammen ... dann zu den nächsten lieben Menschen: Wir sollten unseren beiden wundervollen Testleserinnen danken: Lina vom Blog ›Lina's Büchertraumwelt‹ und Jasmin vom Blog ›Bücherleser‹.«

Jasmin: »Oja, die haben großartige Arbeit geleistet!«

Corinne: »Das haben sie allerdings. Obwohl sie dieses Mal gar nicht so viel auszusetzen hatten.«

Jasmin: »Ja, aber die Geschichte ist eben auch zum Verlieben.«

Corinne: »Hahaha – zumindest hat es riesigen Spaß gemacht, dieses Buch zu schreiben. Mal schauen, wie die Leser es dann finden werden.«

Jasmin: »Wir drücken einfach fest die Daumen, dann gefällt es ihnen hoffentlich. Hm ... wir sollten auch noch Andi und Jenny danken. Die zwei unterstützen uns so lieb.«

Corinne: »Ja, aber die Leser wissen ja gar nicht, wer Andi und Jenny sind. Das müssen wir konkretisieren: ›Wir bedanken uns von Herzen bei Corinnes Mann Andi und Jasmins bester Freundin Jenny.‹«

Jasmin: »Boooah, das klingt aber sehr holperig.«

Corinne: »Stimmt ... dann vielleicht einfach doch nur die Namen erwähnen?«

Jasmin: »Besser.«

Corinne: »Okay – wem danken wir noch? Oh, ooooh, wir sollten noch Alexander Kopainski für das HAMMER-Cover danken!«

Fangirlmodus an

Jasmin: »AWWWWW, jaaaaa! Alex ist so, so, sooooo toll!«

Corinne: »AWWWWW, und er macht so, so, sooooo tolle Cover!«

Jasmin: »Und er sieht sooooo gut aus!«

Corinne: »Und er ist sooooo lieb!«

Beide: AWWWWW *schwärm*

....

Jasmin: »Haben wir jetzt noch wen vergessen?«

Corinne: »Ich glaube nicht.«

Jasmin: »Dann könnten wir den Lesern vielleicht noch sagen, wann sie die Fortsetzung von ›Conversion‹ erwarten können.«

Corinne: »Oja, das ist eine gute Idee. Also schreiben wir: ›Wir sind im Moment gerade fleißig am Weiterschreiben und Band 2 wird voraussichtlich im Frühjahr 2017 erscheinen.«

Jasmin: »Hach, ich freu mich so drauf, weiterzuschreiben!«

Corinne: »Jaaaa, ich mich auch! Aber erst köpfen wir jetzt noch einen Prosecco und stoßen auf unser gemeinsames Buch-Baby an.«

Jasmin: »Oja!«

Corinne: »Ähm ... Jasmin ...«

Jasmin: »Hm?«

Corinne: »Öffnest Du bitte die Prosecco-Flasche? Denn du weißt ja, ich bin ein Angsthase, was das angeht ...«

Jasmin: »No Problem! *Ich* bin schließlich der Mann!«

Plopp

AUF EUCH!

Mehr von:

Jasmin Romana Welsch

Mehr von:

C.M. Spoerri

Corinne M. Spoerri wurde 1983 geboren und lebt mit ihrem Mann zusammen in der Schweiz. Ursprünglich aus der Klinischen Psychologie kommend, schreibt sie seit Frühling 2014 erfolgreich Fantasy-Jugendromane (Alia-Saga, Greifen-Saga) und hat im Herbst 2015 mit ihrem Mann zusammen den Sternensand-Verlag gegründet. Weitere Fantasy- und New Adult-Projekte sind dabei, Gestalt anzunehmen.

C. M. Spoerri freut sich über Post. Kontaktiert sie über ihre Homepage (**www.cmspoerri.ch**) oder schreibt ihr direkt eine E–Mail: **info@cmspoerri.ch**

Fan werden:

- Facebook: https://www.facebook.com/C.M.Spoerri
- Twitter: https://twitter.com/CMSpoerri
- Youtube: https://www.youtube.com/user/CMSpoerri

Jasmin Romana Welsch wurde 1989 in Graz geboren und lebt auch heute noch mit ihrem Freund und ihrer Hündin Yuki in der Steiermark. Obwohl sie bereits im Teenageralter das Schreiben für sich entdeckte, begann sie ein Jura-Studium. Erst nach der Veröffentlichung ihres ersten Romans widmete sich die junge Autorin gänzlich der Schriftstellerei. Aus ihrer Feder stammen mehrere Jugendbücher, in denen sich fast immer humoristische, aber auch dramatische Akzente wiederfinden.

Jasmin Romana Welsch freut sich ebenfalls über Post. Kontaktiert sie über ihre Homepage (**www.jasminromanawelsch.com**) oder schreibt ihr direkt eine E–Mail: **jrw@jasminromanawelsch.com**

Fan werden:

- Facebook: https:/www.facebook.com/JRWelsch
- Homepage: https:/jasminromanawelsch.com

Besucht uns im Netz:

www.sternensand-verlag.ch

www.facebook.com/sternensandverlag